Ines Thorn wurde 1964 in Leipzig geboren. Nach einer Lehre als Buchhändlerin studierte sie Germanistik, Slawistik und Kulturphilosophie. Sie lebt und arbeitet in Frankfurt am Main und schreibt seit Langem erfolgreich historische Romane.

INES THORN

TÖCHTER DES NORDMEERES

LIVS WEG

Historischer Roman

Rowohlt Taschenbuch Verlag

Originalausgabe
Veröffentlicht im Rowohlt Taschenbuch Verlag,
Hamburg, Oktober 2023

Redaktion Heike Brillmann-Ede
Covergestaltung Hafen Werbeagentur, Hamburg
Coverabbildung Shutterstock;
Magdalena Russocka/Trevillion Images
Satz aus der Adobe Caslon Pro
bei Pinkuin Satz und Datentechnik, Berlin
Druck und Bindung CPI books GmbH, Leck
ISBN 978-3-499-01113-9

Die Rowohlt Verlage haben sich zu einer nachhaltigen Buchproduktion verpflichtet. Gemeinsam mit unseren Partnern und Lieferanten setzen wir uns für eine klimaneutrale Buchproduktion ein, die den Erwerb von Klimazertifikaten zur Kompensation des CO_2-Ausstoßes einschließt.
www.klimaneutralerverlag.de

FSC www.fsc.org
MIX
Papier | Fördert gute Waldnutzung
FSC® C083411

ERSTER TEIL

KAPITEL 1

Der Same hatte den Sturm vorausgesagt. Und was der Same sagte, das stimmte. Also hatte Fria alle Fenster des Guesthuset mit Decken verhängt und hinter der Tür einen dicken Wollvorhang angebracht. Trotzdem flackerten die Tranlichter auf den Tischen der kleinen Gastwirtschaft. Fria blies sie aus. Nur auf der Theke brannten noch zwei Lichter. Die, die immer abends hier waren, waren bereits nach Hause gegangen: der Bürgermeister Bjarni, der Fischer Chrisander, der Pfarrer Fenris und der Lehrer Arni, der heimlich in Fria verliebt war, was sie natürlich wusste. Und gerade deshalb war sie stets ein wenig barscher zu ihm als zu den anderen, was Arnis Liebe jedoch nur umso heller lodern ließ. Auch die Kinder der Insel, die zum heutigen Luciafest, dem 13. Dezember 1876, die Prozession durch das Dorf hin zur Kirche angeführt hatten, vorndran die Lucia im weißen Kleid und mit einem Kranz aus Kerzen auf dem Kopf, lagen sicher schon in ihren warmen Betten, während der Sturm ein paar junge Birken auf Smøla umknicken ließ.

Die Inselgruppe Smøla lag im Nordmeer, ungefähr auf der Höhe von Trondheim. Die Hauptinsel hieß wie die Inselgruppe, und der Hauptort inmitten der Hauptinsel nannte sich ebenfalls Smøla. Das Guesthuset, die Fischfabrik, die Handelsstation, die Schule, die Kirche und ein Dutzend Fischerhäuser befanden sich etwas ab vom Schuss, direkt am Meer, an dem auch der kleine Hafen lag. Die

Leute, die dort lebten, zählten zum Dorf Smøla, doch blieben sie meist für sich, denn sie hatten hier alles, was sie brauchten.

Fria spülte die Gläser, suchte den Verschluss der Aquavitflasche und leerte die Aschenbecher vom Pfeifentabak.

Sie trocknete sich die Hände an ihrer Schürze ab, goss sich einen großen Schnaps ein, trank ihn in einem Zug, sagte: «Ahhh!», schüttelte sich und wollte gerade den Aquavit verschließen, als sie von draußen ein Weinen hörte und dazu ein aufgeregtes Krächzen.

Fria zog die Stirn in Falten. Katzen waren das nicht, die schrien anders. Und das war auch kein Fuchs. Wölfe gab es nicht auf der Insel. Wie auch? Sollten sie etwa durch das Nordmeer schwimmen? Plötzlich hörte sie ein Klopfen am Fenster. Sie runzelte die Stirn. Wer sollte das sein? Um diese Uhrzeit hatte sie niemals Gäste. Ein Fremder vielleicht? Wo sollte der herkommen? Das Postschiff vom Festland war vorgestern da gewesen und kam erst in fünf Tagen wieder. Wieder klopfte es, dieses Mal drängender, aufgeregter. Sie schob den Vorhang zur Seite und erblickte einen Raben, der mit dem Schnabel emsig gegen die Scheibe hieb. Na, der konnte was erleben! Das fehlte gerade noch, dass er bei diesem Wetter die Scheibe zerstörte.

Fria zog sich eine dicke Jacke aus Schafswolle an, schob den Türvorhang zur Seite und öffnete die Tür. Draußen heulte der Sturm, riss an Frias Haaren und so heftig an ihrer Jacke, dass sie zurückprallte. Das Meer schleuderte krachende Brecher ans Ufer. Dicke Wolken jagten tief über die Insel, der Schnee trieb waagerecht an Fria vorbei, und es war so klirrend kalt, dass ihr der Atem gefror. Sie blickte zum jetzt leeren Fensterbrett, legte eine Hand hinter das

Ohr und lauschte, doch außer dem Sturmgeheul war nichts zu hören. Sie kuschelte sich enger in ihre warme Jacke, als genau zu ihren Füßen erneut ein Krächzen erklang. Sie blickte hinunter und entdeckte ein Bündel, halb in einer Schneewehe versteckt, und daneben den Raben, der sie unverwandt mit seinen schwarzen Augen anstarrte und ein aufgeregtes *Quek, quek* von sich gab.

Fria bückte sich, griff an dem Raben vorbei und stieß einen Schrei aus. Dann presste sie eine Hand vor den Mund, besann sich rasch, hob das Bündel an ihre Brust unter die warme Jacke und trug es hinein in die Wärme der Gastwirtschaft. Der Rabe flog auf den Dachfirst, doch das bemerkte Fria nicht. Sie schlug die Decke zur Seite und erblickte einen winzigen Säugling mit von der Kälte blauen Lippen, der sie aus großen hellen Augen anblickte. Fria nahm eine der Babyhände in ihre große und stellte fest, dass die kleine Hand nur kalt, aber nicht eisig war. Gott sei Dank, da hatte das Kind wohl nur kurz vor der Tür gelegen. Sie hüllte es wieder in die Decke, hob es vorsichtig hoch und wiegte es hin und her.

«Wer bist du denn?», fragte sie leise. «Wo kommst du her? Wer hat dich vor meine Tür gelegt?»

Als das Kind zu weinen begann, begab sich Fria in die Küche, in der der Same, der als Koch im Huset arbeitete und ein Zimmer im Dachgeschoss bewohnte, gerade die Asche aus dem Küchenofen holte und in einen Blecheimer füllte. Als er Fria und das Bündel hörte, blickte er auf. «Was ist das?»

«Frag später. Schnell, sieh dir die Fußspuren vor der Tür an. Wohin führen sie? Vielleicht triffst du noch jemanden. Dann halte ihn fest und schleife ihn hierher.»

Der Same fragte nicht lange, sondern verschwand, den mit Rentierfell gefütterten Umhang im Laufen über sich werfend.

Fria drückte den Säugling an sich, und ein heißes Gefühl durchströmte sie. Es begann auf der Kopfhaut und endete in ihrem Schoß. Ein Säugling. Winzig, schutzlos, hilflos. Sie betrachtete die kleinen Fingerchen, die hellen Wangen, das seidige Haar, das zum Vorschein kam, als sie dem Kind die Mütze abnahm. Sein Gesichtchen war hochrot, das Kleine schrie aus Leibeskräften, und Fria wollte im Augenblick nichts anderes, als das Kind zu füttern und zu schützen. Sie trug es zurück in die Gaststube, lief hin und her und her und hin und summte dabei ein Lied, das ihr die Mutter früher immer vorgesungen hatte. *«Deilig er jorden»*, sang sie leise. «Wunderschön ist die Erde.» Sie war noch nicht am Ende angekommen, als die Tür aufgerissen wurde und der Same hereinkam. Er schüttelte sich den Schnee von Haaren und Umhang.

«Und? Hast du wen gefunden?»

Der Same verneinte. «Da waren ein paar Fußspuren. Große und kleine. Wie von einem Mann und einer Frau. Sie endeten am Meer.» Dass ein Rabe krächzend und flügelschlagend auf dem Dach hockte, erwähnte er nicht.

«Du meinst, da lag ein Boot?»

«Möglich.»

Fria schüttelte den Kopf. «Bei dem Sturm ist kein Boot draußen. Hast du im Bootshaus nachgesehen? Und im Schuppen? Ob sich da jemand versteckt hält?»

«Da war nichts und niemand. Kein Licht, kein Geräusch, nichts. Nur die Fußspuren bis zum Meer.»

Fria betrachtete ihn misstrauisch. Irgendwie musste der

Säugling doch vor ihre Tür gekommen sein. Aber der Same log nicht. Und irgendwie war sie zugleich erleichtert. Wenn da keiner war, dann konnte auch keiner das Kind wieder mitnehmen. Also zuckte sie mit den Schultern und wiegte das Kleine behutsam. Doch das Kind schrie mit hochrotem Kopf, die kleinen Fäustchen fest geballt.

«Was hast du da?», wollte der Same wissen.

«Hörst du das nicht? Einen Säugling habe ich. Gerade geboren und vor unsere Tür gelegt.»

«Warum schreit er so? Was hat er denn?»

«Was soll er schon haben? Einen mächtigen Hunger wird er haben.»

«Wir haben noch etwas Ziegenmilch.»

«Mach sie warm, gib einen Löffel Honig hinein», befahl Fria und wiegte das Kind stärker, als es noch lauter schrie. «Und beeil dich ein bisschen.»

«Wo soll ich die Milch und den Honig denn hineinfüllen? Woraus trinkt so ein kleiner Mensch?» Der Same wirkte beunruhigt.

«Hach, ihr Männer! Gib alles in einen Topf, stell ihn in die heiße Asche. Dann tunken wir den Zipfel eines Tuches in die Honigmilch, und daran nuckelt das Kind.» Fria schüttelte den Kopf. Sie stellte immer wieder fest, dass Männer von den einfachsten Dingen auf der Welt schlichtweg nichts verstanden. Sie konnten Schiffe bauen, die bis zum anderen Ende der Welt segeln, aber sie hatten keine Ahnung, wenn es um andere Menschen ging. Und bei Säuglingen versagten sie ganz und gar.

Während der Topf in der heißen Asche stand, drückte Fria dem Samen das Kind in den Arm. «Halt es fest, stütz das kleine Köpfchen. Ich suche nach einem sauberen Tuch.»

«Kann ich nicht nach dem Tuch …?» Der Same verstummte, als er Frias Blick sah, und hielt das Kind ein Stück von sich wie eine Pfanne mit heißem Bratfett.

Dann saßen sie alle in der Gaststube. Fria hielt den Säugling im Arm und drückte mit der anderen Hand das feuchte Tuch gegen den winzigen Mund. Schon saugte das Kind, und Fria lächelte den Samen an. «Es ist gut, dass es trinkt», erklärte sie. «Dann ist es nämlich nicht krank.»

Der Same und Fria staunten, wie schnell das kleine Menschlein den Topf mit der Honigmilch ausgelutscht hatte. Dann rülpste es laut, schloss die Äuglein und war schon eingeschlafen.

Der Same betrachtete den Säugling hingerissen. «Schau mal, so kleine Fingerchen, so ein winziger Mund. Und die Ohren. Ganz rosa noch, wie bei einem Ferkel.»

«Jaja», erwiderte Fria. «Aber jetzt müssen wir erst einmal überlegen, was wir mit dem Kleinen tun. Es muss ja irgendwo schlafen, und vorher braucht es eine frische Windel.»

«Wo hast du es eigentlich her?», wollte der Same wissen, als fiele ihm erst jetzt ein, wie ungewöhnlich ein Säugling im Huset war.

«Es lag auf der Türschwelle.»

«Auf der Türschwelle?»

«Bist du mein Echo? Jawohl. Auf der Türschwelle.»

«Und wo kommt das Kleine her?»

Fria verdrehte die Augen. «Woher soll ich das wissen? Das solltest du herausfinden. Fest steht nur, dass da draußen ein Sturm tobt und wir heute Nacht nichts machen können. Der Säugling bleibt erst einmal hier.»

Aus dem Bündelchen kamen knatternde Geräusche.

«Ich glaube, da ist auch ein kleines Gewitter in der Windel.» Fria lächelte.

«Was für ein Gewitter?»

Jetzt langte es Fria. «Du bist ein sehr kluger Mann, Same, aber heute …?» Sie schüttelte den Kopf. «Das Kind hat in die Windel gemacht. Wir brauchen also eine neue Windel.»

«So etwas haben wir nicht.»

«Ja, das weiß ich auch. Such mal eine saubere Tischdecke heraus und zerschneide sie.»

Sie legte ihre warme Jacke auf einen Tisch in der Gaststube, bettete das Kind darauf und enthüllte es. Zum Vorschein kamen ein kleiner bestickter Kittel, dazu eine mit Rentierfell gefütterte winzige Hose. Behutsam zog Fria ihm die Sachen aus und lächelte, als es nackt vor ihr lag. Es war ein Mädchen.

«Wer bist du nur?», fragte Fria erneut, und ihr wurde ganz warm ums Herz. Sie war im letzten Sommer vierzig Jahre alt geworden und hatte nie Kinder gehabt. Ihr Mann war kurz nach der Hochzeit auf dem Meer geblieben, und seither war sie allein. Na ja, allein. Was hieß das schon? Der Same war da, er wohnte in einer Kammer unter dem Dach. Jeden Abend kamen die Gäste, und wenn sie tags unterwegs war, um Vorräte für die Wirtschaft einzukaufen, traf sie immer jemanden, mit dem sie ein Schwätzchen halten konnte.

Die Kleine rülpste noch einmal, und Fria strich ihm mit dem Zeigefinger über die zarte Wange. Endlich kam der Same zurück, in der Hand sechs Stoffrechtecke.

«Bleib mal und pass auf», bat Fria. «Ich brauche etwas Wasser und Tran.»

Sie eilte in die Küche, nahm einen Topf vom Kohleherd, schüttete den Inhalt in eine Schüssel, gab kaltes Wasser dazu. Dann holte sie aus ihrem Schlafzimmer das gute Stück Ringelblumenseife, das sie sich letztens aus Trondheim mitgebracht hatte.

Sie wusch das Kindchen, hüllte es in seine neue Windel, zog ihm die kleine Rentierhose und den Kittel wieder an und betrachtete es nachdenklich, während der Same ihr dabei zuschaute.

«Weißt du, wer hier auf der Insel schwanger war?», fragte sie ihn.

«Nein, ich habe keine Frau mit einem großen Bauch gesehen. Und die Leute haben nicht geredet.»

«Im Winter sieht man ja nicht allzu deutlich, was sich unter den dicken Jacken verbirgt, aber wenn eine schwanger gewesen wäre, hätte ich es doch gesehen.»

Das glaubte der Same auch und nickte, ohne die Kleine aus den Augen zu lassen. «Es sieht so aus, als wärst du doch noch Mutter geworden.»

Fria lachte. «Du meinst Eltern. Wir sind Eltern geworden.»

Der Same schrak hoch und starrte Fria entsetzt an, sodass sie in lautes Lachen ausbrach. «Jetzt hast du wohl Angst bekommen, was? Du hast dich schon in meinem Bett gesehen, wie? Haha. Dabei bin ich bloß zehn Jahre älter als du.» Sie strich sich über das lange blonde Haar, das wie ein Kranz um ihren Kopf lag. «Ich bin doch noch recht ansehnlich.» Ihre Stimme klang plötzlich blasser.

«Du bist eine der schönsten Frauen hier auf der Insel», beeilte sich der Same zu sagen. «Wenn du hättest heiraten wollen, hättest du jeden kriegen können.»

Fria war versöhnt, nahm den Säugling hoch und wiegte ihn hin und her. Der Same hatte übertrieben, so viele Verehrer hatte sie nicht. Sie war zu eigensinnig. Das hatte zumindest die Pfarrersfrau Runi vor Jahren zu ihr gesagt, und Fria war damit zufrieden gewesen. Ein eigener Sinn. Das konnte nicht schlecht sein. Außerdem hatte sie Arni, den Lehrer. Der himmelte sie an, seit sie denken konnte. Er brachte ihr manchmal Blumen mit oder eine Zeichnung, die sich rahmen ließ und die sie in ihrem Schlafzimmer an die Wand hängte.

«Erhöre den armen Arni doch endlich», hatte der Same gebeten. «Es ist ja nicht mitanzusehen, wie du ihn am ausgestreckten Arm verhungern lässt. Außerdem würde es dir guttun, einen Mann zu haben.»

«Wie meinst du das denn?», fuhr Fria ihn an. «Bin ich launisch oder was?»

«Ich meine ja nur. Arni ist ein netter Mann. Ihr passt gut zusammen.»

«Jetzt noch nicht», erwiderte Fria, weil es einfach so schmeichelhaft war, dass sie einen Verehrer hatte. Wie er sie anblickte! Hach, Fria wurde ganz warm, wenn sie daran dachte. Würde sie ihn erhören, würde er bald anders gucken. Und wenn sie ihn außerdem noch heiratete, war der ganze Glanz bald vorbei. Fria war nie scharf darauf gewesen, sich nach dem Tod ihres Mannes wieder zu verheiraten. Sie hatte alles, was sie brauchte, sie konnte sich selbst gut ernähren, das Guesthuset gehörte ihr allein und für die … nun ja … die körperlichen Bedürfnisse, über die schwieg sie sich aus. Doch dass es da jemanden gab, ahnte die ganze Insel. Einzig ein Kind hätte sie gern gehabt. Und jetzt hielt sie eines im Arm und konnte sich gar nicht satt dran sehen.

«Sie braucht einen Namen», fand der Same. «Erst wenn ein Neugeborenes einen Namen hat, ist es ein richtiger Mensch.»

«Wie soll sie denn heißen?»

Der Same zuckte mit den Schultern. «Vielleicht Lucia, weil heute der Luciatag ist?»

Fria schüttelte den Kopf. «Ich denke, wir nennen sie Liv. So hieß meine Großmutter, so ist es Brauch. Liv bedeutet Leben. Und da wir das ihre gerade gerettet haben, wüsste ich keinen besseren Namen.»

«Dann erkennst du sie als deine Tochter an?» Der Same wunderte sich. «So schnell schon?»

«Wer lange zögert, verpasst seine Chance. Ja, und ob.» Als Fria diese Worte aussprach, durchfuhr sie ein heißer Strom. Und sie wusste wieder, wie sehr sie sich immer ein Kind gewünscht hatte. «Und die Fußspuren führten wirklich ans Meer?»

«Ja. Jemand hat angelegt, hat das Boot auf die Steine hochgezogen und ist dann zu uns gekommen.»

«Keine Spuren in der anderen Richtung?»

«Da sind unsere Gäste vorhin entlanggetrampelt, da war nicht viel zu erkennen.»

«Das ist gut», meinte Fria. Plötzlich war sie Mutter geworden, von jetzt auf gleich. Und es fühlte sich richtig an. So, als wäre ein Kind das Einzige auf der Welt, das ihr noch zum Glück gefehlt hatte. Sie würde die Kleine nicht wieder hergeben.

«Und wenn sich die richtigen Eltern noch einmal melden und sie wiederhaben wollen?», durchbrach der Same ihre wunderschönen Gedanken.

«Dann hätten sie sie gar nicht erst ausgesetzt.» Sie gab

dem Kindchen einen Kuss auf die Stirn. «Nicht wahr, Liv, du bleibst bei uns. Du gehörst hierher. Wir werden uns alle gut um dich kümmern.»

Da endlich lächelte auch der Same. «Gib sie mir mal, ich möchte sie halten.»

Und er hielt sie schon ein wenig sicherer und wiegte sie und gab ihr ebenfalls einen Kuss auf die Stirn, und somit war besiegelt, dass Liv zu ihnen gehörte.

Die Kleine schlief in der hölzernen Wiege, die seit Ewigkeiten zum Guesthuset gehörte. Frias Urgroßmutter hatte darin geschlafen und danach alle, die im Huset geboren worden waren, auch Fria. Der Same hatte ein Schaffell hineingelegt, und Fria hatte eine dicke Decke über das Kind gelegt und die Wiege neben ihr Bett gestellt. Lange hatte sie im Schein eines Talglichtes das Kindlein betrachtet. So lange, dass sie es hätte malen können. Und dann, als das Licht aus war, hatte sie auf seine Geräusche gehört. Ein leises Schmatzen, ein kaum vernehmliches Blubbern, ein kurzes Schniefen. Es war schon weit nach Mitternacht, doch Fria spürte keine Müdigkeit. Im Gegenteil. Sie war hellwach. Und so glücklich wie seit ewigen Zeiten nicht mehr. Sie war jetzt eine Mutter. Und es kam ihr gar nicht in den Sinn, dass jemand anderes Anspruch auf das Neugeborene anmelden könnte. Es hatte vor ihrer Tür gelegen, das Kind gehörte von nun an ins Guesthuset – zu Fria und dem Samen.

Am nächsten Morgen fütterte sie die Kleine wieder mit Ziegenmilch und Honig und legte sie zurück in die Wiege, die sie in die Küche gerückt hatte, weil es dort am wärmsten war. Der Same war besonders zeitig aufgestanden und hatte den Herd angeheizt. Auch das Wasser war schon warm. Er war gerade dabei, einen Weihnachtskuchen zu backen.

«Pass gut auf sie auf», bat Fria. «Und mach keinem die Tür auf.» Sie hatte eine unbeschreibliche Angst davor, dass jemand kam und ihr Liv wegnehmen wollte. «Wenn sie weint, schaukele die Wiege ein bisschen.»

Der Same beugte sich über das schlafende kleine Mädchen, strich ihr mit dem Zeigefinger über die zarte Wange. «Braves Kind», flüsterte er leise. «Wir werden es uns gemütlich machen. Hier in der Küche ist es warm und mollig.»

Fria warf ihm noch einen unentschlossenen Blick zu. «Mach niemandem die Tür auf, hörst du? Und wenn sie weint …»

«Jaja», erwiderte der Same und blickte Fria an. Sie sah anders aus heute Morgen. Irgendwie weicher. Normalerweise konnte Fria jede sich anbahnende Wirtshausschlägerei mit einem Wort und einem herrischen Blick unterbinden. Sie hatte keine Furcht, auch noch den größten Mann beim Kragen zu packen und ihn hinauszuwerfen, wenn er sich nicht benahm. Aber heute lächelte ihr Mund, die Augen leuchteten, und ihre Stimme klang sanft und beinahe zärtlich. «Mach dir keine Sorgen, ich werde gut aufpassen.»

Fria nickte, konnte sich kaum von der Kleinen trennen. «Gib ihr Ziegenmilch mit Honig, wenn sie Hunger hat», erklärte sie noch einmal.

Der Same lächelte. «Geh! Je schneller du fortkommst, umso eher bist du wieder hier.»

Fria machte sich auf den Weg zur Handelsstation, die nicht nur dazu diente, die auf Schiffen angebrachte Ware wie Ziegelsteine, Holz oder Viehfutter zu entladen und zu verkaufen, sie diente auch als Lebensmittelgeschäft, und – besonders wichtig – sie war der nächste Ort, an dem man Aquavit und Pfeifentabak kaufen konnte. Und überhaupt alles, was die Leute so brauchten: Fischernetze, Angelhaken, Talglichter, Petroleum, Holz, Wachsjacken, Seile, Messer, Werkzeuge, Schaufeln, Kannen, Töpfe, Seile. Einmal in der Woche legte das Postschiff aus Kristiansund an der Handelsstation an und brachte neben der Post auch alles andere. Und das Postschiff nahm mit, was die Insel und die Küste hergaben. Aus Bjarnis Fabrik wurde der Klippfisch herbeigeschafft und an Land gebracht. Die Frauen verkauften mit Eiderdaunen gefüllte Kissen und Stickereien, und der Fischer Chrisander brachte aus Treibholz geschnitzte Spielsachen zur Handelsstation. Neben dem Hauptgebäude befand sich im rechten Winkel dazu eine große Lagerhalle, in der all das aufgehoben wurde, das nicht mehr in den Laden selbst passte.

Vor der Handelsstation stand eine kleine Gruppe Menschen beieinander und unterhielt sich lebhaft. Fria lächelte. Da würde sie gleich Gelegenheit haben, von ihrer unverhofften Mutterschaft zu berichten. Sie sah die höchst erstaunten Gesichter jetzt schon vor sich! Die würden sich wundern! Fria als Mutter! Sie ging etwas schneller, obwohl es die ganze Nacht über geschneit hatte und sie bis zum Stiefelschaft im Schnee versank. Den Schlitten mit dem Weidenkorb darauf zog sie hinter sich her und näherte sich dem Grüppchen, dessen Mittelpunkt die Pfarrersfrau Runi war.

«Einfach auf der Schwelle hat sie gelegen», hörte Fria sie sagen. «Wir hätten sie um ein Haar nicht bemerkt.»

«Wovon sprichst du da?», wollte Fria wissen. Es konnte nicht sein, dass sich die Kunde von ihrem Fund so schnell verbreitet hatte und dass Runi ihr jetzt die ganze Sensation stahl.

«Stell dir nur vor, gestern Nacht haben wir ein kleines Mädelchen auf der Kirchenschwelle gefunden. Fenris ist noch einmal rüber, um die Sakristei wie jeden Abend abzuschließen, und da lag sie. Einfach so im Schnee. Nur in eine Decke gehüllt.»

Fria lief es eiskalt den Rücken herunter. «Und sie trug einen kleinen bestickten Kittel und eine Hose aus Rentierfell?», fragte sie verblüfft.

Runi hob die Augenbrauen. «Woher weißt du das?»

Fria stellte einen Fuß auf ihren Schlitten und verschränkte die Arme vor der Brust. «Ich weiß es, weil auch auf unserer Schwelle ein kleines Mädchen lag.»

Die Umstehenden machten «Ahh» und «Ohh», und schon stürzten tausend Fragen auf die beiden Frauen ein.

«Lag sie tatsächlich auch bei dir auf der Schwelle?»

«Warum ausgerechnet bei dir? Ist sie gesund?»

«Was hast du mit ihr vor?»

«Wirst du sie weggeben?»

Fria lächelte. «Was ist denn das für eine Frage? Natürlich bleibt sie bei mir!»

«Aber du bist nicht verheiratet», bemerkte Gunhild, die Frau des Lebensmittelhändlers. «Du hast keinen Mann.»

Fria zog die Schultern ein wenig in die Höhe. «Ich habe den Samen, das reicht aus. Von ihm wird sie alles lernen, was sie wissen muss.»

«Trotzdem», überlegte Gunhild laut. «Welche Mutter setzt ihre Kinder bei einem Schneesturm aus?»

Fria fuhr herum. «Eine verzweifelte Mutter. Sie hat sich bestimmt ganz bewusst das Guesthuset ausgesucht. Dort brannte noch Licht. Und schon immer wurden Kinder auf Kirchenstufen gelegt. Sie hat sich gekümmert, so gut sie konnte.» Verwundert stellte sie fest, dass sie die vermeintliche Mutter von Liv verteidigte. Als würde sie sie kennen, als wären sie miteinander verwandt. Sie fühlte sich ihr nahe, obschon sie sie noch nie gesehen hatte und das auch in Zukunft nicht unbedingt sein musste. Aber auf eine geheimnisvolle Art gehörte die fehlende Mutter dazu.

Es dauerte, bis sich die kleine Gruppe auflöste und Fria und Runi allein waren.

«Behaltet ihr sie?», wollte Fria wissen.

Runi nickte. «Wir haben schon unsere vier Jungs. Da fällt ein fünftes Kind nicht weiter ins Gewicht. Außerdem habe ich mir immer ein Mädchen gewünscht. Und du?»

«Ich behalte sie und nehme sie als Tochter an. Gleich nachher gehe ich hinüber zum Bürgermeister und frage, wie ich das anstellen muss. Und dann müssen wir noch einen Termin zur Taufe finden.»

Runi blickte sich um, als suche sie etwas. «Meinst du … denkst du … da … ich weiß nicht. Denkst du, dass das wirklich so einfach geht?»

Fria nickte überzeugt. «Man hat uns ausgewählt. Die Mädchen lagen nicht zufällig dort, wo wir sie gefunden haben.»

«Ja, das hat Fenris auch gesagt.» Wieder blickte Runi sich um, beugte sich dann zu Fria und erklärte: «Der Kittel war mit samischen Motiven bestickt. Ich glaube ja, dass jemand mit dem Boot gekommen ist und die Kinder ausgesetzt hat.»

Fria nickte. «Das hat der Same auch gesagt. Er hat Fußspuren gefunden, die zum Meer führten. Kleinere und größere. Er meint, von einer Frau und von einem Mann.»

«Das passt», fand Runi und nickte.

«Ich habe die Kleine Liv genannt, nach meiner Großmutter. So, wie es üblich ist.»

Runi lächelte. «Und unsere heißt Lucia, weil sie am Luciatag zu uns gekommen ist.»

«Wir müssen uns bald einmal treffen. Vielleicht sehen sich die Mädchen ähnlich.»

«Das machen wir. Wollt ihr heute Nachmittag ins Pfarrhaus kommen?»

Fria sah zum Himmel hinauf. «Es riecht nach neuem Schnee. Wenn das Wetter nicht gar so garstig ist, kommen wir.»

Runi hob die Hand zum Gruß und begab sich auf den Heimweg. Fria betrat die Handelsstation. Sie kaufte Milch, Butter, Melkfett, Walspeck und Tran für die Lampen, ein paar Eier und ein paar Kartoffeln ein. Außerdem kaufte sie fein gesponnene Wolle und weichen Stoff, eine mit Daunenfedern gefüllte Bettdecke und ein wenig Öl. Sie brauchte auch Honig, aber den konnte der Same bei der alten Merette besorgen.

«Was habt ihr an Dingen für einen Säugling da?», wollte sie wissen.

Gunhild brachte eine kleine Flasche mit einem Gummisauger, dazu noch ein paar Windeln und eine gute Salbe, die der Inseldoktor selbst hergestellt hatte und die vor allem die Fischer für ihre rauen Hände benutzten. Fria bestellte noch ein wenig Milchpulver für die nächste Woche, bezahlte und machte sich auf den Heimweg. Sie schritt anders aus heute, das konnten alle sehen. Denn nun war Fria nicht mehr einfach nur die verwitwete Wirtin des Guesthuset, sondern eine Mutter, die die Verantwortung für ein winzig kleines Mädchen übernommen hatte. Stolz betrat sie das Büro des Bürgermeisters, das sich in der Fischfabrik befand, weil es hier unten am Meer kein eigenes Rathaus gab und Bjarni als Fabrikbesitzer nicht stundenlang außer Haus sein konnte.

Fria klopfte an seine Tür, wartete keine Antwort ab, sondern stürzte gleich hinein. Bjarni saß hinter seinem wuchtigen Schreibtisch und studierte die Zeitung der Insel, die der Lehrer Arni herausgab.

«Guten Morgen erst einmal, meine liebe Fria», sagte er, als sich die Wirtin mit einem Schnaufen auf den Stuhl vor dem wuchtigen Schreibtisch fallen ließ.

«Morgen, Bjarni. Was muss ich tun, um ein Kind als meines anerkennen zu lassen?»

«Ich habe gar nicht bemerkt, dass du schwanger warst. Und überhaupt … Haben wir nicht im letzten Frühjahr deinen vierzigsten Geburtstag gefeiert?»

Fria wischte seine Worte mit einer Handbewegung fort. «Ich habe gestern Abend ein kleines Mädchen bekommen. Sie lag auf meiner Schwelle. Liv heißt sie. Und jetzt mach die Papiere fertig.»

«Wie bitte?» Bjarni holte eine Flasche und zwei Gläser, schenkte sie randvoll. Fria nahm das ihre, warf den Kopf in den Nacken, und mit einem Schluck war das Glas leer.

«Erzähl mal.»

«Da gibt es nicht viel zu erzählen. Auf meiner Schwelle lag ein Säugling, ich habe ihn aufgenommen und fertig.»

«Und wem gehört der Säugling?»

«*Gehörte*, Bjarni. Das weiß ich nicht, aber jetzt gehört er mir.»

«Ein Findelkind also.»

«Gestern Nacht war sie ein Findelkind. Ab heute ist sie meine Tochter. Also, worauf wartest du noch?»

Bjarni seufzte. «So einfach, wie du dir das vorstellst, ist es nicht. Es könnte ja sein, dass die leiblichen Eltern kommen und das Kind wiederhaben wollen.»

«Dann werden sie es nicht kriegen. Wer sein Kind aussetzt, hat das Recht darauf verspielt.»

«Fria! Jetzt höre mir doch erst einmal zu, verflixt. Du musst ein Jahr warten. Wenn sich in der Zeit niemand gemeldet hat, kannst du das Kind als das deinige registrieren lassen.»

«Wer sagt das?»

«Das steht so im Gesetz, das kannst du nicht ändern.»

«Hmm!», machte Fria und erhob sich unzufrieden. «Du behältst meine Angelegenheit im Auge?»

«Sicher. Außerdem wirst du mich bestimmt jeden Abend daran erinnern.» Bei dem Gedanken verzog der Bürgermeister schmerzlich das Gesicht.

«Darauf kannst du wetten.» Die Tür krachte hinter Fria ins Schloss.

Am Nachmittag klarte es auf. Die Sonne schien und ließ den Schnee glitzern. Fria zog der Kleinen die dicke pelzgefütterte Hose an und den kleinen Kittel, wickelte sie in eine Decke und trug sie behutsam durch den Schnee bis hin zum Pfarrhaus. Sie lief immer schnell, sie hatte es stets eilig, aber heute schritt sie so behutsam aus, als müsste sie Glas transportieren. Sie klopfte am Pfarrhaus, und Runi öffnete ihr. «Ich habe Kaffee gekocht und ein paar Plätzchen gebacken», erklärte sie und schob Fria in den Hausflur. Fria gab Runi das Mädchen, zog ihren schweren Mantel aus und nahm das Kind sofort wieder an sich.

Sie legte die kleine Liv direkt neben Lucia in die Wiege. Noch waren die Mädchen so klein, dass sie beide hineinpassten. Und dann betrachteten sie die beiden winzigen Gesichtchen und suchten nach Ähnlichkeiten. «Meine Liv hat ganz graue Augen», erzählte Fria.

«Die Lucia ist blauäugig. Und schau doch mal die Nasen an. Lucias blickt nach himmelwärts. Die von Liv ist gerade richtig gebogen.»

«Und die Münder, sieh doch nur! Liv hat eine größere Unterlippe als Lucia.»

Sie vermaßen die Mädchen mit einem Schneidermaßband und stellten fest, dass sie auf den Zentimeter gleich groß waren.

«Ob sie Zwillinge sind?», fragte Runi laut.

Fria wiegte den Kopf hin und her. «Vielleicht. Vielleicht aber auch nicht. Zumindest sehen sie aus, als wären sie gleich alt.»

«Ja», bestätigte Runi. «Nicht älter als eine Woche, würde ich sagen.»

«Sie müssen Schwestern sein, weil ich mir einfach nicht vorstellen kann, dass zwei Mütter zur selben Zeit ihre gleich alten Kinder auf unserer Insel aussetzen und dann auch noch in den gleichen Sachen», fand Fria, und Runi gab ihr recht.

«Sie sollten als Schwestern aufwachsen. Als Schwestern mit unterschiedlichen Eltern. Wollen wir es so halten?»

«Ja, es sei denn, du gibst mir auch die kleine Lucia.»

Fria hatte kaum gewagt, diese Bitte auszusprechen, denn sie hatte in Runis Augen Liebe entdeckt. Liebe zu diesem kleinen mutterlosen Mädchen.

Und schon schnellte Runi herum: «Wie kannst du so etwas fragen? Oder sollte ich lieber fragen, ob du mir nicht auch dein Mädchen gibst? Immerhin bin ich eine Mutter, die schon vier Kinder hat und Bescheid weiß, während du keine Ahnung davon hast, was ein Säugling alles braucht.»

Sie blickten sich an, die beiden Frauen, die Augen zu schmalen Schlitzen verengt. Sie waren Löwinnen, obschon sie es noch nicht wussten. Sie waren bereit, ihre Mädchen zu verteidigen, komme, was da wolle.

Runi war die Erste, die sich ein Lächeln auf die Lippen zwang. «Es ist am besten so, wie es ist», fand sie. «Lass uns nur einander versprechen, die Mädchen so oft wie möglich zusammen spielen zu lassen. Sie sollen auch früh erfahren, dass sie Schwestern sind.»

Da lächelte auch Fria erleichtert. «Und wir feiern ihre Geburtstage gemeinsam. Was denkst du? Welchen Tag sollen wir als Geburtstag bestimmen?»

«Den Luciatag», schlug Runi vor. «Denn an diesem Tag sind sie zu uns gekommen, sind wir ihre Mütter geworden.»

Damit war Fria einverstanden.

KAPITEL 2

Den ganzen ersten Monat schrie Liv jede Nacht durch. Fria hatte dunkle Ringe unter den Augen, und der Same versalzte das Essen vor lauter Müdigkeit. Sie gingen abwechselnd in der Gaststube auf und ab, sangen, streichelten, reichten Ziegenmilch mit Honig, doch das Kind schrie und schrie.

«Sie hat eine kräftige Stimme», erklärte der Same stolz. «Sie wird sicher einmal eine gute Sängerin.»

«Mir wär es lieb, ihre Stimme bliebe blass und leise», knurrte Fria, doch in diesem Augenblick hörte das Geschrei auf, und Fria säuselte: «Braves Schätzchen, brave Liv.» Sie wiegte das Kind – und sogleich begann es wieder zu schreien.

Von Lucia hörte man, dass sie die meiste Zeit über friedlich schlief. Runi bewegte sich auf sehr dünnem Eis, wenn sie versuchte, Fria gute Ratschläge zu geben.

«Gib ihr den Zipfel eines Taschentuchs, damit sie daran saugen kann», schlug die Pfarrersfrau vor.

Aber Fria schüttelte den Kopf. «Das klappt vielleicht bei deiner Lucia, meine Liv aber ist energisch und eigensinnig. Genau wie ich.»

Runi verschluckte die Bemerkung über leibliche Mutterschaft, die ihr auf der Zunge lag, und sparte sich sodann ihre Ratschläge. Frias Eigensinn war bekannt, nun schien er noch stärker geworden zu sein.

Als die Mädchen ein Jahr alt waren, konnte Liv bereits die ersten Schritte an Frias Hand laufen. Ihr Weg zog sie immer hinunter zum Meer. Und sie juchzte laut, wenn die Wellen ans Ufer schlugen. Als es Sommer wurde, gab der Same ihr einen alten Topf, einen Schöpflöffel und ein zerbrochenes Sieb zum Spielen, und Liv schaufelte Sand und Muscheln, winzige Würmer und glänzende Käfer in ihren Topf.

Ihr erstes Wort war «*hav*», so heißt das Meer auf Norwegisch. Das zweite Wort lautete «*da*», und Liv zeigte mit ihrem kleinen Finger hinauf zum Himmel, an dem die Vögel flogen. Und ihr drittes Wort war «*ravn*», und das kleine Mädchen zeigte stolz auf große schwarze Vögel, zumeist Raben und Krähen.

Als sie dreieinhalb war, lehrte der Same sie das Schwimmen. Fria, die selbst niemals einen Fuß ins Meer setzen würde, hatte Angst um Liv, die sich in jeder freien Minute am Ufer aufhielt. «Sie muss unbedingt schwimmen lernen. Sie hat ohnehin Meerwasser in ihren Adern, scheint mir. Ich komme um vor Angst, wenn sie mir entwischt und allein am Wasser spielt. Sie könnte ertrinken. Also, Same, bring ihr das Schwimmen bei.»

Eines Nachmittags brachen die beiden auf. Der Same erklärte Liv, wie sie die Arme und die Beine bewegen musste. Er hatte ein altes Ruder dabei und befestigte daran ein Seil. Das andere Ende schlang er um Livs Bauch. Die lief furchtlos ins handwarme Wasser, und als es ihr bis zur Brust reichte, stürzte sie sich in die Flut und schwamm, als hätte sie nie etwas anderes getan.

Der Same staunte. «Du bist ja eine Meerjungfrau», rief er ihr zu und hielt sie an dem Seil, obschon er sah, dass sie es nicht brauchte. Nach einer halben Stunde holte er das Kind aus dem Wasser, rubbelte es ab, doch Liv quengelte schon wieder: «Noch mal, noch mal.»

Der Same krempelte sich die Hosen hoch, verzichtete auf seine Schwimmhilfe und ließ Liv allein schwimmen. Sie schwamm wie ein Fisch, und als sie versuchte zu tauchen, lachte der Same.

Zu ihrem fünften Geburtstag bekam Liv eine Lupe. Und von diesem Tag an untersuchte sie alles, was sich bewegte und nicht bewegte. Sie untersuchte einen Tropfen Milch in der Küche. Sie brach ein Stück Brot und betrachtete es unter der Lupe. Sie brachte Würmer und Muscheln und Käfer vom Strand herbei und untersuchte auch sie. Dann zeichnete sie, was sie sah. Es entstanden ungeschickte Bilder, aber man konnte doch erkennen, was sie darstellen sollten.

Einmal stieg sie auf einen Felsen, um zu einem Rabennest zu gelangen. Sie stürzte ab und brach sich ein Bein. Kaum war das Bein verheilt, musste der Same sie von einem Baum retten, auf den sie hinauf-, aber nicht wieder hinabkam. Wieder hatte sie in ein Rabennest schauen wollen.

«Was hast du nur immer mit diesen grässlichen Totenvögeln?», wollte Fria von ihr wissen.

Liv zuckte mit den Schultern. «Sie sind meine Freunde.» Sie sagte das, als wäre es das Natürlichste auf der Welt.

«Wie kommst du darauf?», forschte Fria weiter, und plötzlich fiel ihr ein, dass ein Rabe an ihr Fenster geklopft hatte, als Liv im Sturm vor ihrer Tür gelegen hatte.

«Ich kann mit ihnen reden.»

Fria stemmte die Hände in die Hüften. «Du kannst mit ihnen reden, ja?»

Liv nickte ernsthaft.

«Und mit den Möwen oder dem Eissturmvogel kannst du das nicht?»

Wieder nickte Liv, verwundert über diese Frage, wo die Antwort doch auf der Hand lag.

«Du sprichst also Norwegisch und Rabisch?»

«Ja.»

Fria drehte sich zum Samen um. «Hast du das gehört?»

Der Same nickte. «Es gibt Menschen, die die Tiere verstehen können», erklärte er mit großem Ernst. «Vielleicht gehört Liv dazu.»

«Und vielleicht kann ich nächste Woche schwimmen wie ein Hering», spottete Fria, schüttelte den Kopf und verließ die Küche.

Mit sechs Jahren kam Liv in die Schule und konnte zwei Wochen später lesen und schreiben.

«Wie hast du das gemacht?», wollte Fria wissen. «Wieso kannst du plötzlich schreiben?»

Wieder zuckte Liv mit den Schultern. «Ich kann auch bis einhundert zählen», erklärte sie und machte es sogleich vor.

Fria schüttelte den Kopf, doch am Abend prahlte sie voller Stolz am Stammtisch mit Livs Erfolgen.

Lucia ließ sich mit dem Laufen Zeit, dafür sprach sie besser als Liv. Mit gerade mal einem Jahr konnte sie die vier Jahreszeiten auswendig aufsagen, sechs Monate später das Vaterunser. Sie spielte gern mit Puppen, baute ihnen aus Gras und Stöcken kleine Unterkünfte. Sie liebte Kleider mit Schleifen und Rüschen, während Fria ernsthaft überlegte, ob eine Hose aus dickem Manchesterstoff nicht das Richtige für Liv wäre. Aber kein Mädchen trug Hosen, also verwarf sie den Plan wieder.

Lucia saß in der Schule meist brav an ihrem Pult, aber manchmal, wenn sie etwas ganz genau wusste, redete sie einfach drauflos, ganz gleich, ob sie dran war oder nicht. Sie war eine aufmerksame Schülerin, die sich jedoch nirgends hervortat, während Liv in den Naturwissenschaften glänzte und nur antwortete, wenn sie gefragt wurde. Einmal, die Mädchen waren wohl in der fünften Klasse, brachte Fischfabrikbesitzer Bjarni zwei Dutzend tote Heringe in die Schule. Die Kinder sollten sie ausnehmen und dabei lernen, wie Fische gebaut sind. Gespannt blickten alle auf Arni, ihren Lehrer, der das Tier am After aufschnitt und den Schnitt bis hoch zu den Kiemen führte.

Die Kinder taten es ihm nach. Lucia entgrätete den Fisch, als wollte sie ihn braten, genau wie sie es zu Hause bei Runi gesehen hatte. Liv aber untersuchte jedes Teilchen mit der Lupe, während die restlichen Kinder sich bereits anderen Dingen zuwandten.

Sie waren nicht nur Schwestern, sie waren auch Freundinnen. Alles, was Lucia durch den Kopf ging, erzählte sie Liv. Da waren die Neuigkeiten aus dem Pfarrhaus, die sie aus Runis Gesprächen aufgeschnappt hatte. «Der alte Wilm ist schwer gestorben, hat Runi erzählt. Das liegt wohl daran, dass er so lange nicht mehr in der Kirche gewesen war.»

«Denkst du, Gott hat Zeit zu schauen, wer am Sonntag in die Kirche geht?», zweifelte Liv.

«Gott sieht alles», erklärte Lucia und beschrieb Wilms Beerdigung.

Auch Liv erzählte, was sie erlebte und dachte: «Weißt du eigentlich, dass nachts andere Käfer am Meeressaum sind als am Tag? Und bei Regen andere als bei Sonnenschein? Und im Frühling andere als im Herbst? Aber die Raben wissen immer genau, mit welchen davon sie ihre Jungen füttern können.»

«Nein, weiß ich nicht. Was hat das zu bedeuten?»

«Dass die Natur sich ständig ändert, dass es immer etwas Neues zu entdecken gibt. Weißt du zum Beispiel, wie man junge Raben erkennt und sie von den alten unterscheidet? Die Jungen haben ein mattes Gefieder. Je älter sie werden, umso stärker glänzt es.»

«Aha. Und was machst du mit diesem Wissen?»

Liv zuckte mit den Schultern. «Was machst du mit deinem Wissen über die Beerdigung des alten Wilm?»

«Das interessiert mich, weil ich den alten Wilm kannte.»

«Nun, ich kenne alle Raben auf der Insel. Es sind genau vier Brutpaare und ungefähr ein halbes Dutzend Jungvögel.»

Lucia schüttelte verständnislos den Kopf. «Fehlt nur noch, dass du selbst einen Raben ausbrütest.»

Daran hatte Liv tatsächlich schon gedacht. Sie wollte ein Ei aus dem Nest der Raben stehlen, es in ihr Bett unter das Kopfkissen legen und beobachten, was geschah. Aber dann verwarf sie den Plan, weil Fria dem ganz sicher nicht zugestimmt hätte. Und außerdem wollte sie kein Rabenei stehlen, denn sie ahnte, dass die Raben es bemerken würden.

KAPITEL 3

Liv stand mit den Füßen direkt am Wellensaum. Der Westwind peitschte ihr die langen Haare ins Gesicht, das Wasser spritzte hoch auf, bevor die Wellen krachend auf Liv zuschossen. Es roch nach Salz und Meer, nach Tang und Fisch. Der schönste Geruch, den Liv kannte. Über sich sah sie einen Eissturmvogel, der sich waghalsig auf das Wasser stürzte, mit dem Wind flog, als wären sie Gefährten, als gehörten sie zusammen. Der Eissturmvogel war ihr zweitliebster Vogel, obschon sie auch die Dreizehenmöwe, den Papageientaucher, den Basstölpel und die Trottellumme mochte. Aber kein Vogel kam an den Raben heran. Dabei sah er nicht einmal besonders hübsch aus, schwarz und geheimnisvoll wie er war. Raben waren etwas größer als Krähen, und Liv schätzte, dass die größten von ihnen ein Kilogramm wogen. Das Gefieder der Jungen war noch stumpf, erst nach ein paar Jahren begann es, blauschwarz zu glänzen. Einmal hatte sie einen verletzten Raben am Meeressaum gefunden. Sein Flügel war gebrochen. Behutsam hatte sie ihn aufgehoben und eine Kiste mit Moos gefüllt. Sie stellte die Kiste neben das Haus und schaute jeden Tag nach ihm. Der Same brachte Fischabfälle, und Liv hockte stundenlang vor der Kiste und betrachtete den Vogel. Sie wusste, dass er die meiste Zeit seines Lebens in der Luft verbrachte. Sie wusste, wo sein Schlafplatz war, und sie wusste sogar, dass er sich von einem Rabenweibchen gern den Kopf kraulen ließ. Sie blickte in seine dunklen Augen und versuchte, die Rufe der Raben zu imitieren, die glucksenden, gackernden Laute. «*Rah arrg grah.*» Doch der Vogel reagierte nicht, sondern pickte an dem Fischkopf. Stundenlang saß sie neben dem provisorischen Nest und hielt dem Tier Brotbröckchen hin. Und ihre Geduld trug Früchte. Nach nur sieben Tagen fraß ihr der Rabe aus der Hand. Und einmal, sie hatte sich aus der Küche ein gekochtes Ei stibitzt, da streckte er sich, schnappte ihr das Ei aus der Hand und verspeiste es mit großem Genuss.

«Weißt du, was das Lieblingsessen der Raben ist?», fragte Liv, als sie Lucia das nächste Mal traf. «Hart gekochte Eier.»

«Du spinnst ja», antwortete Lucia. «Raben fressen tote Tiere. Sie hacken ihnen die Augen aus und fressen sie.»

Zwei Tage später machte Livs Rabe, den sie «Kraja» genannt hatte, die ersten Flugversuche mit dem gebrochenen Flügel. Am dritten Tag flog Kraja bis zur nächsten Birke, am vierten Tag unternahm er einen Ausflug über das Meer. So weit, dass Liv nur noch einen schwarzen Punkt am Himmel sehen konnte. Und heute hatte er aufgeregt in seinem Nest gehockt und kollernde Laute von sich gegeben.

«Du bist also wieder gesund», sagte Liv, und Fria, die neben ihr stand, schüttelte den Kopf.

«Du willst fliegen, willst weg von hier.»

Der Rabe senkte den Kopf, als nickte er, dann spannte er die Flügel und erhob sich in die Luft. Liv und Fria blickten ihm nach, dann betrachtete Fria ihre Tochter ungläubig, schüttelte den Kopf und ging zurück ins Haus.

Der Rabe flog dicht über dem Meer, passte seine Höhe den Wellenbergen an. Liv konnte nicht unterscheiden, wo das Meer aufhörte und der Himmel begann, es schien ihr sogar, dass das Meer und der Himmel ineinander übergingen, nicht zu trennen waren. Über ihr jagte der Sturm die dicken grauen Wolken über den Himmel. Spitze Schneeflocken trieben waagerecht an ihr vorüber, stachen in die Wangen, setzten sich aufs Haar. Liv hob den Kopf, öffnete den Mund und schmeckte das Salz in der Luft. Dann breitete sie die Arme aus und schrie etwas, das nicht zu verstehen war, denn der Sturm riss ihr die Worte von den Lippen. Nie war sie glücklicher, nie fühlte sie sich freier als hier in der Natur, in der Nähe der Raben und des Nordmeeres. Sie liebte es, wenn das Meer still und wie eine silberne Tafelplatte vor ihr lag. Sie liebte die kleinen Wellen mit den Schaumkrönchen, die zu ihren Füßen flüsterten. Und sie liebte den Sturm. Ja, den liebte sie am meisten. Da war das Meer so gewaltig, so furchterregend, so kraftvoll, dass sie glaubte, seine Kraft würde auf sie übergehen, wenn sie nur standhielt.

Neben ihr tauchte der Schein einer Laterne auf. Der Same war gekommen, um sie zu holen. Aber erst stellte er sich neben Liv, blickte auf das brodelnde, tobende Meer, bog sich im Wind, lachte und schien so eins mit der See und dem Wind, als wäre er im Sturm geboren. Dann legte er Liv einen Arm um die Schulter, strich ihr über die nassen Wangen. «Komm ins Haus. Dein Rabe hat sich längst seinen Schlafplatz gesucht», sagte er. «Du bist nass und kalt, du wirst uns noch krank.»

Langsam, als könnten sie sich nicht von den Naturkräften trennen, liefen sie auf das Guesthuset zu. Auf der Schwelle schüttelten sie sich wie Hunde, strichen das Wasser von den Wachsjacken. Dann betraten sie die Schankstube, die aus einer hölzernen Theke mit einer polierten Messinghaltestange bestand und aus sechs Tischen. Fünf davon waren von je vier Stühlen umstanden, der Stammtisch aber war größer, hier fanden acht Personen Platz. Der Boden bestand aus dicken Dielenbrettern, und an der Wand, ebenfalls mit Holz vertäfelt, hingen ein paar gestickte Bilder. Sie hingen da, seit Liv denken konnte, und waren schon ein wenig vergilbt.

«Seestern, da bist du ja!», rief Bjarni, der Bürgermeister und reichste Bewohner der Inselgruppe Smøla und der einzige, der in einem Haus mit Ziegeldach wohnte. Sein breites Gesicht war gerötet, Nase und Ohren leuchteten, das dunkle Haar lag wie ein Luciakranz auf seinem Kopf. Er trug einen Anzug. Auch das als Einziger auf den Inseln. Schließlich war er nicht nur Bürgermeister, sondern auch Besitzer der Fischfabrik. Die Weste spannte über seinem Bauch, die goldene Kette der Taschenuhr war zum Zerreißen gespannt.

«Na, was macht dein Rabe heute?»

«Er ist wieder gesund», berichtete Liv. «Er ist zu seinem Schlafplatz in der alten Buche geflogen. Aber zuvor hat er eine Runde über dem Meer gedreht, er hat mit dem Sturm getanzt.»

Bjarni lächelte sie an. «Du und deine Raben. So etwas hab ich auch noch nicht erlebt.»

«Hast du wieder Zeitungen für mich?», fragte Liv, zog die Wachsjacke aus und blies in ihre eiskalten Hände.

«Aber ja, mein Seestern. Frisch aus Christiania.»

Er legte ein kleines Bündel auf den Tisch, und Liv strich behutsam mit der Hand darüber. «Ich werde sie gleich lesen.»

Dann begrüßte sie die anderen Männer, die allesamt

ihre Freunde waren und beinahe jeden Abend im Guesthuset ihren Aquavit tranken. Da war Fenris, der Pfarrer, den sie als ihren Onkel ansah, denn er war der Vater ihrer Schwester Lucia. Dass sie Schwestern waren, das war nicht in Stein gemeißelt, aber Lucia und Liv waren in derselben Nacht gefunden worden, hatten ähnliche Kleidung getragen, und deshalb sah man sie als Geschwister an. Womöglich waren sie sogar Zwillinge, das behauptete Runi zumindest. Aber Liv glaubte das nicht. Sie waren einfach zu verschieden. Während sie groß und schlank war, mit dünnem rötlich braunem Haar und grauen Augen, war Lucia klein und gedrungen mit einem dicken hellblonden Zopf und blauen Augen. Auch im Wesen waren sie verschieden, aber sie verstanden sich gut, sie waren nicht nur Schwestern, sondern Freundinnen und saßen in der Schule nebeneinander. Liv lernte leicht und begeisterte sich sogar für Mathematik, während Lucia wundervolle Handarbeiten fertigen konnte.

«Hast du mir wieder ein Rätsel mitgebracht?», wollte Liv von Fenris wissen.

«Aber ja. Pass auf: Kannst du die Zahlenreihe fortsetzen? 1, 2, 6, 24 … Wie heißt die nächste Zahl?»

Liv hob die Augenbrauen und tippte sich mit einem Finger gegen das Kinn, dann lächelte sie: «Das ist einfach. 120 kommt nach der 24.»

Chrisander, der Fischer, der ebenfalls zur Abendrunde gehörte, riss erstaunt die Augen auf. «Wie hast du das rausgekriegt? Ich rätsele schon seit einer halben Stunde daran herum.»

«$1\times2=2$, $1\times2\times3=6$, $1\times2\times3\times4=24$, $1\times2\times3\times4\times5=120$.»

Fria kam aus der Küche in die Gaststube. «Habt ihr es

schon wieder mit den Rätseln?», murrte sie. «Ihr bringt mir das Mädchen nur auf dumme Gedanken. Ist so schon nicht einfach mit ihr. Anstatt wie andere Mädchen Kuchen essen, verschlingt sie ihre Bücher, wenn sie nicht gerade den Raben nachjagt. Mein Gott, wo soll das nur enden?»

Liv und der Same wechselten einen Blick, und der Same kniff kurz ein Auge zu, während Liv lächelte. Sie hörten diese Worte mindestens dreimal am Tag. Und sie wussten auch, wie es weiterging.

«Dass du mir nur nicht schlau tust, das ziemt sich nicht für ein Mädchen. Willst doch mal einen Mann bekommen. Hach!» Der letzte Seufzer kam aus der Tiefe ihrer Brust. «Jetzt iss erst mal was.» Fria eilte zurück in die Küche und kam mit einem dampfenden Teller und einem Stück Brot zurück. Liv dankte, dann widmete sie sich ihren dicken Bohnen mit großem Appetit, brach das Brot in kleine Bröckchen und steckte diese in ihre Rocktasche.

«Fräulein, was habe ich gesagt?» Fria baute sich neben ihr auf. «Also?»

«Ich soll mein Brot essen und es nicht für die Raben aufheben», wiederholte Liv den Spruch wie an jedem Abend.

«Und was machst du stattdessen?»

Liv zuckte mit den Schultern, blickte Fria von unten her an und wagte ein winziges Lächeln.

«Dieses Kind bringt mich noch an den Rand des Wahnsinns», erklärte Fria daraufhin, und ebenfalls wie an jedem Abend ging sie in die Küche und kam mit einem neuen Stück Brot zurück. «Das isst du jetzt», befahl sie und schmierte dick Butter darauf.

Und Liv aß das Brot, ehe sie sich den Zeitungen zuwandte. Doch schon wieder störte Fria sie auf. «Es gibt noch genug abzuwaschen in der Küche. Wer isst, muss entweder arbeiten oder bezahlen.»

Auch diesen Satz hörte Liv jeden Tag, aber sie stimmte Fria zu. Also erhob sie sich, spülte das Geschirr, schrubbte Töpfe und Pfannen und seifte die Arbeitsplatte ordentlich ein. Dann trocknete sie das Geschirr ab und stellte es sorgfältig in den Schrank zurück.

«Darf ich jetzt?», fragte sie.

Fria, die inzwischen mit dem Samen bei Bjarni, Fenris und Chrisander am Stammtisch saß, nickte.

Während Liv die Zeitungen zum Nachbartisch trug, hörte sie die Männer und Fria reden. Es ging um den Lehrer Arni, der heute nicht kommen konnte, weil er nach Trondheim gefahren war. Bjarni hatte ihn geschickt.

«Ich denke, auf dem Amt gibt es da keine Probleme», erklärte Bjarni. «Der Bürgermeister von Trondheim und ich, wir kennen uns schon seit Ewigkeiten.»

«Der Bürgermeister entscheidet aber nicht, ob Arni auf Smøla Unterricht bis zum Examen artium geben darf. Wenigstens die Prüfungen müssen wohl auf dem Festland abgehalten werden. Und so viele Jugendliche, die für die höhere Bildung infrage kommen, gibt es hier auch nicht», gab Fenris zu bedenken.

«Eine Handvoll sind es schon», beharrte Bjarni. «Es heißt immer, die Insulaner in Norwegen wären ungebildet und verstockt. Wird Zeit, dass sich das ändert. Meine beiden Söhne sind jedenfalls dabei. Und Fenris, du schickst deine Jungs doch bestimmt auch? Oder?»

«Das ist der Plan, ja.»

«Ich möchte auch dabei sein», rief Liv dazwischen. «Ich möchte auch dieses Examen machen.»

Chrisander lachte los, während Fria den Kopf schüttelte und einen weiteren tiefen Seufzer ausstieß. «Das fehlte mir gerade noch. Du hast eh schon mehr Dinge im Kopf als die anderen Mädchen. Das kann später keine Frau brauchen.»

Bjarni jedoch, der stets eifrig bemüht war, den Ruf der Insulaner aufzubessern, fragte: «Warum eigentlich nicht? In Christiania gibt es eigene Schulen für kluge Mädchen. Und unser kleiner Seestern ist klug.»

Die Männer starrten allesamt zu ihr hinüber. Liv schluckte und wusste nicht, wo sie hinschauen sollte. «Ich würde gern dieses Examen machen», wiederholte sie leise.

«Wozu? Wozu in aller Herrgotts Namen?» Fria warf die Hände in die Luft. «Kannst du mir das vielleicht mal erklären?»

Auch Chrisander blickte verwundert zu Liv und dann in die Runde. «Was soll sie denn mit einem solchen Examen? Hier auf der Insel?»

«Sie könnte Lehrerin werden. Arni ist ja auch nicht mehr der Jüngste», stellte der Bürgermeister fest.

Der Same sagte nichts, aber er lächelte. Er war Livs bester Freund. Ihm fühlte sie sich nahe, von ihm fühlte sie sich verstanden.

«Ich möchte studieren», erklärte sie mutig.

«Hat man so was schon gehört?» Wieder warf Fria die Hände in die Luft und schüttelte den Kopf. «Willst am Ende noch Ärztin werden, was? Da würde keiner hingehen. Eine Frau als Ärztin! Nicht mal an ihre Schafe würden sie dich lassen.» Sie war wirklich verzweifelt. «Und wer führt dann das Guesthuset, wenn ich einmal nicht mehr bin?»

Auch diese Frage bewegte Fria. «Wer soll dir zeigen, wie man eine Soße macht, wenn ich einmal nicht mehr bin?

Wie willst du bügeln lernen, wenn ich einmal nicht mehr bin? Wenn ich einmal nicht mehr bin, ist die Vorratskammer bestimmt immer leer …» Liv kannte alle diese Fragen, und insgeheim teilte sie Frias Befürchtungen. Was sie jedoch nicht dazu bewegte, das Kochen zu lernen.

«Wenn ich Ärztin werden würde, bräuchtest du keine Angst vor Krankheiten zu haben», erklärte sie. «Aber ich möchte lieber Zoologie studieren.»

Bjarni, der den Ärger, der in der Luft lag, riechen konnte, wechselte das Thema. «Es gibt eine neue Verordnung für die Fischer», erzählte er, und sogleich wandten sich alle ihm zu, und Liv konnte endlich die Zeitung durchblättern.

Sie vertiefte sich in die Artikel und hatte schon bald alles um sich herum vergessen. Da stand, dass ein österreichischer Arzt, ein gewisser Theodor Escherich, die Coli-Bakterien entdeckt hatte. Was bedeutete, dass es vielleicht ein wirksames Mittel gegen diese Bakterien geben würde, die in der Darmflora, in den Harnwegen, in der Wundinfektion und bei einigen Säuglingskrankheiten eine Rolle spielten. In Livs Bauch kribbelte es. Wie immer, wenn sie wissenschaftliche Artikel las. Sie hob den Kopf. «Da hat einer ein Bakterium entdeckt, und diese Entdeckung kommt einer Revolution in der Medizin gleich. Und im Unterschied zu Viren haben Bakterien nämlich einen eigenen Stoffwechsel.»

«Das steht alles in der Zeitung?», wollte Chrisander wissen.

«Ja, aber das mit dem Stoffwechsel der Bakterien hat mir der Doktor erklärt», erwiderte Liv. «Es ist noch nicht hundertprozentig bewiesen, aber bald werden die Wissenschaftler herausgefunden haben, wie dieser Stoffwechsel funktioniert. Und dann wird es noch mehr Medikamente geben.»

Fenris, Bjarni, Chrisander, der Same und Fria warfen ihr vielsagende Blicke zu. Dann erklärte die Wirtin: «Bjarni, mit den Zeitungen machst du mir das Mädel ganz kirre. Ein Bakterium, eine medizinische Revolution. Vielleicht in Christiania, aber ganz sicher nicht hier auf unserer Insel.»

Der Same lächelte, Chrisander schüttelte den Kopf, Fenris betrachtete sie aufmerksam, und Bjarni nickte, doch das sah Liv gar nicht mehr, denn sie las schon weiter. Da gab es einen Artikel über ein Platten-Grammofon und einen über einen vierrädrigen Kraftwagen mit Benzinmotor, der ganz von alleine fuhr. Ohne Pferde. Nur mit Benzin. Liv begann zu träumen. Wenn es hier ein Grammofon gäbe, dann könnten sie Musikabende abhalten. Und Fria könnte mit dem Daimler-Auto zur Handelsstation fahren und müsste die schweren Einkäufe nicht immer in einem Bollerwagen oder auf einem Schlitten hinter sich herziehen. Oh, das wäre was. Oh, wenn sie doch lernen und das Examen artium machen könnte! Vielleicht würde sie auch etwas erfinden. Etwas, das mit dem Meer zu tun hatte. Oder mit den Tieren, die auf der Insel lebten. Wenn sie doch nur einmal nach Christiania käme.

Sie seufzte. «Lässt du mich das Examen machen, wenn ich verspreche, kochen und backen zu lernen?», wollte sie von Fria wissen.

«Wie bitte?» Fria schreckte aus ihren Gedanken hoch. «Warum in aller Welt willst du das? Keine Frau, kein Mädchen ist dir gleich. Was willst du denn damit? Hier, auf Smøla.»

«Das weißt du doch, das habe ich doch schon gesagt.

Du willst es nur nicht glauben. Studieren möchte ich, und dazu benötigt man das Examen.» Liv ließ nicht locker, verbrannte Fria beinahe mit ihrem Blick.

«Tja, was wäre, wenn der Seestern ein Seestern mit Examen artium wäre?», fragte Bjarni. «Was wäre, wenn wir eines Tages tatsächlich eine Lehrerin hier hätten? Oder eine, die sich mit der Buchhaltung auskennt, mit der Mathematik?»

«Sie nimmt nur den Männern die Arbeit weg», befand Chrisander. «Frauen und Männer sind nicht gleich. Ein jedes hat seine Aufgabe. Am Ende sollen noch die Männer die Kinder kriegen und in der Küche stehen, was?» Er lachte laut los, und die anderen stimmten ein.

Aber Bjarni ließ nicht locker. Er hatte zwei Söhne und sich immer auch ein Mädchen gewünscht. Vielleicht hing er deshalb so an Liv, die er seinen Seestern nannte. Außerdem war er ihr Patenonkel. «Was sich in den letzten Jahren in Norwegen getan hat, ist gewaltig. Wir waren ein armes Land, in dem die Leute hungern mussten. Ein Land hinter dem Mond. Das sind wir noch, aber die Wissenschaft hat bei uns Einzug gehalten. Es ist noch keine hundert Jahre her, dass die Königliche Friedrichs-Universität in Christiania gegründet wurde. Norwegen holt auf. Norwegen wird nicht mehr lange das Armenhaus Skandinaviens sein.»

Fria deutete mit dem Finger auf den Bürgermeister. «Du hast leicht reden. Eine Lehrerin, eine Mathematikerin. Du setzt ihr immer mehr Flöhe ins Hirn.» Dann blickte sie seufzend zu Liv und winkte ab. «Was soll's. Für die Gastwirtschaft bist du nicht zu gebrauchen. Ich frage mich wirklich, was aus dir einmal werden soll.»

Chrisander, der Fischer, nippte an seinem Aquavit. «Immer neue Moden. Wie lange dauert's noch, bis die Weiber fischen wollen? Ich bin gespannt, was die Leute dazu sagen.»

Die Leute hatten eine ganze Menge dazu zu sagen. Fenris hatte noch am selben Abend seinem Weib Runi davon berichtet, dass Liv das Examen artium ablegen möchte. Und Runi hatte es Gunhild erzählt, der Frau aus der Handelsstation. Und Gunhild hatte es jedem berichtet, der in den Laden kam.

«Hat man so was schon gehört! Jetzt will sie auch noch das Examen artium machen, die Liv. Ja, so ist das, wenn man keine eigenen Eltern hat, wenn man in einem Gasthaus aufwächst und kein Vater da ist, der hin und wieder den Gürtel nimmt.»

Wie eine Laus sprang die Nachricht von Mensch zu Mensch über die Insel. Die Leute standen an den Hausecken, steckten die Köpfe zusammen und tuschelten. Mal gaben sie Fria die Schuld an Livs Anmaßung, mal dem Kind selbst. Schließlich wusste man nicht, wo sie herkam. Wer weiß, was noch alles in ihr schlummerte? Die Lucia, ja, die war anders, die war richtig. Und Liv war falsch. Wie sie da immer am Meeressaum herumkroch mit ihrer Lupe und alles, was sie da sah, zeichnete und beschrieb. Da hatte sich schon mancher gefragt, ob das Mädchen richtig im Kopf war. Und jetzt das Examen. So weit war es mit ihr gekommen.

Gunhild legte sogar eine Unterschriftenliste in ihrem Laden aus. Und die Männer unterschrieben alle, dass sie dagegen waren. Doch die Frauen waren schlimmer. Als hätten sie Angst davor, dass eine klüger war als sie selbst. Mit großen Buchstaben schrieben sie ihre Namen auf die Liste, und manche setzten noch ein Ausrufungszeichen dahinter. Und hieß es nicht, dass einer, die zu viel wollte, der Schoß vertrocknete? Dass eine immer mehr zum Mannweib wurde, wenn sie keinen in ihrem Bett hatte? Und welcher Mann wollte schon in Livs Bett kriechen? Zu einer, die alles besser wusste als ein Mann. Die sich nicht an die Ordnung hielt. Nein, das konnte man nicht dulden, dagegen musste man sich zur Wehr setzen. Da hatte man Angst um die eigenen Töchter. Wie kam sie überhaupt auf so eine Idee? Dachte sie etwa, sie wäre etwas Besseres? Sie, das Findelkind?

Nur die alte Merette kicherte. «Das war euch noch nie geheuer, wenn eine anders ist als ihr. Mich habt ihr aus der Gemeinschaft ausgeschlossen, weil ich Dinge weiß, die noch von meiner Urgroßmutter stammen. Und jetzt habt ihr eine, die noch mehr wissen will.»

Als Gunhild beim besten Willen keine weiteren Unterschriften mehr zusammenbekam, schickte sie ihren Mann zum Bürgermeister. Doch kaum war er aus dem Haus, da traute sie ihm nicht über den Weg und hetzte hinterher.

«Was willst du, Weib? Denkst du, ich kann die Liste nicht allein zum Bürgermeister bringen?»

«Ach, ich kenn dich doch. Du legst ihm die Liste auf den Tisch, und dann schenkt er dir einen Aquavit ein und dann noch einen, und nach dem dritten steckst du die Liste wieder ein, und alles bleibt, wie es war.»

«Dann komm halt mit», knurrte der Mann, machte aber so große Schritte in Richtung Fischfabrik, dass Gunhild kaum hinterherkam.

Als sie endlich im Büro des Bürgermeisters stand, musste sie sich mit der Hand Luft zufächeln. Ihr Keuchen war im ganzen Raum zu hören.

«Was wollt ihr lieben Leute denn?», fragte Bjarni freundlich und erhob sich, um die Aquavitflasche und drei Gläser aus dem Schrank zu holen.

«Wir wollen nicht, dass die Liv das Examen artium macht. Sie nicht und auch keine andere. Eine Frau muss wissen, wo ihr Platz ist», schnaufte Gunhild.

«Ach, ihr lieben Leute», wiederholte Bjarni und reichte die Gläser herum. Gunhild warf den Kopf in den Nacken und goss sich den Schnaps in den Mund, als wäre es Wasser. «Du, Bürgermeister, musst das verhindern», erklärte sie und streckte ihm das Glas erneut hin.

Der füllte es wieder, lächelte dabei und fragte: «Was schadet es euch, dass die Liv einmal studieren will?»

«Es ist gegen die Ordnung.»

«Ach ja, gegen die Ordnung vielleicht, aber nicht gegen Recht und Gesetz. Da kann ich leider nichts ausrichten.»

«Sie wird unsere Mädchen aufstacheln, und dann gibt es bald niemanden mehr auf der Insel, der die Alten pflegt», erklärte Gunhilds Mann und verlangte auch noch einen weiteren Aquavit.

«So schlimm wird's nicht werden», beschwichtigte der Bürgermeister. «Es ist nur eine, die das Examen machen will.»

«Und wie soll das gehen? Ein Mädchen zwischen all den Jungen? Ist das etwa nicht gegen Recht und Gesetz?»

«Hmm.» Bjarni kratzte sich am Kinn. «Da kannst du wohl recht haben. In Christiania haben sie Klassen für Mädchen und Klassen für Jungen, das hat mir jemand erzählt, der es wissen muss. Aber hier auf der Insel? Hmmm?» Er goss sich ebenfalls noch einen Schnaps ein, dann hellte sich seine Miene auf. «Jetzt weiß ich, wie wir es machen.

Wir brauchen ein zweites Mädchen für die Examen-artium-Klasse. Mal überlegen, wen wir da haben.»

«Kein Mädchen», insistierte Gunhild weiter. «Nur Jungs.»

«Hmm», wiederholte der Bürgermeister. «Vielleicht eine von den Brandholm-Mädchen?»

«Hörst du mir nicht zu?» Gunhild stemmte die Arme in die Seiten. «Wir wollen überhaupt kein Mädchen, das das Examen macht. Es ist gegen die Natur der Frau.»

«Fenris», überlegte der Bürgermeister weiter, ohne auf Gunhild zu achten. «Jetzt weiß ich es. Ja, so machen wir es. Lucia wird das zweite Mädchen sein.»

Gunhild ging um den Schreibtisch herum, packte den Bürgermeister bei den Schultern und schüttelte ihn. «Hast du mich nicht gehört?» Sie schrie beinahe.

Bjarni lächelte sie freundlich an. «Natürlich habe ich dich gehört, du schreist ja laut genug. Aber das Recht und das Gesetz müssen eingehalten werden. Nirgends steht, dass Mädchen von der höheren Schulbildung ausgeschlossen sind. Und an Recht und Gesetz müssen wir uns halten. Das weißt du so gut wie ich.»

Am Abend eilte der Bürgermeister zum Stammtisch. Es war Mittwoch, und mittwochs kochte der Same eine herrliche Gulaschsuppe aus Rentierfleisch. Doch nicht nur deshalb hatte es Bjarni so eilig. Heute Abend noch musste ein zweites Mädchen gefunden werden. Kurz darauf saß er im warmen Guesthuset zwischen seinen Kumpanen. «Wir brauchen noch ein Mädchen für das Examen artium.»

Chrisander, der Fischer, lachte. «Da wirst du wohl keines finden. Welche Mutter, welcher Vater lässt sein Mädchen gehen? Wer soll uns dann im Alter pflegen? Wer soll übernehmen, was wir geschaffen haben?»

Bjarni deutete mit dem Zeigefinger auf Chrisander. «Ein guter Punkt. Da müssen wir uns etwas einfallen lassen.» Er goss sich sein Schnapsglas großzügig aus der Flasche voll, die Fria auf den Tisch gestellt hatte. «Unser Seestern braucht Unterstützung.» Er tat, als hätte er die Einwände des Fischers nicht gehört. «Chrisander, willst du deine Tochter nicht auch noch länger zur Schule schicken?»

«Gott bewahre! Sintra bleibt im Haus. Ihre Mutter bringt ihr alles bei, was eine Frau wissen muss. Sie wird heiraten. Wahrscheinlich einen Jungfischer. Und zur rechten Zeit kann er meinen Kutter übernehmen. Ein Haus werde ich für sie und ihren Mann bauen. Gleich neben unserem. So wird es sein und nicht anders.» Er hob die Hand und ließ sie zur Bestätigung auf den Tisch krachen.

In seinen Worten schwang eine Befürchtung mit, die auch Fria hatte. «Eine Lehrerin, gut und schön. Frauen können nun einmal besser mit Kindern umgehen als Männer. Besonders für die Kleinen wäre es von Vorteil. Doch was wird, wenn Liv nicht Lehrerin auf Smøla werden möchte? Wenn sie etwas anderes studieren und in der Stadt bleiben will? Was wird dann aus dem Samen und mir?», wollte sie wissen. «Wer kümmert sich um uns, wenn wir krank sind?»

Einen kurzen Augenblick schwiegen alle. Es war eine berechtigte Frage. Die Jungen kümmerten sich um die Alten. So war es immer gewesen, und niemand wollte etwas daran ändern.

«Ich kümmere mich», rief Liv rasch. «Du kannst dich auf mich verlassen. Ich werde da sein, wenn ihr mich braucht.»

«Wie willst du dich kümmern, wenn du in Christiania studierst?», fragte Fria bang.

Liv schwieg. Was sollte sie auch sagen? Sie fuhr sich durch ihr langes Haar, fasste es im Nacken zusammen. «Ich liebe die Insel. Ich wollte nie woanders sein. Ich werde nur kurz studieren und dann wiederkommen.»

«Nur kurz studieren!» Fria schüttelte den Kopf und schaute zu Liv. Das Mädchen las im Gesicht ihrer Pflegemutter die Worte, die Fria niemals aussprechen würde: Ich habe dich aufgenommen, dich großgezogen, dich genährt und gekleidet. Ist das der Dank dafür?

«Ich komme doch wieder», erklärte Liv erneut. «Das verspreche ich euch.» Sie erhob sich, umarmte Fria, die sich verstohlen eine Träne aus dem Augenwinkel wischte.

«Hmmhmmhmm», machte Bjarni und sah sich um, als hoffe er, in einer Ecke ein Mädchen zu finden. «Was ist mit dir, Fenris? Willst du nicht deine Lucia das Examen artium machen lassen?»

Fenris drehte sein Glas in den Händen. «Lucia ist nicht besonders schlau», erklärte er. «Aber sie ist ein gutes Mädchen. Was soll so eine mit dem Examen?»

«Na, hör mal. Sie ist die Schwester unseres Seesterns. Sie kann gar nicht unklug sein. Das wäre gegen die Natur. Du hättest sie ein bisschen mehr rannehmen müssen. Nicht immer nur die Bibel herunterbeten lassen.»

Chrisander lachte auf, doch zum Erstaunen aller nickte Fenris auf einmal. «Versuchen können wir's ja mal, aber ich bin sicher, es wird Ärger geben. Die Leute auf der Insel lieben keine Veränderungen. Sie werden nicht wollen, dass Mädchen noch länger zur Schule gehen.»

Bjarni winkte ab. «Die alten Zeiten sind vorüber. Eine

neue Zeit ist angebrochen. Grammofon, ein Auto mit vier Rädern und Benzinmotor. In Christiania fordern Frauen ihr Recht zu wählen. Dort machen schon länger Mädchen ihr Examen artium. Es wird Zeit, dass auf Smøla ein neuer Wind weht. Von uns Insulanern wird immer gesagt, wir wären einfältig und hinkten hinter allem Neuen her.»

KAPITEL 4

Liv und Lucia saßen nebeneinander im Mathematikunterricht. Es war wieder November, und es war schon beinahe dunkel, obwohl die Wintersonnenwende noch bevorstand. Der Same hatte Liv erzählt, dass es jetzt weiter oben im Norden den ganzen Tag lang dunkel war, abgesehen von einer Stunde Dämmerlicht, aber Liv hatte sich das nicht vorstellen können. In einem Monat hatten sie und ihre Schwester Geburtstag. Sie würden sechzehn Jahre alt werden, und Liv war gottfroh, dass sie weiter zur Schule gehen durfte und nicht in die Fischfabrik zum Arbeiten musste.

«Oh, das ist soo langweilig», flüsterte Lucia ihrer Schwester zu. «Sinus, Cosinus, ich verstehe kein Wort.»

«Das ist doch nicht langweilig, das ist hoch spannend», erwiderte Liv. «Stör mich nicht.»

«Pfft», machte Lucia und drehte sich halb um, damit sie Jehan, den Sohn des Bürgermeisters, anhimmeln konnte. Jehan, Jehan. Liv hörte seit Wochen nichts anderes von Lucia. Erst neulich hatte sie Liv in der Pause gefragt: «Was meinst du, wen werde ich heiraten?» Und sie hatte dabei zu Jehan geblickt.

Liv hatte mit den Schultern gezuckt. Sie wünschte für Lucia nur das Beste, aber sie musste sich eingestehen, dass das Verhältnis zu ihr nicht mehr so innig war wie früher. Das lag natürlich auch daran, dass Lucia die Schule hasste.

Wenigstens blieb ihr dadurch die Arbeit in der Fischfabrik erspart, die die Hände rau und rissig machte und die Haut fahl. Dagegen liebte sie das Weben. Alle Frauen auf Smøla webten. Ihre Webteppiche waren über die Grenzen der Insel hinaus bekannt. Bei manchen hieß die Insel sogar «die Weberinsel», und Lucia ging dieser Beschäftigung mit großer Leidenschaft nach. Sie hatte ein Talent dafür, und so hatte Runi sie mit den schwierigsten Webarbeiten betraut. Winzig kleine Bilder sollten dabei entstehen. Man brauchte Geschick dafür und viel Geduld und einen kleinen Webrahmen. Lucia hatte alles davon, und Liv wusste, dass sie sich jetzt schon freute, heute Abend zu ihrer Freundin Yossa zu gehen und mit ihr gemeinsam zu weben und dabei über zukünftige Ehemänner zu schwatzen.

«Guck mal, er hat mich angelächelt», flüsterte sie Liv zu und kicherte albern.

«Lass mich.» Mathematik und Biologie waren Livs Lieblingsfächer, und sie wollte wirklich nicht gestört werden.

«Lucia, kannst du uns etwas über Sinuskurven erzählen?» Der Lehrer Arni trat hinter seinem Pult hervor und stellte sich vor Lucias Schreibpult.

«Sinus?», fragte Lucia nach.

«Sinus!»

«Ähem.»

«Wozu benutzt man diese Berechnungen?»

«Äh, es ist eine mathematische Funktion.»

«Ja, deshalb behandeln wir sie auch im Mathematikunterricht. Aber wozu benötigt man sie?»

Lucia kicherte verlegen und blickte Liv Hilfe suchend an.

«Man benötigt sie für Dreiecksberechnungen», erwiderte Liv. «Und sie bilden Wellen ab. Schallwellen, aber auch Wasserwellen.»

«Dann müsste ja jeder Fischer sie kennen», erklärte Lucia, ein wenig trotzig und beschämt.

«Das tun die meisten, auch wenn sie das, was sie da berechnen, nicht Sinus und Kosinus nennen», erklärte der Lehrer und beendete den Unterricht.

Danach hatten sie Biologie, ein Fach, in dem Liv wiederum glänzte.

«Was kann man alles von einem toten Vogel verwenden?», fragte Arni Jehan. Der blickte um sich, als gäbe es plötzlich noch einen Jehan in der Klasse, dann stotterte er: «Die … äh … die Knochen kann man mahlen und als Dünger verwenden.»

«Richtig. Und weiter?»

«Mit den Federn kann man Kissen füllen, und das Fleisch kann man essen.»

«Ich sehe, du hast ja doch aufgepasst in der letzten Stunde.»

«Nö, das hat mir mein Vater erklärt. Nichts ist unnütz, sagt er immer. Alles hat seinen Nutzen.» Jehan lächelte stolz.

In der letzten Unterrichtsstunde erteilte Arni seinen Schülern Unterricht in *Nynorsk*, dem Neunorwegischen, ein Fach, in dem Lucia glänzte. Es gab zwei Sprachen in Norwegen. Nynorsk war die Amtssprache. Die meisten Norweger sprachen Nynorsk, aber es gab auch viele, die *Bokmal* sprachen, die Sprache der Bücher, die überwiegend aus dänischen und norwegischen Dialekten bestand.

Während Liv mit Romanen nicht viel anfangen konnte, verschlang Lucia insbesondere Liebes- und Kriminalgeschichten. Sie wusste instinktiv, an welcher Stelle ein Komma gesetzt werden musste, während Liv immer dann eines setzte, wenn sie beim Vorlesen Luft holen musste.

«Du könntest Schriftstellerin werden», schlug Liv nach dem Unterricht ihrer Schwester vor. «Du könntest Romane schreiben. Du kämst in der ganzen Welt herum.»

Lucia schüttelte den Kopf. «Ich will gar nicht in der ganzen Welt herumkommen.»

«Wirklich nicht?»

«Nein, wirklich nicht. Mir gefällt es so, wie es ist. Einmal im Jahr nach Trondheim und vielleicht irgendwann noch einmal nach Christiania. Das reicht mir.»

Liv blieb stehen und starrte ihre Schwester fassungslos an. «Sonst willst du nichts? Nur heiraten, Kinder kriegen und einmal im Jahr nach Trondheim?»

«Wie du das sagst! Als wäre mit mir etwas nicht in Ordnung. Aber das stimmt nicht. Alle jungen Mädchen wollen das, was ich auch möchte. Und die Jungs wollen Geld verdienen, ein Haus bauen, vielleicht einen neuen Kutter. Jehan wird die Fischfabrik seines Vaters übernehmen. Was sollte er sonst tun? Und womöglich wird er Bürgermeister, und ich bin dann die Frau des Bürgermeisters. Viel mehr kann man nicht erreichen. Und mehr will ich auch gar nicht.»

Liv nickte nachdenklich, aber am Nachmittag, als sie dem Samen dabei half, Braunkäse zu machen, eine Spezialität im ganzen Land, da wollte sie von ihm wissen: «Bin ich anders als andere Mädchen?»

Sie stand an einem großen Topf und rührte die eingekochte Molke. Der Same trat hinter sie, beäugte den sich langsam braun einfärbenden Käse. «Natürlich bist du anders als die anderen Mädchen», erklärte er. Dann nahm er einen großen Topf mit Sahne und goss ihn in die Molke, während Liv den immer fester werdenden Käse rührte.

«Was ist denn anders an mir?» Liv zog den Topf von der Feuerstelle, während der Same die Käseformen auf den Arbeitstisch stellte. Dann nahm er Liv den hölzernen Rührlöffel aus der Hand, prüfte die Festigkeit des Käses und füllte die Formen. Er tat das sehr konzentriert, obschon er jede Woche Braunkäse machte. Erst als alle Formen gefüllt waren und auf einem Holzgestell nebeneinanderstanden und der Same sich die Hände gewaschen hatte, wandte er sich wieder Liv zu.

«Was an dir anders ist, willst du wissen?»

Liv nickte.

«Zuerst einmal bist du sehr klug.»

«Nicht in Nynorsk», antwortete sie. «Da ist Lucia viel besser als ich.»

«Dafür bist du unschlagbar in den Naturwissenschaften», meinte der Same, aber Liv verzog den Mund.

«Was hast du?»

«Ich will eigentlich keinen Wettstreit mit Lucia. Es ist gut, dass jede von uns ihre Begabungen hat.»

«Auch das ist etwas, das an dir anders ist. Die Menschen leben im Wettstreit miteinander. Du tust es nicht.»

«Die Frauen nicht», erklärte Liv.

«Doch, gerade die Frauen. Beim jährlichen Kirchenbasar will jede den wohlschmeckendsten Kuchen gebacken haben und zum Nationalfeiertag die schönste Tracht tragen.»

«Es ist nicht sinnvoll. Sie sollten sich zusammentun. Wie die Raben, wenn ein Habicht ihre Jungen aus dem Nest stehlen will. So können sie mehr erreichen. Und es geht gerechter zu. Aber was ist noch anders an mir?»

Der Same setzte sich auf eine Küchenbank und klopfte mit der freien Hand auf den Platz neben sich. «Setz dich zu mir.»

Liv gehorchte.

«Weißt du, es ist nicht gewöhnlich, dass ein Mädchen so viel lernt und so neugierig ist wie du. Die meisten interessieren sich für die Dinge im Haus und im Garten. Du blickst über den Tellerrand hinaus, willst am liebsten alles wissen auf der Erde und am Himmel. Das ist schön, aber es macht dich auch einsam. Niemand ist wie du. Mit wem sprichst du über die Sachen, die dich interessieren?»

«Das ist wahr, ich habe keine Freundinnen außer Lucia. Lucia dagegen ist beliebt. Alle wollen mit ihr befreundet sein. Und reden kann ich ja mit dir.» Sie blickte ihn mit glänzenden Augen an, die so grau waren wie das Meer.

«Und fühlst du dich nicht manchmal einsam?»

Liv schüttelte den Kopf. «Ich habe ja Fria und dich. Und Bjarni und Chrisander und Fenris und Arni.»

«Wir sind erwachsene Männer. Nicht die richtigen Freunde für ein junges Mädchen wie dich. Und Fria ist deine Mutter.»

«Aber die anderen Mädchen sind alle so langweilig. Sie machen sich gegenseitig Flechtfrisuren und reden über Jungs.»

Der Same lächelte. «Ja, das tun sie. Und du? Interessierst du dich auch für die Jungs?»

Liv zuckte mit den Schultern. «Warum sollte ich? Sie beschießen uns in der Pause mit einem Katapult und harten Erbsen. Letzte Woche hat Olav meinen Zopf mit einem Reißnagel an seine Bank geheftet, und ich habe es nicht gemerkt. Mein Haar hing über dem Stuhl, und Olav hat es gegriffen. Als ich aufstehen wollte, hing ich fest. Es hat wehgetan.»

Jetzt lachte der Same. «Ja, so sind Jungs. Aber ich denke, da steckt noch mehr dahinter. Was sich neckt, das liebt sich. Kann es sein, dass Olav dich ein wenig lieber mag als die anderen Mädchen?»

«Dann soll er es mir sagen. Vielleicht könnten wir einmal zusammen fischen gehen.»

«Da fällt mir ein, Chrisander hat gefragt, ob du am Samstag mit ihm hinausfahren willst zum Fischen.»

«Aber ja!», rief Liv aus. Dann sprang sie von der Küchenbank und lief hinaus.

Sie benutzte die Hintertür und eilte hinunter ans Meer. Der Wind wehte heute nicht besonders stark, aber es war eisig und würde wohl bald schneien. Das Meer zeigte heute eine graue Färbung. Liv stand am Wellensaum, der während der Flut viel näher am Ufer verlief. Sie hielt Ausschau nach ihren Raben. Die Fischer würden gleich hereinkommen und am Bootssteg der Fischfabrik anlegen. Normalerweise kreisten um diese Zeit unzählige Vögel über dem Anleger, in der Hoffnung, einen Fisch zu ergattern. Auch die Raben waren dabei und kämpften um jeden einzelnen Bissen.

Dann bückte sie sich und untersuchte das, was die Flut mitgebracht hatte. Sie fand jede Menge Muscheln. Ein toter Fisch, ein Hering, lag vor ihren Füßen, und Liv untersuchte ihn mit einer Lupe. Es schien ein altes Tier zu sein, denn es war groß. Sie zog ihr Taschenmesser aus der Rocktasche und klappte es auf, sodass der Stahl blinkte. Der Same hatte es ihr zum vorletzten Weihnachtsfest geschenkt und den Holzgriff eigenhändig mit Schnitzereien versehen. Sie packte den Hering am Kopf, suchte die Öffnung unter der hinteren Schwanzflosse, setzte dort das Messer an und schlitzte ihn in einem Zug bis hinauf zum Kopf auf. Sie klappte ihn auseinander und betrachtete das blutige Innere. Da, da waren ein paar Maden. Und die Haut leuchtete nicht mehr blassrosa wie bei einem jungen Fisch, sondern schimmerte gräulich. Und die Augen, die waren schon ausgepickt von dem Raben, der jetzt auf dem Dach des Guesthuset hockte und krächzte.

Es war ein Jungvogel, vielleicht auf der Suche nach einer Partnerin, obwohl es bis zum Nestbau noch ein Weilchen Zeit hatte. Wenn sie ging, würden die anderen Vögel kommen und den toten Fisch fressen. Jeden Tag hielt Liv Ausschau nach Kraja, aber es gelang ihr nicht, die Raben auseinanderzuhalten. Nur wenige erkannte sie immer. Einer hatte eine weiße Feder im Gefieder des rechten Flügels, ein anderer einen merkwürdig geformten Schnabel. Doch Kraja unterschied sich nicht von den gewöhnlichen Raben. Liv hatte gehofft, dass Kraja noch hin und wieder zu ihr kommen würde, und das hatte sie in den ersten beiden Wochen nach ihrer Genesung auch getan. Aber mit der Zeit war Kraja ihr immer mehr entglitten, und Liv wusste nicht, ob der Vogel sie überhaupt noch erkennen würde. Manchmal, wenn Fria und der Same nicht hinschauten, legte sie ein hart gekochtes Ei auf den Fenstersims. Und wenn tatsächlich ein Rabe kam und es sich holte, dann glaubte Liv, es sei Kraja, sicher konnte sie sich aber nie sein.

Sie trocknete sich die Hände an ihrem Rock ab, zog ein kleines Büchlein aus der Tasche, das sie immer bei sich trug, und notierte ein paar Angaben zu dem toten Fisch. Dann erhob sie sich, beschirmte ihre Augen vor dem Licht und blickte zum Himmel empor auf der Suche nach einem Eissturmvogel. Doch heute blies kein Sturm, nur ein leichtes Lüftchen wehte, und Liv vermutete, dass der Vogel weit draußen auf dem Meer war. Allmählich sank die Sonne. Der Same hatte ihr erklärt, es gebe drei Arten von Dämmerungen – die bürgerliche, die nautische und die astronomische. Sie alle waren abhängig vom Winkel, in dem die Sonne verschwand.

Am Horizont glitt ein großes Schiff in Richtung Nordkap vorüber, und Liv musste unwillkürlich an Fridtjof Nansen denken, den großen Forscher, den alle Insulaner und vor allem aber sie selbst bewunderte. Immer wenn sie in der Zeitung von ihm las, schnitt sie den Artikel aus und klebte ihn in eine Mappe. Am Stammtisch wurde öfter über den Polarforscher gesprochen; er war einer der ganz großen Norweger, das stand jetzt schon fest. Fridtjof Nansen, der Ausnahmesportler, der Wissenschaftler, der Entdecker. Es hieß, er würde auf eine neue Expedition gehen, und Liv hatte alles darüber gelesen, was es zu lesen gab. Ihn einmal zu treffen, war ihr größter Wunsch. Wenn es einen Mann gab, der ihr gefiel, mehr als alle anderen gefiel, dann war es Fridtjof Nansen. Zwar war er verheiratet und hatte sogar eine kleine Tochter, aber sie trug den gleichen Namen wie Liv. Liv Nansen. Wenn das kein Zeichen war.

Am nächsten Tag stand sie vor Tau und Tag auf. Chrisander wartete am Bootshaus auf sie. Es war Vollmond, Liv konnte alles gut erkennen, auch ohne eine Laterne. Sie hatte sich die langen Haare zu einem Knoten gebunden und warme Strümpfe angezogen, die bis unter ihren Rock reichten, denn auf dem Meer war es stets kälter als an Land. Sie hatte ein paar Brote eingepackt, die sie gestern Abend schon geschmiert hatte, und die Feldflasche mit Kräutertee gefüllt.

Chrisander war einer der Fischer, die nur ein Boot besaßen. Er fischte mit Netzen und Reusen. Jeden Morgen bei Tagesanbruch ruderte er so weit auf das Meer hinaus, dass das Guesthuset nur noch ein kleiner Punkt war. Dann warf er seine beiden Netze aus und zündete sich eine Pfeife an. Heute war Liv dabei. Sie saß auf der anderen Seite der Ruderbank und betrachtete den Horizont, der sich langsam rötete. Plötzlich bemerkte sie ein paar Raben über dem Meer.

«Dorthin musst du rudern, Chrisander!»

«Was meinst du?»

«Du musst den Vögeln folgen. Sie sind dort, wo die Fischschwärme sind.»

«Das weiß ich selbst. Aber ich fische immer hier.»

Liv zuckte mit den Schultern. «Bislang haben sich die Netze noch nicht bewegt.»

Chrisander blickte zum Himmel. «Na ja, versuchen können wir's ja mal.» Er zog die Netze ein, packte die Ruder und folgte den Vögeln. Dann warf er die Netze erneut aus, stopfte seine Pfeife und wartete. Liv überlegte. Sie mochte das Fischen, besonders die Zeit des Wartens, da konnte sie am besten nachdenken. Für Chrisander aber war das Warten verlorene Zeit.

Als die Pfeife erloschen war, präparierte er sein Senknetz, um Köderfische zu fangen. Das Senknetz hing an einer Angelrute, die an ihrem Ende aussah wie eine Spinne, an deren Beinen das Netz hing. Als die Senke im Meer versunken war, warf Chrisander eine Handvoll Brot aus, um die Köderfische anzulocken. Er wartete kurz, um den Fischen Zeit zu geben, über das Netz zu schwimmen, dann hob er die Senke geschickt und sehr schnell aus dem Wasser, damit die Fische nicht flüchten konnten.

«Na, siehst du!», sagte Chrisander stolz und senkte seinen Fang auf dem Boden zwischen sich und Liv.

Nun mussten sie nur noch das halbe Dutzend Reusen kontrollieren, dann waren sie für heute fertig. Liv freute es, dass Chrisander zufrieden erschien, und doch dachte sie darüber nach, wie man die Fische noch besser anlocken könnte. Sie fand Chrisanders Arbeit beschwerlich. Besonders im Winter, wenn die Hände so kalt wurden, dass man meinte, die Knochen würden sogleich brechen, und wenn der Wind so heftig blies, dass man die Wangenknochen nicht mehr spürte und die Lippen rau und rissig wurden. Doch so viel sie auch nachdachte, es wollte ihr einfach nichts einfallen.

«Chrisander, wenn ich das Examen habe, erfinde ich vielleicht eine neue Möglichkeit des Fischens.»

Doch Chrisander winkte ab. «Schon mein Großvater und mein Vater haben so gefischt. Warum sollte ich es anders machen wollen?»

«Weißt du, wer in Trondheim Station macht?», wollte Bjarni eines Abends von Liv wissen. Er grinste über das ganze Gesicht. Die Freude war ihm anzusehen. Ja, er war der Bürgermeister und der Besitzer der Fischfabrik, aber er war auch ein Mann, in dem noch immer ein kleiner Junge steckte. Und wenn er wie heute ausschaute, dann wusste Liv, dass er eine Überraschung hatte.

«Der König?»

«Gott bewahre! Das wäre sicherlich keinen so feierlichen Empfang wert. Nein, Fridtjof Nansen kommt.»

«Nansen? Mit der *Fram*?» Liv riss die Augen auf.

«Ja, er macht Station in Trondheim, bevor er zu seiner Expedition aufbricht. Was sagst du jetzt, mein kleiner Seestern?»

Liv schluckte. Die Worte verhedderten sich vor Aufregung in ihrer Kehle, und sie fing an zu stottern: «Da … da … nimmst … fahren …»

«Ob wir nach Trondheim fahren an diesem Tag? Aber ja, mein Seestern. Und Lucia und du kommt mit.»

«Bjarni!» Liv flog auf den dicken Bürgermeister zu, flog an seine Brust und umarmte ihn. Und Bjarni hielt sie einen Augenblick lang fest und strahlte dabei ebenso wie Liv.

«Wir sind halt alle ein bisschen für dich verantwortlich», sagte er leise. «Ein bisschen bist du doch auch mein Kind.»

Liv konnte es kaum abwarten, am nächsten Tag in die Schule zu gehen und mit Lucia über Trondheim und Nansen zu reden. Aber Lucia verzog den Mund.

«Ein Schiff? Als ob ich so was zum ersten Mal sehen würde. Von Nansen habe ich natürlich schon gehört, aber er interessiert mich nicht besonders. Viel lieber würde ich in Lunds Handarbeitsladen gehen. Du, die sollen traumhaftes Stickgarn und Wolle zum Weben haben. Ja, und danach vielleicht noch in das Lakritzgeschäft. Soll ich dir von dort etwas mitbringen?»

Lucia schien fest entschlossen, der Begegnung mit Nansen aus dem Weg zu gehen. Liv zuckte mit den Schultern. «Nein, aus dem Handarbeitsladen brauche ich nichts. Bring mir ein bisschen Lakritz mit, das wäre schön. Fria mag am liebsten die gesalzenen Lakritzfische. Aber wenn du keine Zeit dafür findest, ist das auch nicht tragisch.»

Sie schlenderten zur Schule, ihre Bücher und die Schiefertafel unter dem Arm. Als sie an einem Gesträuch vorüberkamen, hörten sie plötzlich ein Johlen. Die Jungen aus ihrer Klasse stoben hervor, umtanzten laut schreiend die beiden Mädchen.

«Spinnt ihr?», wollte Liv wissen, doch da kam schon Göran zu ihr, fasste den Saum ihrer Röcke und warf sie in die Höhe.

«Mal sehen, was du unter den Plünnen hast», schrie er dabei.

Liv fuhr herum, packte ihn am Ohr und drehte es herum, bis er schrie. «Was unter meinen Röcken ist, geht dich gar nichts an», schrie sie erbost.

Dann fiel ihr Blick auf Lucia. Jehan riss ihre Röcke hoch, sodass Lucia gänzlich entblößt vor den Jungs stand. Sie versuchte, ihre Röcke herunterzudrücken und sich zu schützen, doch Jehan ließ sie nicht, sondern griff mit der Hand nach Lucias Geschlecht und bohrte einen Finger in sie. Lucia schrie gepeinigt auf, rot vor Scham war ihr Gesicht, und Liv hatte den Eindruck, dass sie am liebsten geweint hätte. Sie ließ Görans Ohr fahren, stürzte zu ihrer Schwester, schwang die Faust und ließ sie auf Jehans Nase landen.

«Aua», heulte der Sohn des Bürgermeisters auf, ließ Lucia los und taumelte rückwärts, konnte sich erst im letzten Moment fangen, sonst wäre er gestürzt. «Au, das tut weh», schrie er. «Verfluchtes Rabenaas.»

Die anderen Jungs standen für einen Augenblick starr, den Liv dazu nutzte, Lucias Röcke in Ordnung zu bringen. Dann blickten sie zu Jehan, dem das Blut aus der Nase lief. Sein Gesicht war hochrot, seine Zähne knirschten vor Wut. Drohend blickte er Liv an, doch sie reagierte gänzlich unbeeindruckt. «Du brauchst gar nicht so zu gucken, sonst fängst du dir noch eine.» Dass ihr Herz dabei wie eine Trommel schlug, war zum Glück nicht zu hören. Oh, sie war wütend. So wütend. Was nahm sich Jehan da heraus? Was erlaubte er sich? Liv glaubte fast, ihr Blut kochen zu fühlen.

Der Kleinste, ein Sohn des Pfarrers, begann zu lachen. Er zeigte mit dem Finger auf Jehan und schrie: «Du hast dich von einem Weib verprügeln lassen. Dagestanden hast du wie ein Klippfisch. Haha.»

Und dann lachten auch die anderen, und Jehan ballte die Fäuste und wollte sich auf Liv stürzen.

«Komm nur her», schrie Liv, die wusste, dass Jehan stärker war als sie. «Komm nur her, dann kannst du was erleben.» Sie ballte die Fäuste und hob sie wie ein Boxer vor ihr Gesicht.

Da wandte sich Jehan ab und ging, doch auf seiner Stirn war eine dick geschwollene Zornesader zu sehen. Lucia aber hielt Liv am Ärmel zurück.

«Bitte», sagte sie mit kaum hörbarer Stimme. «Erzähl es keinem.»

Liv sah sie ungläubig an. «Aber Jehan hat dich angefasst! So darf kein Junge ein Mädchen anfassen!»

«Nein.» Lucia schaute zu Boden. «So darf kein Mädchen angefasst werden. Ich will nicht, dass jemand weiß, dass mir das geschehen ist.» Sie hob den Blick und sah Liv voller Schmerz und Scham in die Augen. «Bitte, Liv. Unter den Rock schauen, das machen viele Jungs bei den Mädchen. Yossa ist das auch passiert. Und dir jetzt auch. Aber das andere … bitte erzähl es nicht weiter. Sonst kann ich meinen Eltern … kann ich niemandem mehr in die Augen sehen.»

Jehan kam an diesem Tag nicht in die Schule und blieb auch am nächsten Tag fern. Aber die Geschichte von Livs Faustschlag hatte sich in Windeseile auf der ganzen Insel herumgesprochen. Vor der Handelsstation standen die Leute und redeten darüber. Runi, die Pfarrersfrau, schüttelte den Kopf. «Das geschieht, wenn ein Mädchen in einem Gasthaus aufwächst und beinahe die ganze Zeit nur mit Männern zusammen ist. Und Fria, na ja. Was sagt man über eine Frau, die Aquavit trinkt wie ein Mann und nicht nur in der Kirche Lieder singt?»

Der Same kam dazu, grüßte. Die Frauen verstummten. «Sprecht ruhig weiter», forderte er sie auf. «Aber vergesst nicht, dass Liv nur Lucia zu Hilfe gekommen ist. Dass Jehan kein Engel ist, wisst ihr auch alle.»

Die Frauen rümpften die Nasen, aber sie zerstreuten sich. Am Abend kam Bjarni ins Guesthuset und sprach Liv nicht mit ihrem Kosenamen an.

«Liv, komm einmal her», befahl er in strengem Ton und ohne das Lächeln, das er für gewöhnlich im Gesicht trug. Liv gehorchte. «Was da mit meinem Jehan vorgefallen ist, ist nicht zu fassen. Jungs heben nun mal den Mädchen die Röcke hoch. Das war schon immer so. Bei jedem Dorffest geschieht dergleichen. Keine große Sache. Aber du hast meinen Jehan vor der ganzen Insel zum Gespött gemacht. Das darf keine Frau mit einem Mann machen. Deshalb nehme ich dich nicht mit nach Trondheim zu Nansen.»

Liv schluckte. Sie hörte Lucias Worte, dachte daran, dass alle nur die halbe Wahrheit kannten. «Aber es ging doch … Lucia hätte fast geweint.»

«Frauen weinen schnell», herrschte Bjarni sie an. «Hast du dich wenigstens schon bei ihm entschuldigt?»

Liv schüttelte den Kopf. «Er hat Unrecht getan. Warum soll ich mich entschuldigen? *Er* hat doch angefangen, *er* hat Lucia dem Gespött anheimgegeben.»

Bjarni nickte. «Das dachte ich mir schon. Wenn du dich offiziell bei Jehan entschuldigst, überlege ich mir die Sache mit Trondheim vielleicht noch einmal.» Er blickte Liv an, aber Liv kniff trotzig die Lippen zusammen.

«Wenn Jehan sich bei Lucia entschuldigt, entschuldige ich mich bei ihm. Vorher nicht.»

Fenris, der bereits am Stammtisch saß, wandte sich an Bjarni. «Die Mädchen mögen es nicht, wenn man sie in aller Öffentlichkeit entblößt. Das war schon in meiner Kindheit so. Ein Engel ist Jehan also nicht.»

«Das sagt ja auch keiner. Aber es geht hier um die Ehre. Einen Mann schlagen! So etwas darf es nicht geben!»

KAPITEL 5

Es war leicht gewesen, sich gestern auf das Postboot zu schleichen und sich unten im Lager zwischen Klippfischkisten, Säcken mit Birkenrinde für die Grassodendächer und Körben voller Eiderdaunen zu verstecken. Liv hatte Fria einen Zettel auf den Tisch gelegt, damit sie wusste, wo sie war. Dann war sie zur Handelsstation geschlendert, hatte gewartet, bis der Kapitän und die Besatzung bei Gunhild einen Kaffee tranken und war auf das Schiff spaziert. Sie hatte die Klappe mit großer Mühe hochgewuchtet, war hinunter in das Lager marschiert und hatte sich hinter den Kisten, die mit Klippfisch beladen waren, versteckt. Hier unten roch es nach Salz und Fischen, nach Maschinenöl und Staub. Der Boden war schmutzig, überall klebten Fischschuppen, aber darauf konnte Liv keine Rücksicht nehmen. Sie holte sich einen Korb mit Eiderdaunen und setzte sich mitten hinein, so hatte sie es warm und gemütlich.

Und heute Morgen, beim ersten Tageslicht, hatte sie sich vom Schiff geschlichen und war zu der Herberge gelaufen, in der die Insulaner übernachtet hatten. Sie war vorsichtshalber auf dem Schiff geblieben, obwohl sie auch im Pferdestall der Herberge hätte schlafen können, in dem die Kutsche und die Pferde des Bürgermeisters untergebracht waren. Heute ging es endlich nach Trondheim. Mit der Kutsche vom Bürgermeister. Groß war diese Kutsche. Der

Platz reichte für sechs Personen, wenn man eng saß. Da waren Bjarni und seine Frau, dazu die beiden Söhne – Jehan und sein kleiner Bruder Ole – und Lucia. Ein Platz blieb frei. Der Platz, der eigentlich für Liv bestimmt gewesen war. Fria hatte sie in den letzten Tagen gedrängt, sich zu entschuldigen, aber Liv war stur geblieben.

«Jehan hat Lucia gekränkt. Er hat sie bloßgestellt. Kein Mensch verlangt, dass er sich entschuldigt, weil Jungens eben so sind. Und ich entschuldige mich auch nicht, weil ich eben auch bin, wie ich bin.»

Chrisander hatte auf sie eingewirkt, Fenris, der Pfarrer, und auch der Lehrer Arni. Aber Liv war standhaft geblieben. Chrisander hatte sie bockig genannt, Fenris uneinsichtig, Bjarni hatte kein Wort mehr mit ihr gewechselt, aber nichts hatte gewirkt. Nur der Same hatte ihr die Hand auf die Schulter gelegt. «Lass dir nichts gefallen. Nie», hatte er gesagt und ihre Schulter kurz gedrückt. Nun hieß es überall, sie wäre ein bockiges, gewalttätiges Mädchen. Und Fria schlug ein um das andere Mal die Hände über dem Kopf zusammen. «Mädchen, du stürzt dich selbst ins Unglück. Kein Mann wird dich heiraten wollen. Jetzt geh endlich und entschuldige dich.»

Doch Liv hatte sich abgewandt und war hinunter ans Meer gegangen.

Heute trug Liv ihr Trachtenkleid, das schönste, das sie hatte. Sie, die sich sonst wenig um ihr Aussehen kümmerte, wollte schön sein für Fridtjof Nansen. Das Kleid war blau und im Brustteil mit Stickereien versehen. Dazu trug sie eine weiße Bluse mit einem hochgestellten Kragen. Fria hatte es ihr geschenkt, und sie liebte es.

Auch wenn sie befürchtete, dass sie ein wenig nach Klippfisch roch, schließlich hatte sie eine ganze Nacht lang neben den Kisten verbracht. Doch darauf konnte sie jetzt keine Rücksicht nehmen. Sie schlüpfte durch die große Stalltür, hörte den Knecht mit den Pferden sprechen, hörte ein Wiehern, und schon öffnete sie den Gepäckkasten, der hinten an der Kutsche angebracht war. Eine Decke lag darin. Sie schlüpfte hinein, schloss den Deckel über sich und hoffte, dass niemand etwas in den Kasten hineinpacken wollte.

Auf dem Rückweg, ja, da würde der Kasten gebraucht werden, denn Bjarnis Frau und Lucia wollten Einkäufe machen. Aber wenn es so weit war, würde sich eine andere Gelegenheit ergeben, zurück nach Hause zu kommen. Aber sie musste Fridtjof Nansen sehen! Solange sie denken konnte, hatte sie ihn bewundert. Er war nicht nur groß und blond und stark, sondern auch klug und so wissbegierig wie keiner sonst. Fridtjof Nansen – Livs großes Vorbild. Nein, diese Begegnung würde ihr keiner wegnehmen.

Sie hörte, wie der Kutscher kam und die Pferde anspannte. Wenig später stieg die Bürgermeisterfamilie ein, und die Kutsche rollte los. Zwei Tage würden sie brauchen, und Liv wusste, dass sie unterwegs an einer weiteren Herberge halten würden, um zu schlafen und die Pferde auszuruhen. Sie war darauf vorbereitet. Sie würde die Nacht in dem Kasten verbringen. Sie hatte sich ein Stück Brot und einen Brocken Braunkäse mitgenommen, dazu eine Feldflasche, gefüllt mit Wasser.

Am Anfang ging alles gut, und es war auch nicht zu kalt, doch dann wechselte der Kutscher auf einen holprigen Weg, und jeder Stein bohrte sich schier in Livs Rücken. Sie wurde gehörig durchgeschüttelt, die Beine taten ihr weh, der Rücken schmerzte, und sie hatte kaum Platz, sich zu bewegen, doch das alles störte sie nicht. Manchmal drangen ein paar Gesprächsfetzen an ihr Ohr, aber sie achtete nicht weiter darauf. Als sie nach vielen Stunden endlich den nächsten Aufenthaltsort erreichten, fühlte Liv ihren Körper kaum noch. Pinkeln musste sie, dringend. Sie kniff die Beine zusammen. Doch sie musste warten, bis der Kutscher die Pferde versorgt hatte und sich alle zur Ruhe begeben hatten.

Stille, endlich! Liv hob den Deckel hoch, sprang heraus und stolperte fast auf dem Weg zum Toilettenhäuschen, das sich neben dem Misthaufen auf dem Hof der Herberge befand. Sie fühlte sich danach wie von einer riesigen Last befreit. Jetzt hatte sie Durst, sie hatte Hunger, und sie war unsagbar müde.

Als sie gesättigt war, sträubte sich alles in ihr, wieder in den dunklen, harten Kasten zu steigen. Sie suchte sich ein Plätzchen im Stroh und war eingeschlafen, kaum, dass sie sich zurechtgekuschelt hatte.

Der Kutscher weckte sie. Mit schreckstarren Augen blickte Liv ihn an. Sie kannte ihn, er war der Kutscher und Stallknecht des Bürgermeisters. Sein Name war Arvid.

«Denkst du, ich hätte nicht bemerkt, dass wir einen blinden Passagier an Bord haben?», fragte er und lächelte. Dann reichte er ihr eine dicke Scheibe Brot, die mit Braunkäse belegt war, und ließ sie aus seiner Feldflasche trinken.

«Woran hast du es bemerkt?», wollte Liv wissen.

«Nun, die Pferde hatten mehr zu ziehen als sonst, und hinten lag der Kasten recht schwer auf dem Gestell. Außerdem kenne ich dich seit deiner Geburt. Es war mir klar, dass du Wege finden würdest, um mit nach Trondheim zu kommen. Jeder auf der Insel weiß doch, dass du regelrecht vernarrt bist in diesen Nansen.»

Liv schluckte. «Sagst du Bjarni etwas? Schickst du mich jetzt nach Hause?»

«Woher denn? Du hast dich so angestrengt. Merke dir nur gut, wo ich in Trondheim die Kutsche abstelle, und komm zeitig zurück. Und jetzt versteck dich wieder, die Familie kommt gleich.»

Am Abend erreichten sie Trondheim, wieder übernachteten alle in einem Guesthuset und Liv im Stall. Diesmal konnte sie vor Aufregung kaum schlafen, ihr Herz klopfte in einem immer schnelleren Takt. Kaum hielt sie es aus, dass die Familie sich am nächsten Morgen endlich in die Stadt begab.

«Du musst zum Hafen gehen», erklärte ihr Arvid, als Liv aus dem Kasten geklettert war. «Dort findest du sein Schiff, die *Fram*.»

«Ich danke dir!», rief Liv und eilte davon. Ihr Kleid war zerdrückt, aus ihrem Zopf hatten sich Strähnen gelöst, doch ihre Augen strahlten.

Den Hafen fand sie schnell, sie musste nur den anderen Leuten nachgehen. Und dann sah sie die *Fram*! *Fram*, das hieß auf Norwegisch «vorwärts», und Liv konnte sich keinen besseren Namen für das nagelneue Schiff denken. Groß und stolz lag es im Hafen des Trondheimfjords. Fast vierzig Meter lang war es und elf Meter breit. Das hatte Liv in einer von Bjarnis Zeitungen gelesen. Sie hatte den Artikel ausgeschnitten und in einen bunt bemalten Holzkasten gelegt. Dorthin, wo sie alle Artikel über Nansen und seine

Expeditionen aufbewahrte. Ja, sie hatte sich sogar vom Samen erklären lassen wollen, wie eine Verbunddampfmaschine funktionierte, mit der das Schiff ausgestattet war, aber der Same hatte es nicht gewusst.

Die *Fram* war ein Schoner mit drei Masten, und Liv sah sie schon von Weitem. Sie blieb stehen, atemlos vor Glück. Die anderen Leute rempelten sie an, ein Mann rief: «Jetzt versperr doch nicht den Weg.» Eine dicke Frau stieß sie in den Rücken. «Los, weiter geht's.»

Aber das alles machte Liv nichts aus. Vergessen war ihr schmerzender Rücken, vergessen die Müdigkeit. Eilig strebte sie weiter, ohne Blick für das, was um sie herum geschah. Endlich stand sie am Rande einer Menschenmenge und konnte noch immer nicht den Blick von dem Schoner abwenden. Die Leute ringsum waren alle gekommen, um Fridtjof Nansen zu sehen, und sie schnappte Gesprächsfetzen auf.

«Ein schöner Mann soll er sein, der Nansen», erklärte die dicke Frau. «Ganz groß und blond und blauäugig. Ich habe ihn in der Zeitung gesehen. Ein richtiger Wikinger.»

Der Mann neben ihr verzog abschätzig den Mund. «Als ob es darum ginge. Der Mann will weiter nach Norden, als jemals ein Mensch gekommen ist. So weit wie nur irgend möglich. Ein Held ist er. Und sein Aussehen vollkommen egal.»

«Gutes Aussehen schadet nicht.» Liv sah, wie die Frau die Arme vor der Brust verschränkte. «Wie lange wird so eine Fahrt denn dauern?»

«Das weiß nur Gott. Zwei Jahre, drei Jahre.»

«Und seine Frau hat er einfach so in Christiania zurückgelassen?»

«Nun, sie wusste, wen sie da heiratet.»

Die Zuschauer fächelten sich mit den Händen Luft zu. Es war heiß in Trondheim. Der Juli war trocken gewesen. Jeden Tag hatte die Sonne geschienen. Und es schien, als stiege selbst vom Straßenpflaster die Hitze auf. Auch Liv schwitzte, und sie fühlte sich ein wenig schwindelig – vor Hunger, Durst und Aufregung. Um keinen Preis der Welt hätte sie ihren Platz eingetauscht.

Und endlich war er da! Mit langen Schritten kam er von Bord. Er winkte, blieb stehen, reichte einem Mann die Hand, und Liv hörte, dass dies der Bürgermeister von Trondheim war. Nansen lächelte, strich einem Kind über das Haar, reichte einem jungen Mann die Hand. Er sah aus … er sah … überirdisch aus, fand Liv. Auch sie hatte schon Fotos in der Zeitung gesehen. Erst letzte Woche, als die *Fram* in Christiania abgelegt hatte. Aber in Natur schien er Liv der schönste Mann zu sein, den sie je gesehen hatte.

Groß war er, das hellblonde Haar kurz geschnitten. Eisblaue Augen, ein blonder Schnurrbart unter der Nase, dazu ein Mund, der Liv empfindsam vorkam. Ohne die anderen Menschen ringsum zu beachten, drängte sie sich nach vorn. Bestimmt zwanzig Leute trennten sie noch von dem Mann, den sie mehr als alle anderen bewunderte. Noch zehn Menschen. Sie zwängte sich weiter durch jede Lücke und war jetzt nur noch durch zwei Trondheimer von Nansen getrennt. Plötzlich erfasste sie der Schwindel heftiger, die Knie wurden weich. Liv holte ganz tief Luft, doch noch ehe sie sie wieder ausstoßen konnte, brach sie zusammen.

Eine junge Frau schrie auf, doch Liv fühlte sich von starken Armen aufgehoben. Jemand reichte ihr ein feuchtes

Tuch, eine ältere Frau tupfte Riechsalz auf ein Taschentuch. Und als Liv die Augen aufschlug, sah sie ihn direkt vor sich.

«Wer ist mir denn da vor die Füße gefallen?», fragte Nansen, hielt sie behutsam in seinen Armen und lächelte sie an.

Oh, wie oft hatte Liv sich ausgemalt, was sie ihm sagen würde, sollte sie ihn einmal treffen. Doch nun fehlten ihr die Worte.

«Na, geht es wieder?»

Liv nickte scheu, und Nansen setzte sie auf dem Boden ab, hielt aber weiter ihren Arm und reichte ihr eine Trinkflasche. Liv nahm ein paar Schlucke und fühlte sich ein wenig besser.

«Wie heißt du?», fragte Nansen. «Woher kommst du?»

«Liv heiße ich. Liv Nagard von der Insel Smøla. Ich werde das Examen artium machen, und dann möchte ich bei Ihnen Zoologie studieren.» Die Worte sprangen aus ihrem Mund, bevor sie darüber nachdenken konnte.

«Das freut mich sehr, Liv Nagard», erklärte Nansen. «Wenn wir zurückkommen, werde ich dich fragen, ob sich deine Pläne geändert haben.»

«Niemals!», beteuerte Liv, aber in diesem Augenblick hörte sie direkt hinter sich ihren Namen.

«LIV! Das ist doch nicht zu fassen! Du Teufelsbrut aber auch!»

Sie wandte sich nicht um, denn sie wusste, dass die Stimme Bjarni gehörte, und ihn hatte sie nicht gerade sehnlich erwartet.

Nansen grüßte Bjarni, der inzwischen keuchend vor ihnen stand, und fragte: «Na, ist sie von der Arbeit durchgebrannt, die kleine Liv?»

«Schlimmer!», rief der Bürgermeister. «Sie hat meinen Jungen verprügelt und durfte deshalb nicht mit nach Trondheim. Sie muss sich im Gepäckkasten der Kutsche versteckt haben! Ein echter Teufelsbraten.» Bjarni wollte wütend klingen, aber es gelang ihm nicht. Er nahm Liv am Arm. «Du musst erst einmal etwas essen.»

Fridtjof Nansen lachte. «Liv, ich werde wiederkommen. Und ich hoffe, du verprügelst keine Jungs mehr, sodass du zum nächsten Treffen nicht mehr als blinder Passagier reisen musst.» Dann legte er ihr eine Hand auf die Schulter und beugte sich runter. «Bist kein Teufelsbraten, bist ein Teufelsmädchen», flüsterte er ihr zu. «Du musst viel lernen, aber ich bin sicher, dass du alles erreichen kannst, was du nur willst.» In seinen Augen blitzte es amüsiert auf. «Doch sei gewiss: Wenn man ein großes Ziel anstrebt, muss man die kleinen Ziele dafür opfern.»

Er nickte ihr noch einmal zu, dann folgte er dem Bürgermeister von Trondheim durch die Menge, die ihm lauthals zujubelte. Liv, noch immer ein wenig schwach auf den Beinen, stand da und konnte nicht aufhören, dem Polarforscher hinterherzustarren.

Und als Bjarni wissen wollte, wie sie von der Insel aufs Festland gekommen war, stand sie nur da wie erstarrt, hörte und sah nichts außer Fridtjof Nansen. Erst als er weg war, senkte sie schuldbewusst den Kopf und wartete darauf, dass Bjarni ihr die Ohren rubbelte, doch der legte nur einen Arm um ihre Schulter.

«Was soll man mit dir bloß machen, Seestern?», fragte er. Dann führte er sie weg vom Hafen, durch kleine Gassen hindurch und spendierte ihr in einem Gasthaus ein ausgiebiges Frühstück.

KAPITEL 6

Die Zeit verging, und obwohl Liv wusste, dass die *Fram* sich irgendwo im Eis nach Norden kämpfte und von der übrigen Welt abgeschnitten war, durchsuchte sie jede Zeitung nach Nachrichten über Nansen. Aber niemand hatte etwas von ihm gehört, keiner hatte ihn gesehen. Wie auch? Er war an einem Ort, den noch nie zuvor ein Mensch betreten hatte. Die Walfänger, die aus Grönland zurückkehrten, wussten auch nichts über die Expedition.

Wieder war es November und bitterkalt. Am Morgen war der kleine Gemüsegarten hinter dem Haus mit Raureif bedeckt. Die Herbststürme hatten die Insel gerüttelt, zerrauft und an ihr gerissen, das Meer hatte wütende Wellen an die Ufer geworfen, die wenigen Kühe und Schafe waren in die Ställe gebracht worden, das Boot eines Fischers war auf das Meer hinausgetrieben worden und verschollen. Liv liebte den späten Herbst und den Winter. Sie mochte es, durchgefroren von draußen hereinzukommen und einen heißen Grog zu trinken. Oder sonntags eine heiße Schokolade. Sie liebte das brüllende Meer, liebte die Eissturmvögel, die mit dem Sturm tobten, und sie liebte es, nach den Stürmen die Küste abzusuchen. Sie fand Treibholz, seltene Muscheln und anderes Getier, dazu meterlange braune Tangstränge.

Zu Weihnachten hatte sie sich eine starke Lupe gewünscht, weil sie hoffte, damit auch kleinere Tiere und

Pflanzen erkennen zu können. In Trondheim, damals im Juli, als sie Nansen getroffen hatte, hatte sie sich ein in Leinen gebundenes Buch mit leeren Seiten gekauft und es zu ihrem Forschungstagebuch gemacht. Beinahe täglich notierte sie darin, was sie am Strand gefunden hatte, aber ihr Hauptinteresse galt noch immer den Raben. Gewissenhaft schrieb sie auf, an welchen Tagen sie einen von ihnen gesehen hatte, wann sie brüteten, wann die Jungvögel das Nest verließen, was sie taten, wenn ein Habicht über der Insel kreiste. Sie hatte beobachtet, dass die Raben sich nicht nur an toten Fischen gütlich taten, sondern an allen toten Tieren. Kurz vor der Handelsstation hatte neulich ein Hase gelegen, der wohl von einem Fuchs gerissen worden war. Die Raben umkreisten das tote Tier, und als kein Mensch in der Nähe war, ließen sie sich auf ihm nieder, hackten ihm die Augen aus und fraßen sein Fleisch.

Jetzt stand das Weihnachtsfest vor der Tür, und Fria hatte dem Samen und ihr aufgetragen, die traditionellen sieben verschiedenen Sorten Plätzchen zu backen.

«Was außer dem Weihnachtskuchen wollen wir morgen backen?», fragte der Same.

«Haferkekse, Zimtkringel, die Plätzchen nach dem Rezept von Frias Mutter, Weihnachtsringe mit hart gekochten Eiern, Pfefferkuchen, Bauernkekse und natürlich Weihnachtswaffeln.» Liv hatte vor, ein paar der Weihnachtsringe mit den hart gekochten Eiern zu den Rabennestern zu bringen, aber das sagte sie dem Samen natürlich nicht.

Dieser blätterte derweil in einem Rezeptbuch, das er selbst angelegt hatte und das über die Jahre immer dicker wurde. Er schrieb die Zutaten auf: Mehl, Butter, Zimt, Kardamom, Eier, Natron, Mandeln und Sahne. Dann übergab er Liv den Zettel, drückte ihr den großen Einkaufskorb aus Weide in die Hand und schickte sie zur Handelsstation. Es hatte in der Nacht geschneit, fast ein halber Meter Schnee lag auf der Insel, und Liv holte den Schlitten aus der Scheune, stellte den Weidenkorb darauf und machte sich auf den Weg. Sie lief durch das Dorf, blickte in die Fenster. Die Kinder hatten Strohsterne gebastelt und sie an die Scheiben gehängt. Statt Paraffinlampen brannten Kerzen – bei den armen Leuten aus Walfett, bei den reicheren aus Bienenwachs.

Liv liebte die Vorweihnachtszeit, und sie liebte das Fest an sich. Doch manchmal, wenn sie mit den vielen Familien in der Kirche saß oder wie jetzt durch die Fenster in die Stuben blickte und Mütter sah, die mit ihren Kindern den Weihnachtsbaumschmuck bastelten, überkam sie eine Sehnsucht, für die sie keinen Namen hatte. Nie fragte sie sich, wer ihre wahren Eltern waren. Nur zu Weihnachten. Sie hatte es gut bei Fria, sehr gut. Sie wurde wie eine Tochter behandelt, sie war die Tochter des Hauses. Und auch die Männer vom Stammtisch und der Same sowieso mochten sie, das konnte sie deutlich spüren. Aber wie wäre es, richtige Eltern zu haben? Wäre eine Mutter anders als Fria? Das konnte sie sich eigentlich kaum vorstellen. Fria saß an ihrem Bett, wenn sie krank war. Sie backte einen Kuchen zu Livs Geburtstag, den sie an dem Datum feierten, an dem sie als Säugling vor der Tür gelegen hatte. Am 13. Dezember. Fria strickte ihr Pullover und Mützen und Strümpfe, sie kaufte ihr alles, was sie brauchte – aber sie nahm Liv nur selten in den Arm. Liv überlegte, ob sie vielleicht sogar Großmütter und Großväter hatte, sie dachte darüber nach, an welchem Ort sie wohl geboren worden war. Und manchmal wüsste sie gern, wem sie ähnelte. Das ganze Jahr über blieben diese Gedanken in ihrem Kopf wie in einer verschlossenen Kiste. Nur an Weihnachten tauchten sie auf.

Sie war beinahe an der Handelsstation angekommen, als Lucia ihr entgegenkam. Die Schwestern umarmten sich, dann fragte Liv: «Gehst du auch einkaufen für die Weihnachtsplätzchen?»

Lucia nickte. Sie sah aus, als würde sie über etwas intensiv nachdenken.

«Unsere Eltern. Fragst du dich mitunter auch, wer sie sind und wo sie sind?», wollte Liv plötzlich wissen.

Lucia nickte. «Warum haben sie uns weggegeben? Wollten sie uns nicht haben?»

Liv schüttelte den Kopf. «Denk nicht so. Sie haben dafür gesorgt, dass wir gut untergekommen sind. Das spricht doch dafür, dass wir ihnen nicht gleichgültig waren.»

Lucia nickte noch einmal und scharrte mit der Schuhspitze im Schnee. «Ich habe Sehnsucht nach ihnen, weißt du», sagte sie leise.

«Das habe ich auch. Und besonders an Weihnachten.» Sie fasste nach Lucias Hand. «Aber wir haben uns. Und du hast Runi und Fenris und viele Geschwister, und ich habe Fria und den Samen.» Sie atmete tief durch. «Und jetzt komm, lass uns einkaufen gehen.»

Sie liefen die letzten Meter hintereinanderher, zogen ihre Schlitten, beide in Gedanken versunken. Doch als sie an der Handelsstation angekommen waren, meinte Lucia: «Im neuen Jahr kommt ein Wissenschaftler von der Universität in Christiania auf die Insel. Er hat fertig studiert und soll hier irgendetwas erforschen. Er ist ein Ano … Antro …, ach, ich habe vergessen, was für ein Wissenschaftler er ist.»

«Wirklich?» Liv bekam vor Aufregung rote Wangen. «Was untersucht er denn?»

«Das weiß ich nicht. Ich weiß nur, dass er in einem der kleinen Häuser wohnen wird, die dem Bürgermeister gehören.»

«Warum bei Bjarni?»

«Weil sich die Universität an den Bürgermeister gewandt hat.»

Das leuchtete Liv ein. Gemeinsam betraten sie den Laden. Liv übergab ihre Bestellliste, Lucia tat dasselbe.

«Ich lade dich auf eine heiße Schokolade ein», schlug Lucia vor. «Ich habe noch ein bisschen Geld vom Geburtstag.»

Kurze Zeit später saßen die beiden Mädchen am warmen Kanonenofen des Ladens und umklammerten mit kalten Händen ihre heiße Schokolade.

«Wann kommt er?», wollte Liv wissen. «Der Wissenschaftler, meine ich.»

«Ich glaube, um den 10. Januar rum. Er will gleich nach Neujahr von der Hauptstadt aus aufbrechen. Das hat Runi zumindest gesagt.»

«Und wie lange bleibt er?»

Lucia zuckte mit den Schultern, ganz abgelenkt von den Leuten, die den Laden betraten. Besonders ein junger Mann schien es ihr angetan zu haben. Er drehte sich um, hob die Hand und grüßte. Als er seine Einkäufe erledigt hatte – er brauchte offenbar nur frischen Pfeifentabak –, fragte Lucia: «Denkst du manchmal ans Heiraten?»

«Wieso? Tust du das etwa? Wir sind gerade siebzehn geworden.»

«Runi war in diesem Alter schon mit Fenris verheiratet.

Und wenn ich heiraten würde, bräuchte ich nicht mehr das blöde Examen zu machen.» Lucia trank einen Schluck. «Ich möchte gern endlich eine eigene Familie haben, verstehst du? Nicht mehr nur das angenommene Kind des Pfarrers sein, sondern Ehefrau und Mutter.»

«Und, hast du schon jemanden im Blick? Vor einem Jahr wolltest du noch Jehans Frau werden.»

«Jehan!» Lucia machte eine wegwerfende Handbewegung. «Er ist ein Tölpel. Nein, aus ihm mache ich mir nichts mehr.»

«Und sonst jemanden?»

Lucia seufzte laut auf. «Es gibt nicht viele junge Männer auf der Insel, und die meisten sind Fischer. Ihre Frauen arbeiten in Bjarnis Fischfabrik und kriegen den Geruch nicht von der Haut und aus den Kleidern. Nein, eine Fischersfrau möchte ich nicht werden.» Plötzlich lächelte sie. «Soll ich dir ein Geheimnis verraten?»

Liv nickte.

«Ich habe vor, mir den Wissenschaftler zu angeln. Er verdient bestimmt nicht schlecht. Wir könnten auf der Insel leben. Er macht seine Forschungen, und ich besorge den Haushalt. Oder wir gehen zusammen nach Christiania. Und du kommst auch mit in die Hauptstadt, weil du dort studieren kannst. Wie findest du das?»

Liv zuckte mit den Schultern. «Und wenn er grob ist? Oder hässlich? Vielleicht hat er schon eine Freundin –»

«Eine Freundin juckt mich nicht», unterbrach sie Lucia. «Ich bin hübsch, das sagt selbst Runi hin und wieder. Und ich kann alles, was einem Mann gefällt: kochen, backen, stricken, den Haushalt besorgen. Ich kann Braunkäse und Klippfisch machen und Weihnachtsbier brauen, ich kenne mich mit Kindern aus. Meinst du, eine aus der Stadt könnte das besser?»

«Das weiß ich nicht.» Liv war erstaunt, wie handfest die Pläne klangen, die Lucia geschmiedet hatte.

«Und du, wen willst du einmal heiraten? Auf wen hast du ein Auge geworfen, Liv?»

«Auf keinen. Und ich habe auch noch nicht übers Heiraten nachgedacht.»

«Gibt es wirklich keinen, der dir gefällt?»

Doch, Fridtjof Nansen, wollte Liv sagen, doch dann würde Lucia sie wieder verspotten und daran erinnern, dass der Polarforscher bereits verheiratet war. Also schüttelte sie den Kopf.

«Ich verstehe dich nicht», erklärte Lucia. «Wie willst du denn dein Leben verbringen? Ja, ich weiß, du willst studieren. Und dann? Denkst du, es gibt Anstellungen für Frauen, die studiert haben? Niemals. Die Männer bekommen sie, und du musst nach dem Studium doch noch heiraten. Aber dann bist du schon beinahe eine alte Jungfer und musst nehmen, wen du kriegst.»

Dasselbe hatte ihr Fria schon prophezeit, aber es hatte nichts an Livs Entschluss geändert. «Zur Not bleibe ich eben ohne Mann. Zur Not werde ich Lehrerin.»

«Die Rotznasen der anderen großziehen? Na, das wäre mir aber was. Wer soll dich denn pflegen und versorgen, wenn du mal alt und krank bist und keine eigenen Kinder hast?»

«Darüber habe ich noch nicht nachgedacht», gab Liv zu. «Bis dahin ist es ja noch lange.»

Lucia hatte ihre Schokolade ausgetrunken und stellte den Becher auf die Ladentheke. Gunhild, die Frau hinter dem Ladentisch, hatte inzwischen die Bestellungen für die Schwestern fertig gemacht. Also bezahlten die Mädchen, verließen den Laden und luden die schweren Weidenkörbe auf ihre Schlitten. Mittlerweile war es stockfinster geworden. Ein paar Möwen schrien, die Meereswellen flüsterten mit der Küste, und es roch stärker noch als vorhin nach Tang und Salz.

«Wir sehen uns», sagte Lucia und küsste die Schwester zum Abschied. «Am ersten Weihnachtstag bei euch im Guesthuset.»

«Und vorher sehen wir uns schon am Heiligen Abend in der Kirche. Hab fröhliche Weihnachten, Lucia.»

«Du auch.»

Sie gingen in verschiedene Richtungen auseinander. Liv zog ihren Schlitten in Richtung Meer, Lucia ihren in Richtung Kirche.

Am Weihnachtstag, am 24. Dezember, gab es wohl überall auf Smøla das traditionelle Essen: Milchreis. Und um 17 Uhr begannen im ganzen Land die Kirchenglocken zu läuten, doch auf Smøla hörte man nur die eigenen.

Liv hatte ihre Tracht angezogen, Fria ebenso. Die Röcke hatten sie allerdings geschürzt, sodass die Säume sich nicht mit Schneewasser vollsaugen konnten. Unter den Röcken trugen sie dicke, selbst gestrickte Strümpfe und über den Kleidern warme Mäntel. Der von Fria war mit Rentierfell gefüttert, der von Liv ebenso. Die Frau des Bürgermeisters aber trug einen Fuchspelz, den sie jedes Jahr stolz herzeigte.

Die Kirche war brechend voll. Liv blickte sich um. Sie winkte Lucia, Chrisander und Bjarni, sie wünschte nach allen Seiten eine frohe Weihnacht, und als der Gottesdienst begann, wurde ihr ganz feierlich zumute. Der Weihnachtsbaum erstrahlte im Kerzenlicht, die Insulaner waren gut gelaunt und aufgeregt. Kindern fiel es schwer, still zu sitzen, ein paar der alten Leute schliefen während der Predigt mit dem Kinn auf der Brust, schreckten bei jedem Lied auf und sangen mit, bevor sie wieder in Schlummer verfielen. Es war kalt in der Kirche, doch das fiel niemandem auf, weil dieses Fest die Herzen wärmte.

Nach dem Gottesdienst gingen alle nach Hause, um zu feiern. Im Guesthuset saßen Fria, der Same, Liv und Merette am Tisch. Fria lud die alte Frau, die sich als Wahrsagerin und Kräuterweib ein karges Auskommen verdiente, jedes Jahr an ihre Weihnachtstafel ein, damit sie nicht allein zu Hause sitzen musste. Viele Insulaner kümmerten sich um die Einsamen und Kranken. Das war nicht nur Tradition, das entsprang auch dem Gefühl, anderen etwas Gutes getan zu haben.

Sie aßen Rentierfleisch mit Kartoffeln und Steckrüben, der Weihnachtskuchen wurde angeschnitten, und danach gab es die Geschenke. Liv erhielt nicht die sich so sehnlich gewünschte große Lupe von Fria, sondern ein gebrauchtes Mikroskop.

«Oh Fria, wie wunderbar.» Sie fiel ihrer Ziehmutter um den Hals. «Aber das war sicher sehr teuer», bemerkte sie mit einem Anflug von schlechtem Gewissen.

«Bjarni, Chrisander, Fenris und Arni haben etwas dazugegeben. Und der Same natürlich. Du hättest uns ja keine Ruhe gelassen, bis du endlich ein solches Ding hast. Bjarni hat es besorgt. Ich weiß nicht einmal ganz genau, was man damit anstellt.»

«Ich zeige es dir, Fria. Allen werde ich es zeigen.»

«Das wirst du schön bleiben lassen. Du vergisst schon wieder, dass du ein Mädchen bist.»

Fria schenkte ihr noch einen warmen Pullover, den sie selbst gestrickt hatte, vom Samen bekam sie außerdem ein Buch über Vögel. Sie selbst verschenkte gestrickte Socken, und für Fria und Merette hatten sie überdies warme Tücher gehäkelt. Aber ach! In der einen Socke, die sie dem Samen geschenkt hatte, blinkte schon jetzt ein Loch. Und die Tücher … Eines hatte einen schiefen Rand, das andere löste sich bereits an einer Seite auf.

Der Same lachte. «Aus dir machen wir in diesem Leben keine Hausfrau mehr.»

Fria aber war verärgert. «Da hocke ich Stunde um Stunde da und versuche, dir ein wenig Handarbeit beizubringen, und nun das! Ab sofort wirst du jeden Tag eine Stunde stricken, häkeln oder sticken.»

«Aber –», warf Liv ein, doch Fria schnitt ihr das Wort ab.

«Mach aus deinem Leben, was immer du magst, aber lerne zuvor all das, was eine Frau können muss. Haben wir uns da verstanden?»

Liv nickte, hoffte aber, dass mit dem Frühjahr wieder so viel Arbeit anfallen würde, dass Fria ihre Drohung vergaß.

«Ich habe nichts, was ich euch schenken kann», erklärte Merette.

«Das brauchst du auch nicht. Wir sind froh, dich hier zu haben», erklärte Fria. «Deine Anwesenheit ist für uns Geschenk genug.»

«Liv ist jetzt siebzehn Jahre alt. Zeit, dass ich ihr aus der Hand lese», meinte Merette.

Fria nickte, nur der Same verzog den Mund. Er glaubte an Schamanismus und an Zeichen in der Natur, aber nicht daran, dass das Schicksal aus der Hand gelesen werden kann.

Merette nahm Livs rechte Hand, strich mit einem Finger über die Linien, die sich darin zeigten. Dann lächelte sie. «Hier steht, dass du ein langes, glückliches Leben haben wirst. Du wirst alt werden, über siebzig Jahre alt.»

«Und was noch?»

«Gesund wirst du sein und stark.»

Die alte Frau wechselte einen Blick mit Fria, und erst als die Wirtin nickte, sprach sie weiter. «Aber du wirst einsam sein.»

Fria und der Same schraken zusammen, Liv schien jedoch kaum bekümmert. Stattdessen fragte sie: «Werde ich mein ganzes Leben lang einsam sein?»

Merette sah ihr fest in die Augen. «Du wirst von Menschen umgeben sein, aber nur wenige werden dich verstehen.»

«Siehst du auch einen Mann in ihrer Hand?», wollte Fria wissen. «Einen Ehemann und Kinder?»

«Ich sehe einen Mann, aber er wird deinen Lebensweg nicht bis zum Ende begleiten.»

«Was wird mit ihm?»

Merette schüttelte den Kopf. «Das weiß ich nicht.»

«Und Kinder?», hakte Fria nach.

«Ja, ich sehe zwei Linien. Aber sie sind sehr dünn. Vielleicht bekommst du Kinder, vielleicht auch nicht. Vielleicht bekommst du aber auch Kinder, und sie werden dir wieder genommen.»

Liv seufzte. Sie hatte nichts gegen Kinder, und sie hatte im Grunde auch nichts gegen das Heiraten. Es musste schön sein, eine eigene Familie zu haben. Es musste schön sein, einen Platz im Leben zu finden. Aber nicht um jeden Preis. Kinder, die einem wieder genommen werden – das hörte sich schrecklich an.

«Kann es auch sein, dass ich meine Kinder aussetze, wie es mir geschehen ist?»

«Nein, das glaube ich nicht. Es gibt um dich herum viele Menschen, die dich lieben. Bei ihnen wirst du Hilfe finden, solange sie leben.»

Eine flache Hand krachte auf den Tisch. «Schluss jetzt mit dem Gerede», befahl der Same. «Es kommt, wie es kommt, und genau so muss man es nehmen.»

Plötzlich klopfte es heftig an die Tür. Fria runzelte die Stirn. «Wer mag das sein? Heute? Am Heiligen Abend?»

«Du wirst es erfahren, wenn du die Tür öffnest», erklärte der Same.

Fria erhob sich und öffnete die Tür. Draußen stand Arni, der Lehrer. Im Arm trug er einen riesigen Weihnachtsstern aus rotem Lackpapier und ein wunderschön eingewickeltes Päckchen. Er trat wegen der Kälte von einem Bein auf das andere und hatte eine rote Nase.

«Frohe Weihnachten, Fria. Hier, das ist für dich.» Er überreichte ihr die Geschenke.

Fria stand da und sagte kein Wort, aber ihr Gesicht leuchtete.

«Frohe Weihnachten, Arni», rief der Same von drinnen, der den Lehrer an der Stimme erkannt hatte. «Komm herein zu uns und feiere mit.»

Fria trat einen Schritt zur Seite und ließ Arni eintreten. Der schälte sich aus seinem Mantel, wickelte den Schal vom Hals und warf einen Blick auf den angeschnittenen Weihnachtskuchen.

«Soll ich dir eine richtig dicke Scheibe abschneiden?», fragte der Same, der wusste, wie gern Arni Weihnachtskuchen aß. «Es ist auch noch ein wenig Rentierbraten übrig.»

Arni warf einen Blick zu Fria, die seufzte und so tat, als würde ihr das grade noch fehlen, doch das Leuchten stand noch immer in ihrem Gesicht. Der Same ging in die Küche, um den Braten aufzuwärmen, während Fria die Schleife auf dem Geschenk löste.

«Du sollst mir doch nichts schenken», murmelte sie dabei und legte kurz eine Hand auf Arnis Arm. Dann schlug sie das Papier zurück und hob ein Paar Handschuhe aus feinstem Leder in die Höhe, wie es sie nur in der Stadt gab. Selbst Bjarnis Frau trug nur gestrickte Fäustlinge zu ihrem Fuchspelz. «Oh, sie sind so wunderwunderschön.» Fria schmiegte ihre Wange an das weiche Leder und blickte Arni an.

Der strahlte über alle Backen. Fria trat einen Schritt auf ihn zu, und Liv fragte sich schon, ob sie ihn nun endlich küssen würde, doch in diesem Augenblick kehrte der Same aus der Küche zurück, in der Hand einen Teller mit dem Braten und dampfenden Kartoffeln. Den stellte er auf den Tisch, in dessen Mitte nun der wunderschöne Weihnachtsstern prangte. Fria aber hatte rote Wangen bekommen, und Liv war sich sicher, dass daran nicht der Aquavit schuld war.

KAPITEL 7

Er kam jeden Tag. Und jeden Tag versteckte sich Liv in der Käsekammer, um ihn zu hören und zu sehen, ohne selbst entdeckt zu werden. Kaum vernahm sie seine Schritte, begann ihr Herz, ein paar Takte schneller zu schlagen, und in ihren Eingeweiden kribbelte es, als hätte sie Ameisen verschluckt. Der Wissenschaftler der Universität von Christiania. Lasse hieß er, und er war groß und schlank und blond und mit hellen Augen versehen. Fast so wie Fridtjof Nansen. Selbst einen Schnurrbart trug er. Genau wie der Polarforscher. Er kam jeden Abend ins Guesthuset und unterhielt sich mit dem Samen. Er untersuchte den Einfluss dieser Volksgruppe auf die Inseln, und deshalb brauchte er den Samen. Als Liv seine Fragen hörte, war sie ganz überrascht, wie wenig sie selbst über ihren besten Freund wusste. Sie hatte ihn nie gefragt, wie er auf die Insel gekommen war. Er war einfach schon immer da gewesen, so wie die beiden Birken an der Kirche, so wie die Raben.

«Sie wollen wissen, wie ich nach Smøla gekommen bin?», wiederholte der Same Lasses Frage, und Liv in ihrem Versteck nickte dazu. «Mit einem Boot. Wie sonst?» Er lachte. «Wieso interessiert Sie das? Wir Samen gelten schon seit Jahrhunderten als Menschen zweiter Klasse. Niemand hat sich je für uns interessiert, aber jeder wusste, dass wir faul sind und versoffen.»

«Nun, das würde ich gern ändern. Ich interessiere mich sehr für die samische Kultur.»

«Warum?», fragte der Same, und Liv fand, dass es nicht eben freundlich klang.

Lasse zuckte mit den Schultern. «Meine Großmutter war Samin.»

«Sie benutzen die Wissenschaft also für eine Familienrecherche.»

«Darum geht es mir nicht.»

«Worum dann?»

«Es gibt bislang keine Studien über die Samen. Das will ich ändern.»

«Nun, ich lebe schon lange nicht mehr unter Samen und praktiziere die Kultur nicht.»

«Aus welchem Grund?», fragte der Wissenschaftler.

Der Same schwieg, zündete sich eine Pfeife an. «Es gibt nicht viele Gründe, die einen dazu bewegen, seine Heimat und sein Volk zu verlassen.»

«Und welcher Grund war es bei Ihnen?»

Liv staunte über die Hartnäckigkeit des Mannes aus Christiania. Sie hatte längst gemerkt, dass der Same nicht darüber sprechen wollte. Überhaupt sprach er nie über sich, erst jetzt fiel Liv das auf. Die anderen Leute konnten es meist gar nicht abwarten, einer Erzählung bis zum Ende zuzuhören, sondern platzten sofort mit dem heraus, was sie zu sagen hatten. Der Same dagegen hörte zu. Immer. Und er wusste Bescheid. Er kannte die Menschen besser als jeder andere. Merette vielleicht ausgenommen.

«Sagen wir einfach, dass es einen Grund gab.»

Lasse nickte, beließ es dabei. «Wie hat man Sie auf Smøla aufgenommen?»

Liv sah, wie der Same mit den Schultern zuckte. «Ich kam an, ging von einem Haus zum anderen und fragte nach Arbeit, und Fria hat mir Arbeit und ein Zimmer gegeben.»

«Das klingt recht einfach. Gab es keine Vorurteile gegen Sie? Es heißt ja immer, die Leute aus Lappland wären faul und würden übermäßig trinken.»

«Und von den Leuten aus Christiania sagt man, sie wären eingebildet.»

Lasse lachte. «Vorurteile, da haben Sie wohl recht. Nun, sind Sie davon verschont geblieben?»

Der Same zog an seiner Pfeife und stieß eine graue Wolke aus, die in Richtung Decke zog. «Ich kann kochen, die Leute wollen essen. Und niemand hat mich je betrunken gesehen.» Der Same deutete auf das Fenster, hinter dem die Dämmerung einen grauen Schleier über die Insel breitete. «Ich muss mich sputen. Auch heute wollen die Leute etwas zum Abendbrot.»

Der junge Mann aus der Hauptstadt nickte, notierte etwas in sein Büchlein. «Einen Augenblick noch, ich bin gleich fertig. Sind Sie der einzige Same auf Smøla?»

«Wer kann das schon wissen? Die Samen sehen genauso aus wie die übrigen Norweger.»

Jetzt erhob sich Lasse und reichte dem Samen die Hand. «Danke für Ihre Antworten. Und schade, ich hatte gehofft, Sie würden mir viel mehr über sich erzählen.»

Auch der Same erhob sich, betrachtete den Wissenschaftler von oben bis unten. «Was haben Sie davon zu wissen, wie die Samen sind?»

«Sie leben mit uns. Jeder möchte gern seine Nachbarn kennenlernen. Außerdem glaube ich, dass wir von der samischen Lebensweise viel lernen können. Viele Samen sind keine Christen, sie hängen dem sibirischen Schamanismus an. Sie sprechen wie die Leute im fernen Ural, auch darüber würde ich gern mehr wissen. Außerdem sind die Samen die besten Rentierzüchter der Welt. Auch das ist interessant.»

«Das kommt davon, dass wir mit den Tieren leben und nicht nur durch sie. Wir teilen unseren Alltag mit ihnen.»

«Und ihr lebt in Zelten.»

«Ja.»

Lasse blickte den Samen an, als wollte er ihm hinter die Stirn schauen. Doch dann verabschiedete er sich höflich und verließ das Guesthuset.

Als er weg war, kroch Liv aus ihrem Versteck und sah ihm lange nach.

«Und, wie findest du ihn?», wollte Lucia am nächsten Tag in der Schule wissen.

Liv zuckte mit den Schultern. «Er war schon öfter bei uns. Er fragt den Samen aus.»

«Und?»

«Was und?»

«Gefällt er dir?»

Liv hob die Augenbrauen. Natürlich gefiel er ihr, er sah schließlich aus wie Fridtjof Nansen. Und er war sehr klug und neugierig. Sie hatte stets das Bedürfnis, in seiner Nähe zu sein. Stundenlang hätte sie ihn ansehen oder ihm zuhören können. Ja, er gefiel ihr. So gut wie sonst keiner. Aber das wollte sie nicht sagen, das sollte ihr Geheimnis bleiben, denn es fühlte sich kostbar an. Wenn sie sah, dass er sich dem Guesthuset näherte, strich sie sich über das Haar, zog ihr Kleid zurecht und legte eine Hand auf ihren Bauch, in dem es zu kribbeln begann, als wäre er mit einer Brennnessel in Kontakt gekommen. Doch das ging niemanden etwas an, nicht einmal Lucia.

«Hm, er sieht nicht schlecht aus, aber eine Schönheit ist er auch nicht.»

«Also, ich finde ihn traumhaft. Hast du gesehen, was er für breite Schultern hat? Und sein Lächeln. Die Grübchen. Oh, ich habe sogar schon von ihm geträumt.»

«Also willst du ihn haben? Ihn heiraten? So, wie du es dir vorgenommen hast?», fragte Liv ungläubig, und ihr Herz schlug einen Takt rascher.

«Ja.»

«Dann musst du ihn dazu bringen, sich in dich zu verlieben. Und was ist, wenn er lieber ein Mädchen aus der Stadt will?»

Lucia winkte ab. «Da habe ich keine Sorge.»

«Hast du etwa schon mit deinen Bemühungen begonnen?»

Lucia nickte stolz. «Nachdem er gestern bei euch war, habe ich ihn auf dem Heimweg abgepasst. Ich habe ihm erzählt, dass wir Findelkinder sind und bei unserem Auffinden samische Kleidung trugen. Das heißt ja wohl, dass wir auch samisch sind.»

Liv kniff die Augen zusammen. «Wir sind nicht samisch. Wir sind so aufgewachsen wie die anderen norwegischen Kinder auch. Wir wissen nichts über die Samen.»

«Und da will ich einhaken. Ich werde ihm sagen, dass ich mich sehr für meine Herkunft interessiere. Er soll mir alles erzählen, was er darüber weiß. Ich habe angedeutet, dass ich mir wünsche, einmal ganz hoch in den Norden zu fahren, um zu sehen, wo ich herstamme.»

«Und was hat der Wissenschaftler gesagt?»

«Dass er meinen Wunsch gut verstehen kann. Und dass er bald hoch in den Norden muss. Merkst du's? Ich interessiere ihn. Und ich bin hübsch. Morgen werde ich mir die Haare eindrehen, so wie es Bjarnis Frau immer machen lässt.»

Liv strich sich über ihr glattes, langes Haar, das viel dünner und farbloser war als das von Lucia. Sie verstand ihre Schwester und deren große Sehnsucht nach einer eigenen Familie. Sie selbst gehörte ins Guesthuset wie Fria und der Same, eine Familie hatte ihr nie gefehlt. Sie hatte sich immer geliebt und umsorgt gefühlt. «Du wirst das schon hinkriegen», sagte sie mit leiser Trauer. «Ich bin sicher, dass du dem Mann aus Christiania gefallen wirst.» Und obschon Lucia ihr anbot, ihr das Haar zu einem wunderbaren Zopf zu flechten, schüttelte Liv den Kopf. «Ich gehe nach Hause, ich muss noch was erledigen.»

Doch sie ging keineswegs nach Hause, sondern direkt zum Meer. Es war die Zeit der Ebbe, das Wasser zog sich zurück, hinterließ einen Streifen nassen Sand. Liv hockte sich hin und untersuchte Quadratzentimeter für Quadratzentimeter den Boden. Sie merkte, wie alles in den Hintergrund trat und sie sich nur noch auf das konzentrierte, was vor ihr lag. Sie fand ein paar Wattwürmer, eine Rändel-Käferschnecke, die sie gern untersucht hätte. Zu Hause unter dem Mikroskop, doch die Schnecke hatte sich fest an den Untergrund geheftet, sodass Liv sie nicht davon abbekam. So war es immer mit der Rändel-Käferschnecke. Liv brachte es einfach nicht übers Herz, sie mit Gewalt vom Boden zu lösen und ihr womöglich wehzutun.

Sie sammelte ein paar Strandschnecken, fand eine Meerzitrone und wünschte sich mehr als alles andere einen Apparat, mit dem man fotografieren konnte. Bjarni hatte so einen. Er wurde aufgestellt, und man musste unter ein schwarzes Tuch kriechen. Hätte sie so etwas, könnte sie die prächtige Sternseescheide fotografieren und das wunderschöne sternförmige Muster, das sie auf Felsböden oder Muschelschalen bildete, immer wieder ansehen. Sie hatte versucht, sie zu zeichnen, aber es fehlte ihr an Talent. Auch ihre Raben gerieten immer krumm und schief, das Einzige, was ihr gelang, waren die Rabeneier mit ihrer eigentümlichen und unverwechselbaren Färbung. Doch um diese Jahreszeit verbrachten die Raben ihre Tage mit der Futtersuche oder schliefen in ihren Nestern.

Plötzlich schmatzte es hinter ihr. Liv fuhr herum, darauf gefasst, den Fischer Chrisander zu sehen oder die alte Merette, die sich hin und wieder ein wenig Tang vom Meeressaum suchte. Sie fabrizierte daraus ein Gebräu, das sie den Frauen gab, die gerade bei einer Geburt viel Blut verloren hatten. Manchmal traf Liv die alte Wahrsagerin auch dabei, wie sie nach der wilden Meerstrand-Rübe suchte, die so ähnlich wie eine Zuckerrübe schmeckte. Doch hinter ihr stand weder Merette noch Chrisander, sondern Lasse, der Wissenschaftler aus Christiania.

«Was machst du da?», wollte er wissen.

«Nichts», erwiderte Liv, stand auf und klopfte ein wenig Sand von ihrem Kleid.

«Du warst sehr konzentriert bei deinem Nichtstun», stellte er fest.

Wie gern hätte Liv ihm erzählt, was sie schon seit Jahren machte. Dass sie die Pflanzen und Tiere beobachtete. Wie gern würde sie ihm von ihrer Entdeckung erzählen, dass es im Augenblick drei Rabenbrutpaare auf Smøla gab. Aber dann dachte sie an Lucia und wie sehr sich die Schwester Lasse als Ehemann wünschte.

Sie setzte sich auf einen Felsen, der ein wenig ins Meer ragte. «Und du? Was machst du hier?»

Der Wissenschaftler setzte sich neben sie. Liv rutschte weg, sodass ein wenig Abstand zwischen ihnen war. «Ich habe dich gesucht. Fria sagte mir, dass ich dich wahrscheinlich am Meer finde.»

«Und was willst du von mir?» Liv vermied es, ihn anzusehen. Sie wollte sich nicht von seinen Blicken einfangen lassen, wollte tun, als wäre ihr der Mann vollkommen gleichgültig.

«Fragen wollte ich dich, ob du dich als Samin oder als Norwegerin betrachtest.»

«Als Norwegerin», erwiderte Liv energisch.

«Du trugst einen Kittel mit samischen Stickereien.»

Jetzt wandte ihm Liv doch ihr Gesicht zu. «Das hat Lucia dir erzählt.»

«Ja.»

«Gefällt sie dir?», fragte sie und war dabei verlegen, weil sie ihm eine so indiskrete Frage stellte.

«Sie ist sehr hübsch und freundlich. Man ist gern mit ihr zusammen.»

«Das stimmt. Und sie kann großartig kochen und backen und nähen und weben. Der, den sie einmal zum Mann nimmt, hat großes Glück.»

Lasse nickte. «Da wirst du wohl recht haben. Aber jetzt sage mir doch, warum du dich nicht als Samin fühlst.»

«Warum sollte ich? Wegen ein paar Stickereien? Ich bin unter Norwegern aufgewachsen.»

«Und der Same? Welche Rolle spielt er in deinem Leben?»

«Er ist mein bester Freund», erklärte Liv.

«Die Samen gelten als Heilkundige. Sammelst du hier etwas, um daraus eine Medizin herzustellen?»

«Du meinst die Gelbe Wandflechte? Ja, daraus kann man ein Fiebermittel machen. Aber wenn dich das interessiert, solltest du dich an Merette wenden.»

«Ich interessiere mich aber für dich. Du machst das Examen artium. Was willst du damit anstellen?»

Wieder blickte sie ihn an, und in seinen Augen spiegelte sich das Meer und ließ sie dunkelblau erscheinen.

«Ich möchte studieren.»

«Und was?»

«Zoologie. Ich möchte die Geheimnisse des Meeres erforschen. Oder die Vögel.»

«Aha», erwiderte Lasse beeindruckt. «Hast du schon einmal von Cecilie Thoresen gehört?»

«Nein. Wer ist das?»

Lasse überkreuzte die Füße und lehnte sich ein wenig zurück, um etwas bequemer zu sitzen. Liv zog die Knie an und schlang ihre Arme darum.

«Cecilie Thoresen ist die erste Norwegerin, die das Examen artium abgelegt hat.»

«Wann war das?»

«Vor zwölf Jahren, also 1882, in Christiania. Danach war sie die erste Frau, die sich an der Universität eingeschrieben hat.»

«Wie alt ist sie? Woher stammt sie? Was ist aus ihr geworden?» Oh, Liv hatte so viele Fragen. Die Dämmerung stieg vom Himmel zur Erde, und sie müsste nach Hause gehen, aber sie musste erst noch hören, was Lasse über Cecilie zu sagen hatte.

«Sie wurde 1858 in einem kleinen Dorf geboren. Ihr Vater war Arzt und Grundbesitzer, ihre Mutter eine sehr belesene Kaufmannstochter.»

«Wie sieht sie aus?»

«Oh, sie ist eine hübsche Frau. Nicht sehr groß, schlank und hat kluge Augen.»

«Trägt sie eine Brille?», wollte Liv wissen.

Fria sagte ihr oft, dass, wenn sie weiter bei Kerzenlicht lese, sie sich die Augen verderben und eine Brille brauchen würde. Eine Brille! Auf der ganzen Insel trugen nur zwei Männer eine Brille: der Apotheker und Arni, der Lehrer. Brillen galten als Zeichen von Gelehrsamkeit bei den Männern, für die Frauen dagegen waren sie ein Schrecknis. Frauen mit Brille galten als Mannweiber, sie wurden belächelt oder gar verspottet.

«Das weiß ich nicht», gab Lasse zu.

«LIV!» Der Ruf hallte bis zum Meer. Liv sprang vom Felsen. «Ich muss gehen.»

«Warte!» Lasse hielt sie am Arm fest. «Wann kann ich mit dir sprechen?»

Eigentlich hatte Liv keine Lust, seine Fragen zu beantworten, gleichzeitig wollte sie unbedingt noch mehr über diese Cecilie Thoresen erfahren.

«Ich bin hier oder im Guesthuset», sagte sie. «Aber komm besser zum Meer.»

Lasse lächelte. «Warum hast du Angst vor Brillen?»

Liv schüttelte den Kopf. «Ich habe keine Angst vor Brillen. Ich möchte nur keine haben.»

«Warum nicht?»

«Weil ich kein Mannweib sein will.»

«In Christiania an der Universität gibt es einige Frauen, die eine Brille tragen.»

«Wir sind aber nicht in Christiania, sondern auf der Insel Smøla.» Liv hob die Hand, um ihm kurz zuzuwinken, dann nahm sie ihr Notizbuch und die Lupe und ging nach Hause.

KAPITEL 8

Und dann war er endlich da. Der Tag, auf den die achtzehnjährige Liv so lange gewartet hatte. Sie, Jehan, zwei Kinder des Pfarrers und der Lehrer Arni fuhren mit dem Postschiff aufs Festland und weiter mit der Kutsche nach Trondheim. Die Schule, in der die Examensprüfungen stattfinden sollten, befand sich in Sichtweite des Doms. Liv blickte auf das imposante Gebäude, das im ganzen Land berühmt war, und sprach ein kurzes Gebet: «Bitte, lieber Gott, lass mich die Prüfungen bestehen.»

Dann folgte sie den Jungen in die Schule. In einem Zimmer im ersten Stock fanden die Prüfungen statt. An der Tür hing ein Schild mit der Aufschrift «Ruhe bitte». Die Tür war geschlossen. Davor saßen auf Stuhlreihen, die an der Wand aufgereiht waren, die Prüflinge. Liv kannte nur ein Mädchen, das sie einmal auf Smøla zum Nationalfeiertag gesehen hatte. Sie hatte damals in einem Chor gesungen, der auf der Insel zu Gast gewesen war. Sie lächelte ihr zu.

«Bist du auch zur Prüfung hier?», fragte das Mädchen, das Gilda hieß, wie Liv einfiel.

«Ja. Und ich hoffe, ich werde bestehen», antwortete sie. «Und du?»

«Ich bin auch deswegen hier. Mein Verlobter, weißt du, er ist gestorben. Hat sich eine Lungenentzündung geholt. Nun werde ich Lehrerin, bis mich wieder einer haben will.»

«Das tut mir leid», sagte Liv und gab Gilda die Hand. «Aber warum willst du nicht studieren?»

«Das wollte ich nie. Mein Verlobter, weißt du, er war Lehrer. Wir hatten geplant, dass ich den Kleinen Lesen und Schreiben beibringe und er sich um die Größeren kümmert. Nun muss ich sehen, was wird.»

Liv nickte und setzte sich. Neben Jehan, der unruhig auf seinem Stuhl hin und her rutschte, mit den Füßen scharrte und seine Hände knetete.

«Bist du aufgeregt?», wollte Liv wissen.

Er sah sie von der Seite her an. Seit sie ihn verprügelt hatte, hatten sie kein einziges Wort mehr miteinander gewechselt. «Warum willst du das wissen? Damit du dich wieder über mich lustig machen kannst?»

«Nein, Jehan. Ich habe gefragt, weil ich aufgeregt bin.» Sie blickte ihm in das blasse Gesicht, auf dem ein Bartflaum die Lippen umrahmte. Sie merkte, dass ihre brennende Wut auf ihn mit der Zeit ganz unbemerkt verraucht war. Einverstanden würde sie niemals sein mit dem, was er getan hatte. Aber ihren Zorn, den hatte sie losgelassen. Ohne nachzudenken, sagte sie: «Und entschuldige bitte wegen damals.»

Erstaunt zog er die Augenbrauen hoch. «Hätte nie gedacht, dass ich das noch mal erlebe.» Er grinste sie an und hielt ihr seine Hand hin. Liv schlug ein, dann lächelten sie und versanken wieder in ihrer Anspannung.

Sie mussten eine ganze Weile warten, während der Arni vor ihnen auf und ab ging. Immer wieder blickte der Lehrer zur Uhr und murmelte: «Wie lange das dauert!»

Aber endlich wurde Jehan aufgerufen. Eine halbe Stunde später kam er aus dem Prüfungszimmer und stieß eine Faust in die Luft. «Ja!», schrie er. «Ich habe bestanden.»

Er setzte sich wieder neben Liv, und einer der Pfarrersjungs verschwand im Prüfungszimmer.

«Gratuliere, Jehan!», sagte Liv. «Was wirst du jetzt tun?»

«Mein Vater will, dass ich die Handelsschule in Bergen besuche. Damit ich eines Tages die Fabrik übernehmen kann.»

«Und du? Was willst du?»

«Mir ist es recht.»

Nachdem auch der zweite Pfarrerssohn die Prüfung erfolgreich absolviert hatte, kam endlich Liv dran. Sie wäre gern noch schnell zur Toilette gegangen, aber sie hatte Angst gehabt, genau in diesem Augenblick aufgerufen zu werden. Jetzt erhob sie sich und spürte, dass ihre Knie ganz weich waren. Sie betrat das Zimmer, grüßte höflich und stellte sich vor das Podium, auf dem drei ältere Herren saßen.

«Du willst also die Prüfung zum Examen ablegen?», fragte der, der in der Mitte saß und sich als Doktor Gullsen vorstellte.

«Ja, das möchte ich.»

«Und warum, wenn ich fragen darf?»

Liv ärgerte es beinahe, dass sie sich vor jedem, der von dem Examen wusste, rechtfertigen sollte. Einzig Fridtjof Nansen war es ganz und gar nicht verwunderlich erschienen.

«Ich möchte studieren.»

«Löblich, löblich. Junge Lehrerinnen werden auf den Inseln gebraucht.»

Liv machte sich nicht die Mühe, ihren Berufswunsch weiter auszuführen. Und schon begann die Prüfung.

«Bitte erläutere zunächst den Satz des Pythagoras», bat Doktor Gullsen.

Das war einfach, den Satz konnte Liv im Schlaf. «In allen rechtwinkligen Dreiecken entspricht die Summe der Flächeninhalte der Kathetenquadrate dem Flächeninhalt des Hypotenusenquadrats. Die Formel dafür lautet: $a^2 + b^2 = c^2$.»

«Sehr schön. Nun nenne uns doch ein paar Elemente des Periodensystems. Du musst nicht erschrecken. Wir wissen, dass es dieses System noch nicht lange gibt, aber es gehört nun einmal zum Prüfungskomplex. Also, wie lautet das Zeichen für Silber?»

«Ag», antwortete Liv.

«Gold?»

«Au.»

«Kupfer?»

«Cu.»

«Das hast du gut gemacht. Als Nächstes möchten wir wissen, wie gut deine Kenntnisse in Latein sind. Was bedeutet *omnia vincit labor*?»

Liv musste kurz überlegen. Sie hatte Latein nie gemocht, aber dann fiel es ihr ein. «Arbeit siegt über alles.»

«Schön.» Doktor Gullsen wandte sich nach rechts und links an seine Beisitzer, dann stellte er seine letzte Frage. «Du bist mit den nordischen Götter- und Heldensagen vertraut?»

Liv nickte. «Sie meinen die *Edda*?»

«Richtig. Kannst du uns die ersten Sätze der *Edda* hersagen?»

Oje, wie hatte sie den Unterricht in Norwegisch gehasst. Mit Gedichten konnte sie nichts anfangen, wusste einfach nicht, was sie meinten. Genau so war es ihr auch mit der *Edda* ergangen. Liv überlegte und überlegte, dann schüttelte sie den Kopf. «Es tut mir leid. Ich weiß, dass wir die

Edda im Unterricht hatten, aber ich erinnere mich nicht mehr an den Text.»

Doktor Gullsen runzelte die Stirn. «Nun, ein Mal darf man die Antwort verpatzen. Ein zweites Mal jedoch nicht, sonst fällt man durch.»

Liv erschrak. Das hieß, wenn sie die Antwort auf die nächste Frage nicht wusste, war alles umsonst gewesen. Ihr Mund wurde ganz trocken, und sie begann zu zittern.

«Also», fuhr Doktor Gullsen fort. «Nenne uns die Namen dreier Dichter.»

Dichter? Um Gottes willen, sie hatte keine Ahnung. Sie spürte, wie ihr der Schweiß ausbrach, und schloss die Augen. Dichter, Dichter! Dann fiel ihr einer ein: «Johan Nordahl Brun. Er ist in Trondheim gestorben.» Oh, zum Glück hatte sie sich an Arnis Vortrag über den Mann erinnert.

«Gut. Weiter.»

«Camilla Collett», stieß Liv hervor.

Doktor Gullsen zog die Augenbrauen in die Höhe. «Nun, Frauen können keine Dichter sein, aber ich lasse deine Antwort gelten, immerhin ist diese Collett die Tochter des berühmten Politikers Nicolai Wergeland. Wen kennst du noch? Und bitte keine Frauen mehr.»

«Ihren Bruder, Henrik Wergeland.» War sie gerettet? Würde Doktor Gullsen zwei Dichter aus einer Familie gelten lassen?

«Nun, das ist richtig.» Er wandte sich an seine beiden Kollegen. «Lassen wir die drei Antworten gelten?»

«Na ja, eigentlich waren es ja nur zwei Antworten», sagte der linke Beisitzer.

«Es könnte noch eine Zusatzfrage geben», urteilte der rechte Beisitzer.

«Also gut. Eine letzte Frage noch. Wie heißen in der nordischen Mythologie die beiden Raben des Odin?»

Liv lachte auf. Das wusste sie. Natürlich wusste sie das. «Hugin und Munin.» Und endlich fielen ihr auch ein paar Zeilen aus der *Edda* ein:

Hugin und Munin müssen jeden Tag
Über die Erde fliegen.
Ich (Odin) fürchte, dass Hugin nicht nach
Hause kehrt.
Doch sorg ich mich mehr um Munin.

Jetzt lächelten alle drei Prüfer. Und Doktor Gullsen lobte: «Sehr schön, Liv Nagard. Herzlichen Glückwunsch, du hast bestanden. Deine Urkunde wird dir zugeschickt.»

«Danke!», rief Liv erleichtert und ungemein glücklich. «Ich danke Ihnen recht schön.»

Dann verließ sie schnell das Zimmer, damit die Herren es sich nicht noch einmal anders überlegten.

«Ich habe bestanden!», rief sie im Flur, und Arni kam angelaufen und umarmte sie.

«Dann bist du jetzt die erste Frau der Insel, die ein Examen vorzuweisen hat», sagte der Lehrer und lächelte stolz.

KAPITEL 9

1896

Es hatte eine Weile gedauert, bis Lasse Lucias Interesse an ihm bemerkt hatte. Lucia hatte sich mächtig ins Zeug legen müssen. Sie hatte ihm Kuchen gebacken und Socken gestrickt. Sie hatte ihm stundenlang zugehört und sich nach seinen Eltern und Geschwistern erkundigt. Sie hatte all das getan, was Liv nicht konnte. Liv und Lasse hatten sich noch ein paarmal am Meer getroffen und geredet, aber Liv hielt bewusst Abstand, weil sie Lucia nicht in die Quere kommen wollte, obschon ihr der Mann selbst gefiel und sie der Ansicht war, dass sie einiges gemeinsam hatten. Doch darauf musste er schon selbst kommen.

Sie hatten über seine Forschungen gesprochen, und er hatte sich für ihre «Forschungen» interessiert. Und ihr empfohlen, ein Tagebuch nur über die Meerestiere zu führen und eines, in dem sie ausschließlich über die Raben schrieb. «Beobachte sie. Notiere alles, was du über sie herausfinden kannst. Beschreibe sie so genau wie möglich.»

«Warum?», hatte Liv gefragt.

«Das nennt man wissenschaftliches Arbeiten.»

Er war einmal zurück an die Universität gefahren, und als er wiederkam, überreichte er Liv ein kleines Heft. Zur Universität in Christiania gehörte eine große Bibliothek mit allen Büchern, die je auf Norwegisch geschrieben worden waren. Lasse hatte über die Raben recherchiert und entsprechende Buchtitel für Liv notiert.

«Es gibt nicht viel Literatur über deinen Lieblingsvogel. Er ist noch weitgehend unerforscht. Die meisten haben Angst vor Raben, weil er als Totenvogel, als Unglücksbringer gilt. Außerdem ist er eine Plage in der Stadt. Über die Meerestiere und -pflanzen dagegen gibt es schon einiges und es kommt immer mehr dazu. Fridtjof Nansen möchte ein neues Fachgebiet an der Universität einrichten: die Ozeanografie. Wäre das nichts für dich?»

Liv hatte genickt, aber im Grunde wusste sie nur, dass sie Zoologie studieren wollte. Oder Botanik. Am liebsten beides zusammen. Sie hatte ihr Examen mit exzellenten Noten bestanden. Lucia dagegen hatte die Schule vor einem halben Jahr aufgegeben. «Warum soll ich immer weiter lernen, wenn es mir doch keinen Spaß macht und ich heiraten und Kinder bekommen will?», hatte sie gefragt, und Runi hatte dem nichts entgegenzusetzen gewusst, weil sie der gleichen Meinung war.

Doch kaum war Liv aus Trondheim zurückgekehrt, war Lucia aufgeregt zu ihr gekommen.

«Ich bin verlobt», sprudelte sie hervor.

«Verlobt? Mit wem denn? Etwa doch mit Jehan Bürgermeistersohn?» Nein, das konnte nicht sein, er war schließlich mit ihr zusammen beim Examen gewesen.

«Ach was. Ich bin mit Lasse verlobt. In ein paar Wochen werden wir heiraten und dann gemeinsam nach Christiania gehen.»

Liv hielt die Luft an. Der Schmerz, der durch ihr Inneres schoss, war groß, am liebsten hätte sie laut aufgeschrien. Lasse war wie sie, wollte lernen, forschen. Sie hatten sich immer so gut unterhalten. Aber sie hatte ihm nie gezeigt, was sie für ihn empfand. Sie war eigentlich nicht schüchtern, aber ihm gegenüber schon. Hatte er zufällig ihre Hand berührt, hatte die Stelle noch Stunden danach gekribbelt. Und wenn sie ihn zwei Tagen nicht gesehen hatte, wurde sie unruhig und unleidlich. Sie hatten zusammen Bücher gelesen, er hatte ihr gezeigt, wie man forscht. Und da hatte sie sich wohl vorgestellt, dass es mit ihnen so weitergehen würde, obwohl sie doch Rücksicht auf Lucia nehmen wollte. Gleichzeitig hatte sie sich nie vorgestellt, wie seine Lippen die ihren berührten oder seine Hände ihre Haut streichelten. Nein, sie hatte gedacht, dass das, was sie zusammen hatten, mehr wert war als Zärtlichkeit und Verlangen. Sie hatte gedacht, dass Lucia nie dieses Wichtige mit Lasse teilen würde, weshalb er eines Tages sie fragen würde, Liv. Sie war hochmütig gewesen, hatte sich nicht vorstellen können, dass sich der Wissenschaftler in ihre Schwester verlieben könnte.

«Du sagst ja gar nichts. Willst du mir nicht gratulieren?», fragte Lucia.

«Ich … äh … ich wusste nicht, dass ihr euch so nahesteht», stotterte Liv. In ihrem Bauch waren plötzlich Steine. Auf ihren Schultern lagen Bleigewichte.

«Na ja, du hast nur gelernt in den letzten Wochen und Monaten. Ich hatte abends immer Zeit. Und die haben wir zusammen verbracht.»

«Wie denn?» Liv schluckte. Worüber sollte den Lasse mit Lucia gesprochen haben? Über Kochrezepte? Über die Webkunst? Über die Hausarbeit? Sie wollte es wissen, musste es wissen, denn sie hatte geglaubt, dass auch Lasse jeden Abend über seinen Büchern saß.

«Worüber habt ihr denn geredet?»

«Ach, über dies und das. Er hat mir erzählt, dass es in

Christiania Musikveranstaltungen gibt. Mit einem Orchester. Er hat mir einige Lieder vorgesungen, die in der Hauptstadt gerade große Mode sind. Hast du schon von Edvard Grieg gehört?»

Liv schüttelte den Kopf. Edvard Grieg interessierte sie im Augenblick kein bisschen. «Worüber habt ihr noch gesprochen? Über seine Arbeit?»

«Aber nein. Das würde ich auch gar nicht verstehen.»

«Sagt er das?»

«Ja. Und wenn ich ehrlich bin, interessiert sie mich auch nicht besonders. Die Kultur der Samen. Herrgott, das ist wirklich nicht das, worüber ich Bescheid wissen möchte.»

«Also, worüber habt ihr dann gesprochen?»

Lucia zog die Augenbrauen in die Höhe. «Warum fragst du? Wir haben über Sachen geredet, über die Verliebte nun einmal reden.»

«Über die Zukunft?» Livs Mund wurde immer trockener. Die Worte stolperten über ihre Zunge, aber sie konnte nicht aufhören zu fragen.

«Ja, auch über die Zukunft. Wir haben uns ausgemalt, wie wir einmal wohnen werden. Wir haben über die Namen für unsere Kinder gesprochen. Und manchmal haben wir einfach nur Händchen gehalten.»

Liv hatte das Gefühl, betrogen worden zu sein. Betrogen und verraten. «Ich muss los», sagte sie abrupt und wandte sich ab.

«Willst du mir nicht gratulieren?», fragte Lucia gekränkt.

«Doch … ja … natürlich. Ich gratuliere dir herzlich. Du sollst ein schönes Leben haben.» Zu mehr war sie nicht imstande. Sie ließ ihre Schwester stehen und machte sich auf den Weg, sie wollte Lasse suchen. Er musste ihr das erklären. Warum wollte er ausgerechnet Lucia heiraten? Lucia, die sich nicht im Mindesten für seine Forschungen interessierte. Lucia, die hübsch war und nett, aber so wenige Interessen hatte. Liv hatte gedacht, dass Lasse und sie etwas verbinden würde.

Ach, das Leben konnte schwierig sein. Und war ungerecht. Gerade in diesen Tagen. Liv schüttelte sich. Ihre Augen waren schlechter geworden, sie konnte die kleinen Buchstaben in der Zeitung nicht mehr entziffern, weshalb sie die Nachrichten nur noch durch ihre Lupe las. Der Same hatte es bemerkt und vorgeschlagen, nach Trondheim zu fahren, um ihr eine Brille zu kaufen. Aber Liv hatte abgelehnt, und Fria hatte ihr zugestimmt.

«Eine Frau braucht keine Brille. Und eine junge, unverheiratete Frau erst recht nicht. Willst du, dass Liv eine alte Jungfer wird?», hatte sie den Samen angeherrscht.

«Ich möchte nur, dass sie gut sieht», hatte der geantwortet, aber Fria hatte abgewunken. «Sie soll zu Merette gehen. Vielleicht kann sie ihr einen Sud aus Augentrost machen. Mehr braucht sie nicht.»

Eigentlich hätte Liv doch gern eine Brille gehabt. Sie brauchte sie bei ihrer Arbeit, wenn sie die Beinchen der Käfer zählen oder die Schuppen der Fische erkennen wollte. Wegen Lasse hatte sie nicht auf den Samen gehört, damit sie schön war für ihn. Abends hatte sie sich die Haare nass gemacht und sie von Fria flechten lassen, damit sie am nächsten Tag Locken hatte. Sie hatte Fria sogar gebeten, Schleifchen an ihr Kleid zu nähen. Sie hatte sich das Gesicht und die Zähne geschrubbt, bevor sie am Sonntag in die Kirche ging, wo sie Lasse garantiert begegnen würde. Sie hatte ihre Wachsjacke ordentlich gereinigt, Veilchenpastillen gelutscht, damit ihr Atem gut roch, und überhaupt alles Mögliche gemacht, um ihm zu gefallen. Vergebens.

Liv eilte hinunter ans Meer, in der Hoffnung, ihn dort zu treffen. Doch das Meer lag spiegelblank und mit leerem Ufer vor ihr. Sie streifte durch das kleine Birkenwäldchen hinter dem Guesthuset, auch da war er nicht. Zum Schluss ging sie sogar zur Kirche. Lasse hatte dem Kirchenchor bei den Proben zugehört, um zu sehen, ob in den Liedern samische Einflüsse zu erkennen waren. Aber auch hier war er nicht. Hilflos blieb sie stehen, überlegte sogar, zu Merette zu gehen, denn bei ihr hatte Lasse sich nach alten Sagen und Mythen erkundigt.

Aber was, wenn Lucia etwas falsch verstanden hatte? Wenn Lasse gar nicht mit ihr über eine konkrete Zukunft, sondern nur so im Allgemeinen darüber gesprochen hatte? So musste es sein. Anders konnte sich Liv das nicht vorstellen. Sie hatte sich ihm doch so nahe gefühlt! Auch, wenn sie sich nur ein paarmal getroffen hatten. Ihre Gespräche hatten Tiefe gehabt. Und er sah aus wie Fridtjof Nansen. Er hatte nie gesagt, dass er in sie verliebt war. Aber welcher Mann sprach schon gern über Gefühle?

Sie holte einmal ganz tief Luft und ging direkt auf das kleine, windschiefe Haus von Merette zu, als die Haustür geöffnet wurde und Lasse herauskam.

«Liv. Schön, dich zu sehen. Wolltest du auch zu Merette?» Er lächelte sie breit an. «Sagenhaft, was sie alles weiß. Sie kann sich sogar noch an früher erinnern, als die Samen auf die Insel gekommen waren, um Rentierfelle und Fleisch zu verkaufen. Kannst du dir das verstellen?» Er wirkte begeistert, seine Augen glänzten, die Wangen waren vom Eifer gerötet.

Liv schüttelte den Kopf. Sie wollte so viel sagen und noch mehr fragen, aber jetzt war alles weg. Sie blickte ihn an, blickte in seine blauen, blauen Augen. «Stimmt es, dass du Lucia heiraten wirst?», presste sie zwischen zusammengepressten Zähnen hervor. «Stimmt es, dass ihr euch verlobt habt, während ich in Trondheim war?»

Lasse fasste nach ihrem Ellenbogen. «Komm, lass uns ans Meer gehen.» Er führte sie behutsam, sprach aber unterwegs kein Wort.

Dann waren sie am Meer, und Liv konnte erst einmal wieder tief durchatmen. Sie blickte in den Himmel, der so blau war, dass es in den Augen stach. Dann sah sie auf das Meer, ebenfalls blau und nur wenig bewegt. Klitzekleine Wellen schlugen gegen die Felsen, flüsterten zu ihren Füßen.

«Warum erschreckt dich das so?», fragte Lasse.

«Eine Frage beantwortet man nicht mit einer Gegenfrage, das ist unhöflich», erwiderte Liv. Ihr Herz schlug einen raschen Takt, und in ihrem Bauch hatte sich ein fester Klumpen gebildet. «Also?»

Lasse schluckte. Liv sah, wie sein Adamsapfel auf und ab wippte. «Ja, es stimmt. Lucia und ich werden heiraten. Wir haben uns am letzten Sonntag verlobt.»

Liv wusste, dass sie jetzt eigentlich hochmütig den Kopf in den Nacken werfen musste. Sie wusste, dass sie stolz das Kinn recken sollte und ihm in dürren Worten gratulieren. Aber das konnte sie nicht. Das hier war kein Spiel für sie.

«Ich dachte …» Es fiel ihr schwer zu sagen, was sie fühlte. «Ich dachte, dass wir beide etwas zusammen haben.» Sie kam sich nackt vor bei diesem Satz, entblößt bis auf die Knochen.

Lasse setzte sich auf einen Felsen. «Ich mag dich, Liv. Sehr sogar. Du bist die interessanteste Frau, der ich je begegnet bin. Mit dir kann man wunderbar reden. Wenn ich mit dir zusammen bin, sprudeln die Ideen nur so in meinem Kopf. Du verstehst meine Arbeit und respektierst sie. Wenn ich mit dir zusammen bin, kann ich ganz ich selbst sein. Das ist ein Geschenk.»

«Dann bin ich dir also nicht hübsch genug.»

«Aber nein, Liv. Du bist hübsch. Auf eine andere Art als Lucia, aber du bist hübsch.»

«Was ist es dann?»

«Komm, setz dich zu mir», bat Lasse und klopfte auf den Felsen neben sich. Doch Liv blieb stehen und schüttelte den Kopf. Sie konnte ihm jetzt nicht so nahe sein, dass ihr sein Geruch in die Nase stieg.

«Du bist eine wunderbare Frau. Der Mann, der dich einmal heiratet, ist ein Glückspilz. Aber ich bin nicht dieser Mann. Ich habe mich immer nach einer Frau gesehnt, die so ist, wie eine richtige Frau sein sollte. Warm und weich, mütterlich und besorgt. Eine Frau, die mir das Leben leichter macht, verstehst du? Die sich um alles kümmert, was nicht mit meiner Arbeit zu tun hat. Bei der ich an der ersten Stelle stehe. Eine Frau, die viele Kinder haben möchte. In meiner Küche soll es nach Essen und Kuchen riechen und nicht nach Tang, der gerade unter einem Mikroskop untersucht wird. Und all das ist Lucia.»

Liv schluckte. Dann drehte sie sich um und rannte davon. Die Abfuhr tat weh, war schmerzhafter als alles je zuvor. Sie war eine Versagerin. Klein fühlte sie sich. Klein und nutzlos. Die Scham brannte in ihren Eingeweiden. Lasse glaubte, sie könnte niemals eine gute Ehefrau werden. Am

Wäldchen blieb sie stehen, lehnte sich an den Stamm einer Birke und weinte. Sie hatte in ihrem Leben noch nicht oft weinen müssen, aber dieses Weinen zerriss sie beinahe. Lasse hatte ihr nicht nur das Herz gebrochen, er hatte sie obendrein zutiefst beschämt. Sie war keine richtige Frau. Nicht so, wie eine Frau sein sollte. Noch nie hatte Liv dieses Gefühl gehabt. Für die Männer am Stammtisch war sie immer richtig gewesen. Ihr Seestern. Nur Fria hatte hin und wieder darauf gedrängt, dass sie ein paar Gerichte kochen oder stricken lernen sollte. Und hatte offenbar recht gehabt. Erst, wenn sie alle Frauendinge beherrschte, war sie eine Frau. Und erst dann könnte sie sich um die Wissenschaft kümmern. So hatte sie Lasse verstanden, so hatte er es sicher gemeint.

Liv trocknete ihre Tränen und ging langsam nach Hause. Der Same war im Küchengarten und erntete ein paar Kräuter. «Na, ist was passiert?», fragte er, und Liv begriff, dass man ihr den Kummer ansah.

«Lasse wird Lucia heiraten», erklärte sie leise. «Ich hatte gedacht, er will mich, aber das war falsch. Er will eine normale Frau, eine, die kochen und backen kann und ihn an die erste Stelle setzen will.»

Der Same erhob sich, drückte Liv an sich, und schon wieder rollten die Tränen. Sie fühlte sich bei ihm so geborgen und sicher, dass sie all ihren Kummer laut schluchzend herausweinte. Und der Same hielt sie im Arm, bis sie sich ausgeweint hatte.

«Was wirst du jetzt tun?», fragte er, als Liv sich ein wenig beruhigt hatte.

Sie zuckte mit den Schultern. «Als Erstes möchte ich eine Brille haben», erklärte sie und sah den Samen lächeln. «Und dann lerne ich vielleicht wirklich ein bisschen stricken. Das kann ja nicht schwieriger sein als die Seemannsknoten, die mir Chrisander beigebracht hat. Und danach sehe ich dir beim Kochen zu. Was meinst du, wie viele Gerichte muss eine richtige Frau können? Und wie viele verschiedene Kuchen? Waschen und putzen kann ich, das weißt du.»

«Ja, das kannst du», bestätigte der Same.

«Und vielleicht muss ich mich auch ein wenig zurechtmachen. Die Haare aufstecken. Ein Tüchlein um den Hals tragen. Solche Dinge halt. Ich könnte mir in Trondheim ein bisschen Rosenwasser kaufen. Und ein kleines Kästchen mit Schuhcreme. Damit könnte ich mir die Wimpern schwärzen. Und die Augenbrauen mit Ruß. Was denkst du?»

Der Same betrachtete sie lange, strich mit der Hand über ihr Haar. «So, wie du bist, bist du wundervoll. Es gibt nichts, was du an dir ändern müsstest. Mit Rosenwasser wärst du noch immer unser Seestern. Du musst nur einen Mann finden, der dich so will, wie du bist. Vielleicht findest du ihn nicht auf der Insel, aber in Christiania gibt es ihn bestimmt.»

Liv riss die Augen auf. «Du … du meinst, ich bin gut, wie ich bin?»

«Ja, das bist du. Trotzdem kann es nicht schaden, das Stricken, Nähen und Kochen zu beherrschen. Denn auch Frauen mit Brille müssen hin und wieder eine warme Mahlzeit essen oder brauchen eine warme Mütze.»

KAPITEL 10

Im Juli 1896 wurde die *Fram* gesichtet. Walfänger hatten sie gesehen, wie sie Kurs auf Trondheim nahm.

Die Nachricht hatte Liv in neue Aufregung versetzt. Ihr Plan, in Christiania zu studieren, hatte sich verfestigt, nichts wollte sie lieber als das. Und bei niemandem wollte sie lieber studieren als bei Fridtjof Nansen. Ob er sich wohl noch an sie erinnerte? Sie glaubte es nicht, immerhin hatte sie ihn seit drei Jahren nicht gesehen. Aber sie hatte ihm etwas versprochen – und er hatte ihr etwas versprochen. Daran hielt sie sich fest. Sie freute sich darauf, ihn in Trondheim zu begrüßen.

Doch zuvor musste sie noch der Hochzeit von Lucia und Lasse beiwohnen, wie es sich für eine gute Schwester gehörte. Sie hatte für die beiden ein halbes Dutzend Handtücher und eine große Suppenterrine in Gunhilds Handelsstation gekauft. In den letzten Monaten hatte sie in Bjarnis Fischfabrik mitgeholfen, Kabeljau und Heringe einzusalzen, und sie auf hölzernen Gestellen zum Trocknen aufgehängt. Für das Geld hatte sie sich eigentlich ein besseres Mikroskop kaufen wollen, aber Lucias Hochzeit war wichtiger.

Sie hatte sich Lasse aus dem Kopf schlagen wollen, aber das klappte nur teilweise. Die Männer vom Stammtisch hatten versucht, sie zu zerstreuen. Arni hatte ihr Mathematikrätsel aufgegeben. Chrisander hatte behauptet, ihre Hilfe beim Fischfang zu brauchen, und Fria hatte täglich eine Stunde mit ihr das Stricken geübt. Nach der Arbeit in der Fischfabrik hatte sie der Same an den Kochtopf geholt, sodass sie inzwischen in der Lage war, eine anständige Fischsuppe und ein paar andere einfache Gerichte zu kochen.

Und sie hatte inzwischen Abstand gewonnen – zu Lasse. Sie hatte viel über ihn nachgedacht und über das, was er gesagt hatte. Nein, mit ihm wäre sie nicht glücklich geworden. Es war gut, dass er Lucia zur Frau nahm. Auch deshalb, weil er ihr als Ehemann womöglich nicht erlaubt hätte, ein Studium zu absolvieren …

Heute war Lucias großer Tag. Liv stand vor dem Spiegel und schrie «Aua», weil Fria ihr das Haar flechten und als Kranz um den Kopf legen wollte, doch das ziepte.

«Halt still, dann tut's nicht weh», erklärte Fria. «Wer schön sein will, muss leiden.»

«So ein blöder Satz», rutschte es Liv heraus. Sie duckte sich ein wenig und wartete Frias Schelte ab, aber Fria schimpfte nicht, sondern seufzte nur.

«Was habe ich bei dir nur falsch gemacht?»

Dann zog Liv ihr neues Trachtenkleid an. Es war so blau wie ihr altes, aus dem sie lange herausgewachsen war. Die schönen Blumenstickereien zogen sich über das Brustteil, die silbernen Knöpfe leuchteten im Licht. Sie streifte die Strümpfe über und legte sich das bestickte Tuch über die Schulter, das Fria ihr zum Examen geschenkt hatte.

«Fertig?», wollte Fria wissen.

Liv atmete tief durch und nickte.

Wenig später kamen sie in der Kirche an, und kaum, dass sie ihre Plätze eingenommen hatten, führte Bjarni die Braut als Stellvertreter von Fenris, der als Pfarrer die Trauung vornehmen musste, zum Altar. Liv hielt die Luft an. Nie hatte Lucia schöner ausgesehen. Das Haar glänzte, weil sie es wohl mit Essigwasser gespült hatte. Ihre Augen leuchteten, ihre Wangen hatten sich zartrosa gefärbt. Sie trug Runis altes Hochzeitskleid, das einem Trachtenkleid ähnlich war. Die weiße Bluse war mit den schönsten Lochstickereien versehen, das dunkle, ebenfalls bestickte Kleid schmiegte sich wie ein Laken an ihre Figur und reichte bis zum Boden. Über ihrem Gesicht lag ein strahlendes Lächeln. Sie sah so glücklich aus, dass auch Liv lächeln musste.

Feierlich war die Ansprache des Pfarrers, feierlich war die Atmosphäre in der blumengeschmückten Holzkirche. Und als Lasse und Lucia die Ringe tauschten, wurden Livs Augen feucht. Zusammen mit der Gemeinde wünschte sie dem Brautpaar Glück aus ganzem Herzen. Und sang wie alle anderen voller Inbrunst das alte Hochzeitslied aus der Wikingerzeit, als Lasse seine Braut durch den Gang nach draußen führte.

Am Abend gab es eine Feier im Guesthuset. Zwei Fiedler waren gekommen, um aufzuspielen. Die Tische bogen sich unter den Speisen, die der Same mit Livs Hilfe gekocht hatte. Außerdem hatte Fria Bier gebraut und einen riesigen Berg Braunkäse hergestellt. Zwischen den Tischen hüpften die Brauteltern Runi und Fenris zur Musik der Fiedel. Chrisander hatte seine Frau gepackt und stapfte mit ihr über die Dielen, Lucia aber lag in Lasses Armen und konnte den Blick nicht von seinem Gesicht lassen.

Liv stand ein wenig abseits und hielt einen Krug Bier in der Hand, als der Same sich zu ihr gesellte.

«Und?», fragte er. «Tut es noch weh?»

«Ein bisschen vielleicht», erwiderte Liv.

Später kam Lasse, um seine Schwägerin zum Tanz aufzufordern. Und Liv hielt den Atem an, als er sie an den Händen fasste und herumwirbelte. Sie roch seinen Geruch, und das Herz schmerzte, aber sie hielt weiter tapfer das Lächeln fest, das sie schon den ganzen Tag auf dem Gesicht trug. Heute war Lucias großer Tag. Und auch, wenn sie noch ein wenig Mühe hatte, der Schwester das Glück zu gönnen, so tat sie wenigstens, als wäre es so.

Eine Woche später bestieg sie mit dem Samen und Bjarni das Postschiff Richtung Festland. Sie hatte ihr restliches Geld aus der Fischfabrik dabei, um sich einige Objektträger für das Mikroskop zu kaufen. Wenn sie großes Glück hatte, fand sie vielleicht auch ein Mikroskop, das schon gebraucht und deshalb günstiger war, jedoch besser als das, welches sie zu Hause hatte. In erster Linie aber wollte sie Fridtjof Nansen begegnen.

Bjarni hatte einen wichtigen Termin im Rathaus, und der Same wollte Gewürze kaufen und vielleicht ein paar Bücher.

Als die Kutsche endlich mitten in Trondheim hielt, war Livs Kleid zerknittert und die Frisur zerzaust, aber sie war so glücklich und aufgeregt wie sehr lange nicht mehr.

Dieses Mal begab sie sich nicht zum Hafen, sondern direkt zum Nidarosdom, der zu den bedeutendsten Kirchen in ganz Norwegen zählte und oft auch «das Herz Norwegens» genannt wurde. Er war mehr als siebenhundert Jahre alt, und obwohl Liv nicht übermäßig religiös war, hielt sie den Atem an, als sie den Dom betrat. Ihr war, als könnte sie hier viel besser und stärker die Erhabenheit Gottes spüren. Eine feierliche Stimmung erfasste sie. Sie trat an einen kleinen Seitenaltar, faltete die Hände und betete. «Lieber Gott, lass mich mit Fridtjof Nansen sprechen.» Dann zündete sie eine Kerze für Lucia und Lasse an und wartete.

Es war noch früh am Morgen, und Nansen wurde erst in ein paar Stunden erwartet, doch Liv suchte sich schon jetzt einen Platz so weit vorn wie möglich. Die ersten Reihen waren reserviert, aber in einer kleinen Seitenkapelle waren Bänke aufgestellt, von denen aus man einen guten Blick nach vorn zum Hauptaltar hatte.

Allmählich füllte sich der Dom. Getuschel erhob sich. Jemand hustete, eine Frau lachte leise. Liv überlegte wohl zum tausendsten Mal, was sie Nansen sagen wollte. Ein Mann übte an der Orgel eine Melodie, die sie noch nie gehört hatte, Musiker mit Violinen, Flöten und anderen Instrumenten nahmen vor dem Altar Aufstellung. Der Kirchendiener schob die Liednummern in die Tafel, aus der Sakristei waren Geräusche zu hören.

Und endlich war es so weit. Das große Kirchenportal öffnete sich, und für einen Augenblick hatte Nansen einen Strahlenkranz aus Licht über dem Kopf, der sich in seinem Blondhaar festsetzte. Langsam schritt er durch das Kirchenschiff. Die Leute erhoben sich. Jemand klatschte Beifall, obwohl das in einer Kirche doch recht unangemessen war. Ein anderer rief: «Hoch lebe Nansen!», mehrere stimmten ein, und der Ruf folgte dem Polarforscher bis hin zur vordersten Kirchenbank. Als er an seinem Sitzplatz angekommen war, verbeugte er sich nach allen Seiten.

Liv wäre am liebsten aufgesprungen und hätte seinen Namen gerufen, doch das tat sie natürlich nicht. Nur ihr Blick hing wie gefesselt an ihm. Der Pfarrer hielt eine Predigt, von der sie sich nicht ein einziges Wort merkte. Dann spielte das Orchester mit Unterstützung der Orgel eine Melodie, die Liv bis ins Herz hinein berührte. Die Töne waren so warm und weich, zärtlich beinahe, dass ihr die Tränen kamen. Sie drehte sich zu ihrer Banknachbarin und fragte ergriffen: «Was ist das für ein Lied?»

«Kennst du das nicht? Bist wohl nicht von hier?»

«Nein, ich komme von einer Insel.»

«Es heißt *Morgenstimmung*. Und der Mann, der es geschrieben und komponiert hat, heißt Edvard Grieg.»

Liv war wie verzaubert, stundenlang hätte sie zuhören können. Vor ihrem inneren Auge erschienen das Meer und am Horizont die Sonne, die langsam aus den Fluten stieg. Ihr war, als hätte dieser Grieg ihre Gefühle in Töne verwandelt. Sie hatte nicht gewusst, dass das möglich war. Wenn doch Lucia hier wäre, dachte sie. Und dann dachte sie an Lasse, doch schob sie diesen Gedanken rasch zur Seite.

Kaum war die Musik verklungen, erhob sich Nansen und stellte sich vor den Altar, den Blick Richtung Kirchengemeinde, hielt eine Rede. Wieder war Liv viel zu aufgewühlt von der Musik, vom Anblick des Polarforschers, dass sie seinen Worten hätte folgen können. Aber sie nahm wahr, wie Nansens Blick über das Publikum schweifte, auch über die Leute in den Seitenkapellen. Ihr schien fast, als hielte er kurz inne, als er sie erkannte. Ja, sie glaubte sogar, ein winziges Lächeln zu sehen.

Viel zu schnell war der Gottesdienst zu seinen Ehren vorbei. Schon sprach der Pfarrer den Segen, schon öffnete sich die Kirchentür, schon erhoben sich die Menschen. Nansen aber blieb noch vorn stehen, wurde auf der Stelle umringt von Leuten, die ihn mit Fragen bestürmten und ihn feiern wollten. Jeder hier hatte das Bedürfnis, sein Idol aus der Nähe zu betrachten. Überall stauten sich die Menschen, trotzdem hatte Liv von ihrer Seitenkapelle aus einen guten Blick auf das Geschehen. Sie sah, wie Fridtjof Nansen Hände schüttelte, wie ihm Männer die Schultern klopften und Frauen bewundernde Blicke zuwarfen. Sogar ein Fotograf war dabei, der gerade seine Apparatur aufstellte und es blitzen ließ.

Livs Herz schlug hart und rasch, ihr Inneres bebte. Fridtjof Nansen. Ihr Vorbild.

Endlich löste sich die Versammlung auf. Die Leute hatten genug gesehen, hatten seine Hand geschüttelt, doch jetzt ging es auf den Mittag zu, alle hatten Hunger und Durst, mussten sich die Beine vertreten. Der Kirchendiener entfernte die Liednummern von der Tafel, die Musiker packten ihre Instrumente wieder ein.

Liv erwachte aus ihrer Starre. Auch sie wollte ihn sprechen, deswegen war sie doch gekommen. Langsam setzte sie sich in Bewegung, begab sich nach vorn, sah, wie der Polarforscher auch den Musikern die Hände schüttelte. Und dann drehte er sich um und stand direkt vor ihr. Liv hielt die Luft an, dann überzog ein breites Lächeln ihr Gesicht, denn Nansen lächelte erkennend.

«Ich habe gehofft, dass du hier sein wirst», sagte er, und Liv konnte kaum glauben, dass er sich tatsächlich an sie erinnerte. «Und? Hast du dein Examen gemacht, Liv Nagard?»

«Ja, das habe ich … Und ich habe mit den besten Noten abgeschlossen.»

«Da gratuliere ich dir. Du warst sicher sehr fleißig.»

«Nicht in allen Fächern», erwiderte Liv, «in der nordischen Sprache habe ich nicht die Bestnote bekommen.»

Nansen lachte und zwinkerte ihr zu. «Und, Liv Nagard, was hast du nun vor?»

Sie schluckte, hob die Schultern, reckte das Kinn. «Ich … ich möchte bei Ihnen Zoologie studieren.»

«Ist das wirklich dein größter Wunsch?»

«Ja. Für mich gibt es nichts anderes. Auch wenn ich deshalb eine Brille tragen muss und niemals heiraten werde.»

Der große Nationalheld lächelte. «Also gut. Dann sehen wir uns am 2. Oktober morgens um acht Uhr zur ersten Vorlesung in der Universität von Christiania.»

Liv strahlte. «Ich werde da sein.»

Und schon war Nansen wieder verschwunden, und Liv musste sich setzen, weil das alles so aufregend war und sie kein Wort vergessen wollte von dem, was er gesagt hatte.

«Wir sehen uns am 2. Oktober morgens um acht Uhr in der Universität von Christiania.»

Das hieß doch nichts anderes, als dass er sie als Studentin akzeptierte. Ihr wurde plötzlich so warm, dass ihr ganzer Körper zu glühen schien. Ein Lachen breitete sich in ihrem Inneren aus und stieg nach oben in die Kehle.

«Ich bin Studentin von Fridtjof Nansen … Studentin … von Fridtjof Nansen», flüsterte sie mehrmals vor sich hin, als könne sie es noch gar nicht glauben. «Mein Traum wird wahr. In einem Monat und zwölf Tagen beginne ich mein Studium bei ihm.»

In einem Monat und zwölf Tagen?

Viel zu kurz war die Zeit. Oh, sie hatte noch so viel zu tun. Sie musste es Bjarni sagen und natürlich Fria und dem Samen. Sie wusste nicht, wo sie in Christiania wohnen sollte. Sie brauchte ein neues Kleid und die Objektträger. Sie musste in ihrer Aussteuertruhe nachschauen, ob sie genügend Handtücher und Bettwäsche besaß. Und sie musste Abschied nehmen. Abschied von der Insel und ihren Bewohnern. Abschied von denen, die ihr nahestanden. Von Fria und dem Samen. Von Bjarni, Chrisander, Merette, Runi, Fenris und Ari. Und vom Meer. Mit all seinen Tieren und Pflanzen. Von den Stürmen, die das Meer meterhohe Wellen schlagen ließen. Sie musste ihre Notizbücher einpacken, ihr Mikroskop. Sie musste in die Hauptstadt fahren und all die Dinge mitnehmen, die sie brauchte, und andere, die sie an die Insel erinnern sollten. Dabei wusste sie, dass sie das Wichtigste von allem in ihrem Herzen trug – die Liebe der Menschen von Smøla. Und das Wissen, das sie in den letzten Jahren erworben hatte.

KAPITEL 11

Sie fühlte sich so leicht, dass sie hätte hüpfen können. Lasse war weit weg und vergessen. Sie würde studieren! Bei Fridtjof Nansen. Heute war der schönste Tag ihres Lebens und ganz viele weitere würden folgen. Sie würde nach Christiania … Plötzlich hielt sie inne. Studium, Christiania, alles gut und schön, aber wovon sollte sie dort leben? Sie musste ja auch irgendwo schlafen. Sie musste essen, brauchte Kleidung, Bücher. Sie hatte sich so auf ihr Examen und auf die Arbeit in der Fischfabrik konzentriert, dass sie die praktischen Fragen des Studiums vollkommen vergessen hatte. Die Sonne verdunkelte sich, die Last der Welt landete auf ihren Schultern. Sie schluckte, kämpfte gegen die Tränen, und alles um sie herum versank im Grau. Nie war sie enttäuschter gewesen. Nicht einmal nach der Abfuhr von Lasse. Sie setzte sich auf den Bürgersteig, ungeachtet der tadelnden Blicke der Passanten. Ihre Füße waren so schwer, dass sie keinen Schritt weiter gehen konnte. Am liebsten wäre sie hier im Rinnstein gestorben.

Lange saß sie so, bemerkte nicht, wie die Zeit verrann. Saß da mit leerem Kopf und leerem Herzen.

«Seestern, warum sitzt du denn hier am Straßenrand?» Auf einmal stand Bjarni hinter ihr. «Du bist ja ganz bleich. Geht es dir nicht gut?»

Da konnte Liv nicht mehr. Sie brach in Tränen aus, ganze Sturzbäche flossen über ihr Gesicht, die Schultern bebten, und die Schluchzer kamen aus allertiefstem Herzen. Bjarni setzte sich neben sie, und auch er achtete nicht auf die Blicke der anderen. Hatte man so was schon gesehen? Ein Mädchen und ein Mann saßen buchstäblich auf der Straße?

«Was ist los, Seestern?», fragte Bjarni noch einmal und legte ihr den Arm um die Schulter. Mit der anderen Hand suchte er nach einem Taschentuch, reichte es Liv. Er ließ sie weinen, hielt sie nur so fest er konnte und wünschte sich jemanden her, der ihm helfen würde, denn weinende Frauen konnte er nur schlecht aushalten.

«Es wird alles wieder gut», versuchte er zu trösten und sah sich um, ob er vielleicht den Samen entdeckte. «Es wird alles wieder gut, glaube mir.»

«Nichts wird gut», heulte Liv. «Alles ist verloren. Mein Leben hat keinen Sinn mehr.»

Bjarni erschrak. «Mein Leben hat keinen Sinn mehr», das sagte seine Gattin hin und wieder unter heftigen Tränen, wenn er ihr etwas verweigerte. So wie den Umhang aus Seehundfell, den sie sich so sehr wünschte. Aber bei Liv klang das anders. «Jetzt erzähle mir endlich, was passiert ist», drängte Bjarni. Er hatte keine Angst vor Problemen. Probleme ließen sich lösen. Angst hatte er nur vor Gefühlen.

Endlich wischte sich Liv ihre Augen mit den Fäusten trocken. Dann begann sie, stockend zu erzählen: «Ich habe Nansen getroffen. Im Dom, wie ich es gehofft hatte. Und er hat sich an mich erinnert. Und nun erwartet er mich in Christiania. Am 2. Oktober, ich darf bei ihm studi…» Das letzte Wort ging in einer neuen Kaskade von Schluchzern unter.

«Aber das ist doch wunderbar, mein Seestern. Das ist doch das, was du immer wolltest. Weinst du etwa aus Freude?»

«Neihein. Ich kann nicht in die Hauptstadt. Ich brauche ein Zimmer, ich brauche Geld, und das, was ich habe, reicht nicht einmal für eine Woche. Ich kann nicht studieren … niemals.»

Bjarni nickte, es ging also um Geld. Auch damit kannte er sich aus. Es gab Banken, sogar hier in Trondheim. Aber die Banken würden ihr kein Geld leihen. Sie hatte ja nichts als Sicherheit. Und wenn er für sie bürgen würde? Himmel hilf, die Bürgermeisterin würde ihm die Hammelbeine lang ziehen, käme das heraus. Aber er würde schon eine Lösung finden. Er fand immer eine Lösung, sonst wäre er ein schlechter Bürgermeister und Fabrikbesitzer.

Er stand auf, nahm Livs Hand und zog sie hoch. «Wir gehen jetzt erst mal etwas trinken. Du hast so viel geweint, du musst ja ganz ausgetrocknet sein.»

Liv ließ alles mit sich machen. Sollte sie doch vertrocknen, es war ihr ganz gleichgültig.

Aber Bjarni hatte anderes im Sinn. Er fand ein Café, setzte Liv auf einen Stuhl und bestellte eine Limonade und ein Stück Kuchen für sie, die beides nicht anrührte.

«Jetzt lass uns einmal überlegen, was wir tun können», sagte er dann. «Hast du eine Idee?»

Liv schüttelte den Kopf. Die Last auf ihrer Schulter war nicht leichter geworden, die Sonne noch immer verdunkelt.

«Wenn du Ferien hast, kommst du einfach zu mir und arbeitest in der Fischfabrik. Da verdienst du wirklich nicht schlecht.»

«Aber das Geld reicht doch niemals aus.»

«Ja, das stimmt. Deshalb müssen wir uns überlegen, was wir sonst noch tun können.» Er runzelte die Stirn, doch ihm wollte partout nichts einfallen. Schließlich erhob er sich. «Wir müssen zurück, das Postschiff wartet nicht auf uns.»

Liv nickte, erhob sich und lief mit hängenden Schultern neben ihm her.

Als sie endlich wieder auf Smøla waren, brach Liv erneut in Tränen aus. Hier würde sie also für den Rest ihres Lebens bleiben. Hier würde sie Braunkäse machen, Bier brauen, Eiderdaunen in Kissen füllen, Kabeljau einsalzen, Windeln wechseln und immer und immer wieder putzen und kochen. Wenn sie Glück hatte und ein wenig Zeit fand, konnte sie vielleicht hin und wieder hinunter ans Meer gehen und den Raben sehnsüchtig nachblicken.

Sie lief neben dem Samen her, ohne ein Wort mit ihm zu wechseln. In ihrem Zimmer legte sie sich auf ihr Bett und stand für den Rest des Tages nicht mehr auf. Auch das Essen, das Fria ihr brachte, rührte sie nicht an.

Am Abend trafen sich die Männer am Stammtisch. Fenris war da, Bjarni ebenso, Chrisander setzte sich dazu, nur Arni und der Same hatten noch zu tun und kamen später.

«Wir haben ein Problem», erklärte Bjarni und winkte Fria, eine ganze Flasche Aquavit auf den Tisch zu stellen und sich dazuzusetzen.

«Um was geht's denn?», wollte Fenris wissen. «Und wo steckt Liv überhaupt? Hat sie Nansen getroffen?»

«Genau darum dreht es sich. Ja, sie hat den Polarforscher getroffen. Und er hat ihr, stellt euch das mal vor, einen Studienplatz angeboten. In Christiania.»

Chrisander verzog das Gesicht zu einem breiten Lächeln. «Dann geht ihr Traum also in Erfüllung?»

«Nein, denn das Studium kostet Geld. Sie braucht eine Unterkunft, sie muss essen und Kleidung kaufen. Aber sie hat kein Geld. Woher auch? Die paar Gulden, die sie bei mir verdient hat, sind schnell ausgegeben.»

«Und wie können wir da helfen?», fragte Chrisander. «Dann kann sie eben nicht studieren, dann wird sie eben hierbleiben, heiraten und Kinder kriegen, so wie alle anderen auch.»

Fria schüttelte den Kopf. «Aber es ist doch ihr großer Traum. Sie ist nicht geschaffen für ein gewöhnliches Leben bei uns auf der Insel.» Es hatte lange gedauert, bis Fria das eingesehen hatte, aber jetzt unterstützte sie Liv mit aller Kraft und aus ganzem Herzen.

Bjarni deutete mit dem Finger auf Fenris. «Ich habe nachgedacht», erklärte er. «Du, mein lieber Pfarrer, überredest Lucia und Lasse dazu, Liv bei sich aufzunehmen. Und wenn sie auf dem Boden schlafen muss. Dafür gibt sie jeden Monat ein Kostgeld ab. Ich denke, zehn Gulden oder zwanzig Kronen müssten dafür reichen. Liv ist mein Patenkind. Ich habe ein wenig für sie gespart. Sie bekommt einhundert Gulden von mir, das sind zweihundert Kronen. Wenn sie sparsam ist, reicht das Geld für etliche Monate.»

«Aber es reicht nicht für ein ganzes Studium», stellte Chrisander fest. «Sie braucht bestimmt zweihundert Gulden pro Jahr.»

Jetzt meldete sich der Lehrer zu Wort. «Zehn Gulden stelle ich jeden Monat zur Verfügung. Ich habe weder Weib noch Kind, ich kann es mir leisten.»

Chrisander schüttelte den Kopf. «Ich bin Fischer, ich habe eine Familie. Bei mir ist nichts zu holen außer Klippfisch.»

«Gib ihr immer, wenn sie kommt, ein bisschen davon mit, das hilft auch schon weiter», schlug Bjarni vor.

«Meine Frau kann ihr einen Pullover stricken. Und Handschuhe», fügte Chrisander hinzu.

Auf einmal ging die Tür auf, und Lucia und Lasse kamen herein. Sie blickten sich suchend um. «Wo ist Liv?», fragte Lucia. «Ich möchte doch wissen, wie es ihr in Trondheim ergangen ist.»

Fria winkte ab. «Sie liegt im Bett und will mit niemandem sprechen.»

Lucia und Lasse ließen sich am Stammtisch nieder, Fria holte zwei weitere Gläser und schenkte ein.

«Sie liegt im Bett?» Lucia runzelte die Stirn. «Was ist denn passiert?»

«Nansen hat ihr einen Studienplatz angeboten, aber wovon soll sie in der Hauptstadt leben?», erklärte Fria.

Lucia schüttelte sich. «Hat sie das denn vorher nicht bedacht? Erst braucht man das Geld, dann kann man planen.»

Fria fuhr auf. «Sie ist nicht so praktisch veranlagt wie du, Lucia. Sie denkt nicht an Geld. Sie denkt nur an ihre Wissenschaft. Und nun hilft auch kein ‹hätte sie doch nur›, jetzt ist es, wie es ist.» Sie räusperte sich. «Ich weiß, wie sie ist, deshalb spare ich schon seit Jahren für sie. Das Geld war für ihre Aussteuer gedacht. Es sind zweihundert Gulden. Und demnächst bekomme ich noch einmal fünfzig Gulden, die ich auch dazugeben kann. Ich denke, die ersten beiden Jahre sind damit abgedeckt. Und um den Rest können wir uns später kümmern.»

Lucia schüttelte den Kopf. «Nicht später. Wir brauchen jetzt einen Plan, der funktioniert.»

«Wie wäre es, wenn ihr Liv ein Obdach in Christiania gebt?», meldete sich Fenris zu Wort.

Lucia seufzte und schaute zu Lasse. «Wir sind ein junges Ehepaar.»

«Viele junge Ehepaare wohnen bei den Eltern», gab Arni zu bedenken. «Oder bist du eifersüchtig?»

«Ich? Im Leben nicht. Soll sie bei uns wohnen.» Wieder blickte sie zu ihrem Ehemann, der zwar nickte, sich seinen Unwillen aber vom Gesicht ablesen ließ. «Ich verdiene nicht so viel. Und wenn dann Kinder kommen …»

«Liv wird euch Haushaltsgeld geben. Zehn Gulden im Monat. Seid ihr damit einverstanden?»

Lucia nickte. «Zehn Gulden reichen allemal. Sie ist schließlich meine Schwester.»

Der Same hatte bisher geschwiegen. Jetzt richteten sich alle Blicke auf ihn.

«Liv ist für mich wie eine Tochter», erklärte er. «Aber ich habe nicht viel Erspartes.» Er griff in seine Tasche und holte eine schwere goldene Kette hervor, an der ein funkelnder Stein befestigt war. «Die gehörte meiner Mutter. Ich wollte sie meiner Frau überreichen, aber wie ihr wisst, habe ich keine Frau. Also soll Liv sie haben. Sie kann sie verkaufen. Allerdings weiß ich nicht, was sie wert ist.»

«Zeig mal her!» Bjarni griff sich das Schmuckstück und beäugte es. «Gold?»

«Auf jeden Fall.»

«Und der Stein? Was ist das für einer?»

«Ich habe keine Ahnung.»

Bjarni gab ihm die Kette zurück. «Ich schätze sie auf

einhundert Gulden. Wahrscheinlich ist sie sogar mehr wert.»

«Seit wann kennst du dich mit Schmuck aus?», fragte Fria misstrauisch.

«Das kann ich dir genau sagen, meine Liebe: Seit ich verheiratet bin. Oder denkst du, die Meine hätte keine diesbezüglichen Wünsche? Für jedes Kind hat sie mir ein Schmuckstück abgepresst. Erst einen Ring, dann eine Brosche. Und zu jedem runden Geburtstag schleift sie mich in Trondheim zu einem Juwelier. Und nicht nur zu diesen Gelegenheiten. Auch wenn ich ihrer Meinung nach Mist gebaut habe, muss ich in dieses Geschäft. Dabei trägt sie den Schmuck nur in der Kirche und sieht dabei aus wie der leibhaftige Kirchenschatz selbst. Ich wundere mich schon, dass Fenris sie nicht in die Sakristei einschließt wie das Kirchensilber.»

«Ja, damit alle sehen können, was sie hat, und sie dafür beneiden», ergänzte Lucia und konnte den missgünstigen Klang in ihrer Stimme nicht übertönen. Als Lasse sie mit dem Ellenbogen anstieß, schwieg sie, wobei eine leichte Röte ihr Gesicht überzog.

«Jetzt lasst mich mal zusammenrechnen, was wir haben. Da sind die hundert Gulden von mir, zweihundertfünfzig von Fria – dafür wird sie dir ewig dankbar sein –, dann die zehn Gulden monatlich von Arni, die direkt an Lasse gehen könnten für Kost und Logis. Chrisander unterstützt sie mit Lebensmitteln, und vom Samen hat sie die Kette für Notfälle.» Bjarni rieb sich zufrieden die Hände. «Das sollte erst einmal reichen.» Er blickte zu Fria. «Willst du nicht zu ihr gehen und ihr die frohe Kunde überbringen?»

«Gleich, erst müssen wir einen darauf trinken.» Fria erhob sich, holte unter der Theke einen neuen Aquavit hervor, der für besondere Anlässe aufgehoben worden war, und goss jedem ein Glas davon ein. Als sie das Glas absetzte, musste sie sich die Tränen abwischen.

«Warum heulst du?», fragte Bjarni gequält ob der vielen Tränen in den letzten Stunden. «Du hast doch viel eher Grund zu lachen.»

«Es sind Freudentränen», erklärte Chrisander. «Das kenn ich von meiner Frau.»

«Oho!», rief Arni. «Wann hat die Deine schon mal Grund zur Freude?»

Alle lachten, und die Spannung löste sich.

«Ich danke euch allen von ganzem Herzen», sprach Fria und legte dabei eine Hand auf die Brust. «Und Liv wird euch ebenfalls bis an das Ende ihres Lebens dankbar sein –»

«Jetzt rede nicht», unterbrach sie der Bürgermeister. «Sie ist doch ein bisschen unser aller Kind.» Er warf einen Blick zu Lucia. «Genau wie ihre Schwester hier. Oder hast du von uns zu deiner Hochzeit nichts geschenkt bekommen?»

«Ich beschwere mich nicht, ihr wart alle sehr großzügig. Allein das schöne Fest hier im Guesthuset.»

Fria erhob sich und strich über ihre Schürze. «Dann werde ich mal nach ihr sehen.»

«Aber sag ihr noch nichts», sagte Bjarni. «Ich möchte zu gern ihr Gesicht sehen, wenn sie erfährt, dass ihre Welt doch nicht untergegangen ist.»

Es dauerte, bis Fria endlich mit Liv unten in der Gaststube erschien. Sie hatte auf das Mädchen einreden müssen wie auf einen störrischen Esel, aber endlich war sie aufgestanden, hatte das Kleid gerichtet und sich das Haar gebürstet. Jetzt stand sie vor ihren Freunden, und jeder sah, dass sie viel lieber in ihrem Bett geblieben wäre.

«Wie geht es dir, mein Seestern?», fragte Bjarni.

Liv zuckte mit den Schultern. Sie hatte im Spiegel gesehen, wie blass sie aussah mit rot verheulten Augen und dunklen Ringen darunter. «Es geht», erwiderte sie mutlos.

«Willst du wissen, warum wir dich heruntergebeten haben?»

«Um mich zu trösten?»

«Nein, es geht um etwas anderes. Aber jetzt setz dich erst einmal hin. Wir wollen ja nicht, dass dir das, was wir dir zu sagen haben, die Beine wegzieht.»

Liv setzte sich neben ihre Schwester, und Lucia nahm ihre Hand und drückte sie fest.

«Bist du bereit?», wollte Bjarni wissen.

Liv nickte ergeben.

«Nun, wir wollen dir heute Abend mitteilen, dass du nach Christiania zum Studieren gehen kannst.»

«Aber wie –»

«Jetzt lass mich ausreden, Seestern. Wir haben zusammengelegt. Wir alle. Auch Lucia und Lasse. Und das Geld reicht für dein Studium. Zumindest für die ersten beiden Jahre.» Er brach ab und blickte erwartungsvoll auf seine Patentochter.

Liv riss die Augen auf. Man konnte sehen, wie eine leichte Röte ihre Wangen färbte. Dann bekamen die Augen ihren Glanz zurück. Die Schultern strafften sich, das Kinn reckte sich in die Höhe. «Wie … wie …», stammelte sie. Und dann brach sie in Tränen aus.

«Ich hoffe, das sind jetzt Freudentränen», sagte Bjarni,

der wirklich allmählich die Faxen dicke hatte von der ganzen Heulerei.

«Aber natürlich, was denkst du denn?», antwortete Fria, die auch zu schluchzen begann. Und dann stimmte noch Lucia ein, und Bjarni goss sich einen Doppelten ein, sonst hätte er all das Geflenne nicht mehr ertragen.

ZWEITER TEIL

KAPITEL 12

Liv fuhr beladen mit guten Wünschen, einer riesigen Reisetruhe und einer gefüllten Geldbörse zuerst mit der Vollspurbahn, dann mit dem Binnenschiff und zum Schluss mit der Schmalspurbahn von Trondheim nach Christiania. Sie reiste durch enge Täler, an dessen hohen Bergen Wasserfälle in die Tiefe stürzten. Sie kam durch das grüne Gudbrandsdalen, fuhr an Seen entlang und betrachtete die Berge, deren Gipfel mit Schnee bedeckt waren.

Lucia und Lasse waren bereits vor drei Wochen aufgebrochen, denn auch Lasse musste am 2. Oktober in der Universität sein, wo er im Fach Anthropologie seine Doktorarbeit schrieb. Und davor galt es, die Wohnung einzurichten und tausend andere Sachen zu erledigen. Liv kam am 29. September in Christiania an. Lucia holte sie am Bahnhof ab. Liv kam aus dem Staunen nicht heraus. Die Bahnsteige quollen beinahe über vor Menschen. Männer, Frauen, Kinder eilten durcheinander. Zeitungsjungs brüllten die Schlagzeilen des Tages, Dampfmaschinen entließen dichten Rauch, Schuhputzer hatten ihre Stände aufgebaut, ein Mädchen mit einem Eimer voller Blumen rief: «Blumen, frische Blumen! Eine Rose für die Liebste!» Es dröhnte und hallte und brüllte stärker als das Meer bei Sturm, und Liv stand eingeschüchtert da und wusste nicht, was sie als Nächstes tun sollte. Aber dann sah sie Lucia, angetan mit einem neuen Hut, die sich bei ihr unterhakte und sie hinausführte aus dieser Hölle. Auf dem Bahnhofsvorplatz reihte sich eine Kutsche an die andere. Die Menschen wimmelten durcheinander, und Liv fragte sich unwillkürlich, wo sie alle hinwollten. Ein Schuhputzer sprach sie an: «Kann ich gefällig sein?»

Liv schüttelte den Kopf. Sie blickte zu den Häusern ringsum, die höher waren als alle, die sie bislang gesehen hatte. Vier Stockwerke! Eine von Pferden gezogene Straßenbahn fuhr vorüber. Liv blieb stehen und ließ sich von Lucia keinen Meter weiterziehen.

«Was ist denn los?»

«Lass mich nur einen Augenblick schauen», erwiderte Liv, blickte sich nach allen Seiten um, sog den Duft der Großstadt in sich ein, öffnete die Ohren für all die neuen Geräusche, und die Augen, um Christiania kennenzulernen. Lucia wartete geduldig, doch dann nahm sie Liv erneut beim Arm. «Wir müssen mit der Pferdebahn fahren.» Schon kam die Bahn klingelnd heran, von Liv mit riesigen Augen bestaunt. Zwei Pferde waren vor einen geschlossenen Wagen gespannt, der sie an einen Reisewagen des Zuges erinnerte. Sie kletterte hinein, wurde gegen andere Menschen gedrückt. Sie erblickte eine Frau, die ohne Hut unterwegs war, ein paar junge Leute mit Büchern unter dem Arm. Sie wusste nicht, ob sie ihnen zunicken sollte. Waren das Studenten? Grüßten die sich untereinander? Sie fragte Lucia danach.

«Aber nein, es gibt viel zu viele Studenten hier. Du kannst sie nicht alle kennen. Grüße nur die Leute, die dir bekannt sind.» Lucia hatte, obschon sie erst wenige Wochen in der Stadt wohnte, offenbar schnell begriffen, wie es hier zuging, wie man sich benehmen musste und wie die

Dinge funktionierten. Jedenfalls hatte sie Liv bereits einiges voraus.

Liv nickte. Eine junge Frau stieg ein. Sie trug ein bodenlanges Kleid und kleine geknöpfte Stiefel, die so elegant waren, wie Liv sie noch nie gesehen hatte. An einer anderen Straßenecke standen zwei blutjunge Mädchen, die sich die Lippen mit roter Farbe geschminkt hatten.

«Malen sich alle Frauen die Lippen rot?», wollte sie wissen.

Lucia schüttelte den Kopf. «Nein, das tun nur die Frauen, die man kaufen kann.»

Liv staunte noch mehr. «Man kann hier Frauen kaufen? So wie einen Sack Mehl in der Handelsstation?»

«Pscht!» Lucia legte den Finger auf ihre Lippen. Erst als sie ausgestiegen waren, erklärte sie: «Das sind Freudenmädchen, verstehst du?»

«Freuden… Was sind Freudenmädchen?»

Lucias Wangen färbten sich rot. «Nun, wie soll ich das sagen … Es sind Frauen, die mit Männern ins Bett gehen und sich dafür bezahlen lassen», platzte es dann aus ihr heraus.

«Oh!» Woher wusste Lucia so etwas nur? Liv hatte nur eine ungefähre Vorstellung von dem, was Männer und Frauen im Bett taten. Fria hatte einmal versucht, es ihr zu erklären, und dabei von Schafen gesprochen, vom Bock, der die Ziege besprang. So etwas hatte Liv natürlich schon gesehen, aber nicht weiter darüber nachgedacht, sondern angenommen, dass die Tiere miteinander spielten und rangelten.

Sie hatten inzwischen ein Wohnviertel außerhalb des Stadtzentrums erreicht. Liv fiel auf, dass hier nicht mehr so viele mehrstöckige Häuser standen. Aber die Straße, in der Lucia und Lasse wohnten, war gepflastert, und alle paar Meter war eine Gaslaterne zu sehen. Außerdem gab es viele verschiedene Geschäfte. Liv hätte sich am liebsten alles ganz genau angeschaut, doch Lucia drängte weiter. «Lasse kommt gleich von der Universität, ich muss noch das Abendbrot richten. Morgen zeige ich dir alles.»

Die Wohnung, die war nicht besonders groß, doch eine üppige Linde stand vor dem zweistöckigen Haus. Es gab nur zwei Zimmer und eine Küche mit einer Kochmaschine und einem Tisch mit vier Stühlen. Lucia zeigte der Schwester die Räume.

«Hier ist unser Wohnzimmer», erklärte sie voller Stolz. Das Zimmer war mit rot gemusterten Teppichläufern ausgelegt, die Bjarni ihr zur Hochzeit geschenkt hatte. Ein mit Samt bezogenes Sofa befand sich an einer Wand. Davor stand ein Tisch, darauf eine Petroleumlampe. An der gegenüberliegenden Wand prangte ein geschnitzter Schrank mit Glastüren, hinter dem Liv das Geschirr entdeckte. Unter das Fenster hatte Lasse einen Schreibtisch gestellt, der über und über mit Büchern beladen war. Das Zimmer wirkte gemütlich, und Liv konnte sich gut vorstellen, wie Lasse und Lucia abends hier saßen. Lucia mit ihren Stricknadeln und Lasse, eine Pfeife schmauchend und über dies und das plaudernd. Nur sich selbst sah sie nicht in diesem Bild.

«Komm, ich zeige dir noch unser Schlafzimmer.»

Lucia fasste sie bei der Hand und zog sie in den nächsten Raum. Ein dunkles Doppelbett war zu sehen sowie ein Waschtisch mit einer weißen Schüssel und einem Krug darauf. Neben dem Bett befand sich ein Kleiderschrank.

«Ihr habt es schön hier», sagte Liv. «So, wie du es dir immer gewünscht hast, nicht wahr?»

«Ja. Meine Träume werden wahr», ergänzte Lucia. «Und ich hoffe, dass auch deine Träume wahr werden.» Sie lächelte, und Liv erschien dieses Lächeln so wissend und großstädtisch. «Du schläfst übrigens auf dem Sofa im Wohnzimmer», wechselte sie das Thema. «Das ist dir doch recht, oder?»

Liv nickte, obschon sie immer noch das Gefühl hatte, fehl am Platz zu sein. Diese Wohnung sollte nur den beiden gehören. Sie störte hier. Noch nicht einmal eine Stunde war sie hier, und schon wusste sie, dass sie nicht bleiben konnte.

Am nächsten Tag wurde Liv von Lucia durch Christiania geführt. Wieder war Liv erstaunt, wie schnell ihre Schwester gelernt hatte, sich in der Stadt zurechtzufinden. Zuerst fuhren sie wieder mit der Pferdebahn bis zum Bahnhof. Dort stiegen sie aus und warteten, bis die Bahn weitergefahren war. Vor ihnen erstreckte sich eine breite Straße, an deren Ende ein prächtiges Gebäude stand. Eine solche Straße hatte Liv noch nie gesehen. Sie war mit Kopfsteinen gepflastert, auf denen die Hufe der Pferde hallten. In der Mitte gab es eine breite Fläche, auf der Bäume wuchsen. Bänke standen hin und wieder bereit und luden ein zum Verweilen. Schön und gepflegt sah das alles aus, dachte Liv, aber gab es hier auch Vögel? Und Raben? Ihre Blicke schweiften zu den Bäumen, doch die Äste waren leer.

«Ist das ein Boulevard?», fragte Liv beeindruckt. Bjarni hatte ihr davon berichtet, aber sie hatte sich nichts darunter vorstellen können.

Lucia nickte. «Das ist die Karl Johans gate», erklärte sie.

«Sie führt vom Bahnhof direkt zum Schloss des Königs. Siehst du? Da hinten, am Ende der Straße, steht es.»

«Hast du ihn schon einmal gesehen? Den König meine ich.»

Lucia schüttelte den Kopf. «Nein. Er geht nicht einfach so spazieren wie du und ich. Doch ich hoffe, am 17. Mai sehe ich ihn auf dem Balkon des Schlosses, und dann werde ich der ganzen Königsfamilie winken.»

Der 17. Mai war der Nationalfeiertag der Norweger, der Tag, an dem die Verabschiedung des Grundgesetzes des Königreichs Norwegen im Jahr 1814 gefeiert wurde. An diesem Tag trugen alle ihre Trachten, Männer wie Frauen, Alt und Jung. Im ganzen Land traf man sich zu Umzügen und feierte den Tag mit Gesang und Tanz.

«Komm, lass uns gehen. Es gibt noch so viel zu entdecken», drängte Lucia und zog die Schwester am Arm mit sich.

Liv blieb vor einem der Schaufenster stehen. In der Auslage wurden Geschirr und Gläser angeboten. Porzellan, so fein, dass man beinahe hindurchsehen konnte. Und dünnwandige Gläser mit zarten Mustern. Auch fein ziseliertes Silberbesteck war zu sehen. Liv staunte. Zu Hause gab es nur das dickwandige braune Keramikgeschirr, und wenn sie etwas tranken, dann tranken sie aus steinernen Bechern oder Krügen. Nur der Aquavit wurde in Gläsern serviert. Am meisten staunte Liv über die Auswahl an Messern. So etwas hatte sie noch nie gesehen.

«Warum gibt es so viele verschiedene Messer?»

«Nun, es gibt Butter- und Käsemesser», erklärte Lucia. «Feine Leute schneiden den Käse mit einem Extramesser.»

Das nächste Geschäft führte Schuhe. Auf Smøla trug

man im Sommer Holzpantinen. Erst wenn der Schnee gefallen und die Wege glatt waren, schlüpfte Liv in Stiefel, die mit Rentierfell gefüttert waren. Doch nicht alle auf der Insel konnten sich so einen Luxus leisten. Die Fischer, die Frauen und Männer in der Fabrik zogen einfach zwei Paar Strümpfe aus Schafswolle an und schlitterten auch bei der Kälte in ihren Holzpantinen über das Eis. Was sie aber hier in der Auslage sah, war eine ungeheure Vielfalt an Schuhen. Es gab geknöpfte Stiefelchen aus dem weichsten Leder. Schuhe, verziert mit Spangen oder Riemchen. Schuhe mit hohen Absätzen. Und in einer Ecke entdeckte Liv sogar Schuhe aus Filz. Sie deutete mit dem Finger darauf.

«Wer soll die tragen? Die sind im Nu durchgeweicht.»

Lucia lachte. «Die trägt man nicht auf der Straße, das sind Hausschuhe.»

«Hausschuhe?»

«Ja. Man trägt sie nur zu Hause. Wenn man heimkommt, zieht man seinen Mantel aus, legt den Hut ab und schlüpft aus den Straßenschuhen. Dann zieht man die Hausschuhe an.»

«Warum?»

«Damit man den Straßendreck nicht in die Wohnung schleppt.»

Liv schüttelte den Kopf. Sie hatte auf Smøla jeden Tag die Gaststube gekehrt, und der Same hatte täglich am Abend die Küche ausgewischt.

Sie gingen weiter, und Liv konnte nicht aufhören zu staunen.

«Da!» Lucia deutete nach links. «Da ist das Storting, das Rathaus von Christiania.»

Liv blieb stehen. Der Bau aus rötlichen Steinen beeindruckte sie nicht sonderlich. Er hatte so gar nichts Feierliches an sich.

«Lasse sagt, im Inneren sehe es überaus prächtig aus, aber ich habe mich noch nicht getraut hineinzugehen», berichtete Lucia.

Die nächste Sehenswürdigkeit war das Grand Hotel mit dem Grand Café. «Hier gehen die Künstler ein und aus. Und natürlich die feinen Leute. Sie trinken Kaffee oder Schokolade oder Wein und unterhalten sich.»

«Komm, ich lade dich ein. Wir trinken hier auch einen Kaffee», schlug Liv vor.

«Es ist teuer dort», gab Lucia zu bedenken.

«Das ist mir egal. Einmal müssen wir dort hinein, jetzt, wo wir auch Christianianerinnen sind.»

Sie bestellten zwei Tassen mit heißer Schokolade, und Liv sah sich um. Die Wände waren bis zur Hälfte mit glänzendem Holz getäfelt. Das war im Guesthuset nicht anders, aber dieses Holz war dunkel und leuchtete wie von selbst. Darüber hingen Stiche, die wohl das alte Christiania zeigten. Der Boden war mit Parkett ausgelegt, die Bänke und Stühle waren mit dunkelgrünem Leder bezogen, von den Decken hingen glitzernde Kronleuchter. Samtvorhänge im gleichen Farbton rahmten die Fenster, und auf den Tischen lagen schneeweiße, gestärkte Tischdecken. Tageszeitungen lagen aus, dazu ein paar Magazine, die Liv nicht kannte.

Eine alte Dame in einem wunderbaren roten Kleid und mit Perlenschmuck behängt, trank aus einer Tasse, in dem sie den Henkel mit Daumen und Zeigefinger hielt und dabei den kleinen Finger abspreizte. Liv fand das sehr vornehm und nahm sich vor, es ebenso zu machen. Eine andere Dame trug eine Spitzenbluse zu einem langen schwarzen

Rock und wunderschöne Ohrringe, in denen rote Steine glitzerten. Ein Mann las die Zeitung und klopfte hin und wieder seine Pfeife in einem Aschenbecher aus. Andere Männer rauchten weiße Zigaretten oder braune Zigarren, und über all dem lag ein Duft nach Kaffee, Schokolade und den Duftwässern der Gäste.

«Wie vornehm es hier ist.»

Lucia nickte, aber sie wirkte irgendwie angespannt.

«Was hast du?»

Lucia lächelte scheu. «Es ist wunderschön hier, aber ich habe Furcht, dass man uns die Insel ansieht. Sieh nur die schönen Kleider, die prächtigen Frisuren.»

Liv zuckte mit den Schultern. «Mir ist es gleich, was die Leute von mir denken. Ich kenne sie ja nicht.»

«Aber so ist es in der Stadt. Das hat mir Lasse schon oft erzählt. Es zählt nicht, was du bist, sondern wie du aussiehst», erklärte Lucia und lächelte noch gequälter.

Innerlich schüttelte Liv den Kopf, ging aber nicht weiter auf Lucia ein. Sie wollte endlich zur Universität!

«Komm, Lucia, lass uns gehen. Ich möchte doch sehen, wo ich anfangen werde zu studieren.»

Liv zahlte, dann verließen sie das Café, und nur wenige Minuten später betraten sie einen Platz, an dessen Ende ein majestätisch wirkendes Gebäude stand, das man über eine weite, die ganze Vorderseite umfassende Treppe mit imposanten Säulen betreten konnte.

«Die Universität», sprach Liv ergriffen. Schweigend betrachtete sie die vielen jungen Männer, die eilig hineinstrebten.

Im rechten Winkel zur Universität befand sich ein nicht minder prächtiges, aber kleineres Gebäude.

«Das ist die Bibliothek.» Lucia hatte das Schild gelesen, das neben der Eingangstür hing. «Ich wette, hier wirst du jede Menge Zeit verbringen.»

Liv antwortete nicht. Ihr fehlten schlicht die Worte. Die Universität! Die Bibliothek! Und schon in wenigen Tagen würde sie dazugehören. Das war mehr, als sie in Worte fassen konnte. Ein warmes Gefühl rann ihr den Rücken hinunter. Dann fiel ihr etwas ein.

«Weißt du, ob es hier Postkarten zu kaufen gibt? Und Briefmarken?»

Lucia sah sie staunend an. «Ja, ich glaube gleich gegenüber.»

«Ich möchte ihnen schreiben», erklärte Liv. «Bjarni und Chrisander und Fenris und Arni und natürlich Fria und dem Samen.» Und schon zog sie Lucia über das Kopfsteinpflaster bis zu dem Schreibwarengeschäft, in dem Liv aus einer Fülle von Schwarz-Weiß-Postkarten ihre Auswahl traf. Nachdem sie auch die entsprechenden Briefmarken erstanden hatte, ging es weiter. Eine neue Idee hatte sie erfasst.

«Kennst du ein Brillengeschäft?»

«Du möchtest tatsächlich eine Brille haben?» Lucia schüttelte ungläubig den Kopf.

Liv schluckte. Nein, eigentlich nicht. Vor allem fürchtete sie, dass sie mit einer Brille tatsächlich hässlich aussehen würde. Aber sie brauchte die Gläser nun einmal fürs Studium. Sie musste Bücher lesen, musste vielleicht aus weiter Ferne auf eine Tafel schauen, brauchte sie am Mikroskop.

«Ja. Das möchte ich tatsächlich.»

Sie bogen in eine Seitenstraße der Karl Johans gate ab, und schon standen sie vor einer Werkstatt, die im Souterrain des Gebäudes lag. Liv stapfte tapfer die Stufen hinab, Lucia folgte ihr.

«Ich möchte eine Brille», erklärte sie. Der Optiker, der hinter einem Vergrößerungsglas ein Brillenglas schliff, blickte auf.

«Sehr wohl, junge Frau. Wozu wollen Sie die Brille benutzen?»

«Ähem, zum Sehen», erklärte Liv.

Der Brillenmacher lächelte. «Ja, aber für welchen Anlass möchten Sie die Brille tragen? Denken Sie an einen Brillenrahmen aus Elfenbein? Soll er mit Schmucksteinen besetzt sein? Ist Ihnen ein Lorgnon oder eine Ohrenbrille lieber?»

Liv war überrascht. Sie hatte sich diese Fragen nie gestellt, hatte gar nicht gewusst, dass es so etwas gab wie Brillenrahmen aus Elfenbein oder mit Schmucksteinen. Und was war ein Lorgnon?

«Ich hätte gern das preisgünstigste Modell einer Ohrenbrille. Keine Schmucksteine, einfach nur ganz schlicht.»

Der Brillenmacher erhob sich, trat auf Liv zu und maß mit einem Band, wie es die Schneider benutzten, die Entfernung von den Augen bis zum Ohr. Dann hielt er ihr mehrere Tafeln vor die Augen, und Liv musste die Zahlen darauf lesen.

«Das müssen wir tun, um ihre Brillenstärke zu bestimmen», erklärte der Optiker. Liv ließ alles geduldig über sich ergehen. Am Ende nickte der Mann zufrieden. «So, jetzt habe ich alles, was ich brauche, um Ihnen eine Brille zu machen. Sie kostet achtzig Gulden.»

Liv erschrak. Achtzig Gulden! Das war viel Geld. Sehr viel Geld. So viel, wie sie in Bjarnis Fischfabrik den Sommer über verdient hatte. Aber sie brauchte diese Brille. Sie holte ihre Geldbörse aus der Rocktasche, zählte acht Zehn-Gulden-Stücke auf den Tisch und fragte: «Wann wird die Brille fertig sein?»

«Sie brauchen sie dringend?»

«Ja. Ich werde nämlich an der Universität studieren», erklärte sie stolz.

Der Brillenmacher lächelte sie an. «Dann werde ich mich sehr beeilen. Kommen Sie morgen wieder.»

Erleichtert verließ Liv den Laden. Erst jetzt merkte sie, dass Lucia die ganze Zeit geschwiegen hatte. Sie nahm sie in den Arm und drückte sie.

«Ich bin euch so dankbar, dass ich hier sein kann. In Christiania. Und bei euch schlafen kann. Ohne euch kein Studium. Danke, Lucia!»

«Wir sind doch Schwestern», erwiderte Lucia. «Wir sind die einzige Familie, die wir haben.»

Als sie nach diesem ereignisreichen Tag abends auf dem Sofa lag, konnte Liv lange nicht einschlafen. Sie dachte über Lucias Worte nach, darüber, dass sie keine Familie hätten. Stimmt das? Ja, sie waren Findelkinder, aber sie, Liv, hatte Fria, die nie ein böses Wort über sie verloren, nie eine Andeutung gemacht oder sie deswegen schlecht behandelt hatte Im Gegenteil, Fria hatte sie immer in ihren Wünschen und Träumen bestärkt. Und sie hatte den Samen, der ihr mit Geduld und Weisheit zur Seite stand.

Anders war es bei Lucia. Runi hatte hin und wieder zu ihr gesagt: «Du bist unser Findelkind.» Und auch, wenn in diesem Satz keine Häme steckte, so hatte sich Lucia nie ganz und gar zugehörig gefühlt zur Pfarrersfamilie. Ein kleiner Abstand bestand zwischen den Brüdern und ihr, ließ sich nicht weglieben, obschon sich Fenris und Runi alle Mühe gaben. Und sie hatte auch keinen Stammtisch gehabt, keine Männer, die ihre Freunde waren und die dafür gesorgt hatten, dass Lucias Wünsche in Erfüllung gingen.

Nein, sie hatte sich selbst um ihr Glück kümmern müssen. Hatte gekämpft, auch um Lasse, und niemand hatte ihr dabei geholfen. Ja, Lucia hatte erreicht, was sie wollte, war nun verheiratet und unabhängig. Und darauf war sie stolz.

Ja, auch darüber hatte sie mit Lucia gesprochen, die Livs Lebensweg in aller Deutlichkeit vor sich sah. Sollte sie noch ein bisschen träumen, sollte sie «studieren», hatte Lucia gesagt, aber schon bald würde sie begreifen müssen, dass eine Frau nun mal eine Frau war. Aber Lehrerin? Nein, das konnte sich Lucia nicht vorstellen und hatte dabei gelächelt. Liv war doch eine Einzelgängerin, ganz anders sie selbst, die auf Smøla viele Freundinnen gehabt hatte.

Jetzt musste Liv lächeln. Wie gut ihre Schwester sie kannte! Ja, sie war meist allein geblieben mit ihrer Lupe und ihrem Mikroskop, niemand sonst interessierte sich für die Käfer und Würmer auf den Meeresfelsen. Niemand wollte wissen, wie diese aussahen. Und dann noch diese Rabenliebe! Energisch hatte Lucia den Kopf geschüttelt. «Herrgott, Vögel gibt es viele», hatte sie voller Überzeugung erklärt. «Die fliegen am Himmel herum und sind dem Menschen nicht besonders nützlich.» In Wahrheit hielt Lucia alles, was Liv tat, für überflüssig, aber sie wusste auch, dass ihre eigensinnige Schwester von allein darauf kommen musste, wie das Leben wirklich war.

Und Lucia glaubte, Fria hätte sie ein wenig verzogen.

Liv sah ihre Schwester vor sich, als sie anfing aufzuzählen: Nie hätte Fria ihr etwas verboten. Sie durfte machen, was immer sie wollte. Fria hatte ihr die Lupe gekauft und später das Mikroskop. Sie hatte am Stammtisch sitzen dürfen, während sie selbst hinausgeschickt worden war, wenn Fenris oder Runi Besuch bekamen. «Jetzt reden die Erwachsenen», hatte es geheißen, und Lucia hatte sich daran gehalten. Doch Fria hatte nicht einmal geschimpft, als Liv vor drei Jahren heimlich mit nach Trondheim gefahren war, versteckt im Kutschkasten.

Ja, Lucia war nicht davon überzeugt, dass Liv diese Art gutgetan hatte. Und dann der Same. Wieder hatte Lucia den Kopf geschüttelt. «Der hat dir womöglich noch mehr Flausen in den Kopf gesetzt.» Er war es, der der kleinen Liv die Käfer und Würmer im Meer gezeigt hatte. Von ihm hatte sie die Namen der meisten Flechten und Tangarten gelernt, und er war es auch, der dir die ersten Notizbücher gekauft hatte, nicht wahr?, hatte Lucia nachgehakt und auch noch auf Bjarni verwiesen. Seestern. Das hätte er zu ihr, Lucia, nie gesagt. Und er hätte ihr auch nie Zeitungen geschenkt oder Bücher. Oder Arni, der behauptet hatte, das Gehirn der Frauen wäre kleiner als das der Männer und ihre Schwester sei die Ausnahme von der Regel. Und Chrisander hatte Liv sogar mit hinaus zum Fischen genommen, als wäre sie ein Junge …

Liv wusste, dass Lucia nicht neidisch war, denn alles, was Liv getan hatte, hätte sie nur gelangweilt. Aber sie wusste auch, dass ein Dorn blieb, in ihrem Fleisch steckte, weil sich die halbe Insel viel mehr um Liv und ihre Träume gekümmert hatte als um die Wünsche und Träume ihrer Schwester. Sie selbst war die Besondere und Lucia die Normale. So empfand es Lucia. Und ginge es nach ihr, so hätte es gerade andersherum sein sollen: dass man sich um die Normale bekümmerte und die Besonderen zurechtstutzte, damit alles so blieb, wie es war.

KAPITEL 13

Am nächsten Tag machte sich Liv allein auf den Weg zum Brillenmacher. Sie merkte sich die Strecke gut, denn es war auch der Weg, der zur Universität führte – und doch verlief sie sich, war zu früh oder zu spät abgebogen und stand nun vor einem kleinen Platz mit einer Kirche, den sie nie zuvor gesehen hatte. Sie sprach eine Frau an, die ein Kleinkind an der Hand hielt.

«Bitte, wie komme ich zur Karl Johans gate?»

Die Frau lächelte. «Oh, Sie sind ganz in der Nähe. Einmal rechts herum und dann gleich wieder links.»

Es dauerte noch eine Viertelstunde, bis Liv endlich in der Werkstatt des Brillenmachers stand.

«Schön ist sie geworden, Ihre neue Brille», erklärte er und nahm ein Gestell aus schlichtem Bakelit aus der Schublade. «Setzen Sie sie bitte auf, damit ich sehen kann, ob sie gut passt.»

Liv tat, wie ihr geheißen, doch kaum saß die Brille auf ihrer Nase, hielt sie vor Überraschung die Luft an. «Es ist alles ganz klar!», rief sie aus. «Ich sehe alles ganz deutlich!» Sie trat ans Fenster und schaute hinaus. «Ich kann sogar sehen, was in der Ferne ist.»

Der Brillenmacher lächelte. «So soll eine Brille sein. Aber sie müssen aufpassen, Ihre Augen müssen sich erst an die Gläser gewöhnen. Es kann sein, dass sie in den ersten Tagen Kopfschmerzen bekommen. Das legt sich aber rasch.»

Liv nickte, hatte kaum zugehört, so neu und klar erschien ihr auf einmal die Welt. «Ich werde sie nie wieder absetzen», erklärte sie, bedankte sich noch einmal und wollte gerade gehen, als der Optiker sie zurückhielt.

«Ich hatte noch Gläser da», erklärte er. «Und auch den Rahmen.» Er zählte zwei Zehnguldenstücke auf den Tisch. «Deshalb kann ich Ihnen die Brille etwas günstiger geben.»

Liv wusste nicht, ob sie sich freuen oder schämen sollte. Doch der Mann betrachtete sie so freundlich, dass auch sie anfing zu lächeln und das Geld dankend einsteckte. Danach lief sie zu Fuß zurück zu Lucias Wohnung, doch immer wieder blieb sie stehen und staunte über das, was sie mit ihrer neuen Brille sah.

Nie hatte Liv sich gefragt, ob sie dem Anlass entsprechend gekleidet war. Zu Hause auf Smøla trug sie ein blaues Tuchkleid mit einer weißen Schürze darüber, ein Kopftuch, gestrickte Strümpfe und Holzpantinen. Gab es einen besonderen Anlass, schlüpfte sie in ihre Tracht. Doch Lucia wollte wissen: «Was trägst du an deinem ersten Tag in der Universität?»

Liv blickte an sich herab. «Was soll ich schon anziehen. Mein blaues Tuchkleid. Was sonst?»

«Dann erkennt gleich jeder, dass du eine von den Inseln bist.»

«Na und? Das bin ich doch auch.»

«Sie werden dich womöglich nicht ernst nehmen.»

«Warum? Weil ich ein blaues Kleid trage?»

«Nein, Liv. Weil du ausschaust wie eine Fischersgattin. Und einer solchen traut man nicht besonders viel Wissen zu.»

«Denkst du wirklich?»

«Aber ja, frag Lasse, wenn er heute Abend nach Hause kommt.»

Liv strich über ihr Kleid. «Dann ziehe ich eben morgen meine Tracht an. Fria sagt, damit ist man immer bestens angezogen.»

Lucia lachte. «Auf der Insel schon. Aber selbst in Trondheim wirst du damit schief angesehen, wenn nicht gerade Nationalfeiertag ist.»

Jetzt betrachtete Liv zum ersten Mal die Garderobe der Schwester. «Du trägst ein Kleid wie die Bürgermeisterin. Wie Bjarnis Frau», stellte sie überrascht fest.

«Hast du das auch schon bemerkt?» Lucia lachte.

«Mir sind solche Dinge nicht wichtig», erwiderte Liv leicht gekränkt.

«In Christiania sind sie wichtig. Was du anhast, sagt etwas darüber aus, wer du bist. Deshalb trägt Bjarnis Frau Kleider, die sie vom Rest der Inselfrauen unterscheiden. Sie tut das aber nicht nur deshalb, sondern auch, weil sie in einem ordentlichen Kleid anders behandelt wird. Respektvoller.»

«Pff!» Liv wedelte mit er Hand. «Wenn sie dazu ein Kleid braucht, ist es nicht weit her mit dem Respekt.»

Lucia seufzte. «Du wirst schon sehen, was ich meine.»

Liv blickte wieder an sich herab, kratzte an einem winzigen Fleck am Ärmel herum.

«Soll ich dir ein Kleid leihen?», wollte Lucia wissen.

Liv schüttelte den Kopf. «Ich schmücke mich nicht mit fremden Federn. Ich gehe, wie ich bin. Woher hast du die Kleider denn? Hast du sie hier gekauft?»

Lucia atmete tief ein und aus. «Ich habe sie geschenkt

bekommen. Von Lasses Schwester. Es sind nur zwei, und sie sind auch schon ein wenig abgetragen und ausgefranst. Aber ich habe sie repariert und neu umsäumt.»

«Warum hat dir Lasses Schwester die Kleider geschenkt?» Liv staunte. Auf Smøla trug man seine Kleider, bis sie einem vom Leib fielen. Und dann nähte man noch Kissenbezüge daraus oder Kleidung für die Kinder.

«Ach, das spielt keine Rolle», wich Lucia aus. «Sie hatte sie wohl übrig.»

Liv hatte schon immer gewusst, wenn ihre Schwester log. Sie schaute dann so merkwürdig nach oben und wich ihrem Blick aus.

«Niemand hat Kleider übrig», stellte sie fest.

Lucia druckste ein wenig herum. «Es kann sein, dass Lasse etwas gesagt hat.»

«Zu deinen Kleidern?» Das konnte sich Liv kaum vorstellen.

«Na ja, in Christiania kleidet man sich anders als auf der Insel.»

«Hat er seine Schwester gebeten, zwei alte Kleider für dich herauszusuchen?» Liv zog die Augenbrauen in die Höhe.

«Wie du das sagst! Es klingt, als wäre ich eine Bettlerin. Oder eine Hinterwäldlerin.» Lucia blickte ein wenig gekränkt drein.

«Nein, nein. Es ist nett von Lasses Schwester», erklärte Liv, obwohl sie dachte, wie demütigend sich das anhörte und sie die Kleider bestimmt nicht genommen hätte. Aber sie war auch nicht mit Lasse verheiratet. Überhaupt, ihr Tuchkleid würde für die Universität ausreichen. Respekt würde sie sich auf andere Art und Weise verschaffen.

Als sie ihren letzten Gedanken in Worte fasste, reagierte Lucia gefasst. «Nun, du hast es so gewollt. Aber sag hinterher nicht, ich hätte dich nicht gewarnt.»

Liv hatte die halbe Nacht wach gelegen. Und jetzt war sie so aufgeregt, dass ihr Herz wie eine Trommel in ihrer Brust schlug. Sie musste ganz tief durchatmen, damit sie genügend Luft bekam. Heute war der Tag, auf den sie sich so lange gefreut, den sie herbeigesehnt hatte. Ab heute war sie eine Studentin. Doch nicht irgendeine, sondern eine Studentin von Fridtjof Nansen. Sie konnte es kaum glauben, aber es fühlte sich fantastisch an. Liv packte ihre Leinentasche, die Fria für sie genäht hatte. Sie füllte sie mit Büchern, mit Schreibpapier und mit Bleistiften. Dann löste sie ihr langes Haar, bürstete es und flocht es zu einem Zopf, der ihr beinahe bis zur Hüfte reichte.

«Ich wünsche dir viel Erfolg», sagte Lucia und drückte Liv ein belegtes Brot in die Hand. «Das kannst du essen, wenn du hungrig bist.»

Liv streckte die Arme aus und zog ihre Schwester in eine feste Umarmung. «Danke, Lucia. Danke für alles.»

Liv fuhr nicht mit der Pferdebahn ins Zentrum, weil sie jede Krone sparen wollte. Sie war entschlossen, täglich zu laufen.

Von Lucias Wohnung bis zur Universität waren es gut drei Kilometer. Wenn sie schnell lief, konnte sie die Strecke in einer guten halben Stunde schaffen, schließlich war sie das Laufen gewohnt. Aber hier lauerten überall Hindernisse. Sie wich einem Lastenfahrrad aus, wurde von Fußgängern angerempelt, musste an einer Straßenkreuzung warten, bis mehrere Kutschen vorübergefahren waren. Da standen zwei Frauen schwatzend an einer Ecke und blockierten den Weg, eine andere schüttete schwungvoll einen Eimer Wischwasser auf die Straße, und Liv musste über die Pfütze springen. Dabei verlor sie eine ihrer Holzpantinen und war zum Anhalten gezwungen.

So ging es weiter, bis sie nach einer Dreiviertelstunde endlich vor der Universität stand. Die Vorlesung hatte noch nicht begonnen, weil Liv zeitig losgegangen war, trotzdem eilte sie die Treppenstufen hoch, stieß die große, schwere Tür auf und blieb dann in der mit Marmor ausgelegten Empfangshalle stehen.

Eigentlich hatte sie vorgehabt, dieses Gebäude der Gelehrsamkeit in Ruhe auf sich wirken zu lassen. Lasse hatte ihr erzählt, dass an den Wänden die Gemälde früherer Rektoren hingen, und Liv wollte sich jedes einzelne davon ansehen. Doch dazu war weder Zeit noch Ruhe. Um sie herum wimmelte es von jungen Männern, die Bücherstapel oder Aktentaschen unter ihrem Arm trugen. Sie liefen in Gruppen nebeneinander, redeten laut und benutzten Worte, die Liv noch nie gehört hatte. *Kognitiv. Dialektisch. Musculus pectoralis major. Fibonacci-Folge.* Kein Mensch beachtete sie.

Livs Mut sank. Wo sollte sie jetzt hin? Wo fand die Erstvorlesung statt? Sie überlegte, ob sie ins Sekretariat gehen und nach Fridtjof Nansen fragen sollte. Aber dann entdeckte sie eine große schwarze Informationstafel, auf der mit Kreide zu lesen war: «Eröffnungsvorlesung Zoologie und Botanik, Saal 4, 1. Stock.»

Liv packte ihre Leinentasche ein wenig fester und stieg dann inmitten der anderen Studenten die Treppe hinauf zum ersten Stock. Sie fand auch den Saal 4, bereits voll besetzt, und Liv blieb stehen, um nach anderen jungen Frauen Ausschau zu halten. Vielleicht fand sich eine, und sie könnte nebeneinandersitzen und sich gegenseitig stützen. Aber da war keine andere Studentin, es gab nur Männer. Der Hörsaal war treppenförmig angelegt, sodass sie von oben auf das Katheder blicken konnte.

Schüchtern schob sie sich in die letzte Bank. Es dauerte nicht lange, da erschien auch schon Nansen, stellte sich vorn vor die schwarze Tafel und begrüßte die Studenten. Liv konnte ihn dank ihrer Brille überaus deutlich erkennen. Der Polarforscher sprach über die Fachgebiete Zoologie und Botanik, und er informierte die Studenten über die Ozeanografie, einem ganz neuen Fach, in das sie nach dem ersten Studienjahr eingeweiht würden. Er hielt sie alle zu Fleiß und Ordnung an, notierte an der Tafel, welche Bücher in den nächsten Wochen zu lesen waren, und verwies auf die Informationstafel vor dem Fachbereich Zoologie, der sich in einem Nebengebäude der Universität befand und der Bibliothek genau gegenüberlag und auf der die Mitteilungen für die Studenten des naturwissenschaftlichen Bereichs zu lesen waren.

«Haben Sie noch Fragen?», wollte er wissen.

Ein blonder junger Mann reckte den Finger und erhob sich. «Werden wir auch an Ihren Expeditionen teilnehmen können?»

«Nun, in diesem neuen Studienjahr haben sich achtundvierzig Studenten eingeschrieben, die ich in vier Gruppen zu je einem Dutzend eingeteilt habe. Aus diesen Gruppen werde ich nur die Allerbesten mit auf Expedition nehmen können. Eine Expedition ist nicht ungefährlich, und ich muss absolut sicher sein können, dass Sie tun, was man von Ihnen verlangt, und dass Sie über sichere Kenntnisse verfügen. Wie gesagt, nur die besten jeder Gruppe, die besten vier Studenten, gehen mit mir auf Expedition.»

Ein allgemeines Murren war zu hören. Ja, ein Student erhob sich gar und verließ den Saal. Liv hörte, wie er beim Hinausgehen sagte: «Da studiere ich doch lieber Medizin, da gibt es wenigstens richtige Leichen.»

«Ich erwarte die Seminargruppe A in einer halben Stunde im Labor», fuhr Nansen ungerührt fort. «Die Gruppen B und C erhalten ihre erste Vorlesung zum Thema ‹Die Grundlagen der Zoologie› hier im Saal, und die Gruppe D kann sich in der Bibliothek vergnügen. Wer in welche Gruppe gehört, erfahren Sie auf der bereits erwähnten Tafel im Gebäude der Naturwissenschaften.»

Nansen nickte noch einmal und verließ den Saal durch eine kleine Seitentür. Liv packte Schreibpapier und Bleistift in ihre Leinentasche und erhob sich. Zu welcher Gruppe würde sie gehören?

An der Hörsaaltür rempelte sie ein junger Mann roh an.

«Hej», rief Liv. «Das war sehr unhöflich.»

Der junge Mann blieb stehen und betrachtete sie einen Augenblick lang von Kopf bis Fuß. «Was willst du von mir?», fuhr er sie an. «Sollten die Schreibmädchen nicht in ihrer Schreibstube hocken? Mach, dass du dorthin kommst, das hier ist nichts für dich.»

Liv hatte damit gerechnet, dass nicht jeder über ihre Anwesenheit erfreut sein würde, aber das war zu viel. Sie holte tief Luft und rief dem jungen Mann, der sich bereits abgewandt hatte, hinterher: «Ich bin ebenso Student wie du!»

Ein wenig geknickt, aber doch voller Vorfreude verließ

sie den Vorlesungssaal. Um sich herum machten sich die Studenten einander bekannt.

«Guten Tag, ich bin Björn, ich komme aus Ringbu, und du?»

Sie wartete, dass auch sie von jemandem angesprochen wurde, doch dem war nicht so. Die jungen Männer schlugen einen Bogen um sie, keiner sprach sie an. Liv streckte sich, sprach sich selbst Mut zu. Wie hatte der Same gesagt? «Du musst kämpfen für die Dinge, die dir wertvoll sind.» Seine Worte im Herzen, verließ nun auch sie das große Gebäude und wandte sich nach rechts zum Nebengebäude, das einige der Studenten bereits betreten hatten, während andere nach links in die Bibliothek eilten. Sie alle hatten offenbar schon ihre Namen auf dem Schwarzen Brett gefunden, von dem Nansen gesprochen hatte. Aber wo stand ihr Name?

Liv schluckte und musste aufpassen, nicht zu weinen. Hatte Nansen sie vergessen? Waren seine Worte in Trondheim nichts als Geplauder gewesen? Wieder musste sie schlucken, dann riss sie sich zusammen.

«Wer hat die Listen hier aufgehängt?», fragte sie einen sehr runden jungen Mann mit Brille, der neben ihr stand.

Der zuckte mit den Schultern. «Ich weiß es nicht. Aber ich denke, im Sekretariat kann man dir Auskunft geben.» Er deutete auf ein Schild mit der Aufschrift «Verwaltung des naturwissenschaftlichen Bereiches».

Liv bedankte sich, holte ganz tief Atem, reckte das Kinn und klopfte an die Tür mit der Aufschrift und öffnete die Tür. Eine junge Frau, nicht viel älter als Liv selbst, blickte auf.

«Sie wünschen?»

«Die Listen von Professor Nansen. Da fehlt mein Name.»

«Die Bewerbungen für die Schreibstube finden im Hauptgebäude statt», erklärte die junge Frau, ohne auf Livs Frage einzugehen.

«Ich bin nicht hier, um in der Schreibstube zu arbeiten. Ich bin hier, um Zoologie zu studieren», erklärte Liv mit fester Stimme.

Die junge Frau blickte sie ungläubig an. «In diesem Jahr sind gar keine Frauen zum Studium angemeldet.»

«Das muss ein Missverständnis sein. Ich heiße Liv Nagard, und ich habe Fridtjof Nansen in Trondheim getroffen. Er versprach mir diesen Platz. Außerdem habe ich meine Unterlagen pünktlich hierhergeschickt.»

Die Frau, die einen eleganten langen schwarzen Rock trug und dazu eine weiße Rüschenbluse, musterte sie erneut. Und jetzt bereute Liv, dass sie sich kein Kleid von Lucia ausgeliehen hatte, denn der Blick der jungen Frau strotzte vor Geringschätzigkeit.

Sie begab sich zu einem Wandschrank, der mit Hängeordnern gefüllt war. Sie suchte darin herum, schüttelte den Kopf und sagte entschieden: «Ich kann Ihnen nicht helfen. Sie sind nicht in meinen Unterlagen.»

«Und was soll ich jetzt tun?», fragte Liv und spürte, wie die Verzweiflung in ihr hochstieg.

«Wie gesagt. Gehen Sie ins Hauptgebäude. Vielleicht weiß man dort mehr.»

Liv schluckte, dankte und machte sich zurück auf den Weg in die große Marmorhalle, von der links und rechts lange Gänge abgingen. Erneut sah man in ihr eines der Schreibmädchen, als sie endlich ein Türschild mit der Aufschrift «Studienzulassungen» entdeckte. Beherzt klopfte sie an und wurde hineingerufen. Diesmal saß ein junger Mann hinter einem Schreibtisch, der Ärmelschoner trug. Seine

Finger waren mit Tinte verschmiert, und er war gerade dabei, sie mit einem Taschentuch zu säubern.

«Was wollen Sie?»

«Es hat ein Missverständnis gegeben», erklärte Liv. «Meine Studienunterlagen sind verschwunden.»

«Ihre was?»

Liv straffte den Rücken. «Meine Unterlagen für das Studium der Zoologie bei Professor Nansen.»

Der Mann betrachtete sie von oben bis unten. «Sie wissen schon, dass man ein Examen artium braucht, um studieren zu können?»

Wortlos kramte Liv in ihrem Leinenbeutel, zog eine Mappe heraus und knallte sie auf den Schreibtisch. Langsam hatte sie wirklich genug!

Der Mann griff danach und schlug sie auf. «Ah ja, da ist es ja. In Trondheim haben Sie also Ihre Prüfungen gemacht, und zur Schule gegangen sind Sie in Smøla.»

«Das stimmt.»

«Smøla? Wo liegt das denn?»

«Das ist eine Inselgruppe im Nordmeer, etwa auf der Höhe von Trondheim.»

«Nun, man kann Trondheim oder gar – wie heißt es noch gleich? – Smøla natürlich nicht mit Christiania vergleichen. Ich fürchte, hier haben wir andere Ansprüche.»

«Ich habe in den Naturwissenschaften die besten Noten erzielt», stellte Liv klar. «Und unser Lehrer war sehr streng.»

«Nun, ich bezweifle nicht die Strenge Ihres Lehrers, doch die Insulaner sind schon recht abgeschnitten vom Rest der Welt. In der Hauptstadt findet derzeit *eine Revolution* statt. In Wissenschaft und Technik. Darüber haben Sie sicher noch nichts gehört, nicht wahr?»

«Auf Smøla lesen wir die Zeitungen aus Trondheim.» Liv begriff, dass der Mann sie abwimmeln wollte, aber sie begriff nicht, warum. Sie nahm ihm doch nichts weg, wenn sie hier studierte. «Würden Sie nun bitte dafür sorgen, dass mein Studium reibungslos beginnen kann?»

«Hmm.» Der Mann kratzte sich am Kinn und verschmierte dabei ein wenig Tinte in seinem Gesicht. «Ich fürchte, das ist nicht so einfach.»

«Warum?»

«Nun, Sie kommen von den Inseln.»

Liv verlor allmählich die Geduld. Sie wusste, dass es hieß, die Insulaner wären rückschrittlich, ungebildet und versoffen. Alles nur Fischer und Bauern, die nichts von der Welt kennen als das Meer. Aber sie hatte nicht so eifrig gelernt, um hier abgekanzelt zu werden. «Der Polarforscher und Nationalheld Fridtjof Nansen hat mich persönlich eingeladen, bei ihm zu studieren.»

«Fridtjof Nansen, so, so. Und der König hat Ihnen den Weg zur Universität gezeigt. Oder war es gleich der liebe Gott?»

In Liv tobte die Wut auf. Es hätte nicht viel gefehlt, und sie hätte diesem aufgeblasenen jungen Mann die Ohren lang gezogen – wie sie es damals mit Jehan gemacht hatte. Doch was würde das bringen? Also riss sie sich zusammen und verlangte mit klarer Stimme: «Holen Sie Professor Nansen her! Er wird bezeugen, was ich gesagt habe.»

«Mein liebes Kind, der Herr Professor hat andere Sorgen, das können Sie mir glauben. Aber wenn Sie darauf bestehen, kann ich Ihnen einen Platz bei den Aufnahmeprüfungen für das nächste Jahr reservieren.»

«Aufnahmeprüfungen?»

«Ja. Für die jungen Männer, die nicht die Möglichkeit hatten, ein Examen artium abzuschließen.»

Liv schnappte nach Luft. «Wollen Sie damit sagen, dass es hier Männer gibt, die nicht einmal das Examen bestanden haben? Und Sie wollen mich einfach wegschicken?»

«Nun, Sie sind nun mal eine Frau.»

Liv seufzte. Sie wusste, an diesem Mann kam sie nicht vorbei. Also griff sie nach ihren Unterlagen, schloss mit Schwung die Tür und machte sich erneut auf den Weg – bis sie schließlich vor einem Laboratorium im ersten Stock stand. Auf gut Glück öffnete sie die Tür und da stand er: Fridtjof Nansen.

Irritiert blickte er auf, musterte sie kurz, dann glitt ein breites Lächeln über sein Gesicht. «Da sind Sie ja, Liv Nagard! Ich hatte Sie schon vermisst.»

Liv fiel auf, dass er sie mit «Sie» ansprach, während er sie in Trondheim noch geduzt hatte.

Die freundliche Begrüßung ließ die Demütigung im Sekretariat schlimmer erscheinen. Liv spürte, wie ihr die Tränen in die Augen stiegen, und spürte gleichzeitig die Blicke der jungen Männer rundum, die alle auf ihr ruhten. Einer lächelte herablassend, ein anderer grinste dümmlich, und ein dritter benutzte das Wort Brillenschlange. Die meisten aber schienen von der Unterbrechung des Unterrichts nicht begeistert zu sein.

«Es gibt Komplikationen mit meiner Studienzulassung», erklärte Liv mit zusammengebissenen Zähnen. Auf keinen Fall würde sie sich hier die Blöße geben.

«Also gut, jetzt sind Sie hier. Suchen Sie sich einen Platz und ein freies Mikroskop, Liv. Und um Ihre Zulassung kümmern wir uns nach dem Unterricht.»

Liv atmete auf, nahm an einem der hölzernen Arbeitstische Platz und blickte sich um. Es gab ein Dutzend Plätze, an denen jeweils ein Mikroskop, ein Bunsenbrenner, mehrere Objektträger und Linsen, einer Anzahl Pinzetten, Scheren, kleine Messer, Haken und Klemmen ordentlich in mit Samt ausgeschlagenen Holzkistchen verpackt, vorhanden waren. In großen Laborschränken mit Glastüren standen braune Flaschen mit verschiedenen Chemikalien, die auf weißen Aufdrucken benannt waren. Unter dem großen Fenster, das den Raum so stark erhellte, dass keine zusätzlichen Lichtquellen vonnöten waren, befanden sich weitere Arbeitsplätze, die allerdings mit Namensschildern versehen waren und – so nahm Liv an – für ältere Studenten reserviert waren. An der gegenüberliegenden Wand hingen Rollwände, auf denen die heimischen Wildpflanzen und die Tiere des Nordmeeres zu sehen waren. Der ganze Raum strahlte Sauberkeit und Gelehrsamkeit aus, und Liv fühlte sich sofort heimisch. Noch einmal schöpfte sie nach Atem, dann konzentrierte sie sich auf den Unterricht.

«Wo waren wir stehen geblieben?», fragte Nansen.

Der kräftige junge Mann, den Liv schon kennengelernt hatte, meldete sich. «Sie wollten uns gerade die einzelnen Bestandteile des Mikroskops erklären.»

«Richtig. Wer von Ihnen hat bereits mit einem Mikroskop gearbeitet?»

Liv und der Kräftige meldeten sich. Jeder Student hatte vor sich ein Pappschild mit seinem Namen stehen, der Kommilitone hieß Kjell.

«Bitte, Kjell», forderte Nansen ihn auf.

«Mein Vater hat eine Apotheke. Dort habe ich manchmal mitgeholfen. Er hat zumeist Pilzkulturen bearbeitet.»

«Und Sie, Liv?»

«Ich habe selbst ein Mikroskop. Es ist schon älter, aber ich habe damit die Pflanzen- und Tierwelt unserer Insel betrachtet.»

«Können Sie uns auch sagen, wie ein Mikroskop aufgebaut ist?»

Liv nickte. «Es gibt unten den Fuß mit der Lichtquelle, darauf steht der Objekthalter. Oben befinden sich Okular und Tubus. Im Revolverkopf sind die Objektive angebracht, darunter der Objekttisch mit dem Objektträger.»

Nansen nickte, lobte sie aber nicht. Das gefiel ihr, denn sie wollte auf gar keinen Fall eine Sonderrolle einnehmen. Nansen sprach weiter über den Aufbau der Objektive, zeigte, wie man einen Objektträger bestückt und ihn durch das Mikroskop betrachtet. Die Studenten taten es ihm nach. Dann verteilte der Polarforscher ganz gewöhnliche Grashalme, und die Studenten betrachteten sie durch das Mikroskop.

Liv hörte die Ausrufe des Erstaunens, und es kam ihr seltsam vor, dass so viele ihrer Mitstudenten kein eigenes Mikroskop besaßen.

Nach einer Weile rief Nansen zur Pause. Die jungen Leute erhoben sich, verließen das Laboratorium und gingen nach draußen. Sie setzten sich auf die Stufen, die zur Eingangstür führten und sich über die ganze Breite des Nebengebäudes erstreckten. Einige packten Brotdosen aus Blech aus, tranken aus Feldflaschen. Drei der jungen Männer rauchten Zigaretten, die Liv erst einmal zuvor gesehen hatte, und zwar im Grand Café auf der Karl Johans gate.

Sie setzte sich ein Stück entfernt auf eine Bank, packte ihr Brot aus und war froh, dass Lucia daran gedacht hatte. Die anderen jungen Männer sprachen laut – über sie.

«Ein Dorftrampel, das sieht man doch auf den ersten Blick», hörte sie einen sagen.

«Habt ihr das Kleid gesehen? So etwas trägt nicht einmal unsere Magd. Und die Schuhe erst. Holzpantinen», sagte ein anderer.

«Vielleicht kommt die Brillenschlange aus dem letzten Jahrhundert», gab der Nächste zum Besten und hatte die Lacher auf seiner Seite.

«Jetzt mal im Ernst», sprach einer, der sich auch schon im Unterricht hervorgetan hatte. «Was will die hier?»

«Vielleicht ist sie hier, um sich einen reichen Mann zu angeln. Jeder weiß doch, dass Studieren Geld kostet.»

«Niemals im Leben. So wie die aussieht. Und dann diese Brille! Zum Weglaufen. Da müsste einer schon blind sein. Blind oder uralt.»

Liv hörte das alles, und es traf sie. Fenris und Bjarni und Chrisander und der Same hatten ihr oft gesagt, wie hübsch sie sei, was für schöne Augen sie habe, was für eine glatte Haut. Hier schimpften die jungen Männer sie hässlich. Und schon fühlte sie sich Liv so. Sie strich verlegen über ihr Kleid, rückte die Brille auf der Nase zurecht und versuchte, ihre Füße mit den Holzpantinen zu verstecken. Sie hatte sich nie Gedanken darum gemacht, wie sie auf junge Männer wirkte, doch die Häme und die Missgunst, die aus ihren Worten sprachen, ließen ihr kalte Schauer über den Rücken rinnen. Am liebsten wäre sie im Boden versunken und nie wieder aufgetaucht.

«Störe ich?» Der kräftige junge Mann mit dem Namen Kjell stand vor ihr. «Darf ich mich zu dir setzen?»

«Aber ja.» Liv rückte ein Stück zur Seite. «Wo kommst du her?»

«Aus Bergen.»

«Und warum willst du Zoologie studieren?»

«Mein Vater hat die Apotheke, und die wird einmal mein älterer Bruder erben; er arbeitet schon jetzt mit meinem Vater zusammen. Ich interessiere mich sehr für die Naturheilkunde, deshalb studiere ich hier Zoologie, möchte mich aber später auf die Botanik spezialisieren.»

«Bei uns auf Smøla gibt es eine Frau, die alte Merette. Sie hat Heilwissen und braut aus einer Flechte einen Sud gegen Fieber», erzählte Liv.

«Es gibt viele Pflanzen mit Heilkräften. Der blaue Fingerhut zum Beispiel ist gut für schwache Herzen. Aber man muss aufpassen. Ein Zuviel davon kann tödlich sein.» Er blickte sehnsüchtig auf Livs Brot und Liv reichte ihm die andere Hälfte ihres Mittagessens. Dankbar griff Kjell zu. «Ich habe nicht daran gedacht, mir etwas mitzunehmen.»

«Ich auch nicht», gab Liv zu. «Aber meine Schwester denkt an so was. Sie ist sehr praktisch veranlagt.»

«Es ist ein Gottesgeschenk, eine solche Schwester zu haben», erklärte Kjell und biss einen großen Happen von seinem Brot ab.

«Wo wohnst du hier in Christiania?»

«Im Heim für ledige junge Männer. Die Universität hat zwei Stockwerke davon für ihre Studenten gemietet. Und du?»

«Ich wohne bei meiner Zwillingsschwester. Sie ist verheiratet. Ihr Mann arbeitet an der Universität.»

«Oh, dann liegt das Studieren wohl in deiner Familie?»

Liv schüttelte den Kopf. Sie überlegte kurz, ob sie Kjell erzählen sollte, dass Lucia und sie Findelkinder sind, doch so gut kannte sie ihn noch nicht. «Meine Mutter hat ein Wirtshaus. Ich bin die Erste, die studiert.»

«Das ist sehr ungewöhnlich.»

Liv nickte. «Ja, das scheint mir auch so.»

«Deine Schwester hat es also nicht an die Universität gezogen?»

«Nein, nein. Sie ist ganz anders als ich.»

«Ich bin auch anders als meine Brüder», erklärte Kjell. «Die beiden sind schlank wie junge Birken, treiben Sport, wann immer sie können. Im Sommer schwimmen sie, im Winter laufen sie Ski. Ich war immer der Stubenhocker mit der Brille, der die vielen Bücher las.»

Jetzt lachte Liv. «Das kenn ich. Und ich trage ja auch eine Brille.» Sie wandte sich um und sah, wie die Studenten aufstanden, um zurück ins Laboratorium zu gehen. «Wir sollten los, es geht weiter.»

Als Liv das Laboratorium betrat, war ihr Platz besetzt. Der junge Mann, der dort saß, grinste sie hämisch an, sagte aber kein Wort. Liv suchte sich einen neuen Platz. Sie ärgerte sich, doch dann nahm der Unterricht sie gefangen. Nansen sprach darüber, was sie in den nächsten Jahren alles lernen würden. Von der Geschichte der Zoologie und Botanik bis zu den neuesten Forschungen, dazu werde es zahlreiche Experimente und Versuchsanordnungen geben.

«Wir werden uns sehr genau mit Charles Darwin und seiner Evolutionstheorie befassen. Wir werden über die Mendelsche Vererbungslehre sprechen, wir werden uns über Alexander von Humboldt und seine Expeditionen unterhalten. Und das alles werden wir sehr ernsthaft tun. Sie werden im ersten Jahr mehr Zeit in der Bibliothek verbringen als im Laboratorium. Und Sie werden Klausuren schreiben, die theoretisches Wissen abfragen. Daneben wird es immer wieder Aufgaben geben, die Sie mit der Natur in Verbindung bringen. Und natürlich werden Sie auch in der Chemie und Physiologie der Pflanzen und Tiere unterrichtet werden. Sie werden Herbarien anlegen und lernen, wie man ein wissenschaftliches Tagebuch führt. Sie werden die Jahreszeiten beobachten und sich dazu Notizen machen. Sie werden sich mit dem Phänomen des Wetters und seinem Einfluss auf Pflanzen und Tiere befassen. Und Sie werden fleißig sein müssen, denn das Pensum ist sehr umfangreich.»

Nansen machte eine kleine Pause, ließ seinen Blick über die Studenten schweifen.

«Am Ende des ersten Jahres werden einige von Ihnen gegangen sein. Denn das vierjährige Studium der Zoologie und Botanik ist hart. Ich bin allergisch gegen Faulheit, Unpünktlichkeit und Unzuverlässigkeit. Wer schlampt, ist hier fehl am Platz. Jetzt haben Sie die letzte Gelegenheit, noch einmal in sich zu gehen und sich zu fragen, ob es wirklich das ist, was Sie wollen.»

Einer der jungen Männer verzog das Gesicht. Als Nansen ihn nach dem Grund fragte, erklärte er: «Ich dachte nicht, dass es *so* anstrengend wird. Ich lese nicht gerne Bücher. Und schon gar nicht über Geschichte. Warum muss ich wissen, was im Mittelalter an botanischem Wissen vorherrschte? Die Zeit ist doch längst vorüber.»

Nansen nickte. «Eine gute Frage. Aber jedes neue Wissen baut auf bereits bekanntem Wissen auf. Deshalb ist es wichtig, die Grundlagen der Botanik und Zoologie zu studieren. Was haben Sie sich denn von diesem Studium versprochen?»

Der junge Mann seufzte. «Eigentlich habe ich gar nicht so genau darüber nachgedacht. Mein Vater wollte, dass ich Arzt werde wie er. Und genau das wollte ich nicht.»

«Wenn ich Sie richtig verstanden habe, dann sitzen Sie nur hier, weil Sie nicht Medizin studieren wollen. Ist das korrekt?» Nansen runzelte die Stirn.

«Na ja, ich dachte, wir würden hier Tiere beobachten und so. Ich glaubte, dafür brauche es keine Bücher.»

Nansen blickte sich um. «Ist noch jemand unter Ihnen, der dieses Studienfach gewählt hat, um den Büchern zu entgehen? Gibt es jemanden, der nicht für die Zoologie und die Botanik brennt?»

Niemand antwortete, aber zwei der jungen Männer kicherten.

«Ja, bitte? Sie haben eine Meinung dazu?», fragte Nansen.

«Wir haben uns nur gefragt, ob man Zoologie und Botanik studieren muss, um einen guten Schweinsbraten und Apfelkompott herzustellen.»

Auch die anderen brachen in Gelächter aus, doch niemand blickte zu Liv. Nansen wartete, bis das Gelächter verstummt war, dann sprach er mit Strenge: «Diese junge Frau hier brennt für die Lehre und die Forschung. Sie hat sich gegen viele Widerstände an diese Universität gekämpft. Ich erwarte von Ihnen allen, dass Sie sie mit Respekt und Achtung behandeln.»

Das Gelächter verstummte, doch Liv wusste genau, dass ihre Zeit an der Universität schwer sein würde. Sehr schwer.

KAPITEL 14

Nach dem Unterricht bat Nansen Liv zu warten. Dann begaben sie sich gemeinsam in das Büro für Studienzulassungen im Hauptgebäude.

«Wo sind Fräulein Nagards Unterlagen?», fragte er streng. «Sie waren pünktlich eingegangen. Ich habe mich selbst davon überzeugt. Nun höre ich, dass es Schwierigkeiten mit ihrer Anmeldung gab?»

Der Sekretär, der sich zwischenzeitlich die Tinte von den Fingern gewaschen hatte, stand auf und nickte beflissen. «Jawohl, es ist alles vorhanden. Ich habe mich persönlich darum gekümmert. Jetzt brauche ich nur noch eine Unterschrift.» Liv wusste, dass das gelogen war, doch sie schwieg.

«Gibt es sonst noch irgendwelche Schwierigkeiten?», hakte Nansen nach.

Der Sekretär schüttelte den Kopf. «Nein, Herr Professor. Es ist alles in bester Ordnung.»

«Nun, dann sorgen Sie dafür, dass das auch so bleibt. Und bei eventuellen Schwierigkeiten wenden Sie sich direkt an mich.» Nansen akzeptierte die knappe Verbeugung des Sekretärs, dann berührte er kurz Livs Schulter. «Das sollte erledigt sein. Wir sehen uns morgen.» Er verließ den Raum, und Liv wartete darauf, dass der Sekretär ihr das Immatrikulationsformular über den Tresen reichte.

«Seltsam, wie sich der berühmte Polarforscher Fridtjof

Nansen für ein Mädchen von den Inseln einsetzt.» Seine Stimme klang hämisch.

Liv übte sich in Geduld und zuckte mit den Schultern.

«Was hast du denn dafür tun müssen?» Jetzt grinste der junge Angestellte so dreckig, dass Liv ihm nun doch am liebsten die Ohren verdreht hätte.

«Professor Nansen ist ja wohl über jeden Verdacht erhaben», sagte sie so hochmütig, wie sie nur konnte. «Und ich denke auch nicht, dass er froh wäre, Ihre Gedanken dazu zu erfahren. Schließlich ist er ein hoch angesehener und verheirateter Mann.»

Sie unterschrieb das Formular und verließ wortlos den Raum.

Wenige Augenblicke später fand sie sich auf der Karl Johans gate wieder und erinnerte sich daran, dass sie ein neues Kleid benötigte. Lucia hatte ihr ein Kaufhaus genannt, das sich ganz in der Nähe befinden sollte, trotzdem dauerte es einige Zeit, bis sie es entdeckte. Liv war noch nie in einem Kaufhaus gewesen. Ehrfürchtig blieb sie vor dem Gebäude stehen. Ihrer Blicke schweiften an der Fassade entlang, nahmen die riesigen Fenster wahr und den imposanten Eingang. Fast ehrfürchtig erklomm sie die Stufen und betrat die Halle mit dem Marmor-glänzenden Fußboden und den Verkaufstheken aus glänzendem Holz und Messing, die über die ganze Etage verstreut lagen. Farben, Licht, adrett gekleidetes Personal und Kundinnen in echten Pelzen und extravagant wirkenden Hüten – Liv musste aufpassen, dass sie nicht den Mund vor lauter Staunen weit aufmachte. Es duftete nach Parfüm, Seidenpapier knisterte, und alles glänzte und funkelte.

«Bitte, junge Frau, möchten Sie probieren?» Eine Verkäuferin hielt ihr mit einem Lächeln einen Flakon entgegen.

«Was ist das?», fragte Liv neugierig, die sich unvermittelt vor einem Verkaufstresen wiederfand, an dem Kosmetik angeboten wurden.

«Das ist unser neues Parfüm. Direkt aus Paris.» Die junge Frau bat um Livs rechte Hand, drehte sie um und tupfte ihr ein wenig von dem exklusiven Duft aufs Handgelenk. Liv roch daran und fand ihn himmlisch, aber ganz genau hätte sie nicht zu sagen gewusst, wofür man ein Parfüm benötigte. Sie bedankte sich und fragte nach der Kleiderabteilung.

«Im ersten Stock finden Sie alles, was eine Dame von heute benötigt», erklärte die Verkäuferin. «Ich bin sicher, wir können alle Ihre Wünsche erfüllen.»

Geblendet von der Pracht, stieg Liv die mit roten Läufern belegte Treppe in den ersten Stock hinauf. Es gab auch einen Fahrstuhl mit einem schmiedeeisernen Gitter davor und einem jungen Mann in Livree, aber Liv benutzte die Treppe. Sie hatte noch nie einen Fahrstuhl gesehen und konnte sich einfach nicht vorstellen, dass es da etwas gab, das sie ohne Weiteres nach oben beförderte.

Sie fand Leibchen, nicht aus grober Wolle, wie sie sie trug, sondern aus weißer Seide mit Spitzen. Vorsichtig berührte sie den Stoff, so fein wie ein Spinnweb, dann ging sie weiter. An einem anderen Verkaufsstand gab es Strümpfe aus so dünner Wolle, dass Liv sich fragte, ob man darin nicht fror. Sie sah Strumpfhalter und Nachthemden mit Blumenmustern und in vielen Farben, ebenfalls so zart gewebt, dass sie ihre Hand darunter sah. Sie hatte noch nie ein

Nachthemd besessen und hatte auch gar nicht gewusst, dass es so etwas gab. Ein Hemd, nur für die Nacht. Sie schlief im Sommer nackt, und im Winter schlief sie in ihrem Leibchen. Sie fragte sich, ob es überhaupt jemanden auf Smøla gab, der ein Nachtkleid trug. Vielleicht Bjarnis Frau.

Am nächsten Stand entdeckte sie Damenhüte, die sich in Material, Farbe und Form unterschieden. Manche Frauen auf der Insel trugen Hüte wie Bjarnis Frau oder Gunhild von der Handelsstation. Sogar Runi, die Frau des Pfarrers, setzte sich zum Kirchgang einen kleinen schwarzen Hut auf, während die anderen Frauen sich mit Hauben oder Kopftüchern begnügten.

Liv stand da und staunte. Noch nie hatte sie so viel Kleidung auf einmal gesehen.

«Kann ich Ihnen helfen?» Eine Verkäuferin mit Pagenfrisur sprach Liv an. Die junge Frau war vielleicht so alt wie Liv selbst, und Liv fand, dass sie noch nie eine schönere Frau gesehen hatte. Die Augen glänzten goldfarben, die Nase wirkte klassisch-gerade, und auf den vollen Lippen lag ein roter Schimmer. Ihr dunkelblaues Kleid lag oben eng an und bauschte sich zum Boden hin in einem weiten Rock.

«Ich … ich suche ein Kleid. Ein … ein einfaches Kleid», stammelte Liv.

«Soll es ein Tageskleid sein oder eher eins für den Nachmittag?»

«Ich möchte es tagsüber tragen, aber es muss einiges aushalten, weil ich nämlich studiere. Es darf mich nicht beim Laufen behindern und sollte keine Rüschen und Spitzen haben, damit ich sie nicht verderbe, wenn ich mit dem Bunsenbrenner hantiere. Ein Kleid also, in dem ich mich gut bewegen kann. Der Stoff sollte nicht zu fein sein, aber auch nicht zu grob.»

Die Verkäuferin hatte Livs Vortrag mit Erstaunen zugehört. «Ein Kleid, wie Dienstmädchen es tragen?»

«Schlicht und bequem.»

«Diese Art Kleider finden Sie nicht bei uns, das tut mir leid.»

Liv befürchtete, dass die junge Frau sich heimlich über sie lustig machte, aber so war es nicht. Sie lächelte sie nach wie vor freundlich an.

«Wo finde ich denn solche Kleider?», wollte Liv wissen.

Die Verkäuferin lächelte noch immer, und Liv fragte sich, ob ihr am Abend nicht der Mund wehtat von der ganzen Lächelei.

«Im Hinterhaus befindet sich eine kleine Schneiderei. Diese stellt für unsere Dienstboten die Kleidung her. Vielleicht haben Sie dort Glück.

Liv dankte und ging. Sie fand die kleine Schneiderei rasch und trat ein. Ein halbes Dutzend junge Mädchen saßen über ihren Nähmaschinen gebeugt, und keine Einzige schaute auf und erwiderte Livs Gruß.

«Was wollen Sie?», fragte ein Mann, der aus einer mit einem Vorhang abgedeckten Nische erschien.

«Ich brauche ein einfaches Kleid. Aus Tuch, wenn möglich. Gern in Blau.»

«Für welche Anstellung?»

«Studentin.»

«Wie bitte?»

Liv seufzte innerlich. Sie hatte keine Lust, sich schon wieder erklären zu müssen, deshalb erklärte sie im festen Ton: «Ich arbeite in einem Laboratorium und benötige dafür ein Kleid, das bequem und praktisch ist.» Der Mann schwieg. «Können Sie mir so ein Kleid nähen? Oder besser sogar zwei? Und was würde das kosten?»

«Treten Sie mal ein paar Schritte näher, damit ich Sie besser sehen kann.» Der Mann winkte sie mit dem Zeigefinger zu sich. «Und jetzt drehen Sie sich mal.»

Liv tat, wie ihr geheißen, aber sie fühlte sich ein wenig unwohl. Eines der Mädchen blickte nun doch kurz auf, aber als der Mann die linke Augenbraue hob, senkte sie sofort den Kopf.

«Wie viel wollen Sie ausgeben?»

«Ich sagte ja, so günstig wie möglich.»

«Ich hätte da was. Eine Lieferung kam zurück, weil der Stoff nicht gefiel. Für zwei Gulden lasse ich Ihnen eines der Kleider. Warten Sie hier.»

Der Mann, der es offensichtlich gewohnt war zu befehlen, verschwand wieder hinter dem Vorhang. Als er zurückkam, trug er ein blaugraues und ein braunes Kleid über dem Arm. «Probieren Sie das hier an.» Er deutete auf den Vorhang hinter sich, und Liv schlüpfte in die beiden Kleider. Das blaugraue Kleid passte ihr so einigermaßen. Die Ärmel waren ein wenig zu lang, aber das konnte sie ändern. Auch der Saum konnte um einen Fingerbreit gekürzt werden. Das braune Kleid hing dagegen viel zu locker an den Schultern und war auch um die Taille herum zu weit.

Liv überlegte. Konnte sie das tatsächlich alleine ändern? Vielleicht war ja Lucia bereit, ihr zu helfen. Dann dachte sie an den Preis. Zwei Gulden für ein einziges Kleid war viel Geld, doch Günstigeres war im Moment nicht zu haben, befand Liv. Also musste sie mit dem vorliebnehmen, was es gab.

Sie zog sich wieder an, kam hinter dem Vorhang hervor. «Ich nehme beide Kleider», erklärte sie. Sie holte ihre Geldbörse aus der Rocktasche und legte vier Gulden auf den Tisch. «Sie sind noch nicht lange in der Stadt, oder?», fragte der Schneider.

«Nein, ich bin gerade erst angekommen. Warum fragen Sie?»

«Ihre Holzpantinen.»

Beschämt sah Liv auf ihre Füße. «Ich habe kein Geld für andere Schuhe», erklärte sie verlegen.

Wieder verschwand der Mann hinter dem Vorhang, brachte ein Paar Lederschuhe mit und stellte sie vor Liv auf einen Tisch. «Sie sind nicht neu, aber besser als Ihre Holzpantinen sind sie allemal.»

Liv betrachtete die Schuhe. Die Absätze waren ein wenig krumm gelaufen, und das Leder benötigte dringend ein bisschen Fett, damit es nicht riss. «Was wollen Sie dafür haben?», fragte sie und war sich nicht sicher, ob dieses Geschäft ein gutes Geschäft war.

«Zwei Gulden.»

Liv schlüpfte aus den Pantinen und probierte die Schuhe an. Sie waren ein wenig zu groß, und eigentlich brauchte sie sie nicht. Aber dann dachte sie daran, wie die Mitstudenten sie in der Pause verhöhnt hatten. Und außerdem war sie jetzt in der Hauptstadt Christiania. Sie musste sich anpassen, sonst würde niemand sie ernst nehmen. «Ich kaufe sie.»

Über das Gesicht des Mannes glitt ein Lächeln. «Da haben Sie einen guten Kauf gemacht, mein Fräulein.» Schneller, als Liv schauen konnte, grapschte er nach ihrem Geld. «Auf Wiedersehen.» Er wedelte mit der Hand, und Liv verstand, dass sie nun entlassen war. Sie nahm die Kleider über den Arm, verbarg die Schuhe in ihrem Leinenbeutel, grüßte und ging davon.

Als sie endlich nach Hause kam, war sie erschöpft. Der Unterricht hatte sie angestrengt und vielleicht noch mehr der Kauf der Kleidung. Sie zeigte Lucia die beiden Kleider.

«Wie findest du sie?»

Lucia nahm das graublaue Kleid und hielt den Stoff ans Licht. «Neu ist es nicht. Schau mal hier, der Saum ist ganz ausgefranst. Und am Ellenbogen ist eine dünne Stelle.»

«Der Schneider sagte, sie wären neu.»

«Dann hat er dich angelogen.» Lucia legte das Kleid über einen Stuhl, betrachtete das braune. «Das ist so weit in Ordnung, aber es ist dir bestimmt viel zu groß.»

Auch die Schuhe beäugte sie kritisch. «Ob Lederfett da noch viel hilft? Lange kannst du sie nicht tragen. Vorn sind sie beinahe durchgelaufen.»

Liv ließ sich auf einen Stuhl in der kleinen Küche fallen und brach in Tränen aus. Sie weinte selten, doch jetzt fiel alle Anspannung von ihr ab. Sie weinte, weil ihre Studienunterlagen gefehlt, weil man sich über sie lustig gemacht hatte und der Schneider sie betrogen hatte. Die Tränen rannen über ihr Gesicht wie ein Bach nach der Schneeschmelze.

«Was hast du denn?» Lucia strich ihrer Schwester sanft über den Rücken.

Und dann berichtete Liv, was ihr heute alles passiert war. Sie war gerade damit fertig, als Lasse in die Küche trat.

«Was ist denn hier los?», fragte er.

Lucia erzählte, was vorgefallen war.

Lasse schüttelte entschieden den Kopf. «Los, komm»,

sprach er zu Liv. «Wir gehen gemeinsam zu diesem Schneider. Du darfst dir so etwas nicht gefallen lassen.»

Aber Liv konnte nur kraftlos mit dem Schultern zucken. Sie war so beschämt, dass sie lieber den Verlust des Geldes erduldet hätte, doch Lasse blieb unerbittlich.

«Du musst lernen, dich durchzusetzen», forderte er sie auf. «Nicht nur in Geschäften, sondern auch an der Universität.»

«Woher weißt du, was da los war?», fragte sie verblüfft.

«Ich war in der Bibliothek. Ein paar junge Männer haben sich über dich unterhalten.»

«Ich kann mir schon denken, was sie gesagt haben», erwiderte Liv traurig. «Sie haben über mein Aussehen und über meine Kleidung gespottet.»

Lasse schüttelte den Kopf. «Nicht nur das.»

«Was noch?» Livs Herz schlug ein paar Takte rascher. Sie war so entmutigt, dass sie es beinahe bereute, in die Hauptstadt gekommen zu sein.

«Sie haben gewettet», erklärte Lasse.

«Um was?»

«Wie lange du es an der Universität durchhältst. Wenn du noch vor Ende des Semesters aufgibst, bekommt einer von ihnen zehn Gulden.»

«Zehn Gulden? So viel Geld?»

Lasse schien das nicht zu beeindrucken. «Die meisten Studenten stammen aus wohlhabenden Elternhäusern. Zehn Gulden bedeuten ihnen nicht viel.»

Da sprang Liv auf. «Du hast recht», sagte sie entschlossen. «Ich lasse mich von niemandem demütigen. Sie werden alle noch sehen, was in mir steckt. Und jetzt gehe ich zurück zu diesem Schneider.»

«Ich komme mit dir», bot Lasse an, aber Liv schüttelte den Kopf. «Ich muss es allein lernen.»

Sie warf sich die Kleider über den Arm, nahm die Schuhe in die Hand und lief so schnell die Wut sie trieb zur Schneiderei. Dort angekommen, warf sie die Sachen auf den Tisch. Der Schneider stand neben einem der Nähmädchen und hielt deren Ohr zwischen seinen Fingern. Das Mädchen hatte den Mund zu einem lautlosen Schrei geöffnet.

«Lassen Sie sie los», verlangte Liv laut.

Der Schneider grinste hämisch. Da tat Liv auf ihn zu, packte seinen Arm und hielt ihn fest.

«Au!» Auf der Stelle ließ der Schneider sein Mädchen los und versuchte, nach Liv zu schlagen. Die anderen Mädchen sahen auf, eins lächelte. Endlich ließ Liv den Mann los.

«Und jetzt nehmen Sie Ihre fadenscheinigen Kleider zurück und dazu die Schuhe. Ich bekomme sechs … nein … sieben Gulden von ihnen. Sechs für die Sachen und einen Gulden, weil sie mir Ärger bereitet haben.»

Während Liv das sprach, schlug ihr Herz einen rasend schnellen Takt. Sie hatte Angst, aber um nichts in der Welt wollte sie sich diese Angst anmerken lassen.

«Na, wird's bald?», fragte sie barsch, nachdem der Mann endlich hinter seinem Vorhang hervorgekommen war.

Liv hielt ihm die Kleider und die Schuhe hin, innerlich vor Wut bebend. «Das ist Schund, den ich hiermit zurückbringe. Entweder ich bekomme von Ihnen Ware im echten Wert von sechs Gulden, oder ich kriege sofort mein Geld zurück. Haben Sie mich verstanden?»

Sichtlich erstaunt riss der Mann die Kleider an sich und verschwand hinter dem Vorhang. Was würde er nun tun? Liv wartete, doch es dauerte.

«Beeilen Sie sich ein bisschen», forderte sie energisch. «Ich habe nicht den ganzen Tag Zeit.»

Als sich noch immer nichts tat, riss sie den Vorhang zur Seite. Dahinter stand ein großer Tisch, der über und über mit Kleidern belegt war. Und auf dem Boden reihte sich ein Paar Schuhe ans nächste. Der Schneider stand vor einem Wandschrank und war dabei, eine Schatulle zu öffnen. Als er Liv hörte, fuhr er herum.

«Hier haben Sie nichts zu suchen!», herrschte er sie an.

Doch Liv war vielleicht naiv, weltfremd war sie nicht. «Aha», machte sie. «Jetzt verstehe ich. Die Sachen, die Sie mir verkauft haben, waren gestohlen. Nun, dann beträgt meine Rechnung sieben Gulden und ein Kleid. Aber eines, das ich mir selbst aussuche.»

Der Mann versuchte, ein grimmiges Gesicht zu ziehen. «Das wagen Sie nicht.»

«Und ob!»

Liv wühlte in dem Haufen, zog ein Kleid heraus, das dem ähnelte, welches die Angestellte der Universität getragen hatte. Sie entriss dem Mann die Gulden, steckte das Geld ein, nahm das Kleid und verschwand.

Sie schaffte es bis zur nächsten Ecke, dann musste sie anhalten und sich an eine Mauer lehnen. Innerlich zitterte sie wie eine junge Birke im Sturm, und doch war sie sich sicher, dass der Schneider nichts davon bemerkt hatte. Sie holte tief Luft, um ihr rasendes Herz zu beruhigen – und schließlich kroch ein zufriedenes Lächeln über ihre Lippen. Sie hatte gewonnen! Und es war gar nicht so schwer gewesen. Sie hatte nur das gemacht, was Fria auf der Insel mit den Säufern machte, die sich im Guesthuset nicht benehmen konnten.

«Die meisten Männer sind Maulhelden», hatte Fria ihr eines Tages erklärt, nachdem sie einen der Säufer hinausgeworfen hatte. «Du musst ihnen Respekt beibringen, sonst tanzen sie dir auf der Nase herum. Sei stark und energisch.»

«Und wenn ich das nicht kann? Wenn ich ängstlich und zweifelnd bin?»

«Dann tu einfach so, als wärst du stark.»

Und genau das hatte sie heute getan!

KAPITEL 15

Liv hatte eine Schlacht gewonnen, aber keinen Krieg. Und die Universität war kein Wirtshaus, in dem zwar auch kein Krieg tobte, aber der Ton rauer war. Trotzdem spürte Liv Stolz und Stärke in sich wachsen, jeden Tag ein bisschen mehr. Auch an der Universität. Sie war nun schon fast zwei Monate lang Studentin, hatte viel Zeit im Labor verbracht und viel Zeit in der Bibliothek. Sie hatte sich durch die Geschichte der Biologie gelesen, wusste etwas über die ayurvedische und altägyptische Medizin und hatte zwei Notizbücher vollgeschrieben. Die jungen Männer ließen sie mittlerweile in Ruhe, nur hin und wieder machte einer eine Bemerkung.

Eines Tages aber kam sie nach dem Unterricht noch einmal zurück in das Labor, weil sie etwas vergessen hatte. Da hörte sie, wie Magnus, ein großer blonder Mann Anfang zwanzig mit großer Klappe, zu einem anderen sagte: «Wenn sie keine Brille hätte, ginge es ja vielleicht.» Und der andere fragte: «Du würdest also mit ihr ins Bett gehen?»

«Aber ja. Im Dunklen sieht man ja die Brille nicht. Wahrscheinlich würde sie sie auch abnehmen. Und ihre Figur ist ganz hübsch.»

Da begriff Liv zweierlei. Erstens: Dass ihre Brille einen Schutz darstellte. Die Brille, die sie hässlich machte – und unsichtbar. Und zweitens: Dass die jungen Männer sie nicht mehr verhöhnten, aber auch keinen Respekt vor ihr hatten, obwohl sie sich so darum bemüht hatte. Nicht zum ersten Mal dachte sie daran, wie viel einfacher ihr Leben an der Universität wäre, gäbe es noch eine andere Studentin in ihrem Fachbereich. Sie hätte sich so gern mit ihr unterhalten, über ihre Studien, aber auch über das, was menschlich so anstrengend war. Doch die beiden einzigen Frauen, die sie je gesehen hatte, studierten Medizin, und Liv hatte ab und an beobachtet, wie die beiden Arm in Arm über den Campus schlenderten. Die hatten es leichter als sie.

Das Leben war leichter mit Freunden. Das wusste sie schon lange, hatte es auf der Insel mehr als einmal erfahren. Im Unterricht saß sie meist neben Kjell, und auch die Pausen verbrachten sie zusammen. Aber nur, weil auch Kjell ein Außenseiter war; er wurde gehänselt wegen seiner Figur. Liv mochte ihn, aber viele Dinge, die sie beschäftigten, verstand er nicht, weil er ein Mann war.

Eines Tages, es war kurz vor Weihnachten, und die Festtagsferien standen vor der Tür, gab ihnen Professor Nansen eine Aufgabe.

«Wir bilden heute Arbeitsgruppen mit jeweils vier Studenten. Die Gruppen stellen wir so zusammen, dass jeder von Ihnen in einer anderen Gegend des Landes wohnt. Über die Ferientage beobachten Sie bitte die Vögel in ihrer Heimatregion. Ganz normale Vögel, die es überall gibt. Sie legen ein Forschungstagebuch an und schreiben jeden Tag auf, was Sie über Ihre Vögel erfahren. Im Januar dann finden sich die Gruppen zusammen und erstellen einen Forschungsbericht.»

Sofort entstand Gemurmel. Magnus fragte Kjell lauthals, ob er in seiner Gruppe mitmachen wolle, denn Kjell war sehr fleißig. Es war offensichtlich, dass Magnus sich vor der Arbeit drücken wollte. So, wie er es schon oft getan hatte. Und jedes Mal hatte Kjell ihm aus der Patsche helfen müssen. Sie hatten eine Klausur über den Aufbau des Mikroskops geschrieben, und Magnus hatte einfach seinen Papierbogen zu Kjell rübergeschoben, damit dieser ihn ausfüllte. Liv hatte das beobachtet und Kjell daraufhin angesprochen.

«Warum tust du das? Warum hilfst du ihm? Er ist nicht einmal nett zu dir.»

«Es macht mir nichts aus», hatte Kjell erwidert, war ihrem Blick aber ausgewichen.

«Er bedroht dich, oder? Wenn du nicht tust, was er sagt, gibt es Sanktionen, nicht wahr?» Liv konnte nicht lockerlassen.

«Wir … wir teilen uns im Wohnheim ein Zimmer. Wenn ich ihm helfe, lässt er mich in Ruhe.»

Und Liv hatte verstanden. Kjell wäre nie imstande, sich so zu wehren wie sie. Er war einfach ein gutmütiger junger Mann, der mit allen auskommen wollte.

Nansen schritt durch den Seminarraum. «Bemühen Sie sich nicht, meine Herrschaften, die Gruppen stelle ich zusammen. In die erste Gruppe gehören Liv, Magnus, Kjell und Anders.» Wieder entstand Gemurmel, nur Magnus grinste zufrieden. Dann teilte Nansen die anderen drei Gruppen ein. «Und nun wünsche ich Ihnen allen frohe Feiertage.»

Vier Tage später war Liv zurück auf Smøla. Sie stieg vom Postschiff und atmete ganz tief ein. Da war sie, die Luft, die nach Salz und Fisch roch und schwach nach dem Rauch der Buchenfeuer, mit denen die Grassodenhäuser beheizt wurden. Sie trug ihr neues Kleid, und in ihrem Holzkoffer befanden sich die Geschenke. Sie stellte den Koffer ab und sah sich um. Vor der Handelsstation erblickte sie die alte Merette und winkte ihr zu. Dann lief sie langsam durch den Schnee hinüber zum Guesthuset. Sie öffnete die Tür und roch sofort den vertrauten Duft nach Weihnachtsbier, Pfeifenrauch und brennenden Holzscheiten.

Sie trat ein, lauschte auf die Geräusche aus der Küche und rief dann: «Ich bin wieder da!»

Der Same eilte herbei, Fria kam die Treppe hinabgelaufen. Und Liv stürzte sich in ihre Arme, ließ sich drücken und küssen. Der Same klopfte ihr auf die Schulter, strich über ihren Rücken und konnte den Blick kaum von ihr wenden.

«Du siehst verändert aus», stellte er fest. «Du bist erwachsen geworden.»

Liv nickte. Nicht, weil sie diese Veränderungen an sich selbst gesehen hatte, aber sie fühlte sich erwachsener. Ihr Blick schweifte durch das Guesthuset, das ihr auf einmal so viel kleiner vorkam und Fria schmächtiger, der Schnee weißer, das Meer mächtiger.

«Willkommen daheim», sagte Fria. «Du musst hungrig und durstig sein. Was möchtest du haben?»

Liv lächelte. «Ich habe mich so nach dem Braunkäse des Samen gesehnt. Und nach deinem Weihnachtsbier.»

«Setz dich, setz dich», sprudelte Fria hervor und ließ sich neben Livs Stuhl nieder. Der Same eilte in die Küche, brachte das Bier, den Käse und zwei Scheiben frisch gebackenes Brot.

Liv aß und trank, und als sie fertig war, forderte Fria: «Und nun erzähl!»

Und sie berichtete von ihrem Studium, erzählte, was sie über die ayurvedische Heilkunst gelernt hatte, sprach über den Körperbau der Vögel – und Fria und der Same hingen an ihren Lippen, als gäbe es nichts Wichtigeres auf der Welt. «Und über die Feiertage sollen wir Vögel erforschen. Ich nehme natürlich die Raben», setzte Liv hinzu.

Plötzlich verdunkelte sich Frias Gesicht. Sie griff über den Tisch nach Livs Hand. «Tu das besser nicht», sagte sie ernst.

«Warum nicht? Ich befasse mich schon so lange mit Raben, aber nie hast du dagegen Einwände gehabt», sagte Liv.

«Du warst noch ein Kind. Und Kinder spielen nun mal mit allem und jeden. Aber du solltest wirklich ein wenig Abstand von den Raben halten.»

«Es sind Vögel und interessante noch dazu. Sie sind sehr klug, und ich bin gespannt, was ich über sie herausfinden kann. Außerdem liebe ich Raben schon mein ganzes Leben lang.»

Der Same räusperte sich. «Ich stimme Fria zu. Lass das mit den Raben sein. Als du noch ein Kind warst, machte es nichts aus, dass du ausgerechnet nach diesen Vögeln verrückt warst. Jetzt ist das anders. Du bist eine Studentin, schon beinahe eine Wissenschaftlerin.»

«Aber warum denn nur?» Liv wunderte sich. Fria war nie abergläubisch gewesen, und der Same hing dem Schamanismus an. «Was habt ihr nur mit den Raben?»

«Hör zu, Liebes, Raben bringen Unglück. Es gibt Leute, die sie als Totenvögel bezeichnen. Vor uralten Zeiten, als die nordischen Götter noch den Himmel bewohnten, gab es diese zwei Raben – Hugin und Munin –, und das bedeutet ‹der Gedanke› und ‹das Gedächtnis›. Der Göttervater Odin schickte sie jeden Morgen zu den Menschen, und am Abend kehrten sie zurück und erstatteten ihm Bericht. Raben, Liv, können in die Anderwelt fliegen, in die Welt der Toten und der Geister. Sie sind nicht wie andere Vögel, sie sind nicht ganz von dieser Welt.»

Liv schüttelte den Kopf. «Ich kenne die nordische Mythologie, aber Raben gehören zu den Singvögeln. Sie sind nicht anders als Lerchen oder die Nachtigall.»

Fria wiegte den Kopf. «Ich würde mich nicht darauf verlassen», erklärte sie. «Es kommt doch nicht von ungefähr, dass Raben und Krähen sich an Tierleichen zu schaffen machen. Schon meine Mutter hat die Überreste toter Fische hinaus auf den Abfall geworfen und dazu ‹ein Fressen für die Raben› gesagt.»

Liv blickte zum Samen. «Glaubst du das auch?»

«Fliegen treu die Botengänge,
allmorgendlich für ihren Herrn
wache Augen Tag um Tag
durchstreifen Berg und Tal
kehren heim am Abend
neue Kunde zu erstatten,
wo Allvater in Gedankenstille
ihrer Ankunft harrt»,

zitierte der Same ein paar Zeilen aus der *Edda*, verstummte dann plötzlich und betrachtete Liv voller Zuneigung. «Warum gehst du nicht hoch und legst dich ein bisschen hin?», schlug er vor. «Du wirst müde sein von der langen Reise. Und nachher kommen Bjarni und die anderen. Sie wollen sicher hören, wie es dir in Christiania ergangen ist.»

«Du hast recht, ich bin wirklich schrecklich müde.» Liv erhob sich, nahm ihren Holzkoffer und stieg die Treppe hinauf.

Als ihre Schritte verklungen waren, beugte sich der Same zu Fria. «Vielleicht hat sie eine besondere Beziehung zu den Raben», meinte er.

Fria runzelte die Stirn. «Wie kommst du darauf?»

«Rabeneltern. Ihre Eltern waren Rabeneltern. Sie haben sie aus dem Nest gestoßen.»

«Das stimmt zwar, aber ‹Rabeneltern› sagt man nur so. Das hat nichts zu bedeuten.»

Der Same verzog ungläubig den Mund. «Man spricht auch von einem ‹rabenschwarzen Tag›. Du musst schon zugeben, dass diese Vögel keinen guten Ruf haben. Ich war einmal in Hammerfest. Das ist schon viele Jahre her. Da sprach man sogar von ‹Galgenvögeln›, weil die Raben in früherer Zeit den Gehenkten die Augen herausgepickt haben.» Er schüttelte den Kopf. «Mir gefällt das nicht.» Er trommelte mit den Fingern auf den Tisch. «Andererseits verehren wir Samen die Raben. Sie gelten als Glücksbringer, und oft saßen sie auf unseren Zelten und begleiteten uns, wenn wir mit den Rentieren woandershin zogen.»

«Raben als Glücksbringer?» Fria schüttelte den Kopf.

«Ja. Dabei habe ich selbst ein wenig Angst vor ihnen», gab der Same zu.

«Angst?» Fria musste sich ein Lächeln verkneifen und schaute sehr überrascht drein. «Du hast doch nie Angst. Vor nichts und niemandem.»

Der Same hob verlegen die Schultern. «Nur vor Raben. Als ich sehr klein war und vor dem Zelt herumgekrochen bin, kam ein ganzer Schwarm auf mich zu. Sie kreisten direkt über meinem Kopf, und ich war sicher, dass sie mich fressen würden.»

Wieder verkniff sich Fria ein Lachen und legte kurz ihre Hand auf die des Samen. «Du hattest also nicht das Gefühl, dass sie Glücksbringer sind?»

Der Mann schüttelte den Kopf. «Nein, aber ich habe mich an sie gewöhnt. Sie sind eben Raubvögel. Wir Samen basteln Raben für ein Hochzeitspaar und setzen es auf das Zelt. Damit wünschen wir dem Paar Glück und viele Kinder.»

Am Abend kamen die Stammtischler.

Fenris schloss Liv in seine Arme, strich ihr über das Haar und fragte doch zuerst: «Wie geht es Lucia?»

Liv lächelte. «Sie ist zufrieden und froh. Alles ist so, wie sie es immer gewollt hat.»

Fenris legte eine Hand auf sein Herz. «Das freut mich sehr. Ich denke so oft an sie. Sie fehlt uns allen.»

Bjarni haute Liv auf den Rücken, dass sie zusammenzuckte. «Na, mein Seestern, was macht die Kunst?»

Arni legte ihr zwei neu gebundene Notizbücher auf den Tisch. «Da, für dich. Ich wette, du hast dein ganzes Papier schon aufgebraucht.»

Und Chrisander betrachtete sie von oben bis unten und sagte: «Gut schaust du aus. Lernt ihr auch neue Methoden des Fischfangs?»

Und dann saßen sie alle rund um den massiven Holztisch, und Liv erzählte von der Universität und von Christiania. Sie freute sich, dass Arni neben Fria saß und unter dem Tisch ihre Hand hielt. Sie freute sich, dass Bjarni so wohlgenährt war wie immer. Sie freute sich, dass Chrisanders Hände nicht so rot und offen waren wie sonst in der kalten Jahreszeit. Und sie freute sich, dass Fenris sich für Lucia freute.

Bjarni zwinkerte ihr zu: «Und? Gibt es einen jungen Mann in der Hauptstadt, der dich mehr interessiert als die Zoologie?»

Liv schüttelte den Kopf. «Mein Herz gehört noch mir, aber ich habe einen Freund.» Und dann erzählte sie von Kjell, und Fria wollte wissen, aus was für einer Familie er stamme. «Er ist der Sohn eines Apothekers aus Bergen», berichtete Liv.

Fria strahlte. «Ein Apothekerssohn.»

«Nein, Fria, du brauchst gar nicht so zu strahlen. Wir sind nur Studienkollegen. Und manchmal arbeiten wir zusammen», erklärte Liv, aber Fria strahlte weiter: «So manch ein Mädchen hat auf diese Art ihren Ehemann kennengelernt.»

Liv schwieg. Sie wollte nicht, dass die Menschen auf der Insel erfuhren, wie schwer sie es manchmal hatte. Sie hatten ihr so viel gegeben, so viel für sie getan. Liv wollte, dass sie stolz auf sie waren. Und um von dem leidigen Thema abzulenken, berichtete sie von ihrer Aufgabe, die Raben zu erforschen.

«Raben findest du überall», erzählte Arni. «Einmal traf ich einen Seefahrer, der aus Afrika kam. Er erzählte, sie hätten einen Raben auf dem Schiff gehabt. Jeden Tag wäre er gekommen und hätte sich auf einen Mast gesetzt. Er hätte ihnen gezeigt, wo die großen Fischschwärme sind. Ja, Raben sind für einen Seemann von großer Bedeutung.»

Und Fenris berichtete, in Trondheim von einem Fall gehört zu haben, da konnte eine Frau nicht schwanger werden. Erst als sie ein Rabennest mit Nestlingen im Baum vor dem Haus hatten, wurde auch sie schwanger.

Alle berichteten von ihren Erlebnissen mit Raben, und Liv fragte sich, warum gerade die Raben in den Gedanken der Menschen so präsent waren.

KAPITEL 16

Jeden Morgen in der Dämmerung verließ Liv ihr Bett. Sie hatte es sich in Christiania angewöhnt, zeitig aufzustehen. Oft hatte die Standuhr noch nicht einmal die fünfte Stunde geschlagen. In der Hauptstadt setzte sie sich dann an den Küchentisch und las in ihren Lehrbüchern, brütete über den Aufbau der Wirbellosen oder über die Vermehrung von Algen. Sie schrieb ihre Notizbücher voll und hatte schon ein halbes Tagespensum hinter sich, wenn sie die Universität betrat. Sie hatte bemerkt, dass das Wissen um die Grundlagen der Chemie wichtig war. Aber Arni hatte sie nicht sehr ausführlich darin unterrichtet, sie hatte jede Menge Stoff nachzuholen. Zudem musste sie sich im stöchiometrischen Rechnen üben, und sobald sie ein wenig Zeit übrig hatte, setzte sie sich in die Vorlesungen der Chemiker. Sie verstand eigentlich fast nichts, war aber davon überzeugt, dass schon das Hören allein sie ein klein wenig klüger machte.

«Ich möchte Cecilie Thoresen kennenlernen. Kannst du mich ihr nicht einmal vorstellen?», fragte Liv ihren Schwager Lasse, als sie im Januar wieder nach Christiania kam.

«Willst du ihrem privaten Diskussionsklub Skuld beitreten? Ich weiß nicht, ob das so einfach geht. Tritt doch lieber in die Norsk Kvinnesaksforening ein, in die Norwegische Frauenrechtsvereinigung.»

Sie saßen am Abendbrottisch in der Küche. Liv hatte

von der Insel den berühmten Braunkäse des Samen mitgebracht, dazu eine gebratene Ente und ein großes Stück Klippfisch. Lucia schnitt sich ein Stück Käse ab und belegte eine Scheibe Brot damit. Lasse ließ sich die Entenbrust schmecken. Das Herdfeuer knisterte, und auf den Fensterbrettern flackerten zwei Kerzen. Es war warm und gemütlich hier, und doch fühlte sich Liv jeden Tag unwohler.

«Übrigens» – Lucia fasste nach Livs Hand – «wir müssen dir etwas sagen.»

Liv wartete schon die ganze Zeit darauf, hinausgeworfen zu werden. Nicht, dass es Streit gegeben hätte. Nein, gar nicht. Aber sie spürte doch, dass sie störte. Viele Abende verbrachte sie in der Universitätsbibliothek, und an den Wochenenden brach sie zu endlosen Spaziergängen durch die Stadt und die nähere Umgebung auf. Sie hatte sich einer Frauenwandergruppe angeschlossen. Sie hatte gehofft, dort vielleicht eine Freundin zu finden, doch die Frauen waren allesamt älter als sie und meist verwitwet. Sie unterhielten sich über die aktuellen Lebensmittelpreise, über Krankheiten und über ihre Enkelkinder; zu allen drei Themen konnte Liv nichts beitragen. Also lief sie am Ende der Gruppe allein und passte auf, den Anschluss nicht zu verlieren. Aber wenigstens war sie aus dem Haus, wenigstens störte sie das junge Eheglück nicht.

«Wann soll ich ausziehen?», fragte sie und ließ den Blick zwischen Lasse und Lucia hin und her schweifen.

Lucia hatte wohl gar nicht mitbekommen, was Liv gesagt hatte, denn sie verkündete freudig: «Ich bin schwanger!»

Auf Livs Gesicht erblühte ein Strahlen. «Wirklich? Wie schön. Wie wunderschön. Wann soll das Kind kommen?»

«Im Juni, wenn alles gut geht.»

«Es wird alles gut gehen, das weiß ich genau. Ich werde Tante!»

Auch Lucia strahlte, drückte die Hand ihrer Schwester.

«Nun», stammelte Lasse, der vielleicht doch Livs Worte gehört hatte. Dabei war seinem Gesicht anzusehen, dass ihm nicht leichtfiel, was er jetzt sagen würde: «Wenn wir dann zu dritt sind, wird die Wohnung ein wenig eng. Vielleicht wäre es tatsächlich besser, wenn du dir eine andere Unterkunft suchen würdest. Vielleicht kann dir die Frauenvereinigung sogar dabei helfen, ein Zimmer zu finden.»

Sie hatte schon so lange an dieses Damoklesschwert über ihrem Haupt gedacht, dass es ihr nicht schwerfiel, Lasse und Lucia anzusehen und zu nicken. Ja, die Frauenvereinigung könnte vielleicht helfen. Oder die Frauen aus der Wandergruppe. Liv hatte schon mehrmals gehört, wie die eine oder andere darüber nachdachte, ein Zimmer in ihrer Wohnung zu vermieten.

«Ich freue mich für euch! Und ... ja, natürlich ... das verstehe ich. Ich werde mir so schnell es geht ein Obdach suchen.»

Lucia blickte sie traurig an. «Du musst dich nicht beeilen. Es ist ja noch lange nicht so weit. Und ich werde dich schrecklich vermissen.»

«Ich dich auch», erklärte Liv und nahm sich vor, so bald wie möglich der norwegischen Frauenrechtsvereinigung beizutreten.

Gleich am nächsten Morgen stand Liv lange vor dem Schwarzen Brett in der Universität auf der Suche nach einem Hinweis auf die Frauenvereinigung. Sie hatte gehofft, dass dort etwaige Treffen angekündigt worden waren. Doch sie fand nichts. Eine junge Frau, nur wenig älter als Liv, schien ebenfalls etwas zu suchen, und Liv beschloss, sie zu fragen.

«Studierst du auch hier?»

Die junge Frau wandte sich lächelnd an Liv. «Ja, und du?»

«Erstes Semester Zoologie und Botanik bei Fridtjof Nansen.»

«Ach, du bist das? Du bist Liv?»

Liv nickte. «Woher kennst du mich?»

«Ich studiere Biologie. Letztes Studienjahr. Der Professor hat mir von dir erzählt, und ich habe schon lange gehofft, dich einmal zu treffen.» Sie reichte ihr die Hand. «Kristine Bonnevie. Ich freue mich, dich kennenzulernen.»

«Ich freue mich auch», erklärte Liv aus tiefstem Herzen. Endlich! Sie hatte so lange darauf gehofft, eine andere Studentin zu treffen, doch nun, da sie vor einer jungen Frau stand, die vielleicht einmal eine Freundin werden könnte, wusste sie nichts weiter zu sagen. Mein Gott, Kristine kannte die Uni und Fridtjof Nansen schon viel länger als sie selbst. Liv durfte gar nicht daran denken, was sie alles wusste!

«Bist du vielleicht … vielleicht auch ein Mitglied der Frauenrechtsvereinigung?», fragte sie und hörte selbst, wie unsicher ihre Stimme klang.

«Aber ja. Du hast von uns gehört?»

«Mein Schwager kennt Cecilie Thoresen. Er hat mir von ihr und der Frauenvereinigung erzählt. Ich würde gern mehr über euch wissen.»

Kristine blickte auf die große Uhr, die über dem Eingang hing. «Oh, ich muss mich beeilen. Es ist schon spät. Lass uns doch einmal treffen. Dann kann ich dir mehr erzählen.»

Sie winkte ihr noch einmal zu, dann rannte sie den Gang entlang zu den Hörsälen.

Liv blickte ihr nach. So schön es gewesen war, Kristine zu treffen, so schnell war sie wieder weg gewesen. Wo sollte sie sie wiedersehen? Und wann? Sie seufzte, dann drehte sie sich um und machte sich auf den Weg zu ihrem Seminarraum.

Nansen stand auf dem Podium. «Ich freue mich, alle gesund wiederzusehen, und bin gespannt auf Ihre Forschungsberichte. Möchte jemand beginnen?» Er ließ die Blicke schweifen. «Wie wäre es mit Ihnen, Magnus?»

Der große Blonde erhob sich. «Ich habe nicht so viele Vögel gesehen, wissen Sie.»

«So? Warum nicht? Vögel gibt es überall.»

«Ja, aber ich war Ski fahren.»

Jeder Student wusste, dass Fridtjof Nansen ein begeisterter Skifahrer war. Kaum fiel die erste Schneeflocke, schon war er unterwegs. Er war nicht nur mehrfacher Landesmeister im Langlauf, er hatte sich sogar an Abfahrten gewagt. Und auf seiner Grönlandreise war er unter den allerschwierigsten Bedingungen Ski gelaufen.

Liv ärgerte sich. Magnus war faul, das hatte sie in den letzten drei Monaten bereits erfahren. Doch dass er nicht einmal die Hausaufgabe gemacht hatte, entsetzte sie, zumal sie derselben Arbeitsgruppe zugeteilt waren.

«Sie waren also Ski laufen?», fragte Nansen nach.

Magnus nickte. «Ich dachte, als Zoologe muss man sich bei jedem Wetter fortbewegen können. Eigentlich müsste das Skifahren auf dem Lehrplan stehen.»

Nansen verschränkte die Arme vor der Brust. «Da bin ich ganz Ihrer Meinung.»

Liv zog verwundert die Augenbrauen hoch, doch Nansen kam langsam in Fahrt: «Sehen Sie, Magnus, es ist alles eine Frage der Prioritäten. Hier bin ich es, der die Prioritäten vorgibt. Nicht Sie. Wir werden am Wochenende eine Skiwanderung machen, alle können daran teilnehmen. Nur Sie nicht, Magnus, denn Sie werden Vögel beobachten. Sie werden im Morgengrauen aufstehen und die Vögel bis zum Sonnenuntergang betrachten. Sie werden alles aufschreiben, was Sie sehen. Und dann informieren Sie sich bitte noch über die Fortpflanzungsrituale und die biologischen Zugehörigkeiten von mindestens drei Arten. Und wenn Sie damit fertig sind, zeichnen Sie einen der Vögel unter Benennung und Beschreibung aller Körperteile. Ach, und zum Schluss erklären Sie mir und Ihren Mitstudenten den Unterschied zwischen Sing- und Raubvögeln. Haben Sie das verstanden?»

Das Grinsen auf Magnus' Gesicht war erloschen. «Ja, Herr Professor», sagte er leise.

«Ich habe Sie leider nicht gehört, Magnus.»

«JA, HERR PROFESSOR NANSEN», brüllte der junge Mann quer durch den Hörsaal.

Gut so! Liv konnte sich ein Lächeln nicht verkneifen. Sie blickte zu Magnus, und in derselben Sekunde blickte er zu ihr und sah ihren leisen Spott. Dann begann der Unterricht. Der nächste Student wurde aufgerufen. Es war Kjell.

«Ich wohne in Bergen und konnte deshalb nur beobachten, wie sich die Vögel in der Stadt verhalten. Für den Müll, der täglich anfällt, benutzen wir große Tonnen. Ich habe zwei Krähen dabei beobachtet, wie sie den Deckel von einer Mülltonne weggezogen und sich dann über die Abfälle hergemacht haben.»

«Und was schließen Sie daraus, Kjell?», unterbrach Nansen.

«Dass Krähen klug sind? Dass sie denken können?»

«Nun, das wissen wir nicht, das muss noch erforscht werden. Aber danke, Kjell.»

Er rief den Nächsten auf und den Übernächsten, und dann kam Liv an die Reihe.

«Was haben Sie herausgefunden, Liv?»

Sie blätterte in ihren Unterlagen. «Ich habe mich mit Raben befasst und aufgeschrieben, welche Nahrung sie zu sich nehmen und wo sie brüten. Das steht alles in meinem Bericht. Ich fürchte, ich habe nichts Neues entdeckt.»

Nansen lächelte. «Ich wette, Sie haben sich noch mehr Gedanken gemacht. Raben sind ein ergiebiges Thema. Vielleicht können Sie uns etwas erzählen, das die Grenzen der Zoologie sprengt?»

«Na ja, ich habe es nicht in den Forschungsbericht geschrieben, aber ich habe dazu Notizen gemacht. Bei uns Norwegern gelten die Raben als Unglücksboten, als Vögel, die Kontakt zur Anderwelt, ein anderer Name für Totenwelt, haben. Bei den Samen ist es andersherum. Dort gelten sie als Glücksbringer.»

«Sehr schön, wenn es auch nicht das ist, was ich hören wollte. Aber haben Sie nachgelesen, warum das so ist?»

Liv nickte. «Die Vermutung, Raben wären Totenvögel, lässt sich zum einen aus der nordischen Mythologie herleiten, zum anderen dadurch, dass sie Aasfresser sind.»

«Und somit haben Sie wieder den Bogen zur Zoologie geschlagen. Sehr gut.»

Dann kamen die anderen Studenten an die Reihe. Liv bemerkte, dass sie viel mehr über Vögel wusste, als sie angenommen hatte. Sie war mit ihnen aufgewachsen, musste nicht erforschen, was sie fraßen oder wie sie sich fortbewegten. Sie hatte den Eindruck, als würden einige ihrer Mitstudenten erstmals in ihrem Leben Vögel beobachten …

Gerade Raben und Krähen gehörten für Liv zu den interessantesten Vögeln überhaupt. Sie fand sie schön in ihrem schwarzen Gefieder, das bei den Jungvögeln noch matt, bei den älteren aber blauschwarz glänzte. Sie selbst hatte sie auch nie als Totenvögel gesehen. Die alte Merette hatte behauptet, dass Raben hinab ins Totenreich steigen konnten und Nachrichten zwischen den Lebenden und den Toten transportierten. Früher hatte Liv daran geglaubt, inzwischen hegte sie berechtigte Zweifel. Denn es war fraglich, ob es ein Totenreich überhaupt gab.

Liv wusste, dass tote Tiere entweder eine Nahrungsquelle für andere Tiere waren – das wusste sie zum Beispiel auch von Krähen –, oder dass sich ihre Körper auflösten und in den Kreislauf der Natur eingingen. Einmal hatte sie einen toten Kolkraben sogar mit nach Hause genommen und ihn unter dem Mikroskop untersucht. Sie hatte ihn eingehend von außen betrachtet, den Kopf, den Schnabel, den Rumpf, das Gefieder, seine Beine und Krallen. Dann hatte sie alle Teile gezeichnet, und zum Schluss hatte sie den Raben, der bald einen halben Meter an Länge maß, aufgeschnitten. Fria hatte sie dabei erwischt und ein großes Gezeter angestimmt, doch da war Liv schon fast fertig gewesen. Sie hatte sich den Magen angesehen, die Lungen, das Herz. Sie hatte die Teile gewogen und die Gewichte notiert. Ihr war nicht klar, ob diese Aussagen ihr jemals von Nutzen sein könnten, aber in den Weihnachtsferien hatte sie so lange ihre alten Notizbücher durchgeblättert, bis sie die Aufzeichnungen gefunden hatte.

Nansen entließ seine Studenten, nachdem er alle Forschungsberichte eingesammelt hatte.

In der Pause kam Magnus zu Liv. Er hatte noch nie ein Wort mit ihr gewechselt, aber er hatte viele Worte über sie gesagt. Kein einziges davon war freundlich gewesen. Nun stand er vor ihr und lächelte sie an.

«Was willst du?» Sie zog die Augenbrauen zusammen.

«Nichts weiter. Können wir uns nicht einfach unterhalten? Schließlich sind wir in derselben Seminargruppe.»

«Worüber willst du dich mit mir unterhalten? Bis jetzt hatte es nicht den Anschein, dass wir gemeinsame Themen hätten.»

«Doch. Die Raben.»

«Du warst Ski fahren.»

«Und genau darüber will ich mit dir sprechen.» Er betrachtete sie von oben bis unten. Sein Blick glitt über ihren neuen, aber nicht modischen Mantel, den sie von Fria und dem Samen zu Weihnachten bekommen hatte. Auf der Insel trug man entweder gewachste Jacken oder Ölzeug, für die Stadt benötigte man einen Mantel. Fria hatte ihn genäht, und der Same hatte die Rentierfelle zurechtgeschnitten, mit denen der Mantel gefüttert war. Liv hatte noch nie einen Mantel besessen und sich so darüber gefreut. Jetzt, unter den Blicken von Magnus, zog sie den warmen Mantel am Kragen noch enger zusammen.

«Dein Mantel», sagte er schließlich.

«Was ist damit?»

«Er ist hässlich.»

«Es ist mir egal, ob er dir gefällt.»

«Ist es dir auch egal, dass man dich hinter deinem Rücken auslacht?» Magnus biss sich auf die Unterlippe und wartete auf ihre Antwort.

«Bei den meisten ist es mir egal», erwiderte sie. «Und du gehörst dazu. Also, *was* willst du von mir?»

Magnus seufzte. «Die Vögel. Ich bin nicht dafür gemacht. Bücher langweilen mich.»

«Warum studierst du dann?»

«Weil mein Vater es so beschlossen hat.» Er betrachtete sie noch einmal von oben bis unten. «Wenn du mir hilfst, helfe ich dir.»

Liv verzog den Mund. «Ich glaube nicht, dass ich deine Hilfe benötige.»

«Doch, tust du.»

«Und wobei, wenn ich fragen darf?»

Er breitete die Arme aus. «Bei allem natürlich. Im Labor gibt es drei Plätze mit neuen Mikroskopen. Denkst du, du bekommst so einen Platz? Ich schon. Und ich kann dafür sorgen, dass du auch einen erhältst.»

«Ist das alles?»

«Ich kann auf dich aufpassen.»

«Das kann ich allein.»

Magnus verschränkte die Arme vor der Brust. «Gut, dann eben anders. Du erzählst mir alles, was du über Vögel weißt, sonst sorge ich dafür, dass du keinen frohen Tag mehr hier hast.»

Liv erhob sich. Auch sie verschränkte die Arme vor der Brust und reckte das Kinn. «Versuch es nur. Was interessiert es mich? Lass mich in Ruhe. Hast du verstanden? Ein für alle Mal! Und eins ist sicher: *Du* hast es nicht verdient zu studieren.» Sie ging um ihn herum wie um einen stinkenden Mülleimer und hinein in das Universitätsgebäude.

Nach der Vorlesung sah sie sich auf dem Platz vor der Universität um. Sie hielt Ausschau nach Kristine und hatte Glück. Da war sie. Groß, etwas größer als Liv, und sie trug die lockigen Haare zu einem ordentlichen Knoten aufgesteckt. Ihr dunkelrotes Kleid war aus feinem Tuch und am Hals und den Ärmeln mit Spitzen versäumt und schaute aus dem offenen Mantel hervor. Liv blickte an sich hinab und strich verlegen über ihr billiges Kleid.

«Ach, Liv, schön, dass wir uns so bald wiedersehen», sagte Kristine. «Hast du ein wenig Zeit? Wollen wir ins Grand Café gehen?»

Liv nickte. Das Grand Café war teuer, sie hatte es ja vor Monaten einmal mit Lucia ausprobiert, und eigentlich konnte sich einen zweiten Besuch nicht leisten. Trotzdem begleitete sie Kristine, weil sie unbedingt jemanden kennenlernen wollte. Eine junge Frau in ihrem Alter, die vielleicht so ähnlich war wie sie. Sie wusste schon jetzt, dass sie Kristine leiden mochte, denn obwohl sie sichtbar reicher war als Liv, hatte sie weder die Nase über ihre Kleidung gerümpft, noch hatte sie sie verächtlich von oben bis unten begutachtet.

KAPITEL 17

Im Café war es laut. Liv blieb hinter dem Eingang stehen und blickte sich um. Wieder war sie tief beeindruckt von der Pracht um sie her. Sie betrachtete die Bilder an den Wänden und sah eine Ansicht von dem tief ins Land schneidenden Fjord und eine vom Rathaus. Der Boden war mit Parkett belegt, und überall standen Tische, an der Wand umrundet von bequemen Sofas und gepolsterten Sesseln, in der Mitte umstanden von Stühlen.

«Kommst du?», fragte Kristine und deutete auf zwei freie Plätze nahe einem der Fenster. Liv ließ sich in den Sessel fallen und fragte sich, warum es im Guesthuset eigentlich keine Sessel gab. Aber die Antwort lag auf der Hand. Sie konnte sich Bjarni und Chrisander, Fenris und den Samen einfach nicht in Sesseln vorstellen. Bjarni, der immer mit dem Pfeifentabak krümelte. Chrisander, dessen Hosen nach Fisch rochen. Der Same, der immer kerzengerade auf seinem Stuhl hockte. Nein, Sessel gehörten nach Christiania und Stühle nach Smøla.

«Was willst du trinken?», fragte Kristine.

Liv spürte, dass sie vor Verlegenheit rot wurde. «Ich weiß nicht. Was ist denn am billigsten?»

Kristine legte die Getränkekarte zur Seite. «Du hast wenig Geld?»

Liv nickte beschämt. «Auf meiner Insel haben alle zusammengelegt, damit ich studieren kann.»

«Wirklich? Auch die Männer?»

«Meine Freunde, ja. Der Bürgermeister und der Lehrer und der Pfarrer und der Koch und sogar ein Fischer.»

«Das ist großartig. Das freut mich sehr. Und jetzt suche dir bitte aus, was dir schmeckt. Du bist eingeladen.»

Liv schüttelte den Kopf. «Nein … nein, das möchte ich nicht.»

«Du kannst es ruhig annehmen, denn ich werde dich gleich um einen Gefallen bitten.»

«Was für einen Gefallen?»

«Ich bin im letzten Studienjahr, das habe ich dir schon erzählt. Und nach dem Studium möchte ich promovieren. Derzeit arbeite ich in der Bibliothek, aber das schaffe ich nicht mehr, weil ich für den Abschluss lernen muss. Hast du nicht Lust, meine Stelle zu übernehmen und dir ein bisschen Geld dazuzuverdienen?»

Liv riss die Augen auf. «Wirklich?»

«Ja, wirklich. Die Arbeit ist nicht besonders herausfordernd. Du musst nur die ausgeliehenen Bücher zurück in die Regale sortieren und die bestellten herausholen. Du wirst nicht vorn an der Ausgabe sein, denn so fortschrittlich ist die Universität auch wieder nicht. Dort sind nur Männer beschäftigt …» Kristine rollte ein wenig mit den Augen. «Nun, hast du Lust dazu?»

«Und wie!»

«Jeden Tag von 16 bis 20 Uhr. Dazu kommen noch die Schichten am Samstag und Sonntag. Die Bezahlung ist nicht schlecht. Acht Gulden im Monat, ohne die Wochenenddienste.»

«Acht Gulden? Das ist viel.» Liv wusste vor Überraschung und Freude nicht, wie sie Kristine danken sollte.

«Also, was möchtest du trinken? Du kannst mir das Geld wiedergeben, wenn du deinen ersten Lohn in der Bibliothek erhältst.»

Liv nickte und griff vorsichtig nach der Karte, las, was alles angeboten wurde: Milchkaffee, schwarzer Kaffee, russischer Kaffee mit Wodka und Schlagsahne, türkischer Mokka.

«Was suchst du dir aus?», fragte Liv.

«Oh, ich nehme einen schwarzen Kaffee mit Schlagsahne.»

«Das klingt gut, den nehme ich auch.»

Der Kaffee kam, und Liv hatte das Gefühl, noch nie etwas Köstlicheres getrunken zu haben. Natürlich kannte sie Kaffee. Im Guesthuset hatte sie jeden Tag welchen getrunken, aber geschmeckt hatte er nur jeden dritten Tag, denn Fria hatte die Angewohnheit, das Pulver dreimal aufzugießen – der erste Kaffee war köstlich, der zweite trinkbar, und der dritte schmeckte wie das Wasser im Hafenbecken. Von dem hier genoss sie jeden Schluck.

«Erzähl mir etwas von dir», bat Kristine. «Wie bist du an die Universität gekommen? Wofür interessierst du dich besonders?»

Und Liv berichtete von ihren beiden Begegnungen mit Fridtjof Nansen, von ihrer Faszination für Vögel, insbesondere für Raben, aber auch von ihrer Faszination für das Meer. «Ich habe hin und wieder in einer Fischfabrik gearbeitet. Wir haben Heringe und Kabeljau eingesalzen, auf hölzerne Ständer gehängt und trocknen lassen. Der Klippfisch wird bis hierher nach Christiania verkauft.» Sie klang stolz.

«Und deine Eltern? Was machen die?»

Kurz überlegte Liv, ob sie Fria und den Samen als Vater und Mutter ausgeben sollte, doch warum?

«Ich bin ein Findelkind und in einem Guesthuset aufgewachsen. Fria, die Wirtin, war mir in all den Jahren eine Mutter, und der Koch, ein Same, hat mir alles erklärt, was ein Kind wissen muss. Er hat mit mir die Wolken am Himmel beobachtet, Muscheln gesammelt, mir die Namen der Tiere und Pflanzen beigebracht. Und dann war da noch die alte Merette, die selbst mal einen Raben hatte und die den Leuten auf Smøla in die Zukunft blickt.»

«Das klingt interessant. Hat sie das auch einmal für dich getan?»

«Ja, aber ich glaube nicht, dass sie wirklich meine Zukunft gesehen hat. Merette kann sehr gut die Menschen lesen, das ist alles. Und du? Wie bist du an die Uni gekommen, welchen Beruf hat dein Vater?»

«Du wirst es nicht glauben, aber ich bin in Trondheim geboren. Allerdings sind wir nach Christiania gezogen, als ich vierzehn Jahre alt war. Mein Vater ist Rechtsanwalt, und ich habe noch acht Geschwister. Meine Mutter ist eine sehr belesene Frau, und sie hat dafür gesorgt, dass ich stets die gleichen Rechte hatte wie meine Brüder. Wir haben Privatunterricht bekommen, als wir hierhergezogen sind.»

«Und warum Biologie?»

Kristine zuckte mit den Schultern. «Ich kann es nicht gut erklären, aber ich denke, die Natur ist der Ursprung von allem. Ohne die Biologie ist kein Leben möglich.»

Jetzt lächelte Liv. «Du willst den Dingen des Lebens auf den Grund gehen?»

«Wenn du es so ausdrücken willst.»

«Und wie denkst du über das Heiraten und das Kinderkriegen?»

Kristine seufzte. «Ein leidiges Thema. Jeder erwartet von mir, dass ich genau das tue – zu heiraten und Kinder zu bekommen.»

«Und du selbst?»

«Ich bin glücklich so, wie es jetzt ist. Ich brauche keinen Mann an meiner Seite, ich kann für mich selbst einstehen. Und du?»

Liv hatte schon so oft darüber nachgedacht, doch sie antwortete zögerlich: «Ich lebe bei meiner Schwester und ihrem Mann. Lucia ist das, was man eine perfekte Ehefrau nennt. Sie kocht und backt und näht und stickt und tut alles, damit Lasse sich wohlfühlt. Sie hat das Glück, nichts Eigenes zu wollen.»

«Das nennst du Glück?» Kristine schüttelte den Kopf.

Liv nickte ernsthaft. «Ja, das nenne ich Glück. Sie ist nicht getrieben, sie ist nicht anders. Sie ist genau so, wie man sein sollte als Frau. Sie hat es leichter, denke ich. Und sie ist nicht einsam. Ich wünschte, ich wäre so genügsam.»

«Du hast meine Frage noch nicht beantwortet.»

«Ich hätte gern einen Ehemann. Aber keinen wie Lasse, sondern einen, der mich als das akzeptiert, was ich bin. Einen, der weiß, dass ich keine besonders gute Hausfrau bin und sein möchte. Einen, mit dem ich mich über die Dinge unterhalten kann, die mich interessieren.»

«Du möchtest also einen Mann, der an der Universität studiert – oder studiert hat.»

Überrascht blickte Liv auf. «Ja, so ist das wohl. Das war mir bislang gar nicht bewusst.»

Kristine beugte sich über den Tisch. «Und? Hast du

schon jemanden im Auge? Wie stehst du dich mit den jungen Männern in deinem ersten Studienjahr?»

«Ich habe mich mit einem Kommilitonen angefreundet, Kjell heißt er. Er ist ein Außenseiter wie ich. Aber ich habe auch einen Feind. Magnus. Ich weigere mich, ihm bei seinem Forschungsbericht zu helfen. Jetzt hasst er mich.»

«Warum willst du ihm nicht helfen?»

«Weil er zum Skifahren gegangen ist, anstatt zu arbeiten. Ich hätte ihm geholfen, wenn er etwas nicht verstanden hätte oder so. Aber ich denke nicht daran, für ihn die Arbeit zu machen, während er sich amüsiert.»

Kristine wiegte den Kopf. «Du hast natürlich recht. Auf jeden Fall hast du recht, trotzdem bin ich nicht sicher, ob das klug war. Wir können uns keine Feinde leisten, weil es zu wenige von uns gibt.»

Nachdenklich trank Liv noch einen Schluck von ihrem Kaffee, während Kristine weitersprach: «Weißt du, wir müssen unsere ganze Aufmerksamkeit auf das Studium richten, können keine Ablenkung gebrauchen. Wir stehen sowieso im Fokus. Jeder will uns scheitern sehen. Also müssen wir uns doppelt anstrengen.»

«So habe ich das noch nie gesehen», gab Liv zu. «Was denkst du, was ich tun sollte?»

«Es gibt nur zwei Möglichkeiten: Entweder du gehst mit ihm ins Bett oder du ignorierst ihn. Das Kind ist schon in den Brunnen gefallen.»

«Ich soll mit ihm ins Bett gehen?», fragte Liv fassungslos.

Kristine zuckte mit den Schultern. «Das ist es eben, was Männer von Frauen wollen.»

«Aber ich liebe ihn nicht, ich kann ihn nicht einmal leiden.»

«Es geht nicht um Liebe. Es geht um Macht.»

Liv starrte sie an. «Darüber muss ich nachdenken.»

Kristine lachte. «Auch der Mensch gehört in den Bereich Zoologie. Der Mensch ist ein Säugetier. Du kannst viel über die Menschen lernen, wenn du dich mit den Tieren beschäftigst.» Kristine stellte ihre leere Tasse ab. «Demnächst findet eine Sitzung der Frauenrechtsvereinigung statt. Möchtest du mitkommen?»

«Cecilie Thoresen gehört auch dazu, nicht wahr?»

«Nicht nur sie. Wir haben sehr viele Mitglieder. Männer und Frauen.»

«Frauen, die studieren?»

«Eine oder zwei, vor allem sind es Hausfrauen. Ehefrauen von Politikern, Professoren, Handwerkern. Arbeiterinnen gibt es auch nur ein paar. Das ist kein Wunder. Die Frauen gehen jeden Tag zwölf Stunden in der Fabrik arbeiten. Anschließend müssen sie sich um ihre Familien kümmern. Sie haben keine Zeit.»

«Wieso sind so viele Männer in der Frauenrechtsvereinigung?», wollte Liv wissen.

«Das ist ganz einfach, Liv. Ohne Männer geht es nicht. Sie haben die Macht. Wir müssen uns mit ihnen verbünden. Nur so kommen unsere Anliegen zur Geltung. Ein Professor kann etwas verändern. Ein Politiker sowieso. Eine Professorengattin hat es da viel schwerer.»

Liv schluckte. «Ich muss über alles, was du gesagt hast, nachdenken. Ich muss überlegen, von welcher Macht du sprichst. Ich weiß nichts über die Rechte der Frau, aber ich weiß viel über ihre Pflichten.»

«Denk darüber nach, und wenn du willst, komm zu mir, damit wir darüber sprechen können.»

Kristine winkte dem Kellner, bezahlte die beiden Kaffees und erhob sich. «Ich muss zum Dienst in die Bibliothek. Wann denkst du, dass du anfangen kannst?»

«Wenn du willst, auf der Stelle.»

KAPITEL 18

Als Liv nach ihrem ersten Arbeitstag in der Bibliothek nach Hause kam, konnte sie es kaum erwarten, Lucia davon zu erzählen. Aber Lucia war nicht da.

«Wo ist sie?», wollte sie von Lasse wissen.

«Sie ist nebenan bei einer Nachbarin, mit der sie sich angefreundet hat. Sie lässt sich zeigen, wie man diese winzigen Babysachen strickt oder häkelt oder was weiß ich.»

Lucia war mittlerweile im fünften Monat, und man konnte eine deutliche Rundung ihres Bauches erkennen. Doch je mehr die Schwangerschaft voranschritt, umso misslauniger wurde Lasse. «Da gehe ich den ganzen Tag arbeiten und will mich zu Hause davon erholen, da ist die Frau weg und lässt mich allein.»

Liv runzelte die Stirn. «Du bist doch kein Kind mehr.»

Lasse brummte weiter: «Aber ich hätte gern Gesellschaft beim Abendbrot.» Er deutete auf den Tisch, auf dem ein Teller mit belegten Broten stand.

«Also gut, dann setze ich mich zu dir.» Liv zog den Stuhl heraus und nahm ihrem Schwager gegenüber Platz. «Wie war dein Tag?», fragte sie, weil sie dachte, dass Ehefrauen so etwas fragen.

«Heute war wie gestern und morgen wird wie heute sein. Da gibt es einen anderen Doktoranden, der mir Kummer bereitet. Ständig hängt er mit dem Professor zusammen. Angeblich sprechen sie über die Forschung, aber ich denke, der will mich nur ausbooten, um nach der Promotion eine Dozentenstelle an der Universität bekommen.»

«Das tut mir leid», antwortete Liv. Ihr war schon öfter aufgefallen, dass sich Lasse leicht zurückgewiesen fühlte und dann empfindlich reagierte. «Was willst du dagegen tun?»

Lasse zuckte mit den Schultern. «Da kann ich wohl nicht viel machen. So ist das eben, wenn man keine Beziehungen hat.» Er schaute auf den Platz, an dem Lucia sonst immer saß. «Wären ihre Eltern von guter Herkunft, hätte ich es sicher leichter.» Er verzog den Mund, und Liv überlegte, ob er wirklich schon bereute, Lucia geheiratet zu haben. Sie wusste, dass eine solche Frage ein Unding wäre, und doch stellte sie sie. Sie tat es, um ihre Schwester zu schützen. «Würdest du die Zeit zurückdrehen wollen, wenn du es könntest?»

«Was meinst du damit?»

«Hast du es bereut, Lucia geheiratet zu haben?»

Lasse schwieg, biss von seinem Leberwurstbrot ab. Er kaute gründlich und versuchte, Livs Blick auszuweichen. Doch sie ließ nicht locker. «Also?»

«Lucia ist nicht gerade das, was man eine gute Partie nennt», erklärte Lasse. «Ich war sehr verliebt, als ich mit ihr auf Smøla war. Aber hier in Christiania sieht die Sache anders aus.»

«Lucia hat sich nicht verändert», stellte Liv fest.

«Ja, aber hier zählen andere Dinge.»

«Was für welche?»

Lasse wand sich unter ihren Blicken. «Es ist so vieles, weißt du?»

«Was zum Beispiel?»

«Ihr Dialekt. Sie spricht wie eine Insulanerin.»

«Und was ist daran schlecht?»

«Es klingt einfach provinziell.» Lasse seufzte. «Du sprichst doch auch nicht so.»

«Weil Fria und der Same nicht so gesprochen haben. Was missfällt dir noch? Wie sie sich kleidet? Ihre Frisur? Wie sie atmet?»

«Jetzt übertreibst du.»

«O nein, ich übertreibe nicht.»

«Aber …»

«Nichts aber. Jetzt hörst du mir einmal zu. Du hast in Lucia eine Ehefrau, die bedingungslos zu dir hält. Sie unterstützt dich in allem, was du tust. Und sie hat für dich ihre Heimat verlassen, ihre Familie, ihre Freunde. Sie ist ganz allein hier in der Stadt, und ich wette, du hast bislang noch keinen Finger gerührt, um das zu ändern. Warum besuchst du nicht mit ihr zusammen deine Kollegen? Ich wette, so manche Doktorandengattin wäre froh, eine Freundin wie Lucia zu haben. Was ist mit deinen Eltern? Deiner Schwester?»

«Sie mögen Lucia nicht.» Er hatte sehr leise gesprochen.

«Wie bitte?»

«Ich sagte, meine Familie mag Lucia nicht.»

«Und warum?»

«Na ja, sie finden sie eben doch recht einfach. Meine Mutter und meine Schwester sind sehr belesen. Du auch. Lucia aber nicht.»

«Vielleicht nimmst du sie einmal mit in eine Buchhandlung oder Bibliothek. Nimm sie dorthin mit, wo die anderen Frauen sind. Lucia ist freundlich, sie wird dich nicht blamieren.»

Lasse winkte ab und blickte auf die Standuhr. «Jetzt ist sie schon zwei Stunden dort drüben. Und an mich verschwendet sie keinen Gedanken.»

«Gönn ihr das. Vielleicht findet sie gerade eine Freundin.»

«Seit sie schwanger ist, ist sowieso alles ganz anders», maulte Lasse weiter.

«Jede Frau verändert sich in der Schwangerschaft. Das war sogar bei unseren Schafen so.»

Stirnrunzelnd sah Lasse sie an. Dann platzte es förmlich aus ihm heraus: «Sie schläft nicht mehr mit mir.»

«O Lasse, das will ich nicht hören, das müsst ihr beide miteinander klären.»

«Sie sagt, sie hätte Angst um das Kind.»

«Lasse! Kläre das bitte mit meiner Schwester, ich habe damit nichts zu tun.»

«Vielleicht könntest du ja mal mit ihr reden. Ein Mann hat nun mal seine Bedürfnisse. Es gibt sogar Männer, die stillen diese dann woanders.»

Liv verzog das Gesicht. Sie mochte ihren Schwager an diesem Abend nicht. Auf der Insel war er ein anderer gewesen, hatte sich weder an Kleidung noch an Sprache gestört. Und ja, Lucia war nicht so elegant wie die meisten Bewohnerinnen der Hauptstadt, aber es gab auch viele, die ärmlicher gekleidet waren. Lucia hielt das Geld zusammen, das hatte sie schon immer gut gekonnt. Und gerade jetzt, wo sie schwanger war und viele Sachen für das Baby angeschafft werden mussten, war das wichtig. Da blieb kein Geld für ein elegantes Kleid. Das musste Lasse doch einsehen! Aber nein, er hockte ihr gegenüber, das Gesicht verzogen wie ein verwöhntes Kind, und sah seine Schwägerin gekränkt an.

«Und über meine Arbeit kann ich auch nicht mit ihr reden. Mit dir konnte ich das immer.»

Jetzt reichte es Liv. Sie stand auf, beugte sich drohend über den Tisch. «Lass meine Schwester in Ruhe! Sie ist die beste Frau, die man sich nur wünschen kann. Wenn ich erlebe, dass du sie schlecht behandelst, bekommst du es mit mir zu tun.»

Jetzt grinste er schräg, zog nur einen Mundwinkel nach oben. «Was willst du denn tun?»

«Das lass mal meine Sorge sein. Bring mich lieber nicht in Versuchung.»

Sie ging ins Wohnzimmer, während Lasse in der Küche blieb. Ich muss hier raus, dachte Liv. Vielleicht behindert auch meine schlichte Anwesenheit die junge Ehe. Lucia hatte nie irgendetwas in dieser Richtung gesagt – und so etwas würde sie auch nie machen –, aber Liv spürte die Spannungen zwischen den beiden schon seit einer ganzen Weile.

An einem Freitag stand Kristine vor dem Universitätsgebäude und wartete auf Liv.

«Guten Morgen, ich habe auf dich gewartet», sagte sie. «Morgen Abend möchte ich dich gern mitnehmen zum Salon von Cecilie Thoresen. Hast du Lust dazu?»

«Aber ja. Sehr gern.» Liv freute sich. «Doch ich muss arbeiten. Bis um acht.»

Kristine winkte ab und schmunzelte. «Das macht nichts, ich kenne ja noch die Bibliothekszeiten. Ich hole dich nach Dienstschluss ab, und wir gehen ein wenig später hin.»

Am nächsten Tag zog Liv ihr bestes Kleid an. Lucia hatte es genäht, nachdem Liv für sich und ihre Schwester vom ersten Bibliotheksgehalt den weichen Stoff gekauft hatte.

Ihrer Schwester mit den blauen Augen und den blonden Haaren stand Blau besonders gut, hatte sie gedacht. Und für sich selbst hatte sie grünen Stoff gekauft, dazu Knöpfe und ein wenig Besatz. Sie hatte das Gespräch mit Lasse nicht vergessen. Wie konnte sie auch! Sie hatte ihn beobachtet. War sie dabei, war er freundlich zu Lucia. Und doch sah ihre Schwester von Tag zu Tag elender aus. Das lag zum einen an der Schwangerschaft. Am Beginn war sie so glücklich gewesen, immer wieder hatte sie mit einer Hand über ihren Bauch gestreichelt. Inzwischen wirkte sie erschöpft, und Liv war sich nicht sicher, ob das nur an der Schwangerschaft lag.

Doch heute wollte sie weder an Lasse noch an Lucia denken. Heute Abend würde sie endlich die legendäre Cecilie Thoresen kennenlernen, von der sie schon so viel gehört hatte.

Und tatsächlich. Kristine stand pünktlich vor der Bibliothek. Sie trug ein festliches Kleid, und in der Hand hielt sie einen Blumenstrauß. Auch Liv hatte einen Strauß für die Gastgeberin gekauft, sie hatte Kristine zuvor gefragt, was sie wohl mitbringen könnte.

Sie mussten nicht weit laufen, denn Cecilie Thoresen Krog, wie sie nach ihrer Heirat hieß, wohnte nicht weit vom Rathaus entfernt. Das Wohnhaus strahlte gediegene Bürgerlichkeit aus. Es hatte drei Etagen, und zum Eingang musste man drei Stufen hinaufsteigen. Das Treppenhaus war neu gestrichen, es roch noch nach Farbe. Die Stufen waren frisch gebohnert. Die zweiflügelige Wohnungstür hatte Einsätze aus Bleiglas. Alles wirkte sehr gepflegt.

Kristine betätigte den Messingklopfer in Form einer Meerjungfrau, und sofort wurde ihnen von der Gastgeberin selbst geöffnet. Sie strahlte die beiden jungen Frauen an, umarmte Kristine und küsste sie auf die Wange. «Herein, herein mit euch.» Sie führte die beiden in einen Salon, bot ihnen Platz auf einer Récamiere an, und Liv hatte Gelegenheit, die Frau zu betrachten, von der sie allein durchs Hörensagen beeindruckt war.

Cecilie war achtzehn Jahre älter als Liv. Sie war schlank, ihre hellen Augen strahlten, das lockige dunkle Haar hatte sie zu einem eleganten Knoten aufgesteckt. Sie trug einen bodenlangen weiten Rock und eine halblange Bluse mit Puffärmeln, dazu schwarze Knopfstiefel. Liv nahm sich vor, Lucia von diesem Ensemble zu erzählen, das so fein aufeinander abgestimmt war.

Eine junge Frau mit gestärkter Schürze und weißem Häubchen in den Haaren ging mit einem Tablett von Gast zu Gast und servierte Wein, roten und weißen. Liv hatte noch nie in ihrem Leben Wein getrunken, auf Smøla gab es nur selbst gebrautes Bier und Aquavit. Schüchtern nahm sie ein Glas Rotwein, nippte daran und hätte sich am liebsten geschüttelt. Sauer schmeckte ihr der Wein, weder herb wie das Weihnachtsbier noch brennend wie der Aquavit. Der zweite Schluck schmeckte schon besser, der dritte war nahezu angenehm. Schon beim zweiten Glas hatte Liv das Gefühl, nie etwas Besseres getrunken zu haben.

Die Gäste standen in Grüppchen und unterhielten sich. Manchmal perlte das Lachen einer Frau durch den Raum. Liv sah sich um. An einem Ende des Kamins stand eine Gruppe von Männern und dazu eine einzige Frau. Sie unterhielten sich, und Liv hatte nicht den Eindruck, dass die Frau nur stumme Zuhörerin war. Am anderen Ende des Kamins hatten sich ein paar Frauen versammelt. Eine hielt ein Buch in der Hand und zeigte es den anderen. Vor dem großen Fenster standen zwei Herren, die Zigarren rauchten. Auf den Polsterstühlen neben der Récamiere saß ein Ehepaar, das sich mit einem anderen Paar unterhielt. Und auf dem Sofa im rechten Winkel der Récamiere redete eine ältere Dame energisch auf einen jungen Mann ein. Die Gastgeberin durchquerte den Raum, fragte, ob die Gäste alles hätten, wechselte mit jedem ein Wort. Für Liv war es nicht schwer herauszufinden, wer von den Herren Cecilies Mann Fredrik Krog war, denn es gab nur einen, der jeden ihrer Schritte mit einem Lächeln begleitete.

«Da ist Gina Krog.» Kristine stieß sie an.

«Wer? Wo?»

«Da, die Dame in dem schimmernden Seidenkleid. Sie ist Cecilies Schwägerin.»

«Und was ist an ihr so besonders?», fragte Liv.

«Sag bloß, du hast noch nie von Gina Krog gehört?»

«Nein, habe ich nicht.»

«Gina Krog ist eine Frauenrechtlerin. Und sie schreibt Artikel für die Zeitung. Sie ist Journalistin.»

Jetzt staunte Liv tatsächlich. Und plötzlich wurde sie sehr, sehr froh. Hier war sie richtig, das fühlte sie mit jeder Faser ihres Körpers. Hier gehörte sie her. Zu den Frauen, die für Frauenrechte stritten, zu den Frauen, die sich etwas zutrauten und in der Welt der Männer festen Fuß gefasst hatten. Gina Krog war noch ein wenig älter als Cecilie, aber es gab auch jüngere Frauen und Männer unter den Gästen. Kristine zum Beispiel war gerade mal vier Jahre älter als sie.

Jetzt kam Cecilie zu ihnen. Sie setzte sich Liv gegenüber in einen Sessel. In der Hand hielt sie ebenfalls ein Glas mit rotem Wein. «Du bist neu bei uns, nicht wahr?»

Liv nickte.

«Woher kommst du? Was machst du?»

«Ich heiße Liv und komme von der Insel Smøla. Ich studiere bei Professor Nansen. Und ich danke Ihnen sehr, dass ich heute hier sein darf.»

«Oh, eine junge Frau von den Inseln. Das freut mich besonders. Aber wir sprechen uns hier alle mit Du an.»

«Auch die Männer?»

Cecilie lachte. «Ja, auch die Männer. Sie sind schließlich nicht besser als wir, oder?»

Liv verzog den Mund. «Es gibt unter ihnen bestimmt ein paar, die fest daran glauben, besser als Frauen zu sein.»

«Oje, du hast bereits schlechte Erfahrungen gemacht? Erzähl mir davon.»

Liv überlegte, dann erzählte sie von Magnus und seinem unverschämten Ansinnen. «Jetzt habe ich immer ein wenig Angst, wenn ich ihn sehe. Und im Laboratorium bin ich manchmal so angespannt, dass ich nur hoffen kann, keine Fehler zu machen.»

«Hast du Professor Nansen davon erzählt?»

«Nein. Ich bin doch keine Petze.»

«Liv, du musst aufpassen. Es gibt immer wieder Männer, die sehr nachtragend sein können. Wenn etwas ist und du dir nicht zu helfen weißt, dann darfst du zu mir kommen. Du weißt ja jetzt, wo ich wohne.»

Liv blickte zu Kristine, die immer noch neben ihr saß und nun aufmunternd nickte. «Danke. Danke sehr!»

Cecilie erhob sich und ging weiter zur nächsten Gruppe. Als sie endlich mit allen ein paar persönliche Worte gewechselt hatte, klopfte sie mit einem kleinen Silberlöffel an ihr Glas.

«Meine lieben Freunde», begann sie und lächelte so herzlich, dass es Liv ganz warm wurde. «Ich freue mich, dass ihr alle kommen konntet. In unserem heutigen Vortrag geht es um Herrn Alfred Nobel, den schwedischen Chemiker und Unternehmer. Er stiftete im vergangenen Jahr einen Preis, den Nobelpreis, und unser lieber Freund, Professor Damgard, erzählt uns etwas mehr über Alfred Nobel und seinen Preis. Bitte, mein Lieber.»

Cecilie machte einem hoch aufgeschossenen Mann mit langen Beinen und Armen Platz, der sich mit der Hand in den Kragen fuhr, als bekäme er schlecht Luft. Liv überlegte, ob sie ihn schon einmal gesehen haben könnte, schließlich war er ein Kollege von Fridtjof Nansen, doch sie konnte sich nicht an ihn erinnern.

«Alfred Nobel», begann der Gelehrte, «wurde 1833 in Stockholm geboren und verstarb im letzten Dezember im italienischen Sanremo. Er war ein Chemiker und hat im Laufe seines Lebens dreihundertfünfundfünfzig Erfindungen zum Patent angemeldet.»

Ein Raunen ging durch den Salon.

«Dreihundertfünfundfünfzig», flüsterte Liv. «Ich werde glücklich sein, wenn ich nur einziges Patent in meinem Leben erwerben kann.»

«Da geht mir genauso», flüsterte Kristine zurück.

«Sein größtes Verdienst und zugleich sein größtes Leid war die Erfindung des Dynamits. Nobel lernte 1850 Ascanio Sobrero kennen, einen italienischen Chemiker und Entdecker des Nitroglyzerins. Nobel war sehr interessiert an dieser Entdeckung und begann bald selbst, damit zu experimentieren. Dabei kam es zu mehreren Unfällen. Bei einer Explosion 1864 starben sein Bruder Emil und vier weitere Mitarbeiter. Die schwedische Regierung verbot Nobel daraufhin, in bewohnten Gegenden mit Nitroglyzerin zu experimentieren. Aber nicht einmal der Tod des Bruders hielt ihn von seinen Forschungen ab. Nur ein Jahr später erwarb er ein Labor und einige Fabrikgebäude am Stadtrand von Stockholm. Außerdem baute er ähnliche Anlagen in Deutschland. Und immer wieder kamen Menschen ums Leben. Die Forschung stockte. Es gelang Alfred Nobel einfach nicht, einen in der Handhabung ungefährlichen Sprengstoff herzustellen.»

Professor Damgard machte eine Pause und trank einen Schluck aus seinem Weinglas. Dann sprach er weiter, und auch Liv hörte ihm gebannt zu.

«Schließlich kam Nobel der Zufall zu Hilfe. Beim Transport des Nitroglyzerins war eines der Gefäße undicht und tropfte auf die mit Kieselmehl bestreute Ladefläche eines Transportwagens. Es entstand eine breiige Masse, der die Arbeiter zunächst keine Beachtung schenkten. Erst als der Vorarbeiter hinzukam, wurde der Vorfall an Nobel gemeldet. Und endlich gelang ihm durch die Hinzunahme von Kieselmehl die Herstellung eines Sprengstoffes, der in der Handhabung sicher war. Das war die Geburtsstunde des Dynamits … Jetzt werden Sie sich sicher fragen, was das alles mit dem Preis zu tun hat, den Nobel gestiftet hat. Oder eher noch: Was hatte Nobel mit Frauenrechten zu schaffen? Geben sie acht: Der renommierte schwedische Forscher erwarb mit dieser Entdeckung ein riesiges Vermögen, und nach einigen Jahren besaß er mehr als neunzig Dynamitfabriken in der ganzen Welt. Eines Tages setzte er auf der Suche nach einer Privatsekretärin eine Anzeige in eine Wiener Zeitung. Es bewarb sich keine Geringere als

Bertha von Suttner. Sie wissen natürlich alle, wer Bertha von Suttner ist, nicht wahr, meine Damen und Herren?»

Gemurmel setzte ein.

Liv beugte sich zu Kristine. «Wer ist die Frau?»

«Erzähl ich dir später –»

Schon fuhr der Redner mit seinem Vortrag fort: «Bertha von Suttner, geboren in Prag, lebt in Wien. Sie ist Schriftstellerin, Journalistin und Friedensforscherin und hat sich in Österreich und Deutschland um die Frauenrechte stark macht. Übrigens gab sie ihre Anstellung bei Nobel nach nur einer Woche wieder auf.»

Die Gäste lachten.

«Nun, die beiden pflegten jedoch einen engen Briefwechsel, und man kann mit Fug und Recht behaupten, dass Bertha von Suttner ursächlich für den Nobelpreis war. Auch, wenn das niemand so sagen würde. Aber hier sind wir ja *entre nous*.»

«Was will er denn damit sagen?» Auf Livs Stirn erschien ein riesiges Fragezeichen.

«*Entre nous*, das ist französisch und heißt ‹unter uns›», beeilte sich Kristine zu erklären. Genauso wie Liv hörte sie den Ausführungen gebannt zu.

«Langsam nähere ich mich dem Schluss meines Vortrags. Angeregt durch Bertha von Suttner begann Alfred Nobel, an der Zwangsläufigkeit von Kriegen zu zweifeln. Von Kriegen, in denen sein Dynamit als Waffe eingesetzt wurde. 1895 verfasste er sein Testament. Da Nobel keine Nachkommen hatte, gründete er mit seinem Vermögen von 31,2 Millionen Kronen eine Stiftung. Die Zinsen aus diesem Fond sollten jährlich als Preisgeld an diejenigen verteilt werden, die – und jetzt zitiere ich wörtlich – ‹im vergangenen Jahr der Menschheit den größten Nutzen erbracht haben›.»

Erneut setzte Gemurmel ein, das der Professor diesmal mit einer Handbewegung unterband: «Das Geld soll zu gleichen Teilen an Preisträger in den Bereichen Physik, Chemie, Medizin, Literatur und Frieden verteilt werden. Außerdem legte Nobel fest, wer für die Verteilung der Preise zuständig ist – nämlich die Königlich Schwedische Akademie der Wissenschaften. Der Friedensnobelpreis dagegen soll von einer vom norwegischen Parlament bestimmten Kommission hier in Christiania verliehen werden! Aber noch ist es nicht so weit, denn Nobel hat festgelegt, dass die Preise zum ersten Mal an seinem fünften Todestag verliehen werden sollen. Das wäre der 10. Dezember 1901. Sehr geehrte Damen und Herren, Sie sehen, Sie müssen sich beeilen.»

Gelächter ertönte, dann klatschte Cecilie von Thoresen in die Hände, und sogleich brandete Beifall auf. Auch Liv klatschte mit glänzenden Augen und vor Aufregung roten Wangen. Bertha von Suttner. Sie musste unbedingt mehr über diese Frau herausfinden. Und sie würde sich auch gern länger mit Cecilie Thoresen unterhalten. Ganz privat, nur sie beide. Denn Cecilie war zwar die erste Studentin an der Universität von Christiania gewesen, wenn sie auch nicht zu Ende studiert hatte. Stattdessen hatte sie Fredrik Krog geheiratet und in kurzer Reihenfolge zwei Söhne geboren. Aber sie wirkte ganz und gar nicht, als würde sie diesen Schritt bereuen. Im Gegenteil, Cecilie wirkte glücklich und selbstsicher.

Liv fasste nach Kristines Hand. «Ist Cecilies Schwägerin Gina auch verheiratet?»

Kristine schüttelte den Kopf. «Nein. Es heißt, sie ziehe

ihre Unabhängigkeit und den Kampf für die Frauenrechte einer Ehe vor.»

Liv lächelte. Anscheinend war auch das möglich. Als unverheiratete Frau anerkannt zu werden.

Als die Veranstaltung beendet war, schlenderte sie mit Kristine durch die Straßen. Es war Frühling, und die Bäume schlugen aus. Vögel sangen, und es roch überall nach Blumen.

«Wie schön es in der Stadt im Frühling ist», schwärmte Kristine.

Ja, Kristine hatte recht, doch konnte sie sich heute nicht so recht an der Natur freuen. Der Besuch bei Cecilie und der spannende Vortrag hatten sie für ein paar Stunden abgelenkt, doch nun stand wieder die Geburt von Lucias Kind vor ihren Augen – dass sie noch immer keine neue Bleibe gefunden hatte.

«Sag mal, Kristine, darf ich dich etwas fragen? Kennst du vielleicht jemanden, der ein Zimmer vermietet? An mich? Meine Schwester bekommt bald ihr erstes Kind, dann wird es eng in ihrer Wohnung. Ich habe schon überall gefragt, aber Zimmer sind schwer zu finden.»

«Warum hast du mir nicht schon früher davon erzählt?», wollte Kristine wissen.

«Ich wollte dich nicht damit behelligen.»

Kristine blieb stehen. «Liv, wir sind doch Freundinnen. Oder nicht?»

«Ja, das sind wir.» Liv strahlte.

«Und Freundinnen können über alles miteinander sprechen. Und ich weiß tatsächlich ein Zimmer für dich. Ich habe eine eigene Wohnung. Nicht groß, nur zwei kleine Zimmer. Nun, in dem einen hat meine Freundin gewohnt.

Sie ist kürzlich nach Stavanger gezogen, und ich hatte noch keine Zeit, mich um eine Nachfolgerin zu kümmern. Also, wenn du willst, kannst du das Zimmer haben.»

«Wirklich?» Liv traute ihren Ohren kaum.

«Aber ja.»

«Ist es … ich meine … was kostet es?»

Kristine blickte sie aufmunternd an. «Deine Vorgängerin hat mir sechs Gulden im Monat bezahlt. Wie schon gesagt, es ist ein kleines Zimmer. Ein Bett, ein Schreibtisch, ein Stuhl und eine Kommode. Ich hoffe, das reicht dir aus.»

«Aber ja. Natürlich. Und auch die Miete ist in Ordnung. Danke!» Liv hatte vor Freude ganz rote Wangen bekommen. «Wann kann ich bei dir einziehen?»

«Sofort, wenn du willst.»

Lucias Kind kam am letzten Maitag zur Welt. Es war ein Mädchen, und sie nannten es Marie. Eine Hebamme half ihr bei der Geburt, und in den Tagen danach sah Liv, sooft sie konnte, nach ihrer Schwester, um sie zu unterstützen. Lucia war glücklich, aber schwach. Bei der Geburt hatte sie viel Blut verloren, also kümmerte sich Liv um Haushalt und Mahlzeiten. Sie tat es gern. Wirklich. Aber sie spürte ganz genau, dass sie vom Leben mehr wollte.

Lasse war in den ersten Tagen ebenfalls bester Laune, doch dann, als das Kind auch in der Nacht schrie, wurde er missmutig. «Eine Frau sollte ihr Kind im Griff haben», befand er. «Wenn Marie die ganze Nacht schreit, tue ich kein Auge zu.»

«Du musst Geduld haben», bat Liv. «Die Kleine muss sich erst gewöhnen. Das ist bei allen Säuglingen so. Und Lucia nimmt sie immer gleich aus der Wiege.»

Lasse schwieg, aber von Lucia erfuhr Liv, dass er sich ein Zimmer in der Stadt genommen hatte, um endlich in Ruhe schlafen zu können.

«Ich hatte mir das anders vorgestellt, dachte, er würde von der Arbeit nach Hause eilen, nur, um mit uns zusammen zu sein.»

Die Trauer in ihren Augen zerriss Liv schier das Herz.

KAPITEL 19

Ein Jahr später kam Professor Nansen nach einer Vorlesung auf Liv zu. «Ich möchte mit Ihnen sprechen. Haben Sie einen Augenblick Zeit?»

«Ja», antwortete Liv. Und fügte in Gedanken hinzu: für Sie immer.

«Es geht um Ihren Forschungsbericht aus dem letzten Jahr. Über die Raben.»

«Was ist damit? Sie sagten, sie wären damit zufrieden. Hat sich doch noch ein Fehler gefunden?»

«Nein, nein, Liv. Ihre Arbeit war ganz ausgezeichnet. Sie haben Beobachtungen gemacht, die in der Wissenschaft völlig neu sind. Zum Beispiel über das Brutverhalten der Eltern. Ich habe Ihren Bericht nach England und Deutschland sowie nach Schweden und Dänemark verschickt, und er hat für einiges Aufsehen gesorgt. Letztendlich aber ist die Forschung über die Raben nicht das Thema der heutigen Zeit. Noch nicht. Sie könnten das ändern.»

«Wirklich? Ich bin erst im zweiten Studienjahr.»

«Aber ja, denn Sie wissen, was Sie wollen. Sie haben beispielsweise die sich verändernde Gefiederfarbe der Jungvögel beschrieben, sodass man nun leicht bestimmen kann, wie alt so ein Tier ist. Da mussten Sie sicher auf Ihre früheren Notizen zurückgreifen.»

«Ja, na ja, ich beobachte die Raben schon mein ganzes Leben lang.»

«Warum?»

Liv zuckte mit den Schultern. «Ich bin von ihnen fasziniert. Sie sind ein wenig anders als all die anderen.»

Nansen lächelte. «Sie haben sich in Ihnen wiedererkannt?»

Liv wurde verlegen. «So würde ich es nicht sagen, aber ich habe tatsächlich eine gewisse Verwandtschaft entdeckt.»

«Es hat sich ergeben, dass die Stadt Christiania Fördergelder für ein Forschungsprojekt freigestellt hat. Es geht um die Raben. Zum ersten Mal in Norwegen.»

«Oh!» Liv zog die Augenbrauen in die Höhe. «Was hat die Stadt mit den Raben zu tun?»

«Hier in Christiania gelten die Raben als ‹Ratten der Lüfte›. Sie durchstöbern Abfalleimer, verunreinigen die Straße. Bislang hat man sie einfach abgeschossen, aber seit im letzten Jahr dabei ein Kind zu Schaden gekommen ist, ist die Schießerei verboten. Sehr zu meiner Genugtuung übrigens.»

Er betrachtete sie aufmerksam, und Liv ließ seinen Blick über sich ergehen. Es war ein guter Blick, warm und freundlich und ein bisschen fragend. Ein Blick, der sie wahrnahm und der ihr guttat.

«Stimmt, ich habe davon gehört. Auch von dem Kind. Das muss furchtbar gewesen sein für die Familie. Aber wie kann ich dabei helfen?», fragte sie mit klopfendem Herzen. Sie liebte Raben, seit sie denken konnte. An diesem Projekt mitzuarbeiten, berührte ihre tiefsten Wünsche. Sie würde so gerne dabei helfen, diese Vögel besser zu verstehen, umfassender.

«Hätten Sie denn Interesse an einer Mitarbeit?»

«Ja!», erklärte Liv mit voller Überzeugung. «Was darf ich tun, Herr Professor?»

«Nun, ich würde Sie einem Doktoranden als Assistentin zur Seite geben. Allerdings ist er kein Naturwissenschaftler, sondern ein junger Wissenschaftler der Geisteswissenschaften. Ziel der Forschung ist es, die Lebenswelt der Raben zu studieren, um auf dieser Grundlage die Stadt von ihnen freizuhalten, aber auch ihre Bedeutung für unsere Gesellschaft ganz allgemein auszuloten. Und Verbindungen herzustellen zwischen alten Mythen und validen Forschungen.»

«Raben tun nichts. Und sie sind nützlich. Warum will man sie loswerden?»

«Wie gesagt, das eine Problem ist der Müll. Das andere ist die Verschmutzung durch die Exkremente, das dritte ergab sich, als die Tante des Bürgermeisters mit ihrem kleinen Hund spazieren ging und dieser plötzlich von Raben angegriffen wurde. Ähnliche Beschwerden gab es auch von anderer Seite. Selbst auf dem städtischen Friedhof findet man sie zuhauf, und manche der Trauernden machen sich Sorgen um ihre lieben Verstorbenen. Kurzum, Raben machen den Menschen Angst.»

Liv nickte zustimmend. Vorurteile verstellten die Sicht, ein Problem, unter dem sie selbst schon gelitten hatte. Sie streckte sich und fragte mit leuchtenden Augen: «Wann kann ich anfangen?»

«Sobald Sie wollen. Die Arbeit an diesem Projekt findet natürlich außerhalb Ihrer Vorlesungen und Seminare statt. Das verstehen Sie sicher. Sie bekommen auch kein Geld für Ihre Arbeit. Sehen Sie das Ganze als Investition in Ihre Zukunft.»

«Aber ich arbeite nachmittags in der Bibliothek», fiel Liv plötzlich ein. «Ich kann es mir nicht leisten, diese Arbeit aufzugeben. Ich brauche das Geld für die Miete und meinen Lebensunterhalt.» Ihrem Gesicht war die Enttäuschung anzusehen.

Nansen kratzte sich am Kinn, dann erhellte sich seine Miene. «Wissen Sie was? Ich werde Sie für die Lektüre zu diesem Thema anfordern. Sie suchen in der Fachliteratur nach allen Beiträgen über Raben und können dabei noch ihrer Arbeit nachgehen. Wie klingt das?»

«Zu schön, um wahr zu sein.»

«Gut, dann sehen wir uns morgen um 13 Uhr in der Bibliothek. Dort werden sich die Mitglieder der Arbeitsgruppe miteinander bekannt machen.»

Liv konnte es heute kaum abwarten, ihre Arbeit in der Bibliothek zu beenden. Sie musste unbedingt Lucia von dem Forschungsprojekt berichten. Sie würde über die Raben forschen! Das war alles, was sie sich je gewünscht hatte.

Als sie zu Hause ankam, fand sie Lucia in Tränen aufgelöst. Sie saß am Küchentisch und zerknüllte ein Taschentuch in der Hand.

«Oh Gott, was ist passiert?»

«Lasse.»

«Was hat er getan?» Liv verzog die Mundwinkel. «Was hat er dir angetan?»

«Er … er ist zu einem Empfang eingeladen. Alle Doktoranden der Fachrichtung Anthropologie sind dabei. Mit ihren Ehefrauen. Aber er will mich nicht dabeihaben.»

«Warum?», fragte Liv, kannte aber die Antwort schon. Weil Lucia zu provinziell war, Dialekt sprach und nicht modisch genug war. Kurz, Lasse schämte sich seiner Frau. In Liv wallte Wut auf. Am liebsten hätte sie ihren Schwager ins Gesicht geschlagen. Wie konnte er Lucia nur so demütigen?

«Er hat gesagt, die Veranstaltung würde sicher zu viel für mich. Wegen der kleinen Marie und weil sie nachts so oft schreit.»

«Doch du glaubst ihm nicht?»

Lucia schüttelte den Kopf. «Nein, ich glaube ihm nicht. Er hat sich verändert, ist so anders geworden, seit wir in Christiania leben. Ich erkenne ihn gar nicht wieder.»

Liv setzte sich zu ihr an den Küchentisch und nahm ihre Hand. «Und was willst du tun?»

«Was kann ich denn tun? Ich bin von ihm abhängig. Er ist mein Mann.»

Liv seufzte. Die Schwester hatte recht. Was konnte sie schon tun? Sie war Lasse auf Gedeih und Verderb ausgeliefert.

«Denkst du, es würde helfen, wenn ich anders wäre? Wenn ich so wäre wie die Frauen der anderen Doktoranden?»

«Du kennst sie nicht. Woher willst du wissen, wie sie sind?»

«Lasse erzählt von ihnen. Von ihren eleganten Kleidern. Von ihrer vornehmen Herkunft. Es ist, als wäre ich ihm nicht mehr gut genug.» Lucia wischte sich mit den Fäusten die Augen trocken. «Ich muss mich ändern», erklärte sie entschlossen. «Ich muss so werden wie diese Frauen.»

«Nein, Lucia, du bist du! Und so, wie du bist, bist du liebenswert. Du bist eine hübsche Frau, die alles tut, um ihren Mann zu verwöhnen.»

«Und wenn das nun mal nicht reicht?»

Liv hob die Schultern. Sie wollte nicht, dass sich ihre Schwester verbog und zu einer anderen wurde. Aber eine bessere Idee hatte sie auch nicht. Sie stand auf, kramte in ihrer Tasche, die sie im Flur abgestellt hatte. Darin war ein Briefumschlag, in dem sie all das Geld aufbewahrte, das sie gespart hatte. Das waren genau vierzig Gulden. Eigentlich sparte sie auf ein neues Mikroskop, aber das musste warten.

Sie begab sich zurück in die Küche und legte das Geld auf den Tisch. «Hier. Kauf dir davon neue Kleider und Schuhe. Lass dir das Haar schneiden. Mach damit, was du willst. Ich glaube zwar nicht, dass das helfen wird, aber wenigstens fühlst du dich dann besser.»

Lucia blicke Liv mit großen Augen an. «Das solltest du nicht tun. Steck dein Geld wieder ein, du brauchst es selbst.»

«Du hast Angst, deinen Mann zu verlieren. Du denkst, du musst dich ändern. Ich denke nicht so, aber vielleicht hast du recht. Versuche es, probiere dich aus. Kauf dir schöne Kleider. Kauf dir ein paar geknöpfte Schuhe.»

Lucia betrachtete das Geld, aber sie nahm es nicht. «Ich habe auf so vieles verzichtet», sagte sie. «Ich habe Smøla verlassen für ihn. Das Meer, meine Familie, meine Freunde. Ich sitze den ganzen Tag zu Hause und kümmere mich um Kind und Haushalt. Früher war ich jeden Tag draußen. Ich glaube, ich habe die Nähe zur Natur verloren. Ich gehe manchmal mit Marie spazieren, aber es ist anders, weißt du? Ich bin einsam hier. Ich habe nur dich.»

«Ich weiß», antwortete Liv und legte ihr eine Hand auf die Schulter. «Das weiß ich alles.»

«Ich habe gedacht, es reicht, dass ich Lasse liebe. Dass

ich ihm ein Kind schenke, dass ich es ihm zu Hause so schön wie möglich mache. Aber es reicht nicht.» Sie blickte zu Liv, und in ihren Augen lag so viel Schmerz, dass Liv sich am liebsten abgewendet hätte. «Er wird sich eine Geliebte suchen», fuhr Lucia fort. «Eine, die alles das ist, was ich nicht bin. Deshalb muss ich mich ändern, verstehst du? Nur so kann ich meine Ehe retten.»

«Aber warum ist es nur deine Aufgabe? Sollte Lasse nicht dasselbe wollen wie du?»

Lucia lachte auf. «Du hast so lange mit uns hier gelebt und doch nichts von der Ehe verstanden. Es geht nicht nur um Liebe. Es geht darum, etwas darzustellen. Der, der die schönste Frau hat, wird deswegen bewundert. Der, der eine Frau aus bestem Haus hat, wird bewundert. Aber der, dessen Frau anders ist, hat es schwerer, er wird nie richtig dazugehören. So ergeht es Lasse. Und das ist meine Schuld.»

KAPITEL 20

Die Forschungsgruppe Corviden – so heißen die Rabenvögel mit lateinischem Namen – bestand aus vier Leuten: Sverre Holmsen, der Doktorand der Geisteswissenschaften und Leiter der Gruppe, Inga, eine Laborantin, die schon oft für Nansen gearbeitet hatte, Magnus und sie. Liv hatte keine Ahnung, warum der Polarforscher ausgerechnet Magnus mit in die Gruppe beordert hatte, aber es war nun einmal so. Sie trafen sich in der Bibliothek. Als Liv Sverre sah, kam er ihr bekannt vor. Sie glaubte, ihn zu kennen, und trat mit einem hellen Lächeln auf ihn zu. Er runzelte kurz die Stirn, erwiderte aber ihr Lächeln. Sein Gesicht war freundlich, die blauen Augen und der blonde Schnurrbart erinnerten ein wenig an Fridtjof Nansen. Er gefiel Liv. Und er wirkte so vertraut. So, als würden sie sich schon eine Zeit lang kennen. So, als könnte man ihm vertrauen.

«Hallo, wie schön, dass du kommen konntest. Kennen wir uns?» Plötzlich ging Sverre ein Licht auf. «Ich habe dich neulich bei Cecilie Thoresen gesehen. Zusammen mit Kristine. Ist das richtig?»

«Ja.» Liv hätte gern noch ein wenig länger mit Sverre gesprochen, zu dem sie sich hingezogen fühlte. Wie kam das? So etwas hatte sie noch nie erlebt. Sie wollte ihn gerade fragen, woher er stammte, als Magnus erschien. «Gehörst du auch zu unserer Rabengruppe?», fragte Sverre.

«Ja.»

«Interessierst du dich besonders für diese Vögel, oder warum hat Professor Nansen dich ausgesucht?»

«Ich habe keine Ahnung», erwiderte Magnus arrogant, doch Liv hatte zufällig in der Bibliothek gehört, dass sich Magnus' Vater an Nansen gewandt hatte. Er war einer der Geldgeber für Nansens nächste Expedition, und Liv verstand, dass der Professor sich deshalb gut um Magnus kümmern und dafür sorgen musste, dass er sein Studium mit guten Noten bestand.

Sverre musterte ihn von Kopf bis Fuß, zog es aber vor, die Bemerkung nicht zu kommentieren. Stattdessen schaute er in die Runde und sagte: «Dann lasst uns anfangen. Wir brauchen jemanden, der die Literaturrecherche übernimmt. Dafür hat Professor Nansen Liv vorgeschlagen. Dann brauchen wir jemanden für die Feldforschung. Das kannst du übernehmen, Magnus.»

«Feldforschung? Du willst mich doch nicht etwa dort hinaus in die Kälte schicken?»

Seit Wochen herrschte eisiges Wetter. Beinahe jeden Tag hatte Liv die Eisblumen an ihrem Fenster bewundert. Selbst in ihrem Mantel mit dem warmen Rentierfell hatte sie gefroren. Dazu der kalte Nordwind. Doch in wenigen Tagen würde der März anbrechen, und Liv hoffte, dass dann die schlimmste Kälte vorüber wäre.

«Es wird bald Frühling», meinte Sverre. «Und Feldforschung gehört nun einmal zu diesem Studium dazu. Wie willst du ein Biologe oder Zoologe sein, ohne dein Studienobjekt in der freien Natur zu beobachten?»

Magnus nickte, aber Liv wusste, dass er sich bei der nächsten Gelegenheit in ein Café setzen würde, anstatt auf der Karl Johans gate die Raben zu beobachten. Doch sie sagte nichts. Vielleicht überraschte Magnus sie ja alle.

Zum Schluss kam Inga. Sie war schon älter, vielleicht so alt wie Fria. Ihr verstorbener Mann war Chemiker gewesen und hatte ein eigenes Labor unterhalten. Sie hatte immer mit ihm zusammen geforscht und arbeitete schon seit einigen Jahren als Laborantin in der Universität. Sie war eine mollige Frau mit einem Dutt, der von grauen Strähnen durchzogen war. Ihre roten Wangen erzählten von den vielen Aufenthalten in der Natur, und ihr Lächeln zeigte an, dass sie sich hier wohlfühlte.

«Inga wird natürlich die Laborarbeiten übernehmen», erklärte Sverre weiter. «Das heißt für dich, Magnus, dass du von der Feldforschung Dinge mitbringen solltest, die von den Raben stammen. Exkremente, Federn, Gewölle, einen toten Vogel vielleicht.»

Magnus seufzte, und Liv war sich noch sicherer als zuvor, dass er diese Aufgabe nicht übernehmen würde. Und schon sagte er auch: «Kann ich nicht mit Liv tauschen? Ich kann die Artikel suchen und zusammenstellen. Sie kommt von den Inseln, sie ist die Kälte gewöhnt.»

Hätte Kjell sie gefragt, hätte Liv zugestimmt. Aber sie hatte nie vergessen, wie Magnus sie behandelt hatte. Also schüttelte sie den Kopf. «Ich habe schon mit der Arbeit angefangen und möchte sie gern zu Ende führen», erklärte sie deshalb.

Mürrisch erhob sich Magnus und wollte gehen. «Halt! Warte!», rief Sverre ihn zurück.

«Was ist denn noch?»

«Du wirst ein Forschungstagebuch führen. Mit Datum, Uhrzeit und deinen Beobachtungen. Und du wirst mir dieses Forschungstagebuch jede Woche vorlegen. Und du wirst außerdem zusammen mit Inga ein Labortagebuch führen.»

«Was soll ich denn noch alles machen?», maulte Magnus.

Sverre kniff die Augen zusammen. «Ist dir das zu viel? Möchtest du die Gruppe lieber verlassen?»

Liv ahnte, dass es eigentlich genau das war, was Magnus wollte. Doch er schüttelte den Kopf. «Nein, nein. Ich mache ja alles, was ich soll.»

«Vergiss dabei bitte nicht, dass unsere Gruppe nur so gut ist wie jedes einzelne Mitglied.»

«Werde ich schon nicht», teilte Magnus mit und verließ den Raum.

Liv sah zu Sverre, der mit den Schultern zuckte. «Ich habe ihn mir nicht ausgesucht, aber Professor Nansen meinte, wenn er schon seine beste Studentin hergibt, dann muss ich auch den schlechtesten nehmen.»

Inga lachte, als sie das hörte. «Der stößt sich schon noch die Hörner ab.»

Danach legten sie fest, was jeder Einzelne bis zur nächsten Sitzung zu tun hatte und wann diese stattfand. Inga verabschiedete sich und ging. Sverre und Liv waren allein. «Stimmt es, was Professor Nansen über mich gesagt hat?», fragte sie vorsichtig. Sie war keine, die um Komplimente bat, aber nach Magnus' Auftritt wollte sie das Lob unbedingt noch einmal hören.

«Du bist seine beste Studentin», wiederholte Sverre.

Über Livs Gesicht ging ein Leuchten, dann fragte sie, ohne groß nachzudenken. «Hast du noch etwas Zeit? Willst du schon ein paar Ergebnisse sehen? In den letzten beiden Tagen habe ich schon einiges gefunden. Auch Artikel auf Englisch, aber diese Sprache muss ich noch lernen. Die Artikel aus skandinavischen Zeitschriften habe ich in einer Mappe zusammengefasst, in einer anderen die europäischen und in einer dritten die außereuropäischen.»

Sverre blieb nur ein Nicken angesichts des Eifers, den Liv versprühte.

«Auf Island gab es auch eine Rabenplage auf einem Friedhof nahe der Hauptstadt. Der Friedhof war überschwemmt, und die Leichen waren aus ihren Gräbern gespült worden. Das war der Grund für die Rabenplage. Im Grunde ist es ganz einfach: Tiere wollen ihre Bedürfnisse erfüllen – fressen, schlafen und … na ja … sich fortpflanzen.» Sie lachte ein wenig auf und hörte selbst, dass es schrill klang. Sie sprach auf Sverre ein, als bekäme sie nie wieder die Gelegenheit dazu. Sie wusste selbst nicht, was mit ihr los war. So kannte sie sich nicht. Aber sie wollte Sverre gefallen und redete wahrscheinlich lauter dummes Zeug. Ertappt hielt sie inne und spürte, wie ihr das Blut in die Wangen stieg. «Entschuldige», sagte sie leise. «Im Allgemeinen rede ich nicht so viel.»

«Ich höre dir gern zu, Liv», sagte er und fasste sie am Ellenbogen. «Wollen wir zusammen etwas trinken gehen? Oder geht dir das alles zu schnell?»

Etwas trinken gehen. Liv wusste mittlerweile, dass diese Frage in Christiania einem Rendezvous gleichkam. Aber nicht unter Kollegen und Studenten, da war sie ganz normal. Ihr Herz schlug ein paar Takte schneller. Sie strich sich über ihr Haar, das als geflochtener Zopf über ihrem Rücken hing, sie strich sich über das Kleid und war froh, gerade dieses heute angezogen zu haben. Sie hatte es mit Kristine zusammen gekauft, die sich in Sachen Mode viel besser auskannte als Liv. Sie waren in dem großen Geschäft gewesen, das nahe der Karl Johans gate lag und das sie ganz am Anfang schon einmal ausgesucht hatte. Jetzt hatte die Verkäuferin ihr Haar und ihre Augenfarbe gelobt, ihr dann ein schlichtes Kleid aus grauem Tuch mit einem weißen Kragen gezeigt, oben eng, fiel es aber in Höhe der Taille weiter bis zu den Fußknöcheln. Liv war sofort begeistert. Und das blaue erst! Ein Ensemble, bestehend aus bodenlangem Rock und Jäckchen. Mit dunkler Spitze am Kragen und an den Ärmeln. So elegant gekleidet war nicht einmal Bjarnis Frau. Liv kaufte beides. Als sie den Preis hörte, wurde ihr zwar ein bisschen schwindelig, doch dann legte sie die zehn Guldenstücke nacheinander auf den Tisch. Das Geld hatte sie sich während der Winterferien in der Fischfabrik verdient. Und heute nun trug sie das graue Kleid – und fühlte sich schön. Schön für sich und vor Sverre.

«Ja, lass uns etwas trinken gehen!» Sie lachte schon wieder.

Sverre, als Doktorand und Leiter der Forschungsgruppe angetan mit einem langen Sakko und darunter einem weißen Hemd, führte sie am Ellenbogen sanft aus der Bibliothek hinaus. Er half ihr in den Mantel, hielt bei den Stufen ihre Hand.

«Wollen wir ins Grand Café gehen?», fragte er, als sie auf der Karl Johans gate standen.

Liv schüttelte den Kopf. «Dort ist es so laut und so groß.»

Auch Sverre schien der Sinn mehr nach einem kleinen gemütlichen Café zu stehen. Er führte sie über den Prachtboulevard, den Liv nie überqueren konnte, ohne hinauf zum Schloss zu schauen. War der König da, wehte die Nationalflagge auf dem Dach. Es beruhigte Liv, wenn sie wusste, dass der König in der Hauptstadt war. Sie wusste, dass das ein kleines bisschen albern war, aber das war ihr egal.

Sie gingen an dem Kaufhaus vorbei, und Liv betrachtete sich einen Augenblick lang im Schaufenster. Sie in ihrem schönen Kleid, darüber ihren Mantel und einen gut angezogenen Mann an ihrer Seite.

Das Café war kein Café, es hieß schlicht Christiania Guesthuset und war eine Gaststätte, in der die Fjordfischer einkehrten und auch viele Studenten der Universität zu sehen waren. Sie setzten sich an einen kleinen Holztisch in der Ecke, und Sverre fragte, was sie trinken möchte.

«Ein Bier, bitte», platzte es aus Liv heraus.

Sverre zog die Augenbrauen ein wenig nach oben, und sein Mund verzog sich amüsiert. «Du trinkst Bier?»

Liv wurde rot. Sie trank sehr selten Bier und eigentlich nur auf der Insel. Sie hatte schon gelernt, dass man in der Hauptstadt eher Wein trank, aber daran hatte sie gerade nicht gedacht. Sie zwang sich ein Lächeln ins Gesicht und sagte, etwas gestelzt für ihre Ohren: «Im Allgemeinen bevorzuge ich Wein, aber heute ist mir nach Bier.»

Als Sverre mit zwei Biergläsern zurück an ihren Tisch kam, blickten ihm die anderen Gäste nach. Und als Liv den ersten kräftigen Schluck nahm, «Ahhh!» machte und sich den Bierschaum mit dem Handrücken von den Lippen wischte, staunten einige der Anwesenden noch mehr. So schien es Liv, auf einmal wurde das Bier in ihrem Mund schal.

Verlegen blickte sie auf den Tisch. «Ich wollte dich nicht blamieren», sagte sie leise.

«Blamieren? Womit denn?»

«Mit dem Bier. Ich bin dir bestimmt peinlich. Du kannst es ruhig sagen, wenn du wieder gehen willst.»

Sverre griff über den Tisch nach Livs Hand und drückte sie kurz. «Du bist mir keineswegs peinlich. Im Gegenteil. Ich genieße deine Gegenwart. Du bist, wie du bist. Wie schön! Wie aufrichtig!»

Da lächelte auch Liv wieder, trank sogar noch einen Schluck Bier, verzichtete aber auf das genießerische «Ahh!» und wischte sich auch nicht mit der Hand über den Mund. Stattdessen tupfte sie vorsichtig den Bierschaum mit einem weißen Taschentuch ab.

«Erzähl mir etwas über dich», bat Sverre.

«Da gibt es nicht viel zu erzählen. Ich komme von einer der Inseln vor Trondheim. Erzähl mir lieber etwas über dich.»

«Wenn du willst. Ich stamme aus Stavanger. Meinem Vater gehört eine kleine Schreinerwerkstatt. Und meine Mutter kommt von den Lofoten. Sie ist also auch eine Insulanerin. Ich habe noch eine jüngere Schwester, sie heißt Tonje.»

Als Liv das hörte, fühlte sie sich ein wenig unbefangener. Er hatte eine Schwester, er wusste, wie Frauen waren. Und seine Mutter war Insulanerin.

«Wie bist du an die Universität gekommen? Und warum die Zoologie?»

Sverre lächelte, zog mit dem Finger auf dem Holztisch einen Kreis nach, den das Bierglas gezeichnet hatte. «Ich wusste nie, was ich werden wollte», gestand er. «Ich wusste eigentlich immer nur, was ich nicht werden wollte: Handwerker mit eigener Werkstatt.»

«Das kann ich mir gut vorstellen.» Liv errötete leicht. Sie war selbst überrascht, wie spontan sie das gesagt hatte.

Sverre grinste. «Nun, meine Mutter half mir, meinen Weg zu finden, entgegen der Pläne meines Vaters, der natürlich gehofft hatte, dass sein Sohn die Werkstatt übernimmt. Irgendwann fragte sie mich, ob ich nicht mit Büchern arbeiten wolle, ich würde ohnehin den ganzen Tag mit einem Buch vor der Nase dasitzen. Mir war das nicht aufgefallen, aber es stimmte. Aber was konnte ich werden? Verleger? Buchhändler? Oder gar Schriftsteller? Ja, im Grunde war es das. Ich konnte mir tatsächlich vorstellen, Bücher zu schreiben. Jemand zu sein, der fremde Welten erfindet und die dazugehörigen Menschen.»

«Schriftsteller? Aber du leitest unsere Forschungsgruppe», sagte Liv. «Du hast Geisteswissenschaften studiert. Was genau bedeutet das? Und hast du da einen Schwerpunkt? Ich meine, ein Thema, so wie ich. Ich liebe die Raben, seit ich denken kann.»

«Dieselbe Frage habe ich mir natürlich auch gestellt: Wie wird man Schriftsteller? Die Geisteswissenschaften bieten ein gutes Sprungbrett. Ich habe Norwegisch im Hauptfach studiert, mich mit der Sprache und ihren Ursprüngen beschäftigt. Und mit der Literatur, nicht nur der norwegischen. Mein Examen habe ich letztes Jahr abgelegt. Und dann wurde mir ein Platz bei Professor Weibrok, dem berühmten Literaturwissenschaftler, angeboten. Bei ihm promoviere ich und taste mich langsam vor in Sachen Schreiben. Professor Weibrok bietet seit Jahren einem ausgewählten Studentenkreis an, in einem Seminar das freie Schreiben zu lernen.»

«Und worüber schreibst du deine Dissertation?»

«Über die norwegischen Sagen und Mythen und insbesondere den Odinkult. Odin, der Mann mit den beiden Raben. Vielleicht kann ich später das Thema als freier Autor weiterverfolgen.»

Und dann sahen sie einander an, betrachteten sich, und nichts dabei war fremd. Er ist mir so vertraut, als würden wir uns schon Ewigkeiten kennen, dachte Liv, da sagte Sverre: «Mir ist, als kenne ich dich schon seit meiner Kindheit.»

Glück strömte durch ihren Körper wie Wasser bei der Schneeschmelze. Es war noch viel zu früh, das wusste sie, sie kannte Sverre erst ein paar Stunden.

«Es ist merkwürdig … und halte mich bitte nicht für … für … ich weiß auch nicht, für was. Aber ich habe den Eindruck, dir alles sagen zu können. Aber jetzt erzähle von dir.» Es klang fast wie ein Geständnis. Sverre nahm noch einen kräftigen Schluck von seinem Bier, als müsse er sich ein wenig Mut antrinken.

«Ich bin auf einer Insel aufgewachsen. In einem Wirtshaus. Mit Fria als Mutter und dem Samen als Vater. Und mit vielen guten Freunden: dem Bürgermeister Bjarni, dem Pfarrer Fenris, dem Lehrer Arni und dem Fischer Chrisander. Sie alle haben zusammengelegt, damit ich studieren kann.»

«Wirklich?» Sverre schüttelte ungläubig den Kopf.

«Ja, das haben sie. Und ich bin unendlich dankbar dafür. Egal, was geschieht, ich werde sie nicht enttäuschen.» Und dann berichtete sie von ihren Reisen nach Trondheim und davon, was sie vom Samen alles gelernt hatte.

Sverre schüttelte schon wieder den Kopf. «Gegen dein Leben kommt mir meines ziemlich langweilig vor. Wie bist du denn zum Studium hierhergekommen?»

Liv berichtete von ihrer Liebe zu den Raben und von ihren Beobachtungen, von denen sie gar nicht wusste, dass es Forschungen waren. «Ich habe ein halbes Dutzend Notizbücher», erzählte sie. «Ich habe alles aufgeschrieben, was ich beobachtet habe. Schon als Kind.»

«Dann sind Raben deine Leidenschaft?»

Liv kicherte. «Ja, so kann man es sagen. Aber ich liebe alle Tiere. Und auch alle Pflanzen.» Dann erzählte sie von der alten Merette, die sie mit Naturmedizin vertraut gemacht hatte, wozu gehörte, Fiebersaft aus einer bestimmten Flechtenart zu kochen.

«Was hast du nach dem Studium vor?», fragte Sverre.

Er hatte für jeden ein zweites Bier geholt. Seine Wangen unter den blonden Haaren waren leicht gerötet, die Augen blitzten. Der Mund war von einem Schnurrbart verdeckt, wie es jetzt Mode war und wie auch Nansen einen trug. Er sah gut aus, fand Liv. Gut und freundlich und klug. Doch seine Frage konnte sie nicht beantworten. Sie zuckte mit den Achseln.

«Vielleicht muss ich Lehrerin werden», erklärte sie. «Obwohl ich am liebsten für den Rest meines Lebens forschen möchte. Es macht mir Spaß, etwas zu entdecken und zu beobachten. Und du? Was möchtest du machen?»

«Ich habe nicht nur Literaturwissenschaft studiert, sondern auch norwegische Geschichte und Völkerkunde. Es gibt da ein Thema, das mich schon sehr lange fesselt. Hast du je vom sagenumwobenen Thule gehört?»

Irgendetwas klingelte bei Liv, aber sie kam nicht darauf, was es war. «Nein, ich glaube nicht.»

«Thule ist eine Insel, die von dem antiken griechischen Entdecker Pytheas im 4. Jahrhundert vor Christi entdeckt und beschrieben wurde. Sie soll im äußersten Norden liegen, das war für die damalige Zeit ‹am Rande der Welt›.»

«Das klingt spannend. Weiß man noch mehr über Thule?»

«Leider nein. Nur, dass es eine mythische Insel ist. Ähnlich wie Avalon, Atlantis oder Camelot. Es gibt sogar ein Gedicht über Thule. Ein Deutscher hat es geschrieben. Goethe.»

«Der mit dem *Faust*?», wollte Liv wissen.

«Genau der. Du kennst ihn?» Sverre wirkte überrascht.

«Ja. Mein Lehrer und Freund Arni hat mir immer Bücher zum Lesen gegeben. Darunter war auch der *Faust*.»

«Nun, in ebendiesem Text findet sich das Gedicht ‹Der König von Thule›. Leider kann ich es nicht auswendig. Aber Thule ist ebenso wie die Raben in der nordischen Mythologie mit der Welt der Götter und Geister verknüpft.»

«Und wo liegt dieses rätselhafte Thule?»

«Genau weiß man es nicht, aber man vermutet es vor Trondheim. Auf einer Insel namens Smøla.»

«Waaas?» Liv schrie beinahe. «Hast du Smøla gesagt?»

«Ja.»

«Aber da komme ich her. Ich bin von der Insel Smøla.»

«Nein, das glaube ich jetzt nicht.»

«Aber ja. Smøla ist meine Heimat.»

Sverre zog plötzlich ein ernstes Gesicht. «Die Raben und Thule. Das bedeutet etwas. Aber was?»

«Wir sind vielleicht auf zwei Arten mystisch miteinander verbunden», erklärte Liv und fühlte sich verlegen. Noch nie hatte sie so mit einem Mann gesprochen.

«Du hast recht. Und eigentlich wundert es mich auch gar nicht. Wir beide, uns verbindet etwas.» Sverre blickte Liv so überrascht an, als könnte er sein Glück – oder was auch immer es war – gar nicht glauben. Und genau das spürte auch Liv, Unglaube mischte sich mit einem Gefühl reinen Glücks. So hatte sie sich die Liebe vorgestellt. Wie Magie.

Auf dem Heimweg nahm er ihre Hand. Glücklich schlenderten sie durch die Straßen, in denen der Lampenputzer gerade die Gaslichter anzündete. Sie sprachen wenig, aber das war gut so. Es war ein Schweigen der Gemeinsamkeit, ein Schweigen, wie es nur die konnten, die einander nahe waren.

KAPITEL 21

Sie war so glücklich, sie schwebte durch die Tage, genoss die Arbeit in der Gruppe, die Gespräche mit Sverre, seine Nähe, die Ausflüge am Wochenende. Sie sprachen stundenlang über das, was sie beschäftigte. Sverre schenkte Liv ein Buch mit norwegischen Sagen, und Liv suchte für ihn eine wunderschöne schwarzblaue Rabenfeder aus.

Und dann war er plötzlich weg. Von einem Tag auf den anderen. Und die Arbeitsgruppe pausierte.

«Er musste zurück nach Stavanger», erklärte Nansen.

«Weshalb?», fragte Liv.

Nansen zuckte mit den Schultern. «Ein familiärer Notfall. Mehr weiß ich auch nicht.»

Warum hat er mir nichts davon gesagt?, fragte sich Liv. Warum hat er mir keine Nachricht geschickt? Sie war die Einsamkeit gewohnt, aber sie hatte nicht gewusst, dass die Einsamkeit noch größer werden konnte, wenn man verlassen wurde. Sie überlegte, Professor Nansen nach seiner Adresse zu fragen. Sie könnte ihm schreiben, doch sie ließ es. Er hätte ihr einen Brief schreiben müssen, nicht umgekehrt.

Sverre fehlte ihr, obwohl sie sich noch nicht lange kannten und sich auch noch nicht so oft getroffen hatten. Ja, sie waren noch einige Male in der Schenke gewesen und auch am Ufer des Fjords zusammen spazieren gewesen. Und sie hatten sich in der Bibliothek getroffen, hatten die Artikel studiert, die Liv gefunden hatte.

An einem Nachmittag hatten sie zusammengesessen und miteinander geflüstert, und wieder hatte Liv sich so unheimlich wohl mit ihm gefühlt. Es ging ihr nicht um Küsse und Liebesschwüre. Sie wollte auch keine Pläne für die Zukunft machen. Sie wollte mit Sverre arbeiten, ihre Interessen mit ihm teilen. Gemeinsam etwas auf die Beine zu stellen. Hatte sie ihn vielleicht verschreckt? Mit ihrer Art?

Aber nein, das hätte sie gemerkt.

Und natürlich konnte etwas in Stavanger passiert sein, das ihn davon abhielt, sich zu melden.

Sie hatte Lucia davon erzählt. Und Lucia hatte sie in den Arm genommen und mit ihr zusammen geweint. Und sie hatte natürlich Kristine von Sverre berichtet. Und Kristine hatte ihr geraten, den Kerl so schnell wie möglich zu vergessen.

Doch das konnte Liv nicht, wollte sie nicht. Also arbeitete sie. Nicht nur für das Studium und in der Bibliothek, sondern auch für das Corviden-Projekt, dem jetzt ein anderer Doktorand vorstand.

Stundenlang saß sie auf einer Bank in der Karl Johans gate und beobachtete die Raben. Magnus hatte einmal versucht, ihre Erkenntnisse in Erfahrung zu bringen, doch Liv hatte sich bedeckt gehalten. Ihr Vorhaben war nämlich ambitioniert, könnte in fremden Ohren irgendwie schräg klingen. Aber sie hatte sich vorgenommen, die Sprache der Raben zu entschlüsseln. Denn sie war überzeugt davon, dass es so etwas gab wie eine Rabensprache, dass Raben verschiedene Laute für verschiedene Nachrichten hatten.

Da gab es die *Rap, rap*-Rufe, von denen Liv glaubte, dass sie so etwas bedeuteten wie: «Pass auf, ich bin hier.» Womit andere Raben davon abgehalten werden sollten, das eigene Revier zu stören. Dann gab es die *Krah*-Rufe, lange, laute, tiefe Krächzlaute, die wohl Zorn ausdrücken sollten. Und sie hatte Klopflaute entdeckt, mit denen weibliche Raben den männlichen imponieren wollten. *Gro, gro*-Rufe waren zärtliche, sanfte Rufe, die dem Rabenpartner galten. Schon vor Jahren hatte Liv damit begonnen, die Laute der Raben voneinander zu unterscheiden – und sie zu analysieren. Nicht ganz ernsthaft, sie war ja noch ein Kind, eine Jugendliche, aber ihre Notizen von damals konnte sie jetzt gut gebrauchen.

Langsam ging die Sonne unter, und Liv begann zu frieren. Sie wäre gern noch länger sitzen geblieben und hätte die Raben beobachtet, aber sie fürchtete, sich zu erkälten. Und dann müsste sie das Bett hüten, und sie würde an Sverre denken und daran, dass er einfach weggegangen war, kaum, dass sie einander gefunden hatten. Waren sie überhaupt jemals zusammen gewesen? Er hatte sie einmal geküsst. Ganz sanft auf die Lippen. Mehr war nicht gewesen, und doch glaubte Liv, dass er der Mann fürs Leben gewesen war. Für ihr Leben.

Sie erhob sich und schritt den Boulevard langsam hinunter, stieg in die Pferdebahn und fuhr zu Lucia, die Schwester hatte sie heute zum Abendessen eingeladen. Lasse hatte Geburtstag und sich gewünscht, dass Liv die Runde ergänzte. Als sie nun vor dem Haus stand, strich sie sich über das Haar, befestigte eine lose Strähne in ihrem Zopf und stieg die Stufen hinauf, in der Hand ein kleines Geschenk für Marie und ein paar Blumen für Lucia. Sie freute sich auf Lucia, sie freute sich auf Marie, die sie lange nicht gesehen hatte, aber sie freute sich nicht auf den Abend. Sie würde fremde Menschen treffen und sich unterhalten müssen. Dabei wäre sie am liebsten allein gewesen – und zugleich fürchtete sie nichts mehr als das Alleinsein.

Lucia öffnete ihr. Sie trug das Haar in einer eleganten Hochsteckfrisur, und sie trug ein Kleid, dass sie selbst genäht hatte, das den Vergleich mit den Kaufhauskleidern aber nicht zu scheuen brauchte.

«Komm herein. Rein mit dir. Wir warten schon auf dich.» Sie zog Liv in den Korridor, umarmte sie, nahm ihr den Mantel ab.

«Sind viele fremde Leute da?», wollte Liv wissen.

«Nur ein anderer Doktorand mit seiner Frau und dann noch Edvard, ein Schulfreund von Lasse.»

«Edvard? Den kenne ich noch nicht. Hat Lasse schon von ihm gesprochen?»

«Nein, sie haben sich erst vor Kurzem wiedergetroffen und ihre Freundschaft erneuert. Er ist ganz nett.»

Lucia führte ihre Schwester ins Wohnzimmer. Der Tisch war mit einer gestickten Decke belegt, das Porzellan schimmerte, die Gläser blinkten. Nur das Besteck zeigte an, dass Lasse und Lucia nicht in Saus und Braus lebten. Es war nicht aus Silber und hatte Holzgriffe, und Liv wusste, dass sich Lasse dafür schämen würde. Sie begrüßte die Gäste und wurde von Lucia neben Edvard platziert. Es gab Hirschbraten mit Preiselbeeren und als Nachtisch selbst gemachten Braunkäse. Dazu wurde Wein getrunken. Liv ließ sich ihr Glas vollschenken und trank es ziemlich zügig aus, sodass Lasse ihr nachschenken musste. Das Gespräch bei Tisch drehte sich um die Universität, um die aktuelle Aufführung am Theater, die niemand der Anwesenden gesehen hatte, um einen Artikel im *Aftenbladet*, in dem ein Automobil vorgestellt worden war, das mit Benzin lief. Lasse behauptete, er hätte so eines schon einmal gesehen, und Edvard, der lange ägyptische Zigaretten rauchte, dachte laut darüber nach, wie es wohl wäre, ein solches Automobil zu besitzen.

«Nun, ich kann nur davon träumen», klagte Lasse. «Ich werde wohl nie so viel Geld haben, um mir eines zu kaufen.»

«Du hast Familie», gab Edvard zu bedenken. «Für kleine Kinder ist so ein Automobil sicher nichts.»

Lasse sah aus, als hätte er keine Sekunde an seine Familie gedacht, sondern nur daran, mit Lederkappe und Brille in so einem Ding umherzusausen.

«Wie steht es mit deinen Studien?», wollte Edvard von Lasse wissen. «Du forschst doch über die Samen, oder?»

«Ja, das leidige Thema.» Er seufzte.

«Lasse kommt nicht so recht voran», ergänzte Lucia, und Lasse warf ihr einen wütenden Blick zu.

«Wenn ich keine Familie zu ernähren hätte, hätte ich mich schon lange einmal auf den Weg zum Nordkap gemacht und hätte die Samen vor Ort studiert. Ein Jahr würde mir reichen, um eine bahnbrechende Studie herzuleiten. Aber es ist, wie es ist.» Wieder warf er Lucia einen wütenden Blick zu, als wäre sie allein schuld an seiner Situation.

Der Kollege, der sich als Thoralf und seine Frau als Silje vorgestellt hatte, meldete sich zu Wort: «Es geht vielen Anthropologen so. Ich forsche über die Gemeinsamkeiten zwischen den skandinavischen Volksgruppen. Auch ich müsste mehr reisen, aber ich bin auch einfach sehr gern zu Hause.» Silje strich ihm lächelnd über den Arm, und Liv sah, dass Lucias Gesicht Enttäuschung verriet.

«Und du? Womit beschäftigst du dich?», wollte Edvard von Liv wissen.

«Ich studiere Zoologie und Botanik und bin derzeit mit einem Forschungsprojekt für die Stadt Christiania betraut.» Sie sagte es stolz und mit hocherhobenem Kopf.

«Du studierst?», fragt Silje. «Das hätte ich jetzt nicht gedacht.»

«Warum nicht?»

«Weil ich immer dachte, dass Frauen, die studieren, hässlich sind. Aber das bist du ganz und gar nicht.»

«Warum sollten Frauen, die studieren, hässlich sein?» Liv zog die Augenbrauen ein wenig in die Höhe.

«Weil sie nicht heiraten können. Früher sind solche Frauen ins Kloster gegangen. Heute gehen sie an die Universität.»

Liv lachte laut heraus, aber sie war nicht empört. «Ich möchte durchaus einmal eine Familie gründen», erklärte sie. «Und ich denke, dass beides geht: Arbeit und Familie.»

«Und wer soll deine Kinder erziehen?» Silje wirkte vollkommen verständnislos.

«Das wird sich alles finden, wenn es einmal so weit ist.» Liv trank noch einen Schluck, und schon wieder war ihr Glas leer, dafür fühlte sie sich seltsam leicht. So, als hätte der Abend einen goldenen Schimmer.

Edvard sah sie aufmerksam an. «Was ist das für ein Forschungsprojekt, an dem du arbeitest?»

«Ich befasse mich mit Raben.»

«Mit Raben?» Siljes Fassungslosigkeit schien jetzt nahezu grenzenlos.

«Ja, es sind sehr interessante Tiere, über die man viel lernen kann.»

Silje neigte ungläubig den Kopf. «Und was?»

«Ich habe herausgefunden, dass sie eine Art Sprache haben.»

«Eine Sprache? Was meinst du damit?» Edvard war derjenige, dem die Fragen wohl nicht ausgingen, gleichwohl spürte Liv ein wirkliches Interesse.

«Ja, ich denke, sie verständigen sich. Über Laute.»

«Meine Schwester spricht Rabisch», stellte Lucia fest, und alle lachten.

Der Abend ging schnell zu Ende, rascher, als Liv gedacht hatte. Zum ersten Mal seit Sverres Verschwinden hatte sie wieder gelacht. Aber nun war es spät, die nahe Kirche verkündete die elfte Stunde. Sie erhob sich. «Ich muss nach Hause, mein Tag beginnt recht früh.»

Auch Thoralf und Silje erhoben sich. «Es war ein schöner Abend. Danke, Lucia. Danke, Lasse.»

Edvard drückte seine Zigarette im Aschenbecher aus. «Ich werde Liv nach Hause begleiten, wenn ich darf.»

«Oh, das musst du nicht. Es ist nicht sehr weit, ich kann mit der Pferdebahn fahren.»

«Aber das ist zu gefährlich», warf Lucia ein. «Wir leben in einer großen Stadt, da sind des Nachts womöglich ein paar Halunken unterwegs.»

«Vor denen ich keine Angst habe», erklärte Liv, aber Edvard ließ sich nicht von seinem Vorhaben abbringen. Und es hätte sich auch nicht geziemt für einen Mann seines Standes, eine Frau allein gehen zu lassen. Also machten sie sich gemeinsam auf den Weg. An der Haltestelle der Pferdebahn stellten sie fest, dass die letzte Bahn bereits abgefahren war. Eine Mietkutsche war weit und breit nicht in Sicht.

«Schade, dass es noch keine Automobile gibt», sagte Edvard. «Dann könnte ich dich jetzt bequem dorthin fahren, wo du hinwillst. Ich könnte dich immer fahren, wohin du willst.»

Den letzten Satz hatte er ein wenig leiser gesprochen. Doch Liv hatte ihn verstanden. Edvard flirtete mit ihr.

«Ja, das wäre schön», erwiderte sie und hatte Mühe, das Gleichgewicht zu halten. Sie hatte drei oder vier Gläser Wein getrunken. Sie, die beinahe nie Alkohol trank. Das Leben erschien ihr in dieser Nacht plötzlich leichter. Der Gedanke an Sverre quälte sie nicht. Dann war er eben weg, was soll's? Es gab noch andere Männer. Und überhaupt: Wozu brauchte sie einen Mann? Doch nur zum Kinderkriegen. Ansonsten stellte er Forderungen, wollte bedient und umsorgt werden. Dafür brachte er Geld nach Hause. Pfft, das konnte sie selbst.

«Ist dir kalt?», fragte Edvard in diesem Augenblick.

«Ein wenig. Aber wenn wir schneller gehen, wird mir wärmer.»

Edvard wickelte sich seinen Schal vom Hals und reichte ihn Liv. «Ich wäre untröstlich, wenn du dich erkälten würdest.»

Liv nahm den Schal, kuschelte sich hinein und roch daran. Der würzige Duft nach Sandelholz gefiel ihr gut. «Was machst du eigentlich?», fragte sie, denn ihr fiel auf, dass sie bei Lasse und Lucia gar nicht über Edvard gesprochen hatten.

«Ich? Nun, so dies und das», blieb er vage.

«Was heißt ‹dies und das›?»

Edvard blieb stehen, holte eine seiner ägyptischen Zigaretten hervor, zündete sie an und blies einen Schwall Rauch in die Luft.

«Mein Vater hat eine kleine Fabrik. Nichts Besonderes. Wir stellen Flaggen her. Vor allem natürlich die norwegische. Ich arbeite hin und wieder für ihn.»

Beim Weitergehen, Liv hatte sich bei ihm untergehakt, nahm er ihre Hand und hielt sie fest. Mit dem Daumen strich er leicht über ihren Handrücken, und Liv fuhren kleine Schauer über den Rücken. Dann blieb er stehen, genau unter einer Gaslaterne, und betrachtete ihr Gesicht, als wollte er es malen. Mit dem Daumen fuhr er die Konturen ihres Mundes nach. Dann senkte sie den Blick und machte sich ganz starr, damit Edvard ihr Zittern nicht bemerkte. Er hob ihr Kinn. Sie wand sich vor Verlegenheit, aber sein Griff verstärkte sich. Er hielt sie fest. Fordernd. Verlangend. So was hätte Sverre nie gewagt. Er war sanft und freundlich.

Plötzlich spürte sie Edvards Lippen auf ihrem Mund. Zuerst schmetterlingsleicht, dann öffnete er ihre Lippen, und sie schmeckte ihn, hielt den Atem an. Edvard löste sich von ihr, lachte leise.

«Du musst weiteratmen», sagte er. «Du wirst nicht ersticken. Hast du noch nie geküsst?»

Liv schluckte. «Nicht so.»

Doch schon war Edvard wieder in ihrem Mund, drang einfach in sie ein, und Liv fand es herrlich und gefährlich. Der Heimweg dauerte, denn immer wieder blieben sie stehen, um sich zu küssen. Als Liv endlich zu Hause war, brannten ihre Lippen von seinen Küssen und ihr Kinn von seinem Bart. Aber sie war glücklich. Glücklich? Nein, das war das falsche Wort. Sie war berauscht, taumelte ein wenig, schwebte über dem Boden, flog bis zum Himmel, ging wie auf Wolken, alles zusammen und noch viel mehr. Sie hätte müde sein müssen, aber sie war es nicht. Tatkräftig fühlte sie sich, gewappnet für das Leben, die Liebe und die Wissenschaft.

KAPITEL 22

Die nächsten Wochen erlebte Liv wie in einem Traum. Sie ging mit Edvard ins Christiania-Theater und sah dort den *Sommernachtstraum* von Shakespeare. Sie war hingerissen. Die Schauspieler, die Kostüme, das Bühnenbild. Noch nie war sie in einem Theater gewesen. Sie musste während der Vorstellung an sich halten, um nicht aufzuspringen. Und dann das Konzerthaus! Es wurde Schauspielmusik von Edvard Grieg gegeben, die auf dem gleichnamigen Gedicht von Henrik Ibsen basierte. Liv kannte das Gedicht, Arni hatte auf norwegische Kunst großen Wert gelegt. *Peer Gynt.* Das Stück spielte im Gudbrandsdalen, dem längsten Tal Norwegens, das genau zwischen ihrer Heimat und der Hauptstadt lag. Die Musik traf sie bis ins Mark. Sie griff nach Edvards Hand, vergaß alles um sich herum und spürte nicht einmal, wie ihr die Tränen über die Wangen liefen. Erst als Edvard ihr verstohlen ein Taschentuch in die Hand drückte, wischte sie sich die Nässe aus dem Gesicht.

Edvard führte sie in ein Leben ein, das sie bislang nicht kannte. Er las ihr Gedichte vor. Er begleitete sie in Ausstellungen. Sie erlebte den Teil eines möglichen Lebens, der ihr zuvor verschlossen gewesen war. Und sie war begeistert! Sie liebte alles: das Theater, die Konzerte, die Ausstellungen, die Dichterlesungen. Und Edvard schien es Freude zu machen, ihr diese Welt zu zeigen. Sie redeten unentwegt über die Dinge, die sie gemeinsam erlebten, und ohne, dass Liv es bewusst war, verknüpfte sie die Kunst mit Edvard. Nie wäre sie auf den Gedanken gekommen, einmal mit Lucia das Theater zu besuchen. Nie hätte sie daran gedacht, in einem Konzert neben ihrer Schwester zu sitzen. Nein, diese bunte, glitzernde Welt war untrennbar mit Edvard verbunden, und nur mit ihm.

Sie schlief wenig, denn am Tage war sie an der Universität und besuchte Vorlesungen, Seminare und arbeitete im Labor. Danach war sie in der Bibliothek. Sie brauchte das Geld nötiger denn je, denn an ihre Garderobe waren jetzt ganz andere Ansprüche gestellt. Und immer, wenn sie Zeit hatte, saß sie auf der Karl Johans gate und beobachtete die Raben.

Sie beobachtete ein Rabenpaar, das jedes Zweiglein sammelte, um sein Nest zu bauen. Jemand hatte ein Bonbonpapier weggeworfen, und auch dies sammelten die Raben und steckten es in ihr Nest. Die Blumenrabatten wurden neu bepflanzt, und die Raben sammelten das Stroh, in das die Pflanzen gepackt waren. Ein Kind hatte seinen Handschuh verloren, und die Raben nahmen ihn und polsterten damit das Kinderbett. Liv wusste, dass bald schon die Eier im Nest liegen würden. Grünblau mit grauen und schwarzen Sprengseln. Jedes Ei würde sich vom anderen unterscheiden. Früher, auf der Insel, war Liv einmal auf einen Baum geklettert, um sich das Gelege genau anzusehen – und war danach nicht wieder vom Baum heruntergekommen. Der Same hatte eine lange Leiter holen müssen. Sie lächelte, als sie daran dachte. Wenn sie mich doch alle hier sehen könnten, wünschte sie insgeheim, aber sie hatte auch Angst, sich durch das neue Leben von den Ihren zu entfremden. Und das wollte sie auf gar keinen Fall. Mochte sie noch so viel ins Theater gehen, sie wollte ein Kind der Insel bleiben.

Kurz vor Ostern lud Edvard sie in ein elegantes Schneideratelier ein. Sie sollte sich etwas aussuchen. Ein Ostergeschenk sozusagen. Liv berührte die feinen Blusenstoffe, die ihr wie Spinnweb durch die Finger glitten. Sie blätterte in dem Musterbuch, das ihr die Schneiderin vorlegte, und Edvard sah ihr dabei über die Schulter. «Schau, das hier. Neueste Pariser Mode. Es würde dir hervorragend stehen. Ich denke, ein dunkles, schimmerndes Grün wäre für dich passend.»

Liv schaute ihn fragend an. Meinte er das ernst? Das Kleid ließ sie Schultern frei und hatte einen riesigen Ausschnitt, in dem ihre Brüste bestimmt halb zu sehen waren. Sie schüttelte den Kopf. «Nein, das ist nichts für mich.»

«Warum nicht?»

«Es ist zu großzügig geschnitten.»

«Es soll ja auch jeder sehen, was du zu bieten hast. Das ist doch der Sinn der Sache.»

«Nein. Für mich ist das nichts.» Sie erhob sich, dankte der Schneiderin und wollte das Atelier verlassen. Edvard hielt sie am Handgelenk zurück.

«Und wenn ich mir nun wünsche, dass du dieses Kleid trägst? Nur für mich?» Er sah sie an mit einem Blick wie ein Hundewelpe. Liv schluckte. Sie wusste, dass sie sich in diesem Kleid nackt vorkommen würde. Aber Edvard hatte schon so viel für sie getan. War es da nicht an ihr, ihm auch mal einen Wunsch zu erfüllen?

«Na gut.» Sie blieb stehen, ließ sich von der Schneiderin die Maße nehmen, ließ Edvard den Stoff aussuchen, wagte nur einmal einen Einwand. «Bitte den Ausschnitt nicht gar so tief.»

Edvard und die Schneiderin nickten, diskutierten dann

aber weiter den Schnitt und den Stoff, als wäre Liv gar nicht mehr da. Es kam ihr vor, als verhandelten die beiden über sie, über ihren Körper. Das gefiel ihr nicht, und zugleich genoss sie es auch ein wenig, die Verantwortung abgeben zu können.

Zwei Wochen später war das Kleid fertig. Edvard hatte auf diesen schnellen Liefertermin gedrängt, weil ein besonderes Konzert auf dem Programm stand. Die *Matthäus-Passion* von Johann Sebastian Bach. Ein Ereignis, von dem jede Zeitung berichten würde. Edvards Eltern hatten eine eigene Loge im Konzerthaus und hatten Liv eingeladen. Zum ersten Mal würde sie Edvards Eltern treffen. Wenn sie nur daran dachte, klopfte ihr Herz in einem rascheren Takt, denn sie wusste, dass seine Eltern zu den angesehensten Bürgern der Hauptstadt zählten.

Liv zog das Kleid an, und die Schneiderin zupfte überall an ihr herum, während Edvard in einem Sessel saß und gut gelaunt zuschaute. Liv fühlte die Kühle auf ihren nackten Schultern. Auch ihr Hals und ihre Brüste fühlten sich ungeschützt an. Am liebsten hätte sie den Ausschnitt mit beiden Händen bedeckt. Sie hatte darüber bereits mit Lucia besprochen, und die Schwester hatte versprochen, ihr eine Stola zu häkeln, die sie umlegen konnte.

«Schau in den Spiegel», forderte Edvard sie auf. «Schau, wie wunderschön du bist.»

Liv trat vor das glänzende Kristall – und erschrak. Die Frau, die sie sah, hatte nichts mit ihr zu tun. Sie war schön, diese Frau. Wunderschön. Aber sie war ihr fremd. Das war nicht sie. Sie strich über den Stoff, der ihr wie Wasser durch die Finger glitt. Wie konnte ein Kleid aus einem Menschen so etwas Fremdes, anderes machen?

«Und? Was sagst du?» Edvard hatte vor Aufregung glänzende Augen. «Wie findest du dich?»

Liv schluckte. Sie dachte an Fria und den Samen, an Bjarni, Fenris, Chrisander und Arni. Die würden sie so sicher nicht wiedererkennen. Wie auch, wo sie sich doch selbst nicht erkannte.

«Es … es ist ungewohnt», sagte sie schließlich ganz leise.

«Das liegt an den Schuhen. Wir brauchen noch neue Schuhe für dich, damit es perfekt aussieht. Und natürlich eine neue Frisur. Und die Brille lässt du am besten zu Hause.» Darum hatte Edvard sie schon öfter gebeten. «Lass die Brille zu Hause», sagte er, bevor sie ins Theater gingen. «Leg sie weg», sagte er, bevor sie ins Konzert gingen. «Ich möchte deine schönen Augen ohne das Glas davor sehen», sagte er, wenn er sie in eines der teuren Restaurants einlud, in denen sie nicht wusste, welche Speisen mit welchem Besteck gegessen werden mussten. Sie fand diese Restaurantbesuche anstrengend und auch ein wenig demütigend, doch sie wagte es nicht, Edvards Einladungen abzusagen. Bei Sverre hätte sie es gekonnt, aber Edvard war so anders, fordernd. Er sagte, wie er sie haben wollte. Er sagte ihr nie, dass sie seinen Ansprüchen nicht genügte. Das würde er nie aussprechen, aber er gab ihr das Gefühl. Inzwischen verstand sie auch, worunter Lucia die ganze Zeit litt, obwohl Edvard ein Gentleman war und Lasse … nun ja.

«Du wirst dich schon daran gewöhnen», erklärte Edvard. «Nicht zuletzt, wenn du die Blicke der anderen Männer bemerkst. Und wenn du die Schönheit, die in dir steckt, erkennst.»

Er übergab der Schneiderin eine Karte mit der Adresse, an die sie das Kleid schicken sollte, wartete, bis Liv sich umgezogen hatte, nahm sie beim Arm und führte sie in einen Friseursalon. «Es war gar nicht so einfach, für dich einen Termin zu bekommen», erklärte er. «Es ist der beste Salon der Stadt. Ich habe meine Mutter, die hier Stammkundin ist, gebeten, für dich ein gutes Wort einzulegen.»

Wieder wollte Liv sich nicht so verändern lassen, wie Edvard sich das wünschte, und wieder wagte sie es nicht zu widersprechen. Und wieder war ein anderer Teil in ihr froh, dass sie sich nicht selbst kümmern musste. Letztendlich war sie eine Frau – und sie wollte schön sein. Schön und begehrenswert.

«Am besten wäre eine Heißwelle, die dir Locken in die Haare zaubert. Ich habe in einer Zeitschrift gelesen, dass das in Paris jetzt der letzte Schick ist.»

Liv saß auf dem Friseurstuhl und betrachtete im Spiegel, wie Edvard ihren Zopf löste und mit den Fingern durch ihr hüftlanges Haar fuhr. Als der Friseur dazu kam, erläuterte ihm Edvard, wie er Livs Haare gern hätte. Und während Liv sich glühend heiße Lockenwickler eindrehen ließ, saß er mit einem Kaffee in einem bequemen Stuhl und las in einer Zeitung. Liv schien, als dauerte die Behandlung ewig. Sie hatte das Gefühl, ihre Kopfhaut würde verbrannt, und sie hatte den Geruch ihrer verbrannten Haare in der Nase. Auf Smøla hatte es so etwas nicht gegeben. Nicht einmal Bjarnis Frau hatte je so eine Tortur über sich ergehen lassen. Doch als sie endlich fertig war, jubelte sie innerlich. Ja. Zum ersten Mal sah sie aus wie eine waschechte Christianianerin. Sie drehte den Kopf nach allen Seiten. Die Locken saßen perfekt.

Sie erhob sich, trat zu Edvard, der die Zeitung sinken

ließ. «Ich kann eine schöne Frau sein, wenn ich will», erklärte sie voller Überraschung.

Edvard lachte. «Das sehe ich genauso. Ich wollte dir zeigen, *wie* schön du bist.»

Da war Liv versöhnt. Mit dem Kleid und seinem tiefen Ausschnitt, mit den geknöpften Schuhen, die an der Ferse drückten, mit den Locken und ihrem verbrannten Kopf. Edvard hatte sie verwandelt, hatte sie von einer Insulanerin zur Hauptstädterin gemacht. Und Liv war ihm dankbar dafür, denn sie wusste, dass sie von allein nie herausgefunden hätte, dass sie schön war.

Der Abend begann mit einem Glas Champagner im Restaurant des Konzerthauses. Mädchen in schwarzen Kleidern und mit weißen Schürzen und Häubchen liefen mit vollen Tabletts zwischen den Gästen hin und her, und Liv bemühte sich höflich, ihnen nicht im Weg zu stehen. Edvard hatte eine Hand auf ihren Rücken gelegt und dirigierte sie sanft zu einer Ecke, in der seine Eltern ihren Champagner genossen. Der Vater erhob sich, reichte Liv die Hand, betrachtete sie freundlich.

«Es ist schön, Sie kennenzulernen», sagte er. «Mein Sohn hat schon viel von Ihnen erzählt.»

«Und ich freue mich, Sie kennenzulernen», antwortete Liv artig, dann reichte sie Edvards Mutter die Hand. «Liv Nagard», stellte sie sich vor.

Die Mutter begrüßte sie mit einem Lächeln. «Sie sind die Studentin von Professor Nansen, nicht wahr?»

«Ja, das bin ich.»

«Er spricht in den höchsten Tönen von Ihnen.»

«Oh, Sie kennen sich?»

«Nun, wir sind Mitglied in dem von ihm gegründeten Verein zur Polarforschung. Es ist immer wieder interessant, seinen Vorträgen zu lauschen.»

Edvards Vater bot auch Liv ein Glas Champagner an. Sie hatte schon davon gehört, Bjarnis Frau hatte einmal welchen getrunken und davon noch jahrelang geschwärmt. «Es ist, als trinke man Ameisen», hatte sie gesagt, und Liv hatte sich gefragt, was schön daran sein sollte, Ameisen zu trinken.

Sie nahm das Glas, dankte. Dann stießen sie alle miteinander an, und Liv trank einen großen Schluck. Die Kohlensäurebläschen stiegen ihr in die Nase, sodass sie husten und zugleich niesen musste. Warum hatte ihr niemand gesagt, dass die vornehmen Leute leise niesten? Und wie machte man das? Wie nieste man leise? Wie unterdrückte man die Kohlensäure, wenn sie die Kehle wieder hinaufstieg? Liv wäre am liebsten im Boden versunken. Edvard klopfte ihr auf den Rücken, sein Vater drückte ihr unter dem Tisch ein Taschentuch in die Hand, die Mutter lächelte säuerlich und schaute, welches Bild in der Öffentlichkeit sie gerade abgaben. Aber dann war das Missgeschick vergessen, und sie begaben sich in ihre Loge. Edvards Vater reichte Liv ein Opernglas, und sie war froh, dass sie inzwischen wusste, dass ein Opernglas dazu diente, die Geschehnisse auf der Bühne besser sehen zu können, und nicht dazu, Raben in ihren Nestern zu beobachten. Sie hatte sich vor einiger Zeit ein Fernglas gekauft und Edvard vorgeschlagen, es das nächste Mal mit in eine Aufführung zu nehmen, aber Edvard hatte laut gelacht.

«Ein Opernglas ist etwas Kleines, Feines, Vornehmes. Dein Fernglas kann da nicht mithalten.»

«Aber wenn es doch demselben Zweck dient», hatte Liv eingeworfen.

«Dem gleichen Zweck. Dem gleichen, Liv. Dasselbe und das Gleiche sind nicht dasselbe», erklärte er weiter. «Ein Opernglas ist kein Fernglas.»

Dann begann die Aufführung der *Matthäus-Passion*. Nein, das war keine Aufführung, das war ein Sturm, der Liv beinahe umriss. Sie tauchte ein in die Töne, in die Musik, nahm nichts um sich herum mehr wahr, wurde hochgeschleudert, niedergedrückt. Was diese Musik mit ihr machte, war unbeschreiblich. Sie wurde mitgenommen, weinte mit den Geigen, flüsterte mit den Flöten, reckte das Kinn, wenn der Chor sang.

«Sind Blitze, sind Donner in Wolken verschwunden …»

Und plötzlich war Pause. Das Licht ging an, und Liv fühlte sich, als müsste sie aus einem bittersüßen Traum erwachen. Die Leute rings um sie redeten miteinander. Sie hörte eine Frau lachen.

«Wie hat es dir gefallen?», fragte Edvard.

«Wie bitte?» Liv kehrte nur langsam in den Trubel der Pause zurück. «Oh, es … es war …» Sie fand keine Worte. «Es war großartig.»

«Ist dir der Dialog der Chöre aufgefallen?», fragte Edvard weiter, während seine Mutter bemerkte: «Der Cellist vom letzten Jahr hat mir besser gefallen.» Sie wandte sich an ihren Mann. «Findest du nicht, Hugo?»

«Jaja, meine Liebe», erwiderte er abgelenkt, während er einem anderen Mann im Smoking die Hand schüttelte.

Edvard wandte sich erneut an Liv. «Möchtest du vielleicht eine Erfrischung?»

«Sehr gern, aber ich müsste …» Herrgott, wie sollte sie sagen, dass sie auf die Toilette musste?

Edvard verstand. «Hinter der Loge in den Gang, die zweite oder dritte Tür.»

«Danke.»

Als sie in der Toilette in den Spiegel schaute, erschrak sie. Sie sah aufgewühlt aus. Aus ihrer lockigen Frisur hatten sich zwei Strähnen gelöst, und in der Hand hielt sie noch immer das gänzlich zerknüllte Taschentuch. Doch ihre Augen strahlten. Liv schöpfte ganz tief Luft, benetzte ihre Handgelenke mit ein wenig Wasser, dann lächelte sie und ging zurück.

«Na, wen haben wir denn da? Wenn das nicht Liv Nagard ist», tönte es plötzlich neben ihr. Sie fuhr herum und blickte in Magnus' Gesicht. «Wie kommst du denn hierher?»

An seinem Arm hing eine junge Frau, die albern kicherte.

«Und was machst du hier oben bei den Logen? Du hast doch bestimmt einen Platz ganz hinten im Parkett.»

Liv reckte sich und lächelte. «Nein, mein Lieber, ich sitze in einer Loge.»

Magnus begann zu lachen, doch in diesem Moment kam Edvard, grüßte, nahm ihren Arm und fragte: «Wollen wir wieder?»

Liv sah, wie Magnus Augen und Mund aufsperrte. «Du entschuldigst mich?», fragte sie hochmütig, warf ihm noch einen Blick zu und schwebte mit Edvard von dannen.

Es freute sie, dass sie gerade ihn hier getroffen hatte. Sie wusste ja, dass er sie für eine Hinterwäldlerin hielt, aber jetzt würde er seine Meinung über sie ändern müssen. Im Grunde war es ihr egal, was Magnus über sie dachte, trotzdem freute es sie, dass er nun wusste, mit wem sie verkehrte. Jetzt würde er sie endlich in Ruhe lassen.

«Noch ein Glas Champagner, Liv?», fragte der Vater, als sie wieder in der Loge waren.

«Nein danke, Herr Billendal.» Sie wusste mittlerweile, dass ihr zu viel Alkohol schlecht bekam. Höflich wandte sie sich an Edvards Mutter: «Wie gefällt Ihnen diese *Passion*?», fragte sie.

Frau Billendal verzog den Mund. «Wie gesagt, der Cellist war letztes Jahr besser.»

«Sie kannten das Stück schon?», fragte Liv weiter.

«Aber natürlich! Wer kennt die Passionen von Bach denn nicht? Haben Sie etwa noch nie das Weihnachtsoratorium gehört?»

«Nein», sagte Liv leise. Sie blickte auf die Bühne, auf der das Orchester wieder Platz nahm. «Ich komme von einer der Inseln.»

«Das dachte ich mir schon», erklärte die Mutter, aber sie lächelte Liv dabei an.

Edvard nahm ihre Hand und führte sie zurück in ihre Loge. «Mach dir nichts draus. Wenn meine Eltern dich erst einmal richtig kennenlernen, werden sie dich mögen.»

Daran zweifelte Liv. Die Musik setzte ein, und sie wagte es nicht, sich ihr wieder ganz zu überlassen. Der zweite Teil schien doppelt so lange zu dauern wie der erste, und Liv wünschte sich nichts mehr, als zu verschwinden. Zugleich hätte sie weinen mögen, weil sie hier im Konzerthaus saß und es nicht wagte, sich der Musik zu überlassen. Ihr schien, als hätte Edvards Mutter sie um ein Erlebnis, einen Genuss gebracht, als hätte sie ihr etwas weggenommen.

KAPITEL 23

Einige Tage später traf sie Magnus im Laboratorium. Fridtjof Nansen hatte die Studenten der Forschungsgruppe Corviden aufgefordert, ihre Ergebnisse zusammenzufassen – zur Vorbereitung der nächsten Prüfung.

Magnus war dabei, ein Gewölle zu untersuchen. Zumindest stand er vor einem Klumpen unverdauter Nahrung, den ein Rabe ausgestoßen hatte. Angewidert blickte Magnus darauf.

«Ekelhaft», sagte er. «Einfach ekelhaft.»

«Ich hoffe, du hast dich bereits mit den Exkrementen der Raben befasst», sagte Liv. «Das war ja eine deiner Aufgaben.»

Magnus antwortete nicht. Er nahm einen Löffel, bugsierte das Rabengewölle auf eine Waage und bestimmte das Gewicht. «Und was jetzt?», fragte er.

«Jetzt nimmst du es auseinander und beschreibst, woraus das Gewölle besteht.»

Magnus seufzte. Dann fuchtelte er mit einer Pinzette in dem kleinen Häufchen herum, hörte aber nach einer Minute bereits wieder auf. «Na, wie hat dir denn die *Matthäus-Passion* gefallen?», wollte er wissen. «Und woher kennst du Edvard Billendal?»

«Das geht dich nichts an», erwiderte Liv.

«Nun sag schon», drängte Magnus weiter. «Er ist einer der begehrtesten Junggesellen der Stadt. Wer mit ihm ausgeht, hat wirklich Glück gehabt, der gehört zu den ganz Großen.»

«Ich bin während dieser Aufführung nicht gewachsen und auch nicht dadurch, dass ich mit Edvard ausgehe.»

Liv wusste natürlich, was Magnus gemeint hatte, aber sie hatte nicht die geringste Lust, ihm irgendwelche Details zu erzählen.

«Aber woher kennt eine wie du die Billendals?», fuhr Magnus fort. «Ich war mit ihm auf dem Internat. Er war ein paar Klassen über mir. Die Mädchen haben sich um ihn gerissen. Und jetzt gehst du mit ihm aus?»

Liv blickte ihn an und erkannte, dass Magnus die Welt nicht mehr verstand.

«Hat er dich auch schon seinen Eltern vorgestellt?»

«Ja.»

«Und? Haben Sie dich zu sich nach Hause eingeladen? Das wäre der nächste Schritt.»

«Der nächste Schritt wohin?», fragte Liv.

«Zur Verlobung.»

Liv erschrak. «Nein, davon war nie die Rede.»

«Aber so läuft es nun einmal. Wenn dich ein junger Mann seinen Eltern vorstellt, erwirbt er damit die Genehmigung, sich mit dir zu verloben. Oder eben das Gegenteil, solltest du bei der Familie nicht gut ankommen.»

«Das ist nicht dein Ernst.»

«Doch, Liv, so läuft das hier. Wie ist das denn bei euch auf der Insel?»

«Anders. Weniger förmlich.»

«Ihr fahrt wohl gemeinsam raus zum Fischen. Und dann fragt der Mann: Willst du deine Angel neben meine hängen?» Er wollte sich ausschütten vor Lachen, aber dann fiel ihm wieder ein, dass sie die Billendals kannte. «Wie oft warst du schon mit ihm aus?»

«Ich habe nicht mitgezählt, und dich geht es nichts an. – Und jetzt Schluss, ich muss zurück an meine Arbeit.»

In der Mittagspause stellte sie fest, dass ihre Mitstudenten sie betrachteten, als hätten sie sie noch nie gesehen.

«Stimmt das?», fragte Kjell, der neben ihr saß und dem sein Brot sichtlich schmeckte.

«Was stimmt?»

«Dass du drauf und dran bist, dich zu verloben? Mit einem der reichsten Männer Norwegens?»

«Einem der reichsten Männer Norwegens?» Liv schaute Kjell aus großen Augen an.

«Ja. Wusstest du das nicht?»

«Er hat mir erzählt, dass seine Eltern eine kleine Fabrik für die Herstellung von Flaggen und Fahnen haben.»

«Und sie besitzen die größte Reederei des Landes. Komisch, dass du das nicht weißt. Und er hat dich sogar seinen Eltern vorgestellt, erzählt Magnus. Bis du in ihn verliebt?»

Liv musste schlucken. Nicht nur, weil Kjell so offen fragte. Sondern auch, weil sie sich selbst gar nicht im Klaren war über ihre Gefühle. War sie in Edvard verliebt? Würde sie überhaupt einer Verlobung zustimmen? Sie mochte ihn. Er hatte ihr eine neue Welt gezeigt. Allerdings eine Welt, in der der Schein mehr bedeutete als das Sein, was ihr sehr wohl bewusst war. Aber Liebe?

Wenn sie an Edvard dachte oder mit ihm ausging, war es ganz anders als mit Sverre. Das Kribbeln im Bauch fehlte, die Vertrautheit und das Gefühl, einen besten Freund an ihrer Seite zu haben. Dafür war er charmant, klug, und er wusste so unendlich viele Dinge, die sie nicht wusste, nicht kannte. Sie war gern mit ihm zusammen, er war ein anregender Gesprächspartner. Er sah gut aus, und sie mochte es, wenn sie sich küssten. Aber sie träumte nicht von ihm. War das überhaupt notwendig?

«Also, wie sieht es aus. Stimmt es?», wiederholte Kjell und unterbrach damit ihr langes Schweigen.

Liv zuckte mit den Schultern. «Wir gehen zusammen aus. Und ja, er hat mich seinen Eltern vorgestellt. Aber mehr war da wirklich nicht.»

«Mehr war nicht?» Kjell hob die Stimme. «Da bist du fast verheiratet und erzählst mir kein einziges Wort davon? Ich dachte, wir sind Freunde.»

«Das sind wir ja auch, Kjell. Aber …»

Sie brach ab, wusste nicht, was sie sagen sollte. Erschrocken erkannte sie, dass sie die Liebelei oder wie immer die anderen das nannten, nicht ernst genug genommen hatte. Sie war naiv gewesen, hatte nur an ihr Studium gedacht und keinen Gedanken daran verschwendet, was Edvard fühlte und wollte. Sie musste mit ihm sprechen. Heute noch. Doch zuvor musste sie sich darüber klar werden über das, was sie wollte. Was sie wollte, war, das Studium erfolgreich zu absolvieren und zu arbeiten …

Die Bibliothek hatte heute geschlossen; es hatte einen Wasserschaden gegeben, deshalb hatte Liv etwas mehr Zeit als sonst. Die Frühlingstage hatten Wärme und Sonne gebracht, und sie genoss es, ihr Gesicht in die warmen Strahlen zu halten. Die jungen Raben waren geschlüpft, und Liv sah zu, wie die Rabeneltern in den Abfalleimern stöberten, einen Kanten Brot mit dem Schnabel aufpickten und ihn zum Nest brachten. Der Boden unter dem Baum war tatsächlich mit weißen Exkrementen übersät, und sie konnte sich gut vorstellen, dass dies den Stadtoberen und den Spaziergängern nicht gefiel. Aber die Raben waren nun einmal dort, wo sie Futter fanden, ihre Nester bauen und ihren Nachwuchs großziehen konnten. Das alles gab es auf der baumbestandenen Karl Johans gate, doch die Spaziergänger waren es leid, Vogeldreck auf dem Hut oder dem Mantel zu haben.

Doch darum ging es jetzt gerade nicht. Es ging um Edvard.

Liv nahm junge Frauen wahr, die stolz an den Armen junger Männer gingen. Es stimmte, auch sie selbst wollte heiraten, eine Familie gründen, Kinder haben. Ja, sie sehnte sich genau wie Lucia nach einem Menschen, der zu ihr gehörte. Aber zuerst kam das Studium. Sie hatte noch ein Jahr bis zum Diplom vor sich. Was danach kam, wusste sie nicht, gleichwohl war sie fest entschlossen, in der Forschung zu arbeiten. Edvard arbeitete in der Flaggenfabrik, hatte er ihr erzählt. Vielleicht würde er sie sogar einmal übernehmen oder erben. Sein Lebensmittelpunkt würde jedenfalls hier in Christiania liegen, das stand fest. Was sollte ein Mann wie Edvard auch auf einer Insel … Aber von einer Verlobung hatte er bislang nie gesprochen, nie etwas angedeutet.

Man sprach davon, was sie für ein Glück hatte. Aber niemand fragte, ob sie dieses Glück auch wollte. Konnte sie sich tatsächlich vorstellen, Edvard zu heiraten? Mit ihm alt zu werden? Er war freundlich, kümmerte sich um sie, war fürsorglich und galant. Er sorgte dafür, dass es ihr gut ging. Aber sie musste sich auch unterordnen, seine Wünsche setzte er durch. War das ihre Vorstellung von einem

Zusammenleben? Ein Leben lang? Sie musste an Lucia denken und die Eheprobleme mit Lasse. Lieblos hörte sich oft an, was Lucia erzählte.

Und Sverre? Warum ging ihr Sverre nicht aus dem Sinn?

Liv hörte die Raben, blickte hoch zu ihrem Nest. Raben blieben ihr Leben lang zusammen. Sie waren einander treu. Ob es bei ihnen ein Gefühl gab, das der menschlichen Liebe ähnlich war? Oder war es ihnen egal, mit wem sie ein Paar bildeten? Sie kuschelte sich fester in das Umschlagtuch und erhob sich. Sie würde zurück in die Universität gehen, ihre Notizen machen, und anschließend war sie mit Edvard verabredet. Sie hatte sich schon heute Morgen ihr bestes Straßenkleid angezogen und den neuen Hut. Dabei hatte sie in den Spiegel geschaut. Ihre Locken waren schon nach der nächsten Haarwäsche verschwunden gewesen, außerdem wirkte das Haar strähnig und trocken. Es musste wohl eine Handbreit abgeschnitten werden. Ob Lucia das könnte?

Plötzlich erschienen die Haare ihr so viel wichtiger als das Laboratorium. Sie eilte zur Pferdebahn und fuhr zu Lucia.

«Schön, dass du da bist, Liv», sagte sie ein wenig überrascht, «hast du noch etwas vor? Du siehst so schick aus.»

«Ach, Lucia, ja, ich bin noch mit Edvard verabredet. Und ich dachte, vielleicht kannst du helfen? Kannst du mir ein bisschen das Haar schneiden? Seit ich bei diesem Friseur war, sind meine Haare kaputt.»

«Aber ja, ich setze gleich Wasser auf.» Lucia ging in die Küche, wo die kleine Marie auf dem Boden saß und mit einer Stoffpuppe spielte. Liv beugte sich zu ihr, strich ihr sanft über das seidenweiche Haar, nahm sie hoch, sog den betörenden Kleinkinderduft ein und küsste sie auf die Stirn, bevor sie sie wieder zu Boden ließ. Dann wandte sie sich an Lucia.

«Geht es dir gut? Du siehst ein bisschen blass aus.»

Lucia zuckte mit den Achseln. «Gut? Was genau heißt das? Wir haben genug zu essen, die Zimmer sind warm, wir sind gesund.»

«Und außerdem?»

«Lasse ist jedes Wochenende mit ein paar Doktoranden zum Skifahren in den Bergen. An den Abenden hat er Zusammenkünfte und Besprechungen. Wir sehen ihn kaum noch.» Lucia zog die Augenbrauen in die Höhe.

«Du glaubst ihm das nicht?»

«Ich weiß nicht, was ich glauben soll, Liv. Es ist nur so, dass ich jetzt hier festhänge. Ich habe niemanden außer dir und einer Nachbarin, mit der ich mich ab und an treffe. Frei reden kann ich aber nur mit dir. Vielleicht hat Lasse eine Geliebte, vielleicht stimmt es aber auch, was er sagt. Aber das ist egal, es macht keinen Unterschied.» Sie brach ab, umarmte die Schwester. «Ich vermisse mein altes Leben so sehr», flüsterte sie. «Ich vermisse die Insel, Runi und Fenris und all die anderen. Auf Smøla habe ich mich nie einsam gefühlt.»

Liv verstand, aber sie wusste nicht, wie sie ihrer Schwester helfen sollte. Sie war mit Lasse verheiratet. Aber ganz tief in ihrem Inneren erschrak sie. Sie konnte Lucias Einsamkeit nachempfinden, ihr leeres Leben ohne Anerkennung und Liebe. Und sie hatte Angst, dass es ihr ebenso ergehen könnte.

Das Wasser wurde warm, Lucia wusch ihrer Schwester die Haare, spülte sie mit Essigwasser, damit sie schön glänzten. Dann rubbelte sie sie trocken und schnitt eine ganze Handbreit ab.

«Setz dich vor den Ofen», sagte Lucia, als sie fertig war. «Da trocknen die Haare schneller. Was habt ihr denn heute vor?»

Liv nickte. «Nichts Großes, wir sind einfach verabredet. Es ist das erste Treffen nach dem Konzert, du weißt schon.»

«Und? Du klingst, als ob dir Schlimmes bevorsteht.»

Liv seufzte. «Irgendwie fühlt es sich so an, du hast recht. Denn entweder macht er mit mir Schluss, weil ich seinen Eltern nicht gefallen habe. Und davon gehe ich aus. Oder er macht mir einen Antrag. Das jedenfalls denken meine Mitstudenten.»

«Sie könnten recht haben, nachdem er dich seinen Eltern vorgestellt hat. So ist es Brauch in besseren Kreisen.»

«Und, Lucia, was denkst du?»

«Ich möchte, dass du glücklich wirst. Und natürlich würde ich mich freuen, dich hier in der Stadt zu haben.»

Liv spürte plötzlich eine Welle des Glücks durch ihren Körper fluten. Edvard war nicht wie Lasse, würde niemals so sein. Er würde ein besserer Ehemann sein als Lasse. Das stand jetzt schon fest. Plötzlich hatte sie keine Angst mehr vor dem heutigen Abend, keine Angst mehr, die eine Frage beantworten zu müssen. Sie konnte sich gut vorstellen, Edvards Frau zu werden. Aber sie zügelte ihre Gefühle, versteckte sie tief drinnen, um Lucia nicht wehzutun.

Ihr Haar war kaum trocken, da musste sie auch schon los. «Ich komme am Wochenende wieder vorbei», versprach sie. «Dann erzähle ich dir alles.»

Insgeheim war sie froh, gehen zu können. Sie liebte ihre Schwester von ganzem Herzen, aber das Unglück, das sie sah, schnürte ihr Herz ein. Manchmal war es schwer zu ertragen, wie schmal Lucia geworden war, die Augen glanzlos, der Rücken gebückt. Lucia litt doppelt. Unter ihrer Ehe und unter ihrer Einsamkeit. Am besten wäre es, wenn Lucia auf die Insel zurückkehrte. Mit Marie. Aber wie sollte das gehen? An eine Scheidung war nicht ernsthaft zu denken, das würde Lasse auch nie zulassen. Und auf der Insel würde Lucia von allen geächtet werden.

KAPITEL 24

Sie saßen sich im vornehmsten Restaurant der Stadt gegenüber. Edvard hatte sie schon erwartet, sie freudig in den Arm genommen, breit gelächelt. Und nun saßen sie an einem Tisch, der festlich gedeckt war. Auf der gestärkten Tischdecke stand feinstes Porzellan und auf den Tellern je eine zu einem Schwan gefaltete Damastserviette. Die Kristallgläser leuchteten im Licht der Bienenwachskerzen. Die Flammen spiegelten sich in schimmerndem Silberbesteck. Kellner eilten auf leisen Sohlen von Gast zu Gast. Stimmengemurmel erfüllte den Raum, leises Lachen. Die Luft war erfüllt von den Duftwässern der Gäste.

«Wie war dein Tag?», wollte Edvard von ihr wissen.

«Es hätte ein guter Tag werden können, aber ich mache mir Sorgen um Lucia. Sie ist unglücklich und glaubt, dass Lasse eine Geliebte hat.» Unter dem Tisch strich sie sich über ihr Kleid, das im Laufe des Tages einige Knitter abbekommen hatte.

Edvard – der mit Lasse befreundet war, sie kannten sich ja seit der Grundschule – nickte, doch er sagte kein Wort dazu.

«Ich weiß nicht, wie ich ihr helfen kann», sprach Liv weiter.

Sie redete über Lucia, weil sie aufgeregt und angespannt war. Das vornehme Restaurant. Edvards Getuschel mit dem Oberkellner. Sie ahnte, was das zu bedeuten hatte. Aber sie wollte sich um nichts in der Welt etwas anmerken lassen, also redete sie ununterbrochen. Sie hätte nicht unbedingt über Lucia sprechen müssen. Selbst die Form der Briefkästen wäre ein Thema gewesen, um ihre Aufregung im Zaum zu halten.

Edvard griff über dem Tisch nach ihrer Hand. «Du kannst ihr nicht helfen. Die beiden müssen sehen, wie sie miteinander auskommen. Es ist niemals gut, sich in die Ehe anderer einzumischen.»

«Aber es macht mich traurig, Lucia so unglücklich zu sehen. Sie ist meine Schwester.»

«Das verstehe ich, und doch kannst du ihr nicht helfen.»

Der Kellner kam, räumte die leeren Teller ab, schenkte Wein nach.

«Was möchtest du zum Dessert?», fragte Edvard. «Schokoladenmousse, wie es in Frankreich gemacht wird?»

Liv nickte. Und sie spürte, dass Edvard ähnlich angespannt war wie sie selbst, was das Ganze aber nicht leichter machte.

«Du hast deine Brille noch auf», stellte er fest.

Stimmt, und sie wusste, dass er die Brille nicht mochte. Deshalb ließ sie sie stets zu Hause, wenn sie mit ihm unterwegs war. Heute hatte sie das in der Eile vergessen. Sie nahm sie also ab, verstaute sie im Etui – und plötzlich verschwammen die Konturen um sie ringsum. Sie kniff die Augen zusammen, was nicht wirklich half. Was um Himmels willen störte ihn eigentlich so sehr an ihrer Brille? Ohne sie konnte sie manche Dinge nicht richtig einordnen. Es war ihr schon passiert, dass sie über einen Bürgersteig gestolpert war. Das konnte Edvard doch nicht wollen. Doch, das konnte er, musste sie sich sogleich eingestehen. Hier, in diesem Restaurant, gab es keine Frau mit Brille. Brillen machten Frauen hässlich.

«Ich wollte dich etwas fragen», begann Edvard.

Livs Magen knüllte sich zusammen.

Der Kellner kam mit einer Flasche Champagner. Er entfernte den Korken und goss zwei Gläser voll. Edvard griff sofort nach seinem, trank einen großen Schluck, dann nahm er ihre Hand. «Willst du meine Frau werden, Liv Nagard?»

Liv schluckte. Sie hatte doch geahnt, dass er sie heute fragen würde. Warum glitt ihr die Antwort nicht wie Öl von der Zunge? Sie blickte ihm in die Augen, sah die Freude darin, die langsam, mit jeder Sekunde ihres Schweigens, weniger wurde.

Sie besann sich, schöpfte tief Luft – sagte das, was sich in diesem Augenblick richtig anfühlte: «Ja, ich möchte sehr gern deine Frau werden.»

Edvard strahlte, griff in die innere Brusttasche seiner Jacke, zog ein blau samtenes Kästchen hervor, öffnete es andächtig und zeigte ihr den größten Diamantring, den sie je gesehen hatte. Er war schön, glitzerte, schimmerte, brach das Licht tausendfach. Schön und riesig. Edvard nahm ihre linke Hand, steckte ihr den Reif auf den Ringfinger. Er passte, als wäre er für sie gemacht. Aber er war schwer. Im Labor würde sie nicht damit arbeiten können. Eigentlich sollte dieser Augenblick der schönste und bewegendste in ihrem Leben sein. Und sie dachte die Arbeit.

Sie schämte sich ein wenig, setzte dann aber schnell hinzu: «Ich freue mich. Ich freue mich so, Edvard.»

«Liebste, ich dachte, wir heiraten im September», erklärte Edvard, der zuvor aufgestanden war, um sie zu küssen. «Wir benötigen schließlich Zeit für die Vorbereitungen. Nach der Hochzeit werden wir in der Villa im Westen der Stadt wohnen.»

Liv öffnete den Mund, um etwas zu sagen, doch Edvard unterbrach sie: «Du brauchst keine Angst zu haben, meine Eltern wohnen zwar in der Nähe, aber nicht mit uns gemeinsam.» Er lächelte stolz. «Ich habe mir sagen lassen, dass ein Arrangement mit der Schwiegermutter stets ein Wagnis ist. Nun, dieses Wagnis müssen wir gar nicht erst eingehen.»

Er hielt inne, um Livs Reaktion einzuschätzen, die ihr Strahlen noch verstärkte. Sie ließ seine Worte wie eine Meereswelle über sich hinwegrauschen.

«Wir werden vier Kinder bekommen», sprach Edvard weiter. «Ich würde mich auch über Mädchen freuen. Du wirst in einigen Wohltätigkeitsvereinen arbeiten und kannst ansonsten machen, was immer du magst. Nur die Brille brauchst du nicht mehr.»

«Wie weit ist der Weg zur Universität?», fragte Liv, und das war tatsächlich die einzige Frage, die sie wirklich interessierte.

«Du wirst nicht mehr zur Universität gehen. Du wirst eine verheiratete Frau sein.»

Liv schluckte, fühlte sich wie erstarrt – aber nur für einen kurzen Moment. Sie richtete sich auf und sagte fest: «Ich werde weiter studieren.»

«Aber, Schatz, das musst du doch nicht.» Er lächelte und drohte ihr spielerisch mit dem Finger. «Du hast dein Ziel doch erreicht.»

«Welches Ziel?»

«Du hast einen Mann, du hast ausgesorgt für den Rest deines Lebens.»

«Ach, so ist das.» Liv wunderte sich, dass sie gedacht hatte, Edvard wäre anders als die anderen Männer. «Lieber Edvard, das Studium ist meine Bedingung. Ich heirate dich nur, wenn ich es fortsetzen kann.»

Edvard lehnte sich zurück, geradezu ungläubig. Alle Freude war aus seinem Gesicht gestrichen. Er kniff ein wenig die Augen zusammen und betrachtete Liv ärgerlich. «Du willst studieren? Als meine Frau? Und was willst du noch? Eine eigene Villa? Einen Teil meines Vermögens?»

«Nein, nein.» Liv schüttelte den Kopf. «Nichts will ich von dir. Nur studieren möchte ich. Und das weißt du.»

Da stand Edvard auf. «Wir gehen!» Er machte dem Kellner ein Zeichen, und wenige Minuten später standen sie auf der Straße. Edvard winkte eine Kutsche für Liv heran. «Du entschuldigst mich bitte», sagte er steif. «Aber ich muss die Geschehnisse erst einmal verdauen. Und ich hoffe sehr, dass auch du noch einmal alles gründlich überdenkst.»

«Edvard!» Liv wollte nach seiner Hand fassen, aber er entzog sich. «Ich wollte dich nicht verletzen.»

«Lass uns beiden ein paar Tage Zeit.» Mit diesen Worten drehte er sich um und ging die Straße hinab.

Liv ließ sich nach Hause fahren und betete, dass Kristine da sein möge. Sie brauchte die Freundin, sie musste reden über das, was sie gerade erlebt hatte.

Und sie hatte Glück.

«Was ziehst du denn für ein Gesicht?», fragte Kristine besorgt, als Liv zur Tür hereinkam. «Ist etwas passiert.»

Liv nickte. «Edvard hat mir einen Heiratsantrag gemacht. Und verlangt, dass ich mein Studium aufgebe.»

Als Kristine das hörte, ließ sie sich auf einen Stuhl fallen und rief laut: «Aber das ist doch wunderbar! Liv, ich gratuliere dir!»

«Nein, das ist nicht wunderbar. Ich will studieren, habe nie etwas anderes gewollt. Aber Edvard denkt, dass ich nur an die Universität gegangen bin, um einen reichen Ehemann für mich zu finden.»

«Ist das denn so schlecht? Auch Cecilie Thoresen hat auf ihr Studium verzichtet und geheiratet. Schließlich sagst du selbst, dass du einmal heiraten und Kinder bekommen möchtest.»

Liv setzte sich neben Kristine und ließ sich von der Freundin in den Arm nehmen. «Was soll ich nur machen?», klagte sie.

«Was sagt denn dein Herz?»

«Das ist es ja gerade. Ich mag Edvard, sehr sogar. Und ich könnte mir gut vorstellen, ihn zu heiraten. Aber dann musste ich plötzlich an Lucia denken, die alles aufgegeben hat, ihre Familie und ihre Freunde. Und jetzt sitzt sie mit ihrer kleinen Tochter allein und einsam in ihrer Wohnung, während ihr Mann sich anderweitig vergnügt.»

«Ich glaube, dass Edvard anders ist. Du hast doch erzählt, wie offen ihr miteinander sprechen könnt, wie viel gemeinsame Freude ihr habt, wenn ihr etwas unternehmt. Wie sehr er dich umsorgt.»

«Aber ich habe so gekämpft», sagte Liv leise. «Ich habe mir das Examen artium erkämpft, habe gelernt und gebüffelt. Ich wollte immer studieren, wollte forschen. Mein ganzes Leben lang schon. Es ist nicht gerecht, dass Edvard mir nehmen will, was mich doch ausmacht. Warum kann ich nicht beides haben?» Sie sah Kristine an. «Vielleicht lenkt er doch noch ein?»

«Das kann ich mir nicht vorstellen. Er ist ein moderner Mann, aber er unterliegt auch gewissen gesellschaftlichen Zwängen. Und dazu gehören die Rollen, die Verheiratete innehaben. Es hat sicher schon sehr viel Mut erfordert, sich für dich zu entscheiden.»

«Ich weiß», antwortete Liv. «Seine Mutter hätte sicher liebend gern eine andere Schwiegertochter. Eine von Stand. Eine Städterin. Eine, die ihr ein bisschen ähnlich ist und dieselben Werte vertritt wie sie. Es war sicher nicht leicht, sich gegen sie zu stellen.»

«Das zeigt, wie sehr er dich liebt.»

«Ich liebe ihn auch», sagte Liv. «Das macht es ja gerade so schwer.» Auf einmal drängten Worte hervor, die in ihrer Heftigkeit nicht nur sie selbst überraschten. «Ich weiß einfach genau, worauf ich nie verzichten werde. Nicht auf mein Studium, nicht auf meinen Traum vom wissenschaftlichen Arbeiten. Und ich werde meine Herkunft nie verleugnen. Ich bin stolz auf meine Insel und die Insulaner!»

«Und das alles hast du auch Edvard gesagt?»

«Hm, vielleicht nicht in dieser Bestimmtheit. Aber selbst seine Mutter hat erzählt, dass Fridtjof Nansen mich schätzt. Es ist kein Geheimnis, wie sehr ich das Lernen und Forschen genieße. Und ich würde sogar meinen Plan aufgeben, auf die Insel zurückzukehren. Für Edvard würde ich hierbleiben. In Christiania, in der Großstadt. Aber auf das Studium kann ich nicht verzichten. Ist das so egoistisch?»

Kristine zögerte mit der Antwort, dann sagte sie: «Ja. Das finde ich schon.»

«Wirklich? Aber bist du es nicht, die von der Emanzipation der Frauen gesprochen hat? Von der Bedeutung der Emanzipation für die Frauen? Für uns Frauen?»

«Ja, Liv, das stimmt. Aber es geht auch um Kompromisse. Und die muss man in einer Ehe machen. Nicht nur in einer Ehe. Auch in allen anderen Bereichen.»

Plötzlich fühlte sich Liv unsagbar müde. «Ich werde darüber nachdenken. Danke, dass du mir zugehört hast. Und ehrlich geantwortet hast.» Sie gab Kristine einen Kuss auf die Wange und wünschte ihr eine Gute Nacht.

Zehn Minuten später lag Liv im Bett, aber an Schlaf war nicht zu denken. Trotz der Müdigkeit, trotz der Erschöpfung. Sie wälzte sich hin und her. Was sollte sie tun? Nie zuvor hatte sie größere Sehnsucht nach der Insel gehabt, nach Fria und dem Samen und nach ihren Freunden vom Stammtisch.

KAPITEL 25

Der nächste Morgen lag schwer auf ihren Schultern. Trotzdem stand sie auf, zog sich an und machte sich auf den Weg zur Universität. Sie betrachtete alles um sich herum. Sie sah einen Raben auf einem Dach und wurde traurig. Sie lief die Karl Johans gate entlang, beobachtete zwei Spatzen, die in einer Pfütze planschten, und ihr Herz wurde schwer. Sie ging an der Bibliothek vorbei und warf einen sehnsüchtigen Blick auf die Eingangstür. Als sie den Fachbereich Zoologie betrat, roch sie den vertrauten Geruch und sog ihn tief ein. Sie betrat das Laboratorium und setzte sich an ihren Platz. Sie wollte noch etwas in ihren Bericht eintragen, aber das Notizbuch lag nicht mehr auf dem Tisch. Sie schaute in jede Schublade, auf jeden anderen Arbeitstisch, sie konnte es nicht finden. Sie durchwühlte ihre Tasche, obschon sie wusste, dass es nicht dort war. Langsam trafen die anderen Studenten ihrer Gruppe ein.

«Kjell, hast du mein Notizbuch gesehen?», fragte sie.

Kjell verneinte.

«Hat jemand anderes an meinem Tisch gearbeitet und es versehentlich eingesteckt?»

«Magnus saß gestern dort. Er ist erst nach uns anderen gegangen», wusste jemand.

Liv holte ganz tief Luft. Professor Nansen hatte von Magnus einen detaillierten Zwischenbericht verlangt, den er heute vorlegen sollte. Und endlich erschien er auch. Bester

Laune warf er seine Tasche auf den Tisch und wandte sich direkt an Liv: «Nun, bist du jetzt verlobt, oder lässt er dich noch eine Weile zappeln?»

Liv hatte den schweren Ring zu Hause gelassen. Nicht, weil ihre Zukunft mit Edvard so ungewiss war, sondern weil er sie bei der Arbeit gestört hätte. Außerdem war er zu wertvoll; sie wollte nicht, dass er einen Kratzer bekam.

«Hast du mein Notizbuch genommen?», fragte sie geradeheraus.

«Dein Notizbuch? Warum sollte ich?» Er zündete sich eine Zigarette an und blies genüsslich den Rauch in die Luft, obwohl das Rauchen im Labor streng untersagt war.

«Sag du es mir. Schließlich musst du heute deinen Zwischenbericht abgeben, nicht wahr?»

Magnus zuckte mit den Schultern. «Na und? Ich habe hart dafür gearbeitet.»

Liv lachte auf. «Das kannst du sonst wem erzählen. Ich wette, du warst nur ein einziges Mal auf dem Friedhof für deine Rabenstudien, und das auch nur, damit du weißt, wie es dort aussieht, falls dich jemand danach fragt.»

«Ein Mann wie ich hat auch noch andere Interessen, als Raben zu beobachten», sagte er und grinste breit.

«Ich will mein Notizbuch wiederhaben. Auf der Stelle!» Liv war inzwischen aufgestanden, um diesem unverschämten Kerl auf Augenhöhe gegenüberzustehen.

«Wie soll ich dir etwas geben, das ich nicht habe?» Er breitete theatralisch die Arme aus. In diesem Augenblick betrat Professor Nansen das Labor. Magnus kramte in seiner Tasche, dann holte er ein Kompendium heraus, größer als alles, was er je eingereicht hatte. «Herr Professor, mein Zwischenbericht. Ich denke, Sie werden zufrieden sein.»

Nansen nahm die Mappe entgegen, nickte und begann mit dem Unterricht. Alle schienen aufmerksam zuzuhören, nur Liv schaffte es heute nicht, seinen Ausführungen zu folgen. Viel zu viel ging ihr im Kopf herum. Sie dachte an Edvard, sie dachte an Magnus und war sicher, dass er ihr Notizbuch gestohlen hatte. In der Pause saß sie mit Kjell zusammen.

«Denkst du, Magnus hat mein Buch?», fragte sie.

Kjell wiegte den Kopf hin und her. «Schwer zu sagen. Ich traue es ihm natürlich zu, aber solange du keine Beweise dafür hast, kannst du ihn nicht beschuldigen.»

«Aber es liegt doch auf der Hand. Er war gestern der Letzte im Labor. Es kann gar nicht anders gewesen sein. Und er hat meine Erkenntnisse benutzt, um seinen Zwischenbericht zu schreiben. Hast du gesehen, wie umfangreich seine Arbeit war?»

«Ja, das habe ich. Und ich denke auch, dass du mit deinem Verdacht richtigliegst. Was willst du tun?»

Als die Pause zu Ende war und Professor Nansen wieder vor seinen Studenten stand, wandte er sich direkt an Magnus. «Ich bin überrascht, Magnus. Und ich muss gestehen, dass ich Sie vielleicht falsch eingeschätzt habe. Ihr Bericht ist ganz außerordentlich. Sie haben wirklich gute Arbeit geleistet. Besonders ihre Beobachtungen zur Sprache der Raben haben mich beeindruckt.»

Zur Sprache der Raben? Liv fand vor Empörung kaum Worte. Das war ihre Arbeit! Ihre ganz allein! Magnus hatte sie bestohlen! Sie konnte es kaum abwarten, dass die Stunde zu Ende ging, und eilte gleich nach vorn, wo Professor Nansen immer noch auf dem Podium stand.

«Liv, was kann ich für dich tun?», fragte er. Sie war die

Einzige der Studiengruppe, die von ihm geduzt wurde, allerdings duzte er sie nur außerhalb des Unterrichts und auch nicht vor den anderen. Bislang hatte sie dieses Du als Auszeichnung empfunden. Aber war es das wirklich? Oder tat er es, weil sie eine Frau war?

«Ich befürchte, Magnus hat mir mein Notizbuch gestohlen und meine Arbeit als die seine ausgegeben. Die Forschungen zur Sprache der Raben hat er von mir.»

Der Polarforscher reagierte mit ernster Miene. «Du hast gehört, wie überrascht ich war. In meiner langen Tätigkeit als Forscher und Lehrer wäre es nicht das erste Mal, dass jemand einem anderen die Ergebnisse stiehlt und sie als seine ausgibt. In der Wissenschaft gibt es harte Konkurrenz. Aber wie soll Magnus an deine Arbeit gekommen sein? Solltest du mit deinen Ergebnissen nachlässig umgegangen sein, dann ist das deine Schuld, Liv. Du musst lernen, dich gegen die anderen durchzusetzen.»

«Aber ich habe so viel Zeit in meine Beobachtungen gesteckt, mir so viele Gedanken gemacht, meine Schlüsse gezogen! All das kann er mir doch nicht einfach wegnehmen. Das ist ungerecht!»

Professor Nansen seufzte. «Du wolltest studieren. Du hast nie darum gebeten, anders behandelt zu werden als die Männer. Und ich hätte dieser Bitte auch niemals stattgegeben. Du bist ein Student wie jeder andere hier. Es tut mir leid um deine intensive Arbeit. Aber ich kann dir nicht helfen. Ich hoffe jedoch, du ziehst eine Lehre aus diesem Vorfall.»

Er nickte ihr noch einmal zu, dann verließ er das Labor. Sie war allein, kämpfte gegen die Tränen und verlor. Mit einem tiefen Schluchzer brach sie auf ihrem Stuhl zusammen. Sie weinte wie nie zuvor in ihrem Leben. Ihre Schultern bebten, ihr ganzer Körper wurde vom Weinen durchgeschüttelt. Sie fühlte sich so elend, müde und ausgelaugt. Sie verstand nicht, warum Nansen ihr nicht half. Und sie verstand nicht, warum Edvard sie nicht studieren ließ. Die ganze Welt kam ihr heute grau und schwer vor. Die Sehnsucht nach der Insel war größer denn je. Und als sie sich endlich so weit beruhigt hatte, dass sie aufstehen und das Labor verlassen konnte, fasste sie einen Entschluss. Sie würde gehen. Sie würde Christiania, die Universität und Edvard verlassen. Nicht für immer. Aber sie brauchte unbedingt Abstand, brauchte Zeit zum Nachdenken. Noch im Labor schrieb sie einen Brief an Edvard. Dann ging sie nach Hause und packte ihren Holzkoffer.

KAPITEL 26

Wenige Tage später bestieg Liv das Postschiff zur Insel, aber schon als sie das Schiff gesehen hatte und das Meer roch, fühlte sie sich leichter. Hier gehörte sie her. Hierher, auf die Insel. Nicht in die Hauptstadt, nicht in die Oper, nicht ins Konzerthaus. Oder täuschte sie sich? Edvard fehlte ihr. Sie wollte ihm von der Reise erzählen, vom Postschiff, davon, wie es hier roch, wie weit der Himmel war und wie unendlich das Meer.

Als das Postschiff bei der Handelsstation auf Smøla anlegte, atmete Liv ganz tief durch. Die Luft schien ihr kälter und klarer, aber auch viel reiner zu sein als in der Stadt. Sie stellte ihren Holzkoffer neben sich, blickte hinauf zum Himmel, sah ein paar Eissturmvögel, hörte das Krächzen der Raben, das sich ein wenig anders anhörte als das der Raben in Christiania. Sie hörte noch einmal genauer hin, und dann musste sie lachen: Die Raben in der Stadt ahmten die Klingel der Pferdebahn nach. Erst hier, wo es gar keine Pferdebahnen gab, stellte sie das fest. Sie hatte monatelang versucht, dieses spezielle Krächzen ihrer Sprache zuzuordnen. Und nun wusste sie es, wusste noch viel mehr, nämlich dass Raben «Dialekte» sprachen. Sie lachte noch einmal, nahm ihren Koffer auf und ging zielstrebig in Richtung Wirtshaus. Sie war kaum fünfzig Meter weit gekommen, da traf sie Runi, die Pfarrersfrau.

«Liv, was machst du denn hier? Sind denn Ferien?»

«Nein, Runi, aber ich hatte solche Sehnsucht nach Smøla, dass ich einfach herkommen musste.»

«Wie geht es Lucia?», wollte Runi auf der Stelle wissen. «Was macht die kleine Marie?»

Kurz dachte Liv daran, Runi von Lucias Unglück zu erzählen, aber dann schwieg sie darüber. Runi konnte ihr nicht helfen. Sie würde sich nur sorgen. «Es geht ihnen prächtig. Marie läuft immer besser, und auch die Worte sprudeln jetzt nur so aus ihrem Mund. Lucia hat ganz schön zu tun mit ihr.»

Runi klatschte in die Hände. «Oh, das tut gut, das zu hören», rief sie aus. «Ich hatte mich schon gesorgt. Der letzte Brief, weißt du, Lucia fragte darin, ob es auf Smøla schon einmal eine Scheidung gegeben hatte.»

«Und?», fragte Liv. «Hat es?»

«Selbstverständlich nicht!» Runi zog empört die Augenbrauen nach oben. «Eine Ehe wird schließlich im Himmel geschlossen.» Sie trat einen Schritt dichter an Liv heran, wedelte mit dem ausgestreckten Zeigefinger vor ihrem Gesicht herum. «Die Kirche ist da sehr streng. Eine Geschiedene darf nicht zum Gottesdienst. Und wenn sie stirbt, kommt ihr Sarg zu den Selbstmördern.»

«Sie wäre verfemt?»

«Was denkst du denn? Jeder, der sich so gegen Gott und die Kirche versündigt, wird ausgeschlossen. Aber warum fragst du das alles?» Runi blickte sie misstrauisch an. «Ist wirklich alles in Ordnung mit Lucia?»

«Aber ja. An der Universität gibt es eine Frau, die geschieden ist. Deshalb interessieren wir uns dafür», log Liv.

Runi verschränkte die Arme vor der Brust. «Ach! Sag bloß! Warum ist sie geschieden?»

«Genau weiß ich es auch nicht, aber ich habe gehört, ihr Mann soll eine Geliebte gehabt haben.»

«Pfft! Als ob das ein Grund wäre! Die meisten Männer legen sich eine Geliebte zu, wenn sie ins mittlere Alter kommen. Als kluge Ehefrau weiß man, dass man Nachsicht üben sollte.»

«Ich muss weiter, Runi. Fria wartet sicher schon.»

«Jaja, ich will dem Herrgott auch nicht die Zeit stehlen. Mach es gut, grüß Lucia und gib Marie einen Kuss von mir.»

Bald würde alles auf der Insel blühen. Die Birken würden ihr frisches Grün zeigen, die Wiese mit Schlüsselblumen überzogen sein, und die Luft würde stärker duften als die Frauen in der Oper. Wie schön hier alles ist, dachte Liv. Ganz tief sog sie die frische Luft ein, die so klar und rein schmeckte, wie sie es in Christiania nie war. Da stießen Fabrikschornsteine dichte schwarze Wolken in den Himmel, verschmutzten Eisenbahnzüge und Dampfschiffe die Luft.

Sie konnte das Guesthuset schon sehen, und doch blieb sie stehen und betrachtete das zweistöckige Gebäude mit dem Grassodendach. Die Fensterscheiben blitzten in der Sonne, der Same hatte neben dem Haus schon sein Kräuterbeet angelegt. Ein Fenster im ersten Stock stand offen, eine weiße Vorhangbahn blähte sich in der leichten Brise, die vom Meer kam. Nie hatte sie sich ihr Zuhause so genau betrachtet. Es war immer so selbstverständlich gewesen. Die dicke, rot gestrichene Holztür mit der Klinke aus Messing, die Blumenkästen vor den Fenstern der Gaststube, die ebenfalls rot gestrichene Bank neben dem Eingang. Heute empfand sie ihr Zuhause als wunderhübsch und gemütlich. Bald würde sie in einer Villa leben. Bald? Vielleicht würde sie bald in einer Villa leben. Um das herauszufinden, war sie hergekommen.

Die letzten Meter rannte sie beinahe, riss die Tür auf und rief: «Ich bin zu Hause!»

Der Same kam aus der Küche gelaufen, Fria eilte die Treppe hinab, nahm Liv fest in die Arme. «Mein Mädchen», rief sie. «Mein Mädchen ist daheim.» Dann umarmte der Same sie, und dann saßen sie alle drei am Tisch in der Küche und aßen Brot mit selbst gemachtem Braunkäse und tranken Kaffee. So wie immer.

«Was ist passiert?», fragte Fria, nachdem Liv aufgegessen hatte.

«Warum sollte etwas passiert sein?»

«Weil im Augenblick keine Ferien sind. Und weil ich dir ansehe, dass du Kummer hast. Deshalb. Also, was ist geschehen?»

Liv schluckte. «Ich bin verlobt», sagte sie.

«Oh, wie wunderbar! Herzlichen Glückwunsch!» Wieder wurde Liv vom Samen und von Fria umarmt. Dann forderte die Wirtin: «Jetzt erzähl! Wir wollen alles ganz genau wissen.»

Und Liv erzählte. Sie sprach über das Theater, das Konzerthaus, die Einladungen in vornehme Restaurants. Sie sprach über Edvards Eltern und ihre Begegnung bei der *Matthäus-Passion*, nur von Edvard sprach sie nicht.

«Warum bist du unglücklich, obschon du vor Glück auf Wolken gehen solltest?», fragte der Same.

«Weil an die Hochzeit eine Bedingung geknüpft ist. Edvard verlangt, dass ich das Studium aufgebe.»

«Oh!», sagte Fria. Sonst nichts. Der Same nickte, als hätte er das vorausgesehen.

«Und jetzt bin ich hier, weil ich nicht weiß, was ich machen soll. Und an der Universität ist es im Augenblick auch sehr schwer. Ein Mitstudent hat meine Aufzeichnungen gestohlen und als seine ausgegeben.»

«Das musst du Professor Nansen mitteilen», fand Fria.

«Das habe ich, aber er ist der Meinung, dass ich auf meine Aufzeichnungen einfach besser aufpassen muss.»

Der Same wiegte den Kopf. «Da hat er recht, finde ich.»

«Unsinn», meinte Fria, «das ist Betrug. Und Betrug muss geahndet werden.»

Als Liv die Zuneigung und Liebe der beiden hörte und spürte, brach sie in Tränen aus. Sie weinte an Frias Schulter, während der Same ihr tröstend auf den Rücken klopfte. Dann ging er und holte die Aquavitflasche und drei Gläser. Der Schnaps beruhigte Liv tatsächlich.

«Ich habe Wein und Champagner getrunken in der Hauptstadt», erzählte sie. «Und ich werde in einer Villa wohnen nach der Hochzeit.»

«Wenn es denn eine gibt», ergänzte Fria.

Liv blickte sie an. «Was soll ich nur machen?»

Fria zuckte mit den Schultern. «Man kann ohne einen Mann leben. Man kann sogar mit sehr wenig Geld leben. Aber mit Mann wird das Leben leichter sein. Und mit Geld sowieso.»

Der Same räumte die Flasche und die Gläser weg. «Mach einen Spaziergang. Geh hinunter ans Meer und lass dich richtig durchpusten. Danach siehst du vielleicht klarer.»

Wenig später stand Liv am Ufersaum. Kleine Wellen mit weißen Schaumkronen rollten bis zu ihren Füßen, flüsterten und wisperten beim Ausrollen, schmiegten sich an die felsige Küste. Liv setzte sich auf einen Stein, umschlang die Knie mit beiden Armen und blickte auf das Meer hinaus. Sie stellte sich vor, mit Edvard hier zu sitzen, aber da entstand kein Bild vor ihren Augen. Stattdessen sah sie Sverre neben sich. Sverre, der zum Himmel blickte und ihr eine Dreizehenmöwe zeigte. Zwei Stunden saß sie da und kam keinen Schritt weiter. Sie wusste nur, dass sie hier auf Smøla glücklich war. Glücklich, geborgen und geschützt.

Am Abend kamen die Männer zum Stammtisch. Dass Liv wieder auf der Insel war, hatte sich in Windeseile herumgesprochen. Liv berichtete, was es zu berichten gab, und fragte auch ihre Freunde nach deren Meinung.

«Ich habe mir schon gedacht, dass du es nicht lange in der Stadt aushältst», erklärte Chrisander und stopfte seine Pfeife. «Du bist ein Inselmädchen, und das wirst du auch immer bleiben. So sind wir hier.»

Arni meinte: «Du kannst die Schule übernehmen. In ein paar Jahren setze ich mich zur Ruhe.»

«Es ist ganz gleich, wofür du dich entscheidest. Die Hauptsache ist, dass du ein gottgefälliges Leben führst», fand Fenris.

Plötzlich krachte eine Hand so laut auf den Tisch, dass die Schnapsgläser in die Höhe sprangen. Es war Bjarnis Hand. «Wir haben an dich geglaubt», rief Bjarni aus. «Das klügste Inselmädchen haben wir nach Christiania geschickt, weil wir an dich geglaubt haben.» Er brach ab, trank seinen Schnaps in einem Zug.

Liv senkte den Blick auf die Tischplatte. «Ich habe euch enttäuscht, nicht wahr?»

«Nein!», rief Chrisander. «Wenn du einen so reichen

Mann heiraten kannst, dann musst du zuschlagen. So eine Gelegenheit bekommt man nicht zweimal.»

«Du solltest weiter studieren. Auf jeden Fall. Sonst hast du dich jahrelang umsonst angestrengt», erklärte Arni. «Was du nach dem Studium machst, ist eine andere Sache.»

«Wo ist eigentlich deine Brille?», wollte Fenris wissen. «Du hast sie immer so gern getragen.»

«Sehe ich damit nicht hässlich aus?», fragte sie.

Sofort stimmten alle dagegen, nur Bjarni nicht. Der brütete vor sich hin, doch seine Finger trommelten aufgebracht auf der Tischplatte. «Interessiert jemanden, was ich darüber denke?», fragte er verärgert.

«Warum bist du denn so grimmig?», wollte Fria wissen und gab ihm keine Antwort auf seine Frage.

«Weil ich gar nicht anders kann, als grimmig zu sein. Es ist mir egal, wen Liv einmal heiratet. Die Hauptsache ist, er ist gut zu ihr. Ist aber jemand gut zu ihr, der ihr das, was sie sich am meisten wünscht, verweigert?»

«Soll das heißen, du bist dafür, dass sie ihr Studium fortsetzt?», fragte der Same.

Bjarni schaute auf. «Ja, das bin ich. Wenn er sie liebt, kann er vielleicht noch das eine, das letzte Studienjahr abwarten.»

Der Same nickte zustimmend.

«Das sehe ich anders», meldete sich Fria mit lauter Stimme. «Sie sollte Edvard heiraten. Wie Chrisander schon sagt, so eine gute Gelegenheit erhält sie nicht wieder.»

Liv saß dabei, hörte aufmerksam zu, hörte zugleich auf ihr Inneres. Dann stand sie auf. «Ich muss noch einmal hinaus», sagte sie. «Frische Luft schnappen, ich habe Kopfweh.»

Draußen vernahm sie das noch immer erregte Gespräch, aber in ihrem Inneren war es auf einmal ganz still geworden. Sie setzte sich erneut auf den Felsen, umschlang wie immer ihre Knie mit den Armen und blickte aufs Wasser. Der leichte Wind kräuselte die Oberfläche, und die Sonne versank allmählich und setzte den Horizont in Flammen. Erst jetzt wurde ihr bewusst, wie sehr sie sich nach der Stille und dem Meer gesehnt hatte.

Christiania lag an einem großen Fjord, aber das war beileibe nicht dasselbe. Sie war ein Inselmädchen. Und plötzlich wusste sie, dass Chrisander recht hatte, dass sie auch immer ein Kind der Insel bleiben würde. Nein, sie würde nie eine waschechte Hauptstädterin werden. Sie würde nie elegant und vornehm sein, denn das wollte sie gar nicht. Sie brauchte keine schönen Kleider. Sie gefielen ihr. Sie gefiel sich darin, aber sie brauchte andere Dinge zum Leben: die Natur, das Meer, die Tiere. Das Herz wurde ihr schwer, und sie begann zu weinen, aber es war ein Weinen aus Erleichterung und Wehmut. Sie musste Edvard sagen, dass sie ihn nicht heiraten konnte, dass sie nicht in das Leben passte, das er für sie bereithielt, dass sie immer etwas anderes gewollt hatte. Das tat weh, denn Edvard bedeutete ihr viel. Aber sie selbst, ihre Träume bedeuteten ihr ein wenig mehr. Sie weinte noch ein bisschen, doch ihr Herz wurde mit jedem Schluchzer leichter. Sie hatte sich entschieden. Sie wusste, was sie tun wollte, tun musste. Mit den Fäusten wischte sie sich die Augen trocken, dann erhob sie sich und ging mit geradem Rücken zurück zum Guesthuset.

Die Männer und Fria blickten sie fragend an, als sie die Gaststube wieder betrat.

«Ich fahre übermorgen zurück nach Christiania», sagte

sie mit fester Stimme. «Ich werde nicht heiraten, sondern mein Studium zu Ende bringen und dann auf die Insel zurückkehren. Ich gehöre nach Smøla, ich gehöre zu euch.»

Noch einmal ließ Bjarni seine Hand auf den Tisch krachen. «Das ist mein Mädchen!», rief er aus. «Das ist mein Seestern!»

Fria goss alle Gläser voll, dann stießen sie miteinander an und tranken auf Liv.

«Warum siehst du trotzdem so traurig aus?», fragte Bjarni, nachdem sich alle mit Genuss über den Mund gewischt hatten.

«Ich bin traurig wegen Edvard. Er bedeutet mir viel, und ich möchte ihn nicht kränken. Aber das muss ich tun. Er wird mich niemals wiedersehen wollen. Ich werde niemals wieder mit ihm zusammen sein können. Und deshalb bin ich traurig.»

«Liebst du ihn denn?», fragte Fenris.

«Ja. Das tue ich. Aber es gibt verschiedenen Formen der Liebe. Und meine Liebe zu Edvard würde uns auf Dauer nicht glücklich machen, weil mir immer etwas fehlen würde.»

KAPITEL 27

Sie traf sich mit Edvard am Abend ihrer Rückkehr. Er hatte sie eingeladen. Ins Grand Café. Ihr Herz klopfte, als sie die Tür des Cafés öffnete. Sie sah Edvard sofort. Er saß in der kleinen Nische, die er so liebte, weil er von dort aus alles sah, ohne selbst gesehen zu werden. Er stand auf, kam ihr entgegen, nahm ihr den Umhang ab. Dann küsste er sie auf die Wange.

«Es ist so schön, dich zu sehen», erklärte er, und tatsächlich strahlte sein Gesicht.

Liv lächelte vage, ließ sich den Stuhl zurechtrücken. Der Kellner kam. Liv hätte jetzt gern einen Aquavit getrunken, um ihre Nerven zu beruhigen, aber sie wusste, dass das die einfachen Leute taten, die vornehmen tranken französischen Cognac. Und bei Frauen sah man es nicht gern, wenn sie zu viel oder zu starken Alkohol tranken.

«Sollen wir eine Flasche Champagner bestellen?», wollte Edvard wissen.

Liv schüttelte den Kopf. «Ich glaube, ich trinke nur einen Apfelsaft.» Und kaum, dass der Kellner den Saft gebracht hatte, fragte sie: «Wie geht es dir?»

«Das hängt von dir ab», erwiderte Edvard. «Ich hoffe, du hattest Zeit zum Nachdenken und gute Ratgeber auf Smøla.» Erst jetzt entdeckte sie, wie angespannt auch er war. Sein Kinn wirkte ganz kantig, die Lippen hatte er aufeinandergepresst.

Liv holte ganz tief Luft, dann sagte sie: «Ich werde mein Studium nicht aufgeben.» Niemand ahnte, wie schwer ihr dieser Satz gefallen war. Ihr Herz war schwer, weil sie Edvard enttäuschen musste.

Dieser nickte. «Ich dachte es mir.»

Liv griff über den Tisch nach seiner Hand, aber er zog sie weg. «Wir könnten ein Jahr warten. Dann bin ich fertig mit dem Studium. Ein Jahr ist nicht lange. Ich bitte dich nur darum.»

Edvard seufzte aus tiefstem Herzen. «Nein. Ein Jahr ist lang, wenn man warten muss. Und was kommt danach? Wirst du dann einfach eine brave Ehefrau und Mutter sein wollen? Oder wirst du nicht eher forschen wollen? Sei ehrlich zu mir, ich habe es verdient.»

Liv schlug die Augen nieder. Er hatte recht. Warum sollte sie studieren, wenn danach nur Ehe und Mutterschaft auf sie warteten? «Du hast recht. Ich werde sicher mehr wollen. Und vor allem möchte ich irgendwann auf die Insel zurück.» Sie blickte ihn an, und die Traurigkeit in seinem Gesicht legte sich als Last auf ihre Schulter. «Ich passe nicht in die Rolle, in der du mich haben willst.» Sie nahm den Ring aus ihrer Tasche und legte ihn vor Edvard auf den Tisch. Er steckte den Ring ein, erhob sich und warf seine Serviette auf den Tisch. «Es tut mir leid, Liv. Sehr leid. Aber ich wünsche dir für deine Zukunft nur das Beste.» Dann drehte er sich um und verließ das Café.

Die Umsitzenden starrten Liv an. So etwas hatte man in Christiania noch nicht gesehen. Kein Herr ließ eine Dame allein am Tisch zurück wie eine Straßendirne. Aber Liv verstand Edvard. Sie trank aus, lächelte verlegen in die neugierigen Gesichter und verließ ebenfalls das Café.

Am nächsten Morgen machte sie sich auf den Weg in die Universität. Sie fühlte sich, als würde sie eine Krankheit ausbrüten, und sie sah furchtbar aus: blass mit glanzlosem Haar und rot geränderten Augen. Sie hatte kaum geschlafen, weil das Gespräch mit Edvard ihr noch nachhing. Sie trauerte um ihn. Mehr, als sie gedacht hatte. Allein fühlte sie sich, verlassen, verloren und einsam. Sie hatte wenig Lust, Magnus oder Professor Nansen zu treffen. Einzig auf die Arbeit mit den Raben freute sie sich. Als sie das Laboratorium betrat, saßen bereits alle auf ihren Plätzen. Kjell lächelte ihr zu, während Magnus den Blick abwandte.

«Schön, Sie wiederzusehen, Liv», sagte Professor Nansen und nickte ihr zu.

Dann saß sie da und blickte nach vorn, verstand aber kein Wort von dem, was Nansen sagte. Erst als Magnus wütend aufsprang, hörte sie zu: «Warum darf sie mit und ich nicht? Ich habe die beste Arbeit über die Raben abgegeben. Eine echte Forschungsarbeit. Damit habe ich mir doch wohl das Recht erworben, mit Ihnen auf Exkursion zu gehen.»

«Setzen Sie sich hin», befahl Nansen streng. Dann lächelte er Magnus zu, aber in dem Lächeln lag eine leise Spur von Häme. «Natürlich haben Sie die beste Arbeit abgegeben, und ich habe Sie dafür bereits ausführlich gelobt. Sie haben damit bewiesen, dass Sie eine Exkursion gar nicht nötig haben. Sie wissen bereits alles darüber. Deshalb habe ich beschlossen, den schwächeren Studenten den Vortritt zu lassen. Kjell, Ove, Sintram und Liv.»

«Das ist ungerecht!», beschwerte sich Magnus weiter.

«Hmmm», machte Nansen und legte den Zeigefinger an sein Kinn. «Dann werde ich mir Ihre Arbeit noch einmal ganz genau vornehmen. Ich bin gespannt, was ich dabei finde.» Er fixierte Magnus mit einem Blick, der Spinnen töten konnte. Da setzte sich der Student hin. «Wie sollen wir verfahren?», ließ Nansen nicht locker.

«Ich verzichte auf die Exkursion», murmelte Magnus.

Der Rest des Unterrichts flog an Liv vorbei wie Rabenschwärme. Sie war noch immer so mit der Trennung von Edvard beschäftigt, dass sie nichts anderes hören und sehen wollte und konnte.

Erst als Kjell ihr in der Pause auf die Schulter schlug, wachte sie auf. «Ist das nicht toll? Eine Exkursion die Küste entlang. Von Christiania bis Hammerfest!»

«Ja, das ist toll», erwiderte Liv und merkte selbst, wie lahm das klang.

«Ich verspreche mir viel von der Zusammenarbeit mit den anderen. Und ich bin gespannt, wen Nansen noch in seine Forschungsgruppe geholt hat. Ein Geisteswissenschaftler ist dabei. Weißt du, warum er dessen Namen nicht genannt hat? Es soll eine Überraschung werden. Na gut, ich kenne niemanden von den Geisteswissenschaftlern. Aber vielleicht ist es jemand, der berühmt ist.»

Liv ließ Kjells Redeschwall wie einen Regen über sich ergehen. Am Abend erst las sie das Schreiben, das Professor Nansen jedem Teilnehmer der Exkursion übergeben hatte. Es war ein Ablaufplan mit Aufgaben, dazu eine Liste mit den Dingen, die sie auf der *Fram* brauchen würden. Einen Schlafsack. Einen Henkeltopf. Ein vollständiges Besteck. Wetterfeste Kleidung. Liv versuchte, Freude zu empfinden, aber es gelang ihr nicht. Sie ging zu Bett, kaum dass die Dämmerung über der Stadt lag, und weinte sich in den Schlaf.

Zwei Wochen später betrat sie die *Fram*, und endlich setzten auch bei ihr Vorfreude und Aufregung ein. Sie war die einzige Frau an Bord und bekam eine Einzelkajüte mit einem schmalen Bett, einem winzigen Tisch und einem einfachen Stuhl. Durch das Bullauge sah sie den Fjord. Sie packte ihren Schlafsack aus und richtete sich ein. Dann notierte sie einige Fragen in ihr Berichtsheft, spitzte ihre Bleistifte und wartete auf die Glocke, die zum Essen rufen sollte. Als es endlich so weit war, strich Liv ihr schlichtes Kleid glatt und fuhr sich mit einer Bürste über das Haar, das sie zum Zopf geflochten trug.

Sie verließ ihre Kabine und schwankte den Gang entlang. Das Schiff verließ gerade den Hafen. Liv war noch nie seekrank gewesen, jetzt aber spürte sie, wie ihr Magen auf und ab hüpfte. Als sie die Messe erreichte, war sie bereits so durchgeschüttelt, wie sie es noch nie erlebt hatte, weder auf dem Postschiff noch auf Chrisanders Kutter. Sie öffnete die Tür – und erstarrte.

Dort, in der Messe, saßen der Polarforscher, Kjell – und Sverre!

Sverre, der verlorene Geliebte.

Er stand auf, sah ihr strahlend entgegen. Doch in Liv kroch die Wut vom Bauch durch die Brust bis in den Mund. Sie wollte ihn anschreien, fand keine Worte, krachte stattdessen die Tür ins Schloss und floh hinauf aufs Oberdeck. Dort hielt sie sich an der Reling fest und atmete ein. Ganz tief ein und aus, doch die Wut wollte und wollte nicht vergehen. Im Gegenteil. Mit jedem tiefen Atemzug wurde sie größer und füllte bald ihren ganzen Körper. Sie hörte hinter sich eine Tür gehen, aber sie wandte sich nicht um. Jemand trat neben sie. Sverre.

«Geh weg!», schrie sie ihn an. «Ich will dich nicht sehen.»

Aber er blieb. «Warum hast du mir nie geschrieben?», fragte er.

«Ich? Nie geschrieben? Wohin hätte ich denn schreiben sollen, nachdem du dich bei Nacht und Nebel aus dem Staub gemacht hast?»

«Aber ich hatte dir doch einen Brief geschrieben. Ich habe ihn Magnus gegeben, damit er ihn an dich weiterleitet. Und du hast nie darauf geantwortet.» Seine Stimme klang bedrückt.

Liv fuhr herum. «Du hast Magnus einen Brief gegeben?»

«Ja. Frag ihn.»

«Er ist nicht hier.»

«Frag ihn, wenn wir wieder in Christiania sind. Aber fürs Erste bitte ich dich, mir zu glauben.»

«Er ... er hat ihn mir absichtlich nicht gegeben. Er mag mich nicht. Wir mögen uns nicht. Wir können uns kein bisschen leiden.»

«Du hast wirklich nichts von mir gehört?»

Liv schüttelte den Kopf.

«Mein Vater war gestorben. Ich musste zurück zu meiner Mutter. Die Beerdigung. Na ja, und sie dachte, dass ich die Werkstatt übernehmen könnte, denn schließlich war ich seit meiner Kindheit meinem Vater zur Hand gegangen. Aber das wollte ich nicht. Also habe ich mich von der Universität beurlauben lassen, habe die Werkstatt verkauft, das Haus verkauft, für meine Mutter eine neue Wohnung in Stavanger gesucht. Das alles hat gedauert. Länger, als ich dachte. Ich habe dich so vermisst! Ich habe so auf ein Lebenszeichen von dir gewartet.»

«Und ich auf eines von dir!» In Livs Stimme klang noch

immer ein Rest der Empörung. «Warum hast du mir nicht ein zweites Mal geschrieben?»

«Ich dachte, du wolltest nichts mehr von mir wissen. Ich war sogar sicher. In dem Brief hatte ich alles erklärt und dich um Geduld gebeten.»

«Beinahe hätte ich einen anderen geheiratet», erklärte Liv nun. Das Schwanken in ihrem Körper ließ nach, die Wut in ihrem Herzen verflog. «Beinahe hätte ich das Studium sausen lassen und wäre in eine stattliche Villa gezogen. Ich war sogar schon verlobt, ich trug einen Ring!» Dass sie den Ring nur einen einzigen Tag getragen hatte, erwähnte sie nicht.

Sverre schluckte. «Ich … ich habe davon gehört.»

«Und? Warum hast du nichts getan?»

«Ich dachte, gegen Edvard hätte ich nie eine Chance. Er ist reich, sieht gut aus. Er hätte dir ein Leben geboten, das ich dir niemals werde bieten können.»

«Aber darum geht es doch gar nicht!» Liv wurde lauter. «Verstehst du denn nicht? Ich hatte solche Sehnsucht nach dir. Und Edvard hat mich davon abgelenkt. Es ging die ganze Zeit um dich. Es ging immer nur um dich.»

Sie starrte Sverre mit aufgerissenen Augen an. Die Gefühle tobten in ihr, drückten auf die Brust, ließen den Atem keuchen. Edvard, die Expedition, Sverre. Es war zu viel für sie. Als sie spürte, dass sie kurz davor war, in Tränen auszubrechen, rannte sie davon.

«Liv! Warte!», rief Sverre hinter ihr her, aber sie konnte nicht warten.

Sie rannte in ihre Kabine, schlug die Tür zu, warf sich auf das schmale Bett und rang nach Atem. Sie presste eine Hand auf ihr schnell schlagendes Herz und versuchte, sich zu beruhigen. Aber es tobte so viel in ihr! Edvard. Sverre. Wenn sie Edvard nun geheiratet hätte? Dann wäre sie am Ende in einer unglücklichen Ehe gelandet. Genau wie Lucia. Sie erkannte jetzt, dass sie ihn nie von Herzen geliebt hatte. Sie hatte ihn gerngehabt, sie hatte ihn respektiert und geachtet. Aber Liebe empfand sie für Sverre. Es tat weh, als sie das begriff. Und nun war Sverre plötzlich wieder da. Oh, er hatte ihr so wehgetan. Auch, wenn er nichts dafürkonnte. Was sollte sie nun tun? Sie war noch nicht über Edvard hinweg. Oder doch? Konnte Sverres Liebe ihre Wunden heilen? Am liebsten wäre sie von Bord gegangen, aber das Schiff hatte mittlerweile den Fjord verlassen.

Es klopfte an ihre Tür.

«Bitte nicht stören!», wollte Liv rufen, aber das war auch keine Lösung. Also wischte sie sich die Tränen ab und öffnete.

«Darf ich kurz hereinkommen?», fragte Fridtjof Nansen.

«Bitte.» Liv trat einen Schritt zur Seite.

«Es ist meine Schuld. Ich hätte dir sagen sollen, dass Sverre zurück ist. Ich wollte dir eine Überraschung bereiten, aber das ist wohl gründlich in die Hose gegangen.»

«Kann man so sagen.»

Er setzte sich auf den einzigen Stuhl, und Liv nahm auf ihrem Bett Platz.

«Du hattest es schwer in letzter Zeit, Liv. Das weiß ich. Und ich weiß auch, dass du von mir enttäuscht warst, als ich Magnus für eine Arbeit gelobt habe, die du angefertigt hattest. Denk nicht, dass mir das nicht sofort klar war. Aber ich wollte euch beide etwas lehren: dich, nicht zu vertrauensselig zu sein, und Magnus, dass er mit Betrug nicht weiterkommt. Deshalb habe ich ihn nicht mit auf die *Fram* genommen. Ich denke, er kennt den Grund dafür selbst.»

«Das … das wusste ich nicht», stammelte Liv.

«Das solltest du auch erst hier erfahren. Aber nun zu deinen Herzensangelegenheiten. Ich habe deine Beziehung zu Edvard Billendal beobachtet. Ich ahnte, dass er versuchen würde, dir das Studium zu verbieten. Die meisten Männer hätten so gehandelt. So ist das nun mal. Ich wollte sehen, wie du dich entscheidest.» Er lächelte. «Meiner Meinung nach hast du dich genau richtig entschieden.»

Liv verzog den Mund zu einem blassen Lächeln, aber Nansen sprach schon weiter. «Sverre passt zu dir. Ihr habt dieselben Interessen, dieselben Werte. Ihr ähnelt euch. Als ich euch zusammen sah, sah ich eine große Liebe und eine große Zukunft. Es war schlimm, dich nach seinem Weggang so traurig und verlassen zu sehen. Wie konnte ich ahnen, dass Magnus einen Brief unterschlagen hat! Als die Geschichte mit dir und Edvard begann, wusste ich nicht, was ich darüber denken sollte. Hattest du Sverre so schnell vergessen oder wolltest du dich trösten? Hättest du das Studium aufgegeben, ich hätte es verstanden. Eine Frau hat es schwer in der Wissenschaft und schon gar in der Naturwissenschaft. Eine Frau, die dort bestehen will, braucht einen eisernen Willen und jede Unterstützung, die sie bekommen kann. Du kannst dir nicht vorstellen, wie froh ich war, als du von der Insel zurück an die Universität gekommen bist. Ich hatte mich nicht in dir getäuscht.»

«Und Sverre?»

«Auch in ihm habe ich mich nicht getäuscht. Er ist ebenfalls zurückgekommen.» Nansens Lächeln verschwand aus seinem Gesicht. «Jetzt steht ihr vor einer schwierigen Aufgabe. Ihr müsst herausfinden, was von eurer Liebe noch übrig ist. Und ob diese Liebe euch für den Rest eures Lebens tragen kann.»

«Was denken Sie darüber?»

«Oh, ich bin guter Hoffnung. Noch immer wollt ihr beide dasselbe. Das ist ein wunderbarer Anfang.»

KAPITEL 28

Man spürte schon, dass der Sommer nicht mehr weit war, trotzdem brauchte man im Mai noch warme Kleidung auf dem Meer. Die *Fram* glitt in Sichtweite des Ufers dahin, und es überraschte Liv gar nicht, dass es auch hier Raben gab. Drei Tage hatte sie im Bett gelegen und sich in einen Eimer erbrochen, aber dann ließ die Seekrankheit von ihr ab. Die Krankheit hatte ihr gutgetan. Nicht ihrem Körper, aber ihrer Seele. Sie hatte in Ruhe nachdenken können. Jetzt wollte sie herausfinden, wie stark ihre Liebe zu Sverre noch war und wie sehr ihr Edvard in den Gedanken und im Herzen saß. Sie wollte sich Zeit lassen, um keinen Fehler zu machen. Sie glaubte, dass es die große Liebe nur einmal im Leben gab. Das hatte ihr zumindest der Same so berichtet. Und mit dieser Liebe wollte sie behutsam umgehen. Sie wusste im Augenblick nicht, ob Sverre tatsächlich der Mann war, mit dem sie ihr Leben teilen wollte. Sie hatte das einst geglaubt, aber unterdessen war so viel passiert. Und auch Sverre würde sich prüfen müssen. Auch in seinem Leben war viel geschehen. Sie würden sehen, ob sie wieder zueinanderfanden.

Heute aber stand Liv auf und frühstückte mit den anderen. Professor Nansen verteilte danach die Aufgaben. Kjell sollte einen Eimer mit Wasser aus dem Meer ziehen und ihn unter dem Mikroskop auf winzige Tiere untersuchen. Das sollte er jeden Tag machen, und Kjell freute sich auf diese Aufgabe. Er hatte Liv erst kürzlich gestanden, dass er sich für die von Nansen neu gegründete Ozeanografie interessierte. Sverre als Literaturwissenschaftler und Historiker war dabei, die Sagen niederzuschreiben, die ihnen bei ihren Halten die Inselbewohner erzählten. Und für Liv hatte Nansen die Aufgabe zu erforschen, wie sich die Raben an den Meeresküsten verhielten. Er hatte zwei tote Raben mitgebracht, die er an der Küste gefunden hatte. Liv sollte ein Experiment mit ihnen durchführen, und sie freute sich auf ihre Arbeit.

«Sverre kann dir zur Hand gehen», schlug Nansen vor. «Er hat im Augenblick nichts zu tun, und ich weiß aus Erfahrung, dass man bei dieser Art von Experimenten ein paar zusätzliche Hände brauchen kann.»

Liv nickte, nahm die beiden Raben und begab sich in den kleinen Raum neben der Messe, der als Laboratorium eingerichtet war und drei voll ausgestattete Arbeitsplätze hatte. Noch in Christiania hatte Nansen sie aufgefordert, alles mitzunehmen, was sie bislang über Raben erforscht hatte, und auch die Rabenschädel, die sie im Laufe ihrer Beobachtungen gefunden, ausgekocht und vermessen hatte, nicht zu vergessen.

Während Sverre die präparierten Schädel aufreihte, vermaß Liv die toten Vögel, befreite sie von Federn und Fleisch, hob dabei von jedem Tier ein paar Federn auf, kochte das Gerippe in Salzwasser, damit es nicht nach ein paar Tagen zu stinken anfing, und vermaß dann jeden einzelnen Schädel. Es waren insgesamt zehn Stück. Acht, die sie aus der Universität mitgebracht hatte, und die beiden von heute. Einer von den älteren – es war ein Stadtrabe – hatte eine Verletzung am Schädel, und Liv fragte sich, wie er mit dieser Einschränkung hatte leben können. Sie las noch einmal ihre Berichte auf der Suche nach einem Raben mit ungewöhnlichen Eigenschaften, aber sie hatte nichts darüber notiert. Oder doch? Einmal war Magnus mit einem toten Vogel vom Friedhof gekommen und hatte sich halb totgelacht, denn dieser Rabe war anders gewesen als die anderen. «Dummkopf» hatte Magnus ihn getauft und erzählt, dass er eine ziemlich langsame Reaktion auf alles zeigte. So war er beim Fressen immer der Letzte gewesen und von den anderen verjagt worden. Sie musste ihn noch einmal dazu befragen, obwohl sie eigentlich nie wieder ein Wort mit ihm wechseln wollte. Aber darüber würde sie später nachdenken. Sie bat Sverre, jeden einzelnen Rabenschädel zu wiegen, notierte die Ergebnisse und verglich sie mit den Daten, die sie bereits an der Universität gesammelt hatte. «Man könnte meinen, das Gewicht des Schädels verhält sich proportional zum Gewicht des ganzen Vogels», sprach sie vor sich hin. «Aber das ist nicht so.»

«Und was bedeutet das?», fragte Sverre.

«Na ja, ich weiß nicht genau. Die inneren Organe – Herz, Lunge und so weiter – habe ich auch alle gewogen. Aber ich kannte nicht alle Vögel aus der freien Wildbahn. Deshalb fällt es mir schwer, jetzt Vergleiche zu ziehen.»

«Das musst du auch gar nicht. Es reicht erst einmal, wenn du die richtigen Fragen findest.»

Liv sah auf. «Du hast recht. Das ist das, was der Professor immer sagt. ‹Vor den Antworten und Forschungsergebnissen stehen die richtigen Fragen. Richtet euer Augenmerk auf die Fragen.›» Sie lächelte Sverre an. «Das scheint überall in der Wissenschaft zu gelten.»

Sverre lächelte zurück. «Das tut es. Also, welche Fragen ergeben sich?»

«Nun ja, ob die unterschiedliche Größe der Organe eine unterschiedliche Lebensweise bedingt oder umgekehrt. Also, frisst der Vogel mit dem größten Magen am meisten? Kann der mit der größten Lunge am weitesten oder schnellstens fliegen? Und ist der mit der größten Hirnmasse der klügste unter ihnen?» Liv warf ihren Zopf über die Schulter und notierte die Fragen. Als sie fertig war, drehte sie sich wieder zu Sverre um. «Was fällt dir noch ein?»

«Ich weiß nicht recht, ich bin kein Biologe, aber als Geisteswissenschaftler würde ich mich fragen, welchen Einfluss die unterschiedlichen Werte auf das soziale Gefüge haben.»

«Du meinst, ob der mit dem größten Gehirn zum Anführer einer Gruppe wird?»

«Ja, zum Beispiel. Und welchen Einfluss haben die Werte auf die Fortpflanzung?»

Liv notierte, dann lächelte sie. «Ich danke dir. Es ist gut, jemanden wie dich an der Seite zu haben.»

«Nur bei der Arbeit?», fragte Sverre zurück.

Wieder lächelte Liv. «Vielleicht nicht nur.»

«Wobei könnte ein Literaturwissenschaftler dir noch von Nutzen sein?»

Liv spielte mit ihrem Bleistift. Für einen Augenblick waren die Raben vergessen. «Vielleicht hat dieser Wissenschaftler einen anderen Blick auf die Welt. Vielleicht könnte ich lernen, die Welt auch auf diese Weise zu betrachten?»

«Wann immer du willst.»

Jetzt lachte sie laut. Kjell, der an einem anderen Arbeitstisch noch immer bei seinen Untersuchungen des Meereswassers war, hob den Kopf. «Könnt ihr bitte draußen weiter flirten? Ich muss nämlich arbeiten.»

Flirten? Hatten sie geflirtet? Liv spürte, wie ihr das Blut in die Wangen stieg. «Entschuldige bitte.»

Dann wandte sie sich an Sverre. «Magst du mir helfen, die Größe der Schädel zu bestimmen? Das habe ich nämlich noch nicht getan.»

«Gern. Wie gehen wir vor?»

«Am besten holst du uns einen Sack Zucker aus der Küche. Den brauchen wir nämlich», bat Liv.

Kjell blickte von seinem Mikroskop auf. «Darf ich zusehen?»

«Natürlich. Ich möchte dich nur nicht von deiner Arbeit ablenken.»

«Hm, ist eh jeden Tag dieselbe.»

Sverre kam zurück und brachte den Zuckersack. «Was jetzt?»

«Wir haben das Gewicht aller Schädel. Nun füllen wir die Hirnschalen mit Zucker und wiegen die Schädel erneut. Wir ziehen das Gewicht des leeren Schädels ab und haben die Hirnmasse.»

Sverre hielt die Schädel mit beiden Händen fest und balancierte sie aus, während Liv den Zucker hineinrinnen ließ. Dann wog sie die gefüllten Vogelköpfe, und Kjell notierte die Ergebnisse. Es dauerte eine ganze Weile, bis die Hirnmasse der zehn Schädel bestimmt war. Kjell seufzte und fuhr sich durch die Haare. «Mir kommt deine Arbeit beinahe ein wenig spannender vor als meine.»

«Ich kann dir gerne helfen», bot Liv an. «Wenn du magst, werde ich durch das Mikroskop schauen. Aber erst muss ich meine Tabelle erstellen.»

Kjell nickte, und Liv notierte waagerecht in der ersten Zeile die Überschriften für vier Spalten:

Rabe Nummer, Schädelbreite, Schädellänge, Hirnvolumen

Dann legte sie auf der linken Seite des Blattes untereinander zehn Spalten an, für jeden Raben eine. Als sie damit fertig war, ertönte die Glocke, die zum Mittagessen rief. Froh und motiviert wie lange nicht mehr, eilte sie hinter Kjell und Sverre in die Messe.

«Und? Wie geht die Arbeit voran?», fragte Nansen.

«Sehr gut», antwortete Liv. «Wir konnten gerade feststellen, wie gut ein Geisteswissenschaftler, ein Spezialist für Ozeanografie und eine Zoologin zusammenarbeiten.»

«Eigentlich hätten wir auch noch einen Chemiker gut brauchen können», warf Kjell ein, und Nansen erwiderte zu seiner Überraschung, dass genau ein solcher in Bergen an Bord kommen würde.

Am Abend betrachtete Liv von der Reling aus den Sonnenuntergang. Sverre stand neben ihr.

«Du hast mir heute sehr geholfen», sagte sie. «Ich danke dir.»

«Das war nicht ganz uneigennützig. Ich habe nämlich bei Professor Nansen durchgesetzt, einen Halt auf der Insel Smøla zu machen. Wir legen in Trondheim an, und dann nehme ich das Postschiff. Ich bleibe auf der Insel, während ihr nach Hammerfest weiterfahrt. Auf dem Rückweg stoße ich wieder zu euch.»

«Du auf Smøla?» Liv schüttelte verwundert den Kopf. «Es gibt dort nur das Guesthuset meiner Mutter. Du wirst also wahrscheinlich dort logieren, wo ich aufgewachsen bin.»

«Und dann lerne ich Fria und den Samen kennen und womöglich sogar die Männer vom Stammtisch.»

«Das hast du dir gemerkt? Und du erinnerst dich auch an den Namen meiner Mutter?», fragte Liv verwundert. Sie sprach es nicht aus, aber sie dachte, dass Edvard sich bestimmt niemals diese Mühe gemacht hätte.

«Aber natürlich. Ich merke mir alles, was du erzählst. Und deshalb bitte ich dich auch, mir ein Empfehlungsschreiben zu geben, mit dem ich die alte Merette aufsuchen kann.»

«Das brauchst du nicht. Es reicht, wenn du ihr einen schönen Gruß bestellst. Und wenn du dann noch eine Flasche Aquavit dabeihast, verrät sie dir vielleicht sogar ein Geheimnis.»

«Ich freue mich auf Smøla», erklärte Sverre. «Nicht nur wegen der Forschung. Es geht auch darum, das kennenzulernen, was dich ausmacht. Das wird spannend.»

Liv seufzte. «Ich wünschte, ich könnte mit dir kommen.»

«Wollen wir ihn fragen?»

«Nansen?»

«Ja.»

Liv schüttelte den Kopf. «Ich bin dankbar, mit ihm auf eine Exkursion gehen zu können. Da mag ich ihn nicht um eine Extrawurst bitten.»

«Das verstehe ich. Wenn du jedoch überzeugende Argumente hast und ihm sagst, wie sehr du den Aufenthalt auf Smøla brauchst, um deine Studien fortzuführen, wird er vielleicht einverstanden sein.»

KAPITEL 29

Drei Wochen später legte die *Fram* in Trondheim an. Sverre und Liv verließen das Schiff, winkten zum Abschied und warfen sich ihre schweren Rucksäcke über die Schultern.

Professor Nansen hatte Liv erlaubt, zusammen mit Sverre nach Smøla zu gehen. Zum einen wollte er die verschiedenen Forschungszweige miteinander verknüpfen, um neue Blickwinkel zu entdecken, und Sverre und Liv schienen ihm für diese Art Vorgehen geeignet. Zum anderen hatte er Liv damit beauftragt, ihre neuen Erkenntnisse über die Stadtraben mit den Inselraben zu vergleichen und ihre Studien fortzuführen. In einigen Wochen sollte die *Fram* die beiden mit zurück nach Christiania nehmen.

Liv freute sich. Sie freute sich auf die Insel, aber noch mehr freute sie sich darauf, Sverre alles zu zeigen. Als sie das Postboot bestiegen und endlich die Inselgruppe in Sicht kam, wurde sie ganz aufgeregt.

«Ich muss dir die Rabennester an der Steilküste zeigen», erzählte sie. «Und dann müssen wir zu Bjarni in die Fischfabrik. Und dann müssen wir …» Sie brach ab.

«Was ist?», wollte Sverre wissen, doch Liv deutete nur stumm und mit vor Erstaunen weit aufgerissenen Augen auf eine junge Frau mit einem kleinen Kind, die am anderen Ende des Decks standen. «Das da … das ist meine Schwester! Das sind Lucia und Marie.»

Ohne auf Sverre zu warten, stürzte Liv über das Deck und auf Lucia zu, rief dabei deren Namen. Lucia breitete die Arme aus und fiel ihrer Schwester um den Hals. «Was für eine Überraschung. Welch ein Glück, dich hier zu treffen!», rief sie aus. «Aber was machst du auf dem Postschiff? Warum bist du nicht an der Universität?»

Liv hatte Lucia lange nicht gesehen und sie auch nicht zu Hause besucht. Das lag zum einen daran, dass Lasse und Edvard sich kannten, zum anderen an ihrer Traurigkeit. Lucia hatte es schwer, und Liv wollte ihrer Schwester das Leben nicht zusätzlich verdüstern.

«Wir sind auf einer Exkursion mit der *Fram*, dem Forschungsschiff von Professor Nansen. Die anderen sind weitergefahren bis hoch nach Hammerfest, aber ich … wir sollen unsere Arbeit auf Smøla fortsetzen», berichtete sie atemlos. Dann umarmte sie ihre kleine Nichte, nahm sie auf den Arm. «Und ihr? Was macht ihr hier?»

Lucia seufzte. «Nun, Lasse fand den Zeitpunkt ideal für eine Reise nach Hause. Allerdings konnte er sich nicht dazu durchringen, uns zu begleiten.» Der letzte Satz wurde von einem traurigen Lächeln begleitet.

Liv zog die Augenbrauen hoch. Sie sah Lucia am Gesicht an, dass das noch nicht alles war. Doch jetzt war der falsche Zeitpunkt für ein ausführliches Gespräch. Sverre war näher gekommen, und Liv stellte sie einander vor. «Du bist also der berühmte Sverre», stellte Lucia fest.

«Berühmt? Ich doch nicht.»

«Oh doch. Eine Zeit lang hat Liv von nichts anderem als von dir gesprochen. Und dann hast du ihr das Herz gebrochen.»

«Nein, so war es nicht», beeilte sich Liv zu sagen. Sie war

ganz verlegen. «Er ist damals nicht einfach verschwunden. Er hat mir einen Brief geschrieben, aber Magnus hat ihn unterschlagen.»

Lucias Blick wanderte zwischen Liv und Sverre hin und her.

«Ich schwöre, dass es so war», bestätigte Sverre.

«Und nun? Seid ihr wieder zusammen?»

Die beiden blickten sich an, dann senkte Liv, schon wieder verlegen, den Blick.

Sverre aber antwortete: «Wir sind gerade dabei, uns neu kennenzulernen. Und ich muss sagen, wir machen Fortschritte. Oder, Liv?»

«Ja.» Sie hob den Kopf, blickte nach vorn zur Insel. «Ich kann gar nicht sagen, wie sehr ich mich auf zu Hause freue», sagte sie, um ein wenig von sich abzulenken. «Du auch, Lucia?»

«Ja, ich freue mich aufs Meer, auf die Menschen, auf Runi und Fenris. Ich freue mich, Marie meine Heimat zu zeigen.»

Wenig später legte das Postschiff an der Handelsstation an. Sie stiegen aus. Runi wartete schon mit einem kleinen Bollerwagen auf Lucia und winkte aufgeregt. Marie war die erste Enkelin, und sie hatte sie noch nicht kennengelernt.

Begeistert hatte Marie sich in den Bollerwagen gesetzt, und Runis und Lucia hatte sich freudestrahlend verabschiedet. Sie alle würden später noch Zeit für ein längeres Treffen auf der Insel haben.

Sverre hatte verwundert auf die herzliche Begrüßungszeremonie gestarrt und fragte jetzt: «Deine Schwester hat eine andere Mutter als du?»

«Ja», erwiderte Liv. «Nein.»

«Ja oder nein?»

Liv hatte bislang keine Gelegenheit gehabt, Sverre ihre Lebensgeschichte zu erzählen. In Christiania hatten sie sich noch nicht so lange gekannt, und auf der *Fram* hatte es sich nicht ergeben. Aber nun war Sverre auf der Insel, nun musste sie ihm ihre Geschichte erzählen, wollte sie vermeiden, dass er sie von den anderen erfuhr.

«Wir sind Findelkinder. Ich habe auf der Türschwelle des Gasthauses gelegen, Lucia auf der Kirchentreppe. Wir können gar nicht ganz sicher sein, dass wir wirklich Geschwister sind, aber zwei gleichaltrige Säuglinge werden normalerweise nicht unabhängig voneinander auf der Insel ausgesetzt.»

Sverre riss die Augen auf. «Findelkind? Du bist ein Findelkind? Das heißt, du weißt nicht, woher du kommst und wer deine Eltern sind?»

«Ja, so ist es. Aber Fria hätte mir keine bessere Mutter sein können und der Same kein besserer Vater.»

«Und das an keinem besseren Ort», fand Sverre. «Die Insel ist wunderschön.» Während er das sagte, glitt sein Blick zurück zum Wasser, von dort zu dem Birkenwäldchen und einem riesigen Findling und hinüber zu den Grassodenhäusern des Dorfes.

«Dir gefällt die Insel?», fragte Liv ein wenig misstrauisch. Inseln waren nicht gerade beliebt, Insulaner galten im Allgemeinen als weltfremd, provinziell, altmodisch und versoffen – so sprach man über sie.

«Von dem, was ich bisher gesehen habe? Sie gefällt mir, deine Insel. Warum wundert dich das?»

Liv überlegte, was Edvard wohl gesagt hätte, hätte er

Smøla je besucht. Wahrscheinlich hätte er nichts gesagt, aber nicht gesagte Worte wogen doppelt.

«Ich freue mich darüber», antwortete Liv und griff nach seiner Hand, die sich warm, trocken, stark und ein wenig rau anfühlte.

Fria öffnete die Tür, warf beide Arme in die Luft und winkte ihnen zu. Der Same kam auch, winkte ebenfalls und verschwand sofort wieder. «Ich wette, er richtet uns eine kleine Brotzeit her mit Süßmolkenkäse und frisch gebackenem Brot», erklärte Liv, und Sverre erwiderte leise: «Das ist gut, ich bin nämlich hungrig. Und ich liebe Süßmolkenkäse.»

Dann nahm Fria sie in den Arm, drückte Liv ganz fest an sich und küsste sie auf beide Wangen. Und sie nahm auch Sverre in den Arm und küsste ihn, und Liv durchzuckte der Gedanke, wie Edvard wohl auf eine so stürmische Begrüßung reagiert hätte.

Sverre ließ sich drücken und küssen, strahlte über das ganze Gesicht. «Ich freue mich so, Sie endlich kennenzulernen. Liv hat viel von Ihnen erzählt.»

«Hier auf der Insel duzen wir uns. Wir alle. Nur der König und seine Familie werden gesiezt. Ich bin Fria.»

«Sverre.» Er nahm ihre Hand und schüttelte sie kräftig.

Als sie am Tisch saßen und sich das Brot und den Käse schmecken ließen, setzte sich auch der Same dazu.

«Wie ist dein Name?», fragte Sverre, nachdem er sich vorgestellt hatte.

«Ich bin der Same.»

«Ja, aber das ist nicht dein Name. Wie heißt du?»

Auch Liv sah fragend zum Samen. Ihr fiel auf, dass sie ihn nie nach seinem Namen gefragt hatte. Der Same war der Same, und da er der einzige Same in der Gegend war, wusste jeder sofort, wer gemeint war.

Der Same lächelte. «Ich habe ihn vor langer Zeit vergessen.»

Sverre verstand und nickte. Wenn der Same seinen Namen nicht verraten wollte, so hatte er sicher einen guten Grund dafür.

Nach dem Essen zeigte Liv Sverre die Insel. Zuerst ihre Lieblingsstelle am Meer, unterhalb des großen Felsens, auf dem die Raben ihre Nester hatten.

«Hier bin ich hochgeklettert, um in die Nester zu sehen. Jetzt, im Mai, werden die Jungen flügge.»

«Bist du allein da hoch und wieder runter?»

«Na ja, hoch schon. Aber dann musste mich der Same herunterholen – vom Felsen oder vom Baum.» Sie lächelte.

«Du magst ihn sehr, nicht wahr?»

Liv wandte sich zu Sverre um. Jetzt war sie bereit, ihm alles über ihre Herkunft anzuvertrauen. «Als Lucia und ich gefunden wurden, trugen wir Kittel mit samischen Stickereien und mit Rentierfell gefütterte Hosen.»

«Dann bist du womöglich samisch?»

Liv zuckte mit den Achseln. Die Samen waren noch unbeliebter als die Insulaner. Auch sie galten als faul und versoffen, dazu einsiedlerisch und unfreundlich. «Vielleicht.»

Sverre fasste behutsam ihr Kinn und drehte ihr Gesicht so, dass sie ihm in die Augen sehen musste. «Liv Nagard. Du bist eine wirklich ungewöhnliche Frau voller Überraschungen.»

«Macht es dir nichts aus, dass ich womöglich samisch bin?», fragte sie.

«Aber nein, warum denn? Das ändert doch nichts an dir, an dem, wie du bist.»

«Heißt das, du magst mich, wie ich bin?», fragte Liv und spürte ihren Herzschlag.

«Ja. Ich mag dich genau so, wie du bist.»

«Und du willst nichts an mir ändern?»

Sverre schaute, als hätte er sie nicht verstanden. «Was soll ich denn an dir ändern wollen?»

«Du willst nicht, dass ich andere Kleider trage? Dass ich meine Frisur verändere? Dass ich mein Studium aufgebe?»

Sverre schüttelte den Kopf. «Wie kommst du nur auf einen solchen Unsinn?»

Liv schwieg, und ihre Gedanken flogen zu Edvard. Für ihn hatte sie sich ändern müssen. Sogar an ihrem Inseldialekt hatte er sich gestört. Und an ihrer Brille. Liv konnte kaum glauben, dass Sverre sie so mochte, wie sie war.

«Sind dir modische Kleider nicht wichtig? Stört dich meine Brille nicht?» Seit sie sich von Edvard getrennt hatte, trug sie ihre Brille wieder jeden Tag.

«Nein, wieso denn? Kleider sagen nichts darüber aus, wie ein Mensch wirklich ist. Und die Brille brauchst du zum Arbeiten und zum Leben. Warum sollte sie mich stören? Ich finde übrigens, dass sie dir gut steht.»

Liv spürte kaum, wie sie ganz tief Luft holte und erleichtert seufzte. Ein Strahlen hatte sie erfasst, das nicht nur die Mundwinkel nach oben bog, sondern wie ein warmer Strom durch ihren Körper floss. Sie sah ihn an, und plötzlich war da das Gefühl wieder, das sie schon einmal bei ihm gespürt hatte: Wir gehören zusammen. Du bist der Mann meines Lebens, weil du mich verstehst. Für dich bin ich eine Partnerin und kein Ding, das vorgezeigt werden muss. Sie stellte sich auf die Zehenspitzen und berührte sanft seine Lippen mit ihren. Da nahm er sie in den Arm, drückte sie fest an sich und küsste sie so, wie Liebende sich küssen. Erst nach einer kleinen Weile ließ er sie wieder los.

«Dieser Kuss hat mir viel bedeutet», sagte er. «Für mich ist er das Zeichen eines Neuanfangs. Geht es dir genauso?»

Statt einer Antwort küsste sie ihn wieder. Ich bin zu Hause, dachte sie dabei. Nicht nur auf der Insel, sondern bei Sverre. Ihr ganzer Körper fühlte sich leicht und warm an, und in ihren Gedanken kreisten unablässig seine Worte. «Die Insel ist wunderschön. Du brauchst deine Brille zum Arbeiten und Leben. Und Kleider sagen nichts über den Menschen aus.»

Er ließ sie los, umfasste sanft ihr Gesicht mit beiden Händen. «Ich liebe dich, Liv. Alles an dir: deine Kleider, deine Brille, deine Herkunft. Einfach alles.»

So soll es sein, dachte Liv. So muss es sein. «Ich liebe dich auch», flüsterte sie. «Alles an dir. Und ich möchte immer mit dir zusammen sein.»

KAPITEL 30

Am Abend fand sich der Stammtisch im Guesthuset ein, und Liv saß stolz neben Sverre, der unter dem Tisch ihre Hand hielt.

«So», sagte Bjarni, als sich alle einander vorgestellt hatten. «Jetzt erzähle mal etwas von dir.»

«Gern. Ich stamme aus Stavanger, mein Vater hatte dort eine Schreinerei. Er ist kürzlich verstorben.»

«Du hast die Werkstatt nicht übernommen?», fragte Bjarni. «Oder ist es bei euch nicht Mode, dass die Söhne die Geschäfte der Väter übernehmen?»

«Doch, das ist es. Aber ich habe mich schon immer mehr für Bücher interessiert. Ich wäre wohl ein schlechter Schreiner geworden. Also habe ich die Werkstatt im Auftrag meiner Mutter verkauft.» Er hielt kurz inne. «Ich bin Doktorand. Wenn ich eine Festanstellung an der Universität bekommen könnte, würde ich meine Mutter zu mir holen. Mit meiner Schwester versteht sie sich nicht besonders gut.»

«Das ist recht, Junge», fand Fenris und goss ihm den wer weiß wievielten Aquavit ein.

«Und was treibst du jetzt als Doktorand? Muss man da nicht was erforschen?», wollte Arni wissen.

«Ich beschäftige mich mit den Sagen und Mythen Norwegens. Und es wäre wunderbar, wenn ich auch ein paar kennenlernen könnte, die mit der Insel Smøla verbunden sind.»

Bjarni räusperte sich. «Nun, wir haben hier ein paar Felsentrolle, doch sie stören uns nicht weiter. Einmal aber, als der Großvater meines Großvaters hier lebte, wohnte ein wunderschönes Mädchen auf der Insel. Ein Troll verliebte sich unsterblich in sie, doch auch ein Menschenmann verfiel ihr. Es kam zu einem Duell, das der Troll gewann. Er nahm das Mädchen mit, und seither haben unsere Trolle alle strohblonde Haare und blaue Augen. Es heißt sogar, dass er in stürmischen Winternächten Trollkinder vor die Türen der Insulaner legt, aber ich habe noch keines gefunden. Niemand hat je ein Trollkind gefunden.»

Sverre lachte und drückte Livs Hand. Kurz dachte sie, dass er sie für eines der Trollkinder hielt, aber das tat er nicht.

«Manche hier glauben, dass die Raben die Nachrichtenübermittler zwischen den Trollen und den Menschen sind», sagte Liv.

«Glaubst du das auch?», fragte Sverre.

Liv lächelte. «Wenn ich an der Universität bin oder bei einer Beobachtung, dann sind Raben für mich die interessantesten Vögel der Welt. Wenn ich aber hier am Stammtisch sitze und den alten Geschichten lausche, dann halte ich nichts für unmöglich.»

Fria lachte. «Das ist mein Mädchen. Klug und einfühlsam.»

«Das ist sie», bestätigte Chrisander, und alle hoben ihre Gläser, um auf Liv anzustoßen. Hier will ich bleiben, dachte sie, wie so oft in den letzten Monaten. Hier, wo ich so sein darf, wie ich bin. Hier – und am liebsten mit Sverre.

«Erzähl ihnen von Thule», bat Liv.

«Thule?» Bjarni zog die Augenbrauen hoch. «Erforschst

du etwa den Mythos, nachdem Thule genau hier ist? Auf unserer Insel?»

«Ja, ich interessiere mich sehr dafür, auch wenn es im Augenblick um die Mythen und Sagen geht, die hier in Norwegen entstanden sind, die nordischen Mythen. Von Thule hat ein griechischer Philosoph berichtet, und das noch vor der Geburt Christi.»

Bjarni nickte. «Ja, das stimmt. Und ich würde zu gern wissen, ob an der Geschichte was dran ist. Interessiert das die Wissenschaft nicht?»

«Doch, das tut sie. Aber soviel ich weiß, wurden bislang nur die Bücher und Dokumente gesichtet, die sich mit dem Mythos um Thule befassen. Der deutsche Dichter Johann Wolfgang Goethe hat ein Gedicht über den König von Thule geschrieben.»

«Das Gedicht kennt jeder hier auf der Insel», sagte Arni. «Ich nehme es im Unterricht durch. Nur, wenn man viel darüber weiß, wo man herkommt, kann man nach anderswo gehen.»

«Ist das ein Sprichwort?», wollte Sverre wissen.

Chrisander, der Fischer, nickte. «Es ist nicht nur ein Sprichwort, es ist die Wahrheit.»

Sverre griff in die Tasche seiner Jacke und holte Papier und Stift hervor. «Darf ich es aufschreiben?»

«Aber ja. Und schreib auch dazu, dass der Fischer Chrisander dir das gesagt hat.»

«Das tue ich auf jeden Fall», versprach Sverre.

Am nächsten Tag begleitete Liv Sverre zur alten Merette. Sie war so glücklich, dass sie am liebsten den Weg entlanggehüpft wäre. Sverre hatte gestern Abend, als die Männer vom Stammtisch sich verabschiedet hatten, sichtlich bewegt festgestellt: «Du kannst froh und stolz sein, solche Freunde zu haben.» Er schien alles auf der Insel zu mögen: die raue, felsige Landschaft, das unberechenbare Meer, die Tiere und Pflanzen, vor allem aber die Menschen. Und die Insulaner mochten ihn, das konnte Liv deutlich spüren.

Fria hatte sie heute Morgen zur Seite genommen. «Liebst du ihn?», hatte sie gefragt.

«Ja. Ich liebe ihn. Die ganze Zeit über schon, ich hatte es nur vergessen.»

«Er ist ein guter Junge», stellte Fria fest. «Und er passt hierher. Zu uns.»

Liv wusste, dass es aus Frias Mund kein größeres Kompliment geben konnte, und umarmte sie. Nun brachte Liv Sverre zu Merette. Sie schätzte die Meinung der alten Wahrsagerin ganz besonders, aber sie würde nicht bei dem Gespräch dabei sein, sondern Merette später fragen müssen. Heute würde sie zu Lucia gehen.

«Warum bist du wirklich hier?», fragte Liv, als sie eine halbe Stunde später mit Lucia in der Pfarrhausküche Kaffee trank.

Lucia seufzte. «Meine Hochzeit war ein Fehler», gestand sie und begann zu weinen. Als die kleine Marie ihre Mutter weinen sah, begann auch sie zu schluchzen. Runi erhob sich. «Komm mit mir, kleine Marie. Deine Mama muss mit Tante Liv sprechen.»

«Wieso ein Fehler?»

«Lasse ist ein anderer, als er hier auf der Insel war. In Christiania scheint es sein einziges Ziel zu sein, ein ebensolches Leben wie Edvard zu führen. Und dafür, denkt er, bin ich nicht die richtige Partnerin.»

«Hat er das so gesagt?», erkundigte sich Liv.

«Mehr oder weniger. Aber ich höre ja auch, welche Komplimente er anderen Frauen macht. ‹Oh Frau Hallen, was für ein wunderschönes Kleid Sie doch tragen.› Oder: ‹Fräulein Stinberg, Sie müssen meiner Frau unbedingt verraten, zu welchem Coiffeur Sie gehen. Ihre Frisur ist einfach fantastisch.› Zu mir sagt er nie so etwas. Und wenn wir wirklich einmal gemeinsam ausgehen, heißt es immer: ‹Sag am besten so wenig wie möglich, damit niemand deinen Dialekt bemerkt. Lächle und nicke, das reicht.›»

Lucia nahm das Taschentuch, das Liv ihr über den Tisch reichte. «Es ist so demütigend.»

«Ich weiß», gab Liv zu. «Auch ich habe Edvard nicht so gefallen, wie ich war. Er hat ein Bild von mir geliebt, aber nicht mich.»

«Warum behandeln Männer so ihre Frauen? Und wie kann sich ein Mensch wie Lasse so verändern?»

«Jedes kluge Tier – und der Mensch ist ein Tier – versucht, sich an seine Umgebung anzupassen.»

«Ich wünschte, wir wären nie in die Hauptstadt gegangen. Wir hätten hierbleiben sollen.»

«Ich weiß nicht, ob es Lasse auf Smøla ausgehalten hätte. Er ist ein Stadtmensch. Was willst du jetzt tun?»

Lucia zuckte mit den Schultern. «Ich habe keine Ahnung. Das Einzige, was ich weiß, ist, dass ich sterbensunglücklich bin.» Sie begann wieder zu weinen und brachte unter Schluchzen hervor: «Er hat eine Geliebte. Eine Stadtfrau. Sie ist, wie er mich möchte.»

Liv war geschockt. «Bist du dir sicher, Lucia?»

Lucia sah Liv aus tränenverschleierten Augen an: «Ja, ich bin mir sicher. Ich habe das Parfüm gerochen, habe ihn bei

Ausreden ertappt, habe sogar ein kleines Billett in seiner Jackentasche entdeckt.»

Liv ergriff die Hand ihrer Schwester, drückte sie fest, wollte ihr einen Teil ihrer neu gewonnenen Kraft schenken. Dann nahm sie den Faden wieder auf. «Würdest du denn gern so sein, wie Lasse dich haben will?»

«Nein, nicht mehr!» Lucia winkte ab. «Ich habe es versucht, das stimmt. Aber es hat nicht geklappt. Mein Schritt ist zu hart, meine Bewegungen sind nicht anmutig genug. Ich habe weder den Geschmack noch den Stil, sagt Lasse. Und das Geld dafür habe ich auch nicht. Ich hatte mir für meine Kinder immer ein Leben mit der Natur, in der Natur gewünscht. Aber Marie muss in dieser lauten, dreckigen Stadt groß werden. Ich habe alles falsch gemacht, Liv.» Sie knetete die Hände, unterdrückte einen tiefen Schluchzer. «Ich … ich weiß nicht, was ich tun soll. Manchmal denke ich sogar, Lasse wäre als Witwer glücklicher.»

«Lucia! So etwas darfst du nicht sagen. So etwas darfst du nicht einmal denken. Es gibt viele Menschen, die dich so lieben, wie du bist.»

Lucia antwortete nicht, sondern weinte in ihr Taschentuch. Liv griff noch einmal nach ihrer Hand. «Und wenn du erst mal hierbleibst? Ich meine, auf der Insel?»

«Ich möchte Runi und Fenris nicht zur Last fallen.»

«Du könntest in Bjarnis Fabrik sicher eine Anstellung bekommen und dein eigenes Geld verdienen.»

«Dazu müsste Lasse sein Einverständnis geben, und das würde er mir nie erteilen. Seine Frau als Arbeiterin in einer Fischfabrik!»

«Meinst du? Du glaubst doch, er möchte dich loswerden. Wenn das so ist, kann er froh sein, wenn du auf Smøla bleibst. Zusammen mit Marie. Wie ist er denn als Vater? Kümmert er sich inzwischen öfter um seine Tochter?»

«Na ja. Er kommt nach Hause und gibt ihr einen Kuss. Und ein-, zweimal hat er sogar mit ihr gespielt. Aber meistens beachtet er sie nicht. Allerdings korrigiert er jedes Wort, das sie nicht richtig ausspricht.»

«Aber wer tröstet sie, wenn sie weint? Wer sitzt nachts an ihrem Bett, wenn sie krank ist? Wer macht ihr das Essen, kümmert sich um die Wäsche und all diese anderen Dinge?»

«Ich.»

«Du könntest im Guesthuset wohnen, wenn es im Pfarrhaus zu voll ist», sprach Liv weiter. «Mein Zimmer steht leer, und Fria würde sich sicher freuen. Sie mag Kinder, aber das weißt du ja.»

Lucia atmete tief durch. «Weißt du, Liv, wenn ich das täte, würde ich Lasse zutiefst beschämen. Es würde heißen, seine Frau sei ihm davongelaufen.»

«Hat er dich nicht auch beschämt?»

«Das ist etwas anderes. Meine Beschämung habe nur ich zu ertragen. Seine würde sich auf seine Arbeit, seinen Freundeskreis, seine Familie, einfach auf alles auswirken.»

«Aber du solltest jetzt an dich denken, Lucia. An dich und an Marie!»

«Das kann ich nicht. Ich bin seine Frau. In guten wie in schlechten Tagen. Und es heißt doch, man läuft nicht davon, wenn es einmal nicht so gut geht.» Sie wischte sich die Tränen von den Wangen und lächelte schmal. «Ich gehe zurück zu ihm. Vielleicht schon nächste Woche.»

Liv erhob sich. Sie hatte Lucia besser verstanden, als diese glaubte. Es gab Prinzipien in dieser Welt, die eingehalten werden mussten. Es gab Konventionen, die erfüllt werden mussten, weil auf ihnen das soziale Leben basierte. Eine verheiratete Frau verließ ihren Mann nicht. Niemals und unter keinen Umständen.

Eine Woche später nahm Lucia das Postschiff und war wenige Tage später zurück in Christiania. Liv hatte so großes Mitleid mit ihr. Ihr Leben käme für sie selbst einem Albtraum gleich, und sie litt darunter, dass sie der Schwester nicht helfen konnte. Lasse hatte kürzlich eine gute Anstellung bei der Stadtverwaltung bekommen, und Liv hoffte, dass sein Gehalt dazu reichte, sich eine kleine Junggesellenbude anzumieten und Lucia in Ruhe zu lassen. Aber ach, auch sie würde die Hauptstadt sicher bald verlassen. Nur noch ein Jahr, dann wäre ihr Studium zu Ende. Sie hatte Angst, Lucia alleinzulassen, denn Lucia war die einzige Verwandte, die sie hatte.

KAPITEL 31

Nach zwölf Wochen Forschungsreise inklusive ihres Aufenthalts auf Smøla kehrte Liv mit glücklichem Herzen und Forscherfreude zurück nach Christiania. Stunden verbrachte sie an ihrem Arbeitsplatz in der Universität und wertete akribisch all ihre Forschungsergebnisse aus.

Nansen beobachtete sie, war des Lobes voll. «Wärst du ein Mann, würde ich dir vorschlagen, daraus deine Dissertation zu machen. Du wärst in Kürze fertig damit.»

«Aber weil ich eine Frau bin, geht das nicht?»

«Ich will ganz ehrlich zu dir sein, Liv. Dass eine Wissenschaftlerin es schwer hat, hast du am eigenen Leib erfahren. Du arbeitest doppelt so viel wie deine Mitstudenten, du bist überall die Beste, ohne dass dir das angerechnet wird. Nach dem Studium wirst du eine Zoologin sein. Aber wer wird dich anstellen? Es gibt nur wenige Stellen in unserem Fachgebiet, und keine davon wird dir angeboten werden.»

Liv schluckte. Sie ahnte ja, dass es kompliziert werden würde, aber die Ehrlichkeit, mit der Fridtjof Nansen sie konfrontierte, forderte ihre ganze Kraft. «Warum nicht?», fragte sie mit größerer Ruhe, als sie fühlte.

«Es wird heißen, dass du eh nicht lange bleiben wirst, weil du heiraten und Kinder bekommen wirst.»

«Dann mache ich das alles nur, um eines Tages eine unverheiratete Lehrerin zu sein?»

«Es tut mir leid, aber ich fürchte, genauso wird es kommen.»

«Und wenn ich an der Universität bliebe?»

«Hier gelten dieselben Regeln wie überall.»

«Aber Sie könnten neue Regeln schaffen und durchsetzen.»

Nansen schüttelte den Kopf. «Ich werde bald wieder auf eine mehrmonatige Expedition gehen. Meine Lehrtätigkeit wird so lange ruhen.»

Liv blickte auf ihre Hände, die in ihrem Schoß lagen. «Dann war alles umsonst?»

Nansen schwieg.

Und plötzlich wallte Wut in ihr hoch, ein heftiges Gefühl, dass man sie ungerecht behandelte. Liv blickte auf und fuhr ihn an: «Warum? Warum haben Sie mir zugeredet zu studieren?»

«Weil du das Zeug dazu hast.»

«Und was nützt mir das?» Sie kniff die Augen zusammen. «Oder macht sich eine Studentin gut in den Unterlagen? Zeigt sie an, wie fortschrittlich Sie sind? Ist es das, Herr Professor?»

Seine Augen zeigten Resignation. «Nein, Liv, daran habe ich nicht gedacht. Ich wollte wirklich etwas verändern. Aber vielleicht ist die Zeit noch nicht reif dafür.»

Sie erhob sich. «Wenn ich jetzt also gehen und niemals wiederkommen würde, würde das gänzlich ohne Folgen bleiben?»

«Du würdest deinen Abschluss nicht bekommen.»

«Mein Abschluss, der nicht viel mehr wert ist als das Papier, auf dem er steht.»

«Sprich nicht so, Liv. Denke lieber daran, was du in den

letzten Jahren alles gelernt hast. Wissen ist niemals umsonst.»

Liv nickte. Es war nicht so, dass sie all das, was der Professor gerade gesagt hatte, nicht selbst wusste. Aber sie hatte immer gehofft, ja, sie hatte geradezu darauf gebaut, dass er eine Möglichkeit finden würde. Wer, wenn nicht er? Er hatte so viele Kontakte und Beziehungen. Er hätte ihr anbieten können, mit auf die nächste Expedition zu kommen. Er hätte ihr wenigstens eine Stelle als Laborantin beschaffen können … Aber all das hatte er unterlassen.

Lange klang dieses Gespräch in ihr nach. Und als sich wenige Wochen später die Möglichkeit ergab, noch einmal Cecilie Thoresen zu treffen, erzählte sie, wie es ihr ergangen war, und bat sie um Rat.

«Fridtjof Nansen hat recht. Es ist so, wie er sagt. Niemand stellt Wissenschaftlerinnen ein. Und auf eine Expedition, die unter Umständen Jahre dauert, kann er dich auch deshalb nicht mitnehmen, weil das unter all den Männern nur Unruhe verbreiten würde.» Sie beugte sich ein wenig vor. «Hast du schon einmal daran gedacht, als freie Wissenschaftlerin zu arbeiten?»

«Als freie Wissenschaftlerin? Was meinst du damit?»

«Nun ja, ich kenne das Konzept aus Deutschland, allerdings nur von Männern. Es gibt viele Unternehmen und Verwaltungen, Institutionen und Institute, die freie Forschungsaufträge vergeben. Du arbeitest an einem Projekt und wirst nach Abschluss desselben bezahlt. Du bist nicht fest angestellt, gehörst nicht zur wissenschaftlichen Belegschaft, du arbeitest von Projekt zu Projekt. Mittlerweile gibt es einige, die sich so ihr Auskommen verschaffen. Du hättest immer neue Aufgaben; ich stelle mir das sehr spannend vor. Und du kannst selbst entscheiden, wie viel du arbeiten möchtest.»

«Das geht?»

Cecilie nickte. «Ich kenne ein paar Männer mit geisteswissenschaftlichem Studium, die so arbeiten. Noch ist die Universität in Christiania die einzige im Land. Das freie Arbeiten hieße natürlich auch, dass du Aufträge von Institutionen in Bergen oder Stavanger oder Hammerfest annehmen könntest. Du würdest viel reisen, dein Quartier in unbekannten Städten aufschlagen müssen. Könntest du dir das vorstellen?»

Liv schluckte. «Am liebsten wäre ich immer mit Sverre zusammen, aber das wird wohl nicht möglich sein.»

«Nein, wahrscheinlich nicht. Du wirst dich entscheiden müssen, Liv. Möchtest du eine Wissenschaftlerin und ungebunden sein? Oder doch lieber eine Ehefrau und Mutter?»

Fast schon verzweifelt schüttelte Liv den Kopf. «Aber warum kann ich nicht beides sein? Warum geht das nicht?»

Sie erwartete keine Antwort von Cecilie, dachte daran, dass auch sie ihr Studium aufgegeben hatte, um zu heiraten und Kinder zu bekommen. «Hast du deine Entscheidung je bereut? Ich meine, zu heiraten und Kinder zu kriegen?», fragte sie.

Cecilie lächelte, aber Liv kam dieses Lächeln wehmütig vor. «Ich liebe meinen Mann, und ich liebe meine Kinder», erwiderte sie, ohne genau auf Livs Frage einzugehen.

Doch das war Liv Antwort genug.

Am Abend traf sie sich mit Sverre. «Wie soll es weitergehen mit uns?», fragte sie, als sie durch einen Park spazierten. Das Wetter war traumhaft. Der Herbst hielt noch viele sonnige Tage bereit, doch das erste Laub färbte die Bäume bereits rot und gelb. Seit dem Aufenthalt auf Livs Insel waren zwei Monate vergangen. Den Sommer, die vorlesungsfreie Zeit, hatten sie gemeinsam auf Smøla verbracht, jeder mit seinen eigenen Studien befasst. Sverre hatte sich so problemlos in das Leben eingefügt, dass es eine Freude war. Er lief über die Insel, blieb stehen und fragte Bjarni, wie es in der Fischfabrik lief. Er half Chrisander mit dem Boot, wenn der vom Fang zurückkam. Er besuchte Merette und vergaß nie, ihr eine der kleinen Schokoladentafeln mitzubringen, die sie so gern aß. Er half dem Samen in der Küche, wenn Not am Mann war. Er saß bei Fria, wenn sie Eidergänse rupfte, und unterhielt sie. Er lachte mit den Männern vom Stammtisch, machte Gunhild von der Handelsstation ein Kompliment, trug Runi die schwere Tasche nach Hause. Und bei all dem kamen seine Studien nicht zu kurz, denn noch immer sammelte er alles, was die Insulaner ihm an Mythen und Sagen erzählten. Jeden Abend saß er an einem Tisch in der Nähe des kleinen Birkenwäldchens und notierte, was er tagsüber erfahren hatte.

«Bist du glücklich hier?», hatte Liv eines Tages wissen wollen.

«Ja», hatte Sverre geantwortet und sie um die Hüfte gefasst. «Ich kann dich jeden Tag sehen und mit dir sprechen. – Und ich kann dich berühren.»

Liv hatte verlegen gelacht, ihn ein wenig von sich gestoßen. Sie waren unten am Meer, und die Fischer kamen allmählich mit ihrem Fang zurück. «Sei bitte ernst, Sverre. Ich würde es wirklich gern wissen.»

«Ja!», hatte ihr Sverre zugeflüstert. «Ja, ich bin glücklich. Ich mag deine Insel, ich habe hier neue Freunde gefunden. Die Landschaft ist wunderschön, und ich kann mir im Augenblick keinen besseren Ort vorstellen.»

«Vermisst du die Stadt nicht?»

«Nein. Ich komme zwar aus Stavanger, aber wir haben am Stadtrand gewohnt, ich war viel in der Natur unterwegs. In Christiania habe ich die Wälder und das Meer vermisst. Aber warum fragst du das alles?»

«Wie stellst du dir dein weiteres Leben vor?» Es war aus Liv so herausgebrochen, plötzlich kam es ihr merkwürdig vor, dass sie nie darüber gesprochen hatten.

«Von mir aus könnte alles so bleiben, wie es ist.»

«Du weißt genau, was ich meine. Wie stellst du dir unsere Zukunft vor?»

«Na ja, wir werden wohl beide zur selben Zeit fertig werden. Du mit dem Studium, ich mit meiner Dissertation. Und dann müssen wir sehen, was sich ergibt.»

«Ich wüsste es gern ein wenig genauer. Strebst du eine Anstellung an? Willst du an der Universität bleiben oder zurück nach Stavanger gehen?»

«Ich werde auf alle Fälle einen Ort suchen, an dem ich mit dir und mit meiner Mutter leben kann.»

«Und wo soll dieser Ort sein?» Liv hatte nicht lockergelassen, konnte es nicht, zu viel stand auf dem Spiel.

Sverre hatte ihr Gesicht umfasst, beide Hände zart auf ihrer Haut, der blaue Blick ernst und liebevoll. «Wovor hast du Angst, Liv? Dass ich dich verlassen könnte? Niemals.»

«Ich … ich weiß nicht, was ich am Ende meines Studiums machen werde. Am Ende bleibt mir nichts anderes übrig, als nach Smøla zurückzukehren, um hier als Lehrerin zu arbeiten.»

Sie hatten auf Livs Lieblingsfelsen gesessen. Der Stein noch warm von der Sonne des Tages, das Meer glänzend wie eine polierte Silberplatte. Und plötzlich hatte sich eine dunkle Wolke ins Bild geschoben, lag Schwermütiges in der Luft.

«Dann gehen wir eben alle nach Smøla. Ich habe ein bisschen Geld geerbt. Wir bauen uns hier ein Haus.»

«Aber ich möchte nicht Lehrerin werden! Vielleicht könnte ich als freie Wissenschaftlerin arbeiten. Mit wechselnden Stand- und Wohnorten ...»

«Wirklich?»

«Nein, eigentlich nicht. Ich möchte immer bei dir sein.»

«Ich möchte dasselbe wie du, Liv. Einen Platz für uns. Das ist mir wichtiger als mein Beruf. Notfalls könnte ich ja in Bjarnis Fabrik arbeiten oder ein Fischer werden. Die Hauptsache ist, wir sind zusammen.»

Er hätte Liv nichts Schöneres sagen können. Ja, sie wollte auf Smøla leben. Mit Sverre. Und alles andere würde sich ergeben. Wenn es denn so vorbestimmt war, würde sie eben Lehrerin werden. Oder sich nur mit freien Projekten befassen, die hier in der Nähe waren. Sie lehnte sich an ihn und flüsterte: «Danke, Sverre.» Er umschlang sie und drückte ihren Kopf an seine Brust.

«Ich könnte ein Buch schreiben, ein norwegisches Märchenbuch. Und ein Buch über Mythen. Oder ich erforsche die Legende um Thule. Liv, es gibt so viel, das man machen kann. Das wir machen können. Wir werden beide etwas finden, das zu uns passt, das verspreche ich dir.»

Plötzlich war alles um Liv herum hell geworden, obschon die Sonne allmählich hinter dem Horizont versank und das Meer zum Brennen brachte. Plötzlich schien alles möglich – und Liv hatte eine letzte Frage gestellt, eine für sie ebenso wichtige: «Wünschst du dir Kinder?»

Sverre hatte leise gelacht. «Natürlich wünsche ich mir Kinder. Aber noch nicht gleich. Erst wenn wir beide bereit dafür sind. Oder möchtest du keine haben?»

Das Strahlen in Livs Augen war ihm Antwort genug – und weil sie beide gerade so schön dabei gewesen waren, in die Zukunft zu schauen, hatte Sverre auch noch den allerletzten Zweifel ausgeräumt.

«Soll ich heute Abend Bürgermeister Bjarni fragen, an welcher Stelle wir uns ein Haus bauen können?»

«Heißt das … heißt das etwa, dass du mich … heiraten willst?»

«Genau das heißt es, meine Liebste.»

DRITTER TEIL

KAPITEL 32

Ihren Verlobungsring bekam sie in Christiania. Es war der Verlobungsring von Sverres Mutter. Er hatte ihn schon aus Stavanger mitgebracht, weil er sich sicher gewesen war, dass er ihn brauchen würde. Das hatte er Liv erzählt, und auch, dass er immer an ihre Liebe geglaubt hatte. So eine Liebe fand man nicht alle Tage, so eine würde niemals vorbeigehen.

Und Liv war glücklich. Die Lebenslust sprudelte wie Kohlensäure durch ihre Adern, ihr Lächeln wich nicht aus dem Gesicht, aber manchmal verglich sie Sverre und Edvard. Sie wollte das nicht, aber diese Gedanken tauchten plötzlich auf. Und einmal wollte sie sie zu Ende denken, um davon frei zu werden. Edvard. Er war schön und reich. Beides war Sverre nicht. Edvard war immer und überall schön, Sverre nur in den Augen der Geliebten. Aber reichte das nicht? Natürlich reichte das. Liv reichte es. Er war nicht vermögend. Umso besser, dann konnten sie ihr Leben aufbauen ohne vorgefertigtes Fundament. Es würde keine Villa werden, sondern nur ein Grassodenhaus, für das sie die Birkenrinde selbst suchen mussten, aber machte es das nicht umso wertvoller? Sverre verstand sie, wusste, wie sie war, wie sie dachte und fühlte, und war damit zufrieden. Sie musste nie eine andere sein. Und er wollte dasselbe wie sie. War das nicht überhaupt das Wichtigste? Sie würden einen gemeinsamen Weg gehen können. Vielleicht gab es ein paar Umwege, vielleicht ein paar Abkürzungen, aber ihr Weg führte sie dieselben Straßen entlang, in dieselbe Richtung.

Aber das Erstaunlichste war, wie gut sie sich verstanden. Gingen sie spazieren und Liv entdeckte eine besonders schöne Blume oder einen Stein, so hatte Sverre die Blume oder den Stein im selben Augenblick entdeckt. Wollte Liv etwas über das Wetter sagen, zeigte Sverre direkt hinauf in den Himmel und entdeckte dort ein Wolkenherz. Wenn sie arbeitete, unterbrach er sie nicht, und wenn er arbeitete, beschäftigte sich Liv mit anderen Dingen. Sie sprachen über alles, und schon bald ging Liv in Sverres Leben umher, als würde sie dorthin gehören, und Sverre tat das Gleiche bei ihr. Ja, sie hatte sogar das Gefühl, dass sie Sverre jeden Tag ein bisschen mehr liebte als am Vortag, und Sverre schien es, als kämen sie einander immer näher.

«Irgendwann werde ich unter deine Haut kriechen können», sagte er und lachte. Liv lachte auch, aber nicht zu laut, denn manchmal machte ihr diese große Nähe ein wenig Angst.

In der Universität ging alles so weiter, wie sie es gewohnt war. Allein dass Magnus sie endlich in Ruhe ließ, bis auf ein paar bitterböse Blicke ab und an. Aber das störte Liv nicht mehr. Magnus. Er hatte ihren Forschungsbericht gestohlen und war dafür bestraft worden. Anders, als er sich das vorgestellt hatte, dafür umso nachhaltiger.

Liv arbeitete weiter an ihren Raben. Sie wiederholte das Zuckerexperiment, um die Hirngröße zu messen. Sie erkannte, dass jedes der Tiere anders war, ein jedes besaß eine eigene Persönlichkeit. Die Vögel waren im Allgemeinen wachsame Einzelgänger, aber sie schlossen sich auch zu Brutpaaren zusammen und waren einander ein ganzes Leben lang treu. Liv fand heraus, dass die Greifschnäbel und Greiffüße so gebaut waren, dass die Haut oder das Fell eines Opfers damit nicht durchdrungen werden konnte. Deshalb also taten sich die Raben an den Augen gütlich, oder sie warteten, bis andere Tiere den Kadaver aufbrachen. Und sie erkannte beglückt, dass Raben spielen konnten wie Kinder.

Schließlich vervollständigte sie ihre Lauttafel, denn inzwischen war sie sich über die Bedeutung der Rabenrufe sicher. Und sie erweiterte die Aufstellung um Verhaltensweisen, die sie analysiert hatte:

Rap, rap bedeutete: Achtung! Da kommt ein anderer Rabe.
Krah waren die lauten, tiefen und langen Zorneslaute.
Klopfrufe benutzten die Weibchen, um ihren Rivalinnen zu imponieren.
Gro, gro ließ Sanftheit erkennen und war für den Partner und die Rabenkinder bestimmt.
Ein aufgestelltes Federkleid bezeugte Macht und Dominanz.
Ein aufgeplustertes Federkleid kündete von Wohlbehagen.

Professor Nansen war begeistert. «So etwas, so eine Lauttabelle für Raben, hat vor dir noch niemand angelegt. Du musst unbedingt weiter daran arbeiten. Und genauso überzeugend finde ich deine Beobachtungen zum Verhalten der Raben.»

Sie freute sich über das neuerliche Lob, aber sie hatte

nicht vergessen, dass er die Ansicht vertrat, sie würde nie eine Anstellung bekommen. Eigentlich wollte sie ihn fragen, was er von der Idee hielt, vielleicht als freie Wissenschaftlerin tätig zu sein, doch sie war ihm noch immer ein wenig gram.

Mittags traf sie sich meist mit Sverre, der sein Büro im Hauptgebäude der Universität hatte. Manchmal war auch Kjell dabei. Und abends saßen sie oft in Livs kleinem Zimmer und lernten, lasen oder diskutierten. Sie hatten nicht viel Geld, konnten sich Restaurant- und Cafébesuche nicht leisten, aber das bemerkten sie gar nicht. Sie durchstöberten antiquarische Buchhandlungen auf der Suche nach Schriften, die ihre Wissensgebiete betrafen, und gaben dafür aus, was sie verdienten. Liv in der Bibliothek, Sverre als Nachhilfelehrer im Villenviertel. Sie erzählten sich, woran sie arbeiteten, und schon bald hatte Liv eine gute Kenntnis der nordischen Mythen und Sagen, und Sverre kannte sich gut mit Raben aus.

Dann kam der Winter. Schon Ende November fiel in Christiania Schnee, und die Raben fanden nichts mehr zu fressen. Jeden Tag sah Liv, wie sie auf der Karl Johans gate umherhüpften und im Schnee nach Würmern oder Essensresten suchten. Am liebsten hätte sie sie mit Brot, hart gekochten Eiern und Wurst gefüttert – so wie die Raben auf Smøla –, aber das war hier nicht nur verboten, das wäre überdies zutiefst unwissenschaftlich. Fand sie aber einen weggeworfenen Brotkanten, so hob sie ihn auf und ließ ihn unter einem Rabennest fallen.

Sie konnte nicht mehr auf einer der Bänke sitzen und ihre Lieblinge beobachten, dafür war es zu kalt. Stattdessen hatte sie angefangen, Raben zu zeichnen – in der Universität und in ihrer Wohnung, die sie sich nach wie vor mit Kristine teilte. Sie hatte kein Talent für künstlerische Dinge, sie war eher praktisch veranlagt, aber sie übte so lange, bis ihre Raben wie Raben ausschauten. Sie studierte die unterschiedlichen Schnabelformen und zog daraus Rückschlüsse über ihr Gewicht. Wog der Vogel mit der stärksten Krümmung am meisten? Was bewirkte die Krümmung? Sie stand am Fenster des Laboratoriums und blickte hinaus, weil sich in den Birken hinter dem Gebäude zwei Rabennester befanden. Sie nahm sogar ihr Fernglas zur Hand, um herauszufinden, aus welchen Materialien das Nest in der Stadt gebaut war im Unterschied zum Land.

War sie in der Bibliothek, suchte sie nach neuen Artikeln über Raben und Krähen und verglich die beiden Vogelarten miteinander. Oder sie suchte nach Fachliteratur für Sverre. Das Leben war schön. Und es hätte sogar wunderschön sein können, wäre da nicht Lucias Unglück gewesen. Blasser und dünner wirkte die Schwester bei jedem Besuch. Ihr Gesicht ganz grau, die Haare ohne Glanz und die Augen leer wie Brunnenschächte.

«Er hat tatsächlich eine Geliebte», gestand Lucia ihrer Schwester eines Tages.

Liv nahm sie in den Arm und drückte sie fest an sich. «Was willst du tun?»

«Ich weiß es nicht. Ich habe von ihm verlangt, die Geliebte zu verlassen. Er sagte, das käme nicht infrage. Und im Übrigen hätten viele Männer eine Geliebte.»

«Das habe ich auch gehört.»

«Es ist nicht einmal so sehr die andere Frau, die mich stört. Es ist die Tatsache, dass er uns verlassen hat. Marie und mich. Er schläft nicht mehr hier, kommt nicht mehr nach Hause. Ich lebe wie eine Witwe. Womit habe ich das verdient? Was ist so schrecklich an mir, dass Lasse davor fliehen muss? Er hat mich ‹Bauerntrampel› genannt. Und wenn er mal kommt, dann nur wegen seiner schmutzigen Wäsche. Einmal fand ich darin sogar ein Hemdchen seiner Konkubine. Ich habe es mit der Schere zerschnitten. Lasse hat später von mir verlangt, dass ich mich dafür entschuldige, aber das werde ich nicht tun.»

Liv schüttelte ungläubig den Kopf. Dann fragte sie fest, sich der Schwierigkeiten wohl bewusst: «Kommt eine Scheidung wirklich nicht für dich infrage?»

«Ach, Liv, wir sind jetzt schon geschieden von Tisch und Bett. Aber noch bin ich eine verheiratete Ehefrau. Nach einer Scheidung wäre ich nicht mehr als eine Hure.»

Das stimmt, so funktionierte die Gesellschaft. Lucia hatte recht, der Mann durfte alles.

«Hätten wir einen Vater, so könnte er kommen und Lasse dazu zwingen, bei uns zu leben. Aber wir haben keinen Vater, und ich kann nicht von Fenris verlangen, dass er sich mit Lasse auseinandersetzt.»

«Du kannst es aber versuchen. Fenris mag nicht dein leiblicher Vater sein, aber er liebt dich wie ein solcher, und er ist obendrein Pfarrer. Wenn du eine Chance hast, dann diese. Aber willst du ihn überhaupt zurück? Liebst du ihn noch?»

«Ich liebe den Lasse, der er auf Smøla gewesen war.»

«Dann bitte Fenris, diesen Brief zu schreiben.»

Lucia blickte zu Liv. «Denkst du, das würde helfen?»

«Wenn nicht, so hast du es wenigstens versucht. Und hast du vielleicht schon einmal daran gedacht, mit seiner Geliebten zu sprechen?»

«Das hatte ich tatsächlich vor. Ich wollte sie bitten, uns Lasse zurückzugeben. Aber Lasse muss das geahnt haben, denn er hat es mir strikt verboten.»

Als Liv das nächste Mal zu Lucia kam, fragte sie, was Lasse zu Fenris' Brief gesagt hatte.

Lucia brach in Tränen aus.

«Was hat er gesagt?», drängte Liv.

«Dass unsere Hochzeit ein Fehler war. Dass er sich durch mich getäuscht fühlt. Dass ich auf Smøla eine andere war.»

«Wie kommt er darauf?»

«Ich … ich weiß es nicht. Er behauptet, ich würde ihn hier nur beschimpfen, ihm Vorwürfe machen und seine Freiheit beschneiden.»

«Dazu hattest du ein Recht. Du hast das Recht einzufordern, dass er zu dir steht, zu dir und zu Marie. Auch er ist Verpflichtungen eingegangen mit der Ehe. Das kann er doch nicht alles leugnen.» Liv wusste ja, dass Lasse genau das tat, aber sie konnte die Worte nicht unterdrücken, sie musste aussprechen, was Unrecht war. Auch wenn die Trauer, die sich in Lucias Augen zeigte, unendlich zu sein schien.

«Nun, er sieht das anders. Sagt, nur ich sei schuld. Und, Liv, ich habe keine Kraft mehr, mich dagegen zu wehren. Vielleicht hat er sogar recht. Ich habe als Frau, als Ehefrau und als Mutter versagt.»

«Aber das ist blanker Unsinn. Lucia, halt inne. Die Ehe ist ein Bündnis, das zwei Menschen eingehen. Beide haben Treue und Ehre bis zum Ende versprochen!», widersprach Liv, dann blieb ihr Blick am Brotkasten hängen, der offen auf dem Küchenschrank stand und sie leer angähnte. Ein

Schrecken durchfuhr sie heiß. «Gibt er dir Geld zum Leben?»

Lucia schluckte. «Ach, wir kommen schon klar.»

«Also gibt er dir kein Geld.»

«Ein bisschen hungern macht mir nichts aus. Hauptsache, für Marie ist genug da.»

Liv betrachtete ihre Schwester von Kopf bis Fuß und sah erst jetzt, wie dünn sie war. Ihre Schulterknochen traten deutlich hervor, das Kleid, das sie trug, schlotterte an ihr. Liv umfasste ihre Hüfte und könnte jeden einzelnen Knochen spüren.

«Zieh dich an, Lucia. Wir gehen einkaufen.»

«Aber du hast doch selbst kein Geld.»

«Das stimmt nicht, ich arbeite in der Bibliothek. Ich habe Geld. Und ab sofort werde ich für euch sorgen. Und ich werde mich erkundigen. Notfalls werden wir Lasse zwingen, euch Geld zu geben.»

Kurze Zeit später standen sie in dem kleinen Gemischtwarenladen an der Ecke. Liv verlangte Mehl und Zucker, Tee und Butter, Käse und Äpfel. Sie kaufte Brot und Grieß, Graupen und Bohnen. Sie ließ sich dicke Scheiben Wurst abschneiden und einen Viertellaib Käse einpacken. Sie kaufte Sahne und einen Kohlkopf, dazu Waschpulver und Seife. Zum Schluss verlangte sie noch nach einer Tafel Schokolade für Marie und ein Viertel Kaffee für Lucia. Dann führte sie die beiden in ein Geschäft für Bekleidung. Sie hatte gesehen, dass Maries Mantelärmel viel zu kurz waren, sie aus den gestrickten Strümpfen herausgewachsen war und auch die Schuhe viel zu klein waren. Also kaufte sie einen neuen Mantel für ihre Nichte, dazu Schuhe und einen Arm voller Wolle, damit Lucia Pullover, Jacken und

Strümpfe daraus stricken konnte. Liv gab beinahe das ganze gesparte Bibliotheksgeld aus und drückte Lucia den Rest in die Hand.

«Wenn du etwas brauchst, komme zu mir. Versprich mir das!», sagte sie zum Abschied.

Später am Abend berichtete sie Sverre von dem Unglück ihrer Schwester. «Ich muss sie unterstützen», erklärte sie.

«Natürlich musst du das. Und ich werde dir dabei helfen», erwiderte er. «Wir schaffen das schon. Und wir werden einen Anwalt befragen. Wie wäre es, wenn du zu Weihnachten mit zu mir nach Stavanger kämst? Meine Mutter freut sich darauf, dich kennenzulernen. Und ein Bruder meines Vaters ist Anwalt. Ihn können wir fragen. Was hältst du davon?»

Liv wäre über die Festtage gern auf die Insel gefahren, und sie hatte gehofft, dass Sverre sie begleiten würde, aber sie waren ja den ganzen Sommer dort gewesen. Also nickte sie. «Ich freue mich darauf, deine Mutter zu treffen.»

Vier Wochen später machten sie sich auf den Weg. Stavanger lag nicht so weit entfernt wie Smøla, trotzdem waren sie zwei volle Tage unterwegs. Liv wunderte sich, dass niemand sie am Bahnhof abholen kam, stattdessen stiegen sie in eine Pferdebahn und fuhren zu der Wohnung, in der Sverres Mutter mit ihrer Tochter lebte. Sie lag in einem kleinen, bescheiden wirkendem Haus. Kleiner sogar als das von der alten Merette. Es war lange her, dass die Wände einen neuen Anstrich erhalten hatten. Doch vor den Fenstern hingen schneeweiße Vorhänge, und in den Blumenkästen blühte Erika.

Sverres Mutter öffnete die Tür. Sie sagte kein Wort,

sondern musterte Liv von oben bis unten. Kein Lächeln machte ihr Gesicht freundlicher, als sie endlich zur Seite trat und Sverre und Liv ins Haus ließ.

KAPITEL 33

Der Baum war geschmückt, vor dem Fenster fielen still die Schneeflocken herab. Es roch nach gebratenen Hammelrippchen, dem traditionellen Weihnachtsbraten. Sverres Mutter, Inghild, hatte Liv ins Wohnzimmer geführt.

«Du kannst hier sitzen», hatte sie gesagt, ohne Lächeln, ohne Sympathie.

Sverres Schwester Tonje war noch nicht im Haus, würde aber bald kommen. Sie hatte wohl in der Stadt noch einige Weihnachtseinkäufe zu erledigen. Sverre war mit seiner Mutter in der Küche, Liv hörte sie erregt miteinander sprechen. Sie hatte Durst, aber bisher hatte ihr noch niemand etwas zum Trinken angeboten. Sie wartete noch einen Moment, dann erhob sie sich und ging in die Küche. Als sie im Türrahmen stand, hörte sie, wie Inghild Sverre beschwor: «Doch kein Inselmädchen. Du bist bald ein Herr Doktor, du könntest jede kriegen. Zum Beispiel Kete. Sie wartet auf dich.»

«Ja, aber nur, weil du ihr eingeredet hast, ich würde etwas für sie empfinden. Aber das stimmt nicht, und das weißt du genau.»

«Ihr kennt euch, seit ihr Kinder gewesen seid. Sie passt zu dir, kommt aus denselben Kreisen. Ich bin mit ihrer Mutter befreundet. Ihr könntet in deren Haus ziehen. Es ist groß genug. Sogar für mich wäre da noch ein Zimmer frei. Das hat Kete mir versprochen.»

«Liv und ich werden ein Haus bauen. Dort kannst du wohnen.»

«Ich will aber nicht weg aus Stavanger und auf eine Insel, auf der die Leute noch nie etwas von Fortschritt und Eleganz gehört haben.»

«Ich kann mit Messer und Gabel essen», warf Liv ein.

Inghild fuhr herum. «Hast du uns belauscht?»

Liv schüttelte den Kopf. «Du kannst mir ruhig glauben, dass ich deine letzten Bemerkungen lieber nicht gehört hätte. Ich war auf der Suche nach einem Glas Wasser.»

Inghilds Züge verkrampften sich. Sie presste die Lippen so fest aufeinander, dass Liv schier die Zähne knirschen hörte. Dann öffnete sie den Küchenschrank, nahm ein Glas heraus, füllte es mit Wasser und reichte es ihr.

«Danke sehr.» Liv nahm das Glas und begab sich zurück ins Wohnzimmer.

«Liv!» Sverre rief sie.

Sie erhob sich und ging zu ihm. «Was ist?»

«Ich möchte, dass du bei diesem Gespräch dabei bist, denn es betrifft unser beider Zukunft.» Er stellte sich neben sie und legte ihr einen Arm um die Schulter. «Mutter, was immer du dir für mich ausgedacht hast, wird nicht geschehen. Ich bin ein erwachsener Mann und bestimme selbst über mein Leben. Schlag dir Kete aus dem Kopf. Ich werde Liv heiraten, und wo wir leben werden, das entscheidet sich nach meiner Dissertation. Und du hast recht: Ich bin bereit für die Insel! Doch wo immer wir hingehen werden, du bist herzlich eingeladen, uns zu begleiten, bei uns und mit uns zu leben. Dafür erwarte ich von dir, dass du Liv mit Respekt und Achtung behandelst.»

Liv erstarrte, und zugleich lief ihr ein warmer Schauer

über den Rücken. So war noch nie jemand außerhalb von Smøla für sie eingetreten. Sie blickte zu Inghild, die ganz blass geworden war, und streckte eine Hand nach ihr aus. «Wir müssen uns erst aneinander gewöhnen», sagte Liv. «Wir müssen uns erst einmal kennenlernen.»

«Werdet ihr es versuchen? Werdet ihr versuchen, miteinander auszukommen?», fragte Sverre, aber es war ersichtlich, dass er nur seine Mutter damit meinte.

Inghild seufzte, dann nickte sie. Sie ergriff Livs Hand und sagte mit zusammengepressten Zähnen: «Herzlich willkommen in Stavanger.»

Und Liv antwortete: «Danke schön. Ich bin froh, dass ich hier sein darf.»

Tonje kam, und Liv fasste auf der Stelle Vertrauen zu diesem quirligen Mädchen, dessen Mund nie stillzustehen schien.

Nach dem Essen gingen sie in die Kirche. Liv war kein besonders gläubiger Mensch; sie war Wissenschaftlerin und hatte nicht nur mit der Unbefleckten Empfängnis ein Problem. Aber immer an Weihnachten ergriff sie eine stille Freude in der Kirche, eine feierliche Stimmung, die von den brennenden Kerzen und der Predigt noch unterstrichen wurde. Danach gab es die Geschenke, und Liv, die für Inghild ein Buch gekauft hatte, bekam von ihr zwei Handtücher mit besticktem Rand, und von Tonje, der sie feine, dünne Strümpfe schenkte, die es nur in Christiania gab, einen eigenhändig bemalten Teller in leuchtenden Farben. Das Gespräch danach verlief friedlich, wenn Inghild auch zurückhaltend blieb.

Tonje fragte Liv über ihr Studium aus und konnte gar nicht genug bekommen von den Geschichten aus der

Hauptstadt. Doch als sie sich an ihre Mutter wandte und meinte: «Ich glaube, so ein Studium wäre auch etwas für mich», da widersprach Inghild energisch.

Ein paar Tage später reisten sie ab, und beim Abschied umarmte Inghild die künftige Schwiegertochter. «Verzeih, dass ich dir die Ankunft bei uns so schwer gemacht habe», sagte sie leise.

«Ich weiß, dass ich nicht der Traum einer Schwiegertochter bin», sagte Liv spontan.

Da mussten sie beide lachen, und Liv hatte das Gefühl, das Eis zwischen ihnen hätte deutliche Risse bekommen.

1900!

Das neue Jahr – das neue Jahrhundert – begrüßten Sverre und Liv in Christiania. Sie küssten sich, als alle Kirchenglocken zur Mitternacht läuteten. Dieser Kuss war anders. Viel intensiver. Liv konnte kaum genug bekommen. Als Sverre unter ihrem Mantel ihre Brüste streichelte, durchlief sie ein Schauer.

«Lass uns zu mir gehen», schlug sie vor. «Es ist niemand dort, wir sind allein.»

Es war das erste Mal, dass sie so empfand. Ihr ganzer Körper schien zu vibrieren, selbst ihre Stimme klang anders. Tiefer irgendwie, rauer. Sie wollte Sverres Haut auf ihrer spüren, wollte sich an ihn schmiegen, wollte alles …

Aber Sverre machte sich behutsam von ihr los. «Nicht», sagte er. «Lass uns noch warten.»

Mit hängenden Armen und klopfendem Herzen stand Liv da. «Warum?», flüsterte sie und fühlte sich gedemütigt.

Sverre lachte leise. «Unser erstes Mal soll ein Fest sein.

Es soll so besonders sein, dass wir uns für den Rest unseres Lebens daran erinnern. Das willst du doch auch?»

Liv schluckte, nickte, doch das Gefühl der Demütigung wollte nicht weichen. Sverre nahm sie in den Arm, flüsterte in ihrem Haar: «Ich begehre dich so sehr, dass ich glaube, sterben zu müssen. Ich will dich, seit ich dich das erste Mal gesehen habe. Ich will dich so sehr, dass es mir wehtut, und trotzdem will ich noch warten. Ich will dich beschützen, verstehst du das? Ich will nicht, dass es dir wie Lucia ergeht.»

Da nickte Liv, schmiegte sich an ihn und war unendlich froh und dankbar, denn sie wusste, sie brauchte diesen Schutz.

Liv und Sverre hatten in Stavanger auch Sverres Onkel besucht, der als Anwalt arbeitete. Ragnar war ein beleibter Herr in den besten Jahren, dem man seine Vorliebe für Aquavit an der roten Nase ansah. Liv schilderte ihm Lucias Problem.

«Schwierig, schwierig», sagte er und strich sich über den blonden Schnauzbart, der schon eine ganze Weile in Mode war.

«Meine Schwester und ihre Tochter müssten hungern, wenn wir ihnen nicht helfen würden», erklärte Liv. «Da muss doch Abhilfe geschaffen werden.»

«Nun, es könnte aber auch sein, dass dein Schwager ihr Geld gegeben hat, das sie anderweitig ausgegeben hat.»

«Nein, so ist Lucia nicht. Niemals würde sie ihre Tochter Hunger leiden lassen. Wenn du sie sehen könntest, würdest du mir glauben. Sie hat enorm an Gewicht verloren.»

«Gut, gehen wir also davon aus, dass das stimmt, was du sagst. Was deine Schwester sagt. Dann kann ich ihren Mann anwaltlich ermahnen, seinen Unterhaltspflichten nachzukommen. Meist reicht das schon. Nur in hartnäckigen Fällen muss man vor Gericht gehen.»

«Würdest du diesen Brief schreiben?» Liv holte ihre Geldbörse hervor. «Und was muss ich dafür bezahlen?»

«Nichts, mein Kind. Du gehörst ja sozusagen schon zur Familie. Ich werde mich gleich nach den Feiertagen darum kümmern.»

Liv dankte ihm herzlich. Ein Gefühl der Erleichterung durchströmte sie, Lucia war nicht allein! Und sie glaubte, dass Lasse, der Konflikten gern aus dem Weg ging, das Anwaltsschreiben reichen würde, um ihn nachdrücklich an seine Pflichten zu erinnern.

Im Januar begannen die Vorlesungen und die Tätigkeit im Labor wieder. Im Februar kam Lasse zurück in die eheliche Wohnung. Er hatte sich von seiner Freundin getrennt. Für Lucia wurde dadurch das Leben leichter, weil sie nun keine finanziellen Sorgen mehr hatte, die Liebe aber war nicht mehr zu retten. Schon drei Monate später hatte Lasse eine neue Geliebte.

Liv arbeitete an ihrer Abschlussarbeit, die sie im Mai vorlegen sollte. Ihr Lieblingsthema blieben die Raben. Sie hatte einen der Totengräber kennengelernt, der ihr hin und wieder einen toten Raben vom Friedhof brachte. Liv vermaß jeden Vogel genau, notierte die Werte in ihren Tabellen, analysierte ihre Beobachtungen.

Gerade noch hatte Schnee gelegen, schon war der Frühling gekommen. Stundenlang beobachtete Liv die Brutpaare. Das Rabenweibchen wurde vom Rabenmännchen während der Brut mit allerlei Leckerbissen gefüttert. Mal eine erbeutete Maus, mal ein paar Würmer, mal ein toter

Fisch vom Fjord. Dann, im April, waren die Jungen geschlüpft, und Liv war mithilfe einer Leiter hinauf zum Nest gestiegen. Darin saßen zwei Rabenjunge, deren Federkleid schon beinahe fertig war. Liv sprach mit leiser Babysprache, in der sie einst mit Marie gesprochen hatte, auf die jungen Tiere ein – und machte eine phänomenale Entdeckung! Die jungen Raben hatten blaue Augen! Blaue Augen! Und der Gaumen der aufgerissenen Schnäbel war rosa und nicht dunkelgrau wie bei den Eltern. Sie konnte es nicht fassen, musste am nächsten Tag, während die Eltern auf Futtersuche waren, wieder hinauf zum Nest klettern. Und natürlich waren die Augen der Jungraben noch immer blau.

Liv informierte Professor Nansen. «Stellen Sie sich vor, die jungen Raben haben blaue Augen und rosa Gaumen», sprudelte sie aufgeregt hervor. «Darauf möchte ich in meiner Abschlussarbeit eingehen. Aber wie kann ich das beweisen?»

«Es wäre gut, einen Jungraben als Anschauungsstück zu haben», erklärte Nansen.

«Das heißt, ich soll ein Junges aus dem Nest rauben?»

«Die Wissenschaft verlangt manchmal Opfer von uns. Du willst etwas beweisen, dazu brauchst du ein Beweisstück.»

Liv schüttelte den Kopf. «Aber das geht nicht. Ich kann nicht einfach ein Jungtier wegnehmen und es dann töten.»

«Du tötest es nicht einfach, du arbeitest wie eine Wissenschaftlerin. Denk allein an all die Versuche mit Mäusen und Ratten und Kaninchen. Deine Forschungsergebnisse kommen der Wissenschaft, den Menschen zugute.»

Liv nickte. Sie wusste, dass Nansen recht hatte. Und setzte um, was er geraten hatte. Schon am nächsten Tag stieg sie auf die Leiter. Erst zögerte sie, dann griff sie nach dem Jungvogel, der ihr am nächsten war, umfasste behutsam seinen Leib und barg ihn in dem Beutel, den sie vor dem Bauch trug. Das Kleine schrie und flatterte, und obwohl es Liv beinahe das Herz brach, drehte sie ihm noch am Boden den Hals herum und brach ihm das Genick. Tränen liefen ihr dabei über die Wangen, und sie sagte: «Entschuldige, aber ich muss das tun», aber es änderte nichts an ihrem Schuldbewusstsein.

Jetzt musste sie sich beeilen. Kamen die Rabeneltern zurück und fanden nur einen Nestling vor, könnte es sein, dass sie Liv angriffen. Sie wusste nicht, ob die Eltern so reagieren würden. Doch sie wusste, dass Raben alles taten, um ihren Nachwuchs zu schützen. Mit klopfendem Herzen begab sie sich zurück in die Universität, vermaß sie das Jungtier und trug ihre Ergebnisse in eine Tabelle ein.

Professor Nansen trat zu ihr. «Darf ich die Augen sehen?», fragte er.

Liv nickte. Sie schob mit einem winzigen Spatel das Lid hoch, und er sah, was auch sie gesehen hatte: blaue Augen. Und der Gaumen so rosa, wie Liv berichtet hatte.

«Das Tier muss präpariert werden, damit jeder sich von deiner Entdeckung überzeugen kann. Doch zuvor müssen wir es fotografieren. Auf den Aufnahmen kann man natürlich nicht das Blau oder das Rosa erkennen, aber dass die Augen und der Gaumen heller sind als bei den Altvögeln, wird man sehen können.»

Er zögerte nicht lange, baute seinen Fotoapparat auf einem Stativ auf, arrangierte das Tier und verschwand unter der schwarzen Decke. Mehrmals drückte er auf den Auslöser.

«Ich werde die Fotografien für dich entwickeln. Du kannst dich jetzt gleich um die Präparation kümmern.» Und dann strich er ihr kurz über den Rücken. «Bravo, Liv!»

Sie hatte noch nie ein Tier präpariert, aber Nansen wusste Rat und verwies sie an das Naturhistorische Museum. Liv brachte den Raben dorthin, und man versprach ihr, ihn so zu präparieren, dass man Augen und Gaumen gut erkennen konnte. Es würden Glasaugen sein, die man dem Tier einsetzte, Glasaugen, wie Puppen sie hatten. Es konnte sogar sein, dass man diese Augen erst in Deutschland bestellen musste, und das würde dauern, aber Liv konnte sich jederzeit auf Professor Nansen als Zeugen berufen. Außerdem gab es da noch die Fotografien.

Anfang Mai verteidigte Sverre seine Dissertation und durfte sich Doktor nennen. Und eine Woche später bestand Liv die mündlichen Prüfungen. Das Ergebnis der Hausarbeit würde sie erst im Juni erfahren, aber Nansen hatte angedeutet, dass er mit ihrer Arbeit mehr als zufrieden war. Sie hatte die Fotos von dem Jungraben ihrer Arbeit beigelegt, die Präparation war noch lange nicht fertig, aber Nansen hatte ihre Entdeckungen bestätigt.

Am Abend nach der bestandenen Prüfung feierten Sverre und Liv im Grand Café. Sie hatten Lucia dazu eingeladen und Tonje, die gerade in Christiania zu Besuch war. Tonje konnte all die Pracht des besten Cafés der Stadt gar nicht fassen und schaute sich immer wieder um. Es hätte ein schöner Abend werden können, wenn nicht zufällig Lasse draußen vorübergegangen wäre und seine Frau entdeckt hätte.

Plötzlich baute er sich neben ihnen auf und schrie:

«AHA! So verpulverst du also mein sauer verdientes Geld! Du treibst dich rum, trinkst Wein und was noch …»

Lucia sprang auf, beteuerte, dass sie hier nur die Prüfungen feierten, doch er ließ sich nicht beruhigen. «Dein Anwalt kann sich seine Briefe in Zukunft schenken», tobte er. «Auch ich werde mir einen Anwalt nehmen.»

Hinter ihm war eine junge Frau hereingekommen. Sie zupfte an seinem Ärmel, versuchte, ihn zu beschwichtigen. «Schrei nicht so, alle Leute schauen schon.»

«Sollen sie schauen. Sie können ruhig sehen, was für ein lasterhaftes Weib meine Ehefrau ist.» Dann wandte er sich an die junge Frau. «Und du wirst bezeugen, was du gesehen hast!»

KAPITEL 34

Die Jagd nach den wenigen Stellen für einen Zoologen oder eine Zoologin begann. Liv wusste, dass sie nur geringe Aussichten hatte, und im Grunde hatte sie sich bereits damit abgefunden, zurück auf die Insel zu gehen, aber sie wollte es wenigstens versucht haben. Ein, zwei Jahre an einem Institut, in einem Museum, um Kontakte zu knüpfen und sich auf die Zeit als freie Wissenschaftlerin vorzubereiten.

Sie bewarb sich im Naturkundemuseum, in der naturwissenschaftlichen Bibliothek, bei Stiftungen und Gesellschaften, aber nicht eine dieser Stellen antwortete ihr. Sverre meinte, sie könnten es für einen Witz halten, dass sich eine Frau bewirbt, also machte sich Liv auf den Weg, um nachzufragen. Im Naturkundemuseum wurde ihr ein Platz als Sekretärin angeboten, wenn sie Schreibmaschine und Stenografie beherrschte. In der Bibliothek sah man leider keine Möglichkeiten, für die Stiftungen kam sie schon gar nicht infrage, und bei den naturwissenschaftlichen Gesellschaften hatten bereits ihre männlichen Mitstudenten ihre Bewerbungen abgegeben. Niemand interessierte sich dafür, dass Liv als Jahrgangsbeste ihr Studium abgeschlossen hatte. Niemand interessierte sich für ihre weitere berufliche Zukunft. Alle sahen nur die Frau, die sowieso bald heiraten und Kinder bekommen würde.

Sverre dagegen bewarb sich nur an drei Stellen – und

bekam drei Zusagen. Die Universitätsbibliothek wollte ihn gern in ihrer Forschungsabteilung, die Universität selbst bot ihm eine Dozentenstelle an, und ein Verlag würde ihn gern als Lektor beschäftigen.

«Was machen wir nun?», fragte Liv eines Abends. «Dir werden interessante Stellen angeboten. Es wäre falsch, deine Chancen nicht zu nutzen.»

«Meine Arbeit ist mir wichtig. Aber du bist es ebenso. Ich muss nachdenken.»

Liv nickte, obschon ihr das Herz schwer wurde. Nein, sie würde nicht in Christiana bleiben, wenn sie hier keine Arbeit fand. Stattdessen würde sie sich auch im Rest des Landes bewerben, wobei eigentlich nur Städte wie Bergen und Stavanger in Betracht kamen. Außer in der Hauptstadt gab es in Norwegen keine andere Universität, aber sie hoffte auf eine Anstellung bei einer der naturwissenschaftlichen Gesellschaften. Sie schrieb eine Woche lang Briefe und wartete auf Antworten, doch die gab es nicht.

Als sie schon beinahe verzweifelte, bat sie Professor Nansen um ein Gespräch. «Ich bekomme keine Anstellung. Es ist, wie Sie gesagt haben. Was soll ich jetzt tun? Soll ich mich als freie Wissenschaftlerin ohne Referenzen um Projekte bewerben?»

Nansen lächelte, und Liv fand, dass ihre Worte wahrhaftig kein Grund zu einem Lächeln waren. «Ich hätte dir heute einen Brief geschrieben», erklärte er. «Ich habe mich nämlich auch umgehört. Deine Arbeit hat in Fachkreisen einiges Aufsehen erregt. Ich habe sie nur unter deinem Nachnamen vorgestellt. Und was glaubst du, was passiert ist? Ich habe sofort Stellenangebote für dich bekommen.»

Livs Herz machte einen Sprung, aber da sprach Nansen

schon weiter: «Aber als sie jedoch erfuhren, dass es sich um eine Frau handelt, sind alle abgesprungen.»

Natürlich. Warum sollte jemand, selbst so ein weltberühmter Forscher wie Fridtjof Nansen, andere Erfahrungen machen als seine Studentin?

«Hör zu, eines konnte ich erreichen. Es geht um ein Projekt. Befristet auf zwei Jahre. Die Königlich Naturwissenschaftliche Gesellschaft hat es ausgeschrieben. Das Thema dreht sich – du kannst es dir sicherlich denken – um Raben.»

Wieder machte Livs Herz einen Sprung, aber sie presste eine Hand auf ihre Brust, als wollte sie ihrem Herzen befehlen, sich nicht zu früh zu freuen. «Sprechen Sie weiter. Bitte», bat sie.

«Nun, da Raben zur nordischen Mythologie gehören, will man nun die Mythologie mit der Wissenschaft verknüpfen.»

«Und was wäre meine Aufgabe?»

«Du sollst weiter die Vögel erforschen und alle Vierteljahr einen Bericht für die Königlich Naturwissenschaftliche Gesellschaft verfassen. Vielleicht könntest du auch einen Vortrag halten. Die Bezahlung ist nicht allzu üppig, aber es ist ein Anfang.»

«Ich akzeptiere. Ich stimme zu. Ich unterschreibe!», brach es aus Liv hervor, und sie strahlte über das ganze Gesicht.

«Willst du nicht wenigstens wissen, wie viel du verdienst?», fragte Nansen und lächelte.

«Ich brauche nicht viel. Und wenn ich auf der Insel arbeiten kann, brauche ich noch weniger.»

«Du bekommst sechshundert Gulden im Jahr.»

«Was? So viel? Das sind fünfzig Gulden pro Monat!»

«Würdest du damit auskommen?»

Liv nickte. Fünfzig Gulden waren viel Geld für sie. Mehr, als sie je zuvor verdient hat, mehr, als sie je zuvor besaß. Sie würde Fria einhundert Gulden für Essen und Trinken geben. Sie konnte Lucia mit zehn oder sogar zwanzig Gulden pro Monat unter die Arme greifen. Und sie konnte jeden Monat Geld sparen. Sie griff nach Nansens Hand und schüttelte sie kräftig. «Danke. Ich danke Ihnen von ganzem Herzen, Herr Professor.»

«Denkst du wirklich, ich hätte vergessen, dass du die Jahrgangsbeste warst?»

Liv schüttelte den Kopf. Sie hatte selbst daran gedacht, ihn um Hilfe zu bitten.

«Übrigens, das ist noch nicht alles», fuhr der Polarforscher fort. «Die Gesellschaft gibt eine Zeitschrift für Naturfreunde heraus. Sie erscheint jeden Monat. Du sollst eine eigene Kolumne bekommen und über die Raben schreiben. Nicht wissenschaftlich, sondern so, dass es auch die Laien unter den Naturliebhabern verstehen. Was sagst du? Natürlich wird auch das bezahlt. Für jede Kolumne gibt es noch ein paar Gulden obendrauf. Traust du dir das zu?»

Eigentlich nicht, dachte Liv, laut sagte sie: «Ich werde es lernen. Ich hoffe, Sverre kann mir dabei helfen.»

Am liebsten wäre sie nach Hause gehüpft, doch dann dachte sie an Sverre. Er würde sich für eines der drei Angebote entscheiden müssen. Er würde in Christiania bleiben. Und sie würde nach Smøla gehen. Sie blieb stehen, dann drehte sie um und ging zu dem Friedhof, auf dem sie in den letzten Monaten so viel Zeit verbracht hatte. Dort konnte sie am besten nachdenken. Sie musste eine Entscheidung treffen.

Wenn sie auf die Insel zurückkehrte, würde sie womöglich Sverre verlieren, denn so war keine Ehe zu führen. Er in der Hauptstadt, sie auf Smøla. Wie oft würden sie sich sehen können? Zwei-, dreimal im Jahr? So konnte man auch kein Kind großziehen. Bliebe sie aber hier, konnte sie ihre Träume begraben. Dann war alles, wofür sie die ganzen Jahre gekämpft hatte, umsonst. Sie bedachte beide Möglichkeiten ausführlich, und fast bereute sie es, mit Professor Nansen gesprochen zu haben.

Arbeit oder Liebe? Wofür sollte sie sich entscheiden?

KAPITEL 35

Sie musste mit jemandem sprechen. Sie brauchte Rat. Allein konnte sie diese schwere Entscheidung nicht treffen. Also suchte sie nach einer Haltestelle der Pferdebahn und fuhr zu Lucia. Die Schwester verstand sie. Immer und ganz gleich, worum es sich drehte. Und hing Lucias Schicksal nicht auch ein wenig mit Livs zusammen? Ginge sie auf die Insel zurück, könnte sie die Schwester unterstützen. Bliebe sie in Christiania, wäre das nicht so einfach.

Lucia öffnete. Sie trug eine Schürze über ihrem Kleid und hatte die Ärmel hochgekrempelt. Ihr Haar klebte seitlich an ihrem Hals. «Oh, du bist es. Komm herein, ich bin gerade mit der Wäsche fertig geworden.» Sie deutete auf einen Weidenkorb mit nassen Sachen. «Ich muss nur noch schnell hinunter ins Waschhaus und meine Seife holen. Die habe ich vergessen. Wartest du einen Augenblick?»

«Aber ja.»

Lucia sauste die Treppe hinab, und Liv begab sich in die Küche, in der Marie auf dem Fußboden mit einer Stoffpuppe spielte. «Guten Tag, mein kleiner Schatz», sagte Liv und nahm ihre Nichte auf den Arm. Marie begann zu husten. Es klang schrecklich. Ganz tief aus der Brust heraus. «Hast du noch immer diesen fürchterlichen Husten?», fragte Liv, und Marie nickte. Sie war blass, und unter ihren Augen lagen dunkle Ringe. Marie hustete erneut, und Liv füllte ihr ein Glas mit Wasser, aus dem sie trank.

Als Lucia zurückkam, fragte Liv: «Warst du noch einmal mit ihr beim Arzt?»

«Ja, und er sagt, ich soll jeden Abend einen Thymianaufguss an ihr Bett stellen. Und Salbeibonbons für sie kaufen.»

«Und? Hast du das getan?»

«Natürlich. Aber es wird und wird nicht besser. Nun hat der Arzt eine Luftveränderung vorgeschlagen. ‹Fahren Sie mit ihr ans Meer. Das würde ihr guttun.›» Sie seufzte, wischte sich mit dem Unterarm eine Haarsträhne aus der Stirn. «Der Fjord reicht nicht aus, um Marie zu heilen. Als wir auf der Insel waren, hat sie nicht ein einziges Mal gehustet. Wir schlafen beide keine Nacht.»

Jetzt bemerkte Liv auch die dunklen Schatten unter Lucias Augen. «Ich kann heute Nacht hierbleiben. Ich kann auf sie aufpassen und ihr Butterwickel machen, und du könntest dich ausschlafen.»

«Das ist so lieb von dir, danke. Aber es ist keine Lösung.»

Lucia trat an die Kochmaschine, nahm einen Topf mit heißem Wasser herunter, löffelte Kaffeepulver in zwei Henkelbecher, goss das heiße Wasser darauf und stellte einen Becher vor Liv und nahm sich selbst den anderen.

«Wie sieht es aus bei euch?»

Lucia zuckte mit den Schultern. «Lasse hat sich einen Anwalt genommen. Ich habe einen Brief von ihm bekommen. Darin steht, dass ich ein lasterhaftes Weib sei, das sein Kind vernachlässige.» Sie begann zu weinen.

«Hast du schon auf den Brief reagiert?»

Lucia verneinte. «Was hätte ich denn schreiben sollen? Dass das alles ein Missverständnis war? Dass ich niemals in

Cafés gehe? Wer würde mir glauben? Er hat sie als Zeugin benannt.»

«Und was hast du jetzt vor?»

«Ich weiß es wirklich nicht.»

In diesem Augenblick fasste Liv einen Entschluss. Sie würde nach Smøla gehen und Lucia und Marie mitnehmen. Sie würde dort für die beiden sorgen können. Marie würde wieder gesund werden. Würde Sverre in Christiania bleiben? Ihr Herz brach, als sie nur daran dachte. Er musste in Christiania bleiben. Nur hier oder in einer anderen der größeren Städte würde er eine gute Anstellung bekommen. Was sollte er auf der Insel? Sie spürte Tränen in sich aufsteigen, aber sie unterdrückte sie, so gut sie konnte. Es ging hier nicht um sie. Es ging um Lucia und Marie, um die einzige Familie, die sie hatte. Sie schöpfte ganz tief Luft und lächelte ihre Schwester an.

«Wir gehen nach Smøla. Wir drei.»

Lucia schüttelte den Kopf. «Wie soll das gehen?»

«Ich sorge für euch.»

«Wie soll das gehen?», wiederholte Lucia und wirkte so unendlich verzweifelt, dass Liv eine Hand hob und Lucia über den Rücken streichelte. «Ich habe ein Projekt. In den nächsten zwei Jahren werde ich so viel Geld verdienen, dass es für uns drei lange ausreicht. Wir könnten sogar noch etwas sparen.»

«Und dein Projekt? Um was geht es?»

«Ich arbeite auf der Insel und beobachte Raben. So wie ich es auch hier gemacht habe.»

«Aber wenn wir weggehen, wird Lasse uns nicht mehr unterstützen», warf Lucia ein. «Er könnte eine Scheidung beantragen, wegen böswilligem Verlassen.»

«Und? Sorgt er jetzt für dich?»

«Nein. Nein, das tut er nicht. Und zu allem Übel ist seine Geliebte auch noch schwanger.»

«Hast du so große Angst vor einer Scheidung? Vor dem, ‹was die Leute denken›? Die Menschen kennen dich, Lucia, seit du ein Säugling warst. Sie wissen, dass die Scheidung nicht deine Schuld ist.»

Lucia blickte auf. «Wenn du das sagst, klingt alles so logisch. Als gäbe es überhaupt kein Problem. Als müssten wir einfach nur unsere Sachen packen und der Wohnung und der Stadt Lebewohl sagen.»

«So einfach ist es auch, glaube mir.»

Wieder holte Lucia ganz viel Luft. «Ich könnte in der Fischfabrik arbeiten. Eigenes Geld verdienen. Bjarni gibt mir sicher eine Stelle. Und Marie könnte tagsüber bei Runi bleiben. Ich würde ihr Geld dafür geben. Es bleibt nur die Frage, wo wir wohnen sollen.»

«Das wird sich finden. Die alte Merette ist sehr krank und könnte ein bisschen Fürsorge vertragen, das schrieb Fria letztens. Ich denke, sie würde sich freuen, dich in ihrem Haus zu haben.»

Jetzt lächelte Lucia das erste Mal an diesem Tag. «Ich habe die alte Merette immer gemocht. Und ihr Haus ebenfalls. Es ist klein, aber es ist gemütlich und hat einen schönen Blick aufs Meer.»

«Dann schreib ihr einen Brief. Gleich heute.»

Lucias Körper gewann an Spannung. Die Schultern hoben sich, das Kinn reckte sich. «Hm. Dann werde ich also als geschiedene Frau auf der Insel leben.»

«Ja, das wirst du wohl.»

Lucia erhob sich, umarmte ihre Schwester. «Mit dir zusammen kann ich alles schaffen. Ich danke dir. Wann geht es los? Für wann soll ich unsere Sachen packen?»

Liv überlegte nicht lange. «In einer Woche fahren wir. Ich besorge die Fahrkarten, und bis dahin weiß Merette auch Bescheid, wenn du den Brief noch heute abschickst.»

Sie ließ die Pferdebahn vorbeifahren und lief langsam nach Hause. Sie hatte eine Entscheidung getroffen. Sie hatte eine Entscheidung treffen müssen. Und sie wusste nicht, ob diese Entscheidung wirklich so schlecht war. Aber da war Sverre. Sie liebte ihn von ganzem Herzen. Er war der Mann, mit dem sie alt werden wollte. Aber die Familie ging vor. So war das auf den Inseln. Die Familie kam an erster Stelle, so klein die ihre auch war.

Ob Sverre das verstehen würde? Sie wusste es nicht.

Der Tag hatte so sonnig begonnen. Sie war so voller Freude und Licht gewesen nach ihrem Gespräch mit Professor Nansen. Und jetzt? Jetzt hatte sich ihr Leben innerhalb von wenigen Stunden radikal geändert. Weil Lucia sie brauchte, weil sie die einzige Familie war, die Liv hatte. Und weil sie tief in ihrem Inneren auch ein wenig froh war, das Rabenprojekt auf Smøla in Angriff nehmen zu können. Aber Sverre. Immer wieder kreisten ihre Gedanken um den geliebten Mann.

Sie dachte an Fria. Dachte daran, was sie zu all dem gesagt hätte: «Die Liebe vergeht, die Familie bleibt. Wenn man das Richtige tut, findet man sein Glück.»

Liv wusste ganz sicher, dass es richtig war, mit Lucia und Marie zurückzugehen. Und doch tat es weh. So weh, dass sie kaum atmen konnte. Sie kam an einer Kirche vorüber, an deren Turm eine große Uhr hing. In einer halben Stunde würde sie Sverre treffen. Sie hatten verabredet, heute am Fjord spazieren zu gehen und vielleicht irgendwo ein Bier zu trinken. Sie musste sich beeilen, um nicht zu spät zu kommen, aber ihre Schritte wurden immer langsamer. Als sie endlich zum Treffpunkt kam, einem öffentlichen Badehaus am Ufer des Fjords, war Sverre natürlich schon da.

«Ist etwas passiert?», fragte er besorgt, denn es war nicht Livs Art, sich zu verspäten.

«Ich … ich muss dich verlassen», stieß sie hervor, und schon rannen Tränen über ihre Wangen. «Ich habe ein Projekt, für das ich auf die Insel zurückmuss, aber das ist nicht der eigentliche Grund. Ich muss nach Smøla zurück, um für Lucia und Marie sorgen zu können. Marie ist krank, sie will einfach nicht wieder gesund werden. Es ist meine Familie. Ach, Sverre, es tut so weh.»

Sie fiel ihm um den Hals, weinte in seinen Kragen und konnte sich kaum wieder beruhigen. Sverre strich über ihren Rücken und machte beschwichtigende Laute wie zu einem Baby in seiner Wiege. Als sich Liv ein wenig beruhigt hatte, setzten sie sich auf eine Bank, die zu einem Gasthaus gehörte, und Sverre ging hinein und kam kurz darauf mit zwei Gläsern Bier zurück.

«So, jetzt erzähle von Anfang an.»

Und das tat sie. Sie berichtete von Nansens Angebot und von Lucias Situation. «Das alles muss ich machen, Sverre. Versteh doch. Aber es bricht mir das Herz. Ich will dich nicht verlassen.» Und wieder begann sie zu weinen, griff nach seiner Hand, drückte sie, so fest sie konnte, dann sprang sie auf und lief davon. Ohne ein weiteres Wort.

«So warte doch, Liv. Vielleicht gibt es eine andere Möglichkeit», rief Sverre, aber sie hörte ihn nicht mehr.

Sie weinte sich in den Schlaf und blieb auch die nächsten beiden Tage im Bett. Ihr Kummer war so unendlich groß, dass sie es einfach nicht schaffte, sich zu waschen und anzuziehen. Einmal hörte sie, wie Sverre an die Tür klopfte, doch selbst für ihn schaffte sie es nicht, sich aufzuraffen. Am dritten Tag brauchte sie mehr als eine Stunde für die alltäglichsten Verrichtungen, dann riss sie sich zusammen und begab sich zur Königlich Naturwissenschaftlichen Gesellschaft, um ihren Vertrag zu unterschreiben. Sie hatte Mühe, sich zusammenzureißen, doch es gelang ihr, Freude zu heucheln. Mit etlichen Jahrbüchern der Gesellschaft unter dem Arm betrat sie das Laboratorium der Universität und besuchte Nansen.

«Ich habe gerade unterschrieben», sagte sie. «Und ich wollte Ihnen für alles danken, was Sie für mich getan haben.»

«Es war mir eine Ehre, dich zu unterrichten», erwiderte der Polarforscher und schaute sie aufmerksam an. «Es scheint mir aber nicht so, als würdest du vor Freude übersprudeln. Was bedrückt dich? Du kannst mir alles erzählen.»

Er stellte das Reagenzglas zurück in den Ständer, fasste nach Livs Hand und sah ihr besorgt ins Gesicht. Und Liv fing an zu erzählen. Sie sprach von Lucia und Marie und von Sverre, und sie endete mit einem riesigen Seufzer, der tief aus ihrer Brust kam.

«Du bist in einer schwierigen Lage», gab Nansen zu. «Aber ich hätte genau wie du gehandelt.»

Liv sah auf, nahm das Taschentuch, das er ihr hinhielt, und wischte sich die Tränen von den Wangen. Doch Nansen war noch nicht fertig: «Sverre und du. Ihr seid mehr als ein Liebespaar. Ihr seid Partner, seid euch auf Augenhöhe begegnet. Du hättest zuerst mit ihm sprechen müssen. Es wäre besser gewesen, wenn ihr gemeinsam eine Entscheidung getroffen hättet.»

«Aber es gibt keine andere Lösung» widersprach Liv. «Er muss in Christiania bleiben. Auf Smøla gibt es keine Arbeit für einen Wissenschaftler wie ihn.»

«Trotzdem muss er sich jetzt nach einer Entscheidung richten, die du allein getroffen hast. Eine Entscheidung, die euer beider Leben betrifft.»

Liv nickte. Sie hatte verstanden. «Das hätte aber nichts geändert», beharrte sie.

«Das kannst du nicht wissen. Es war voreilig von dir, dich so abrupt von ihm zu trennen. Geh zu ihm, sprich mit ihm. Vielleicht ist noch etwas zu retten.»

KAPITEL 36

Wieder hatte Liv lange auf dem Friedhof gesessen und nachgedacht. Ein Grabstein war ihr ins Auge gefallen. Darauf die Namen eines Ehepaars, das im Abstand von nur wenigen Tagen gestorben war. Plötzlich fiel ihr ein Spruch ein, den Fria immer sagte, wenn sie über glückliche Eheleute sprach: «Gemeinsam durch dick und dünn.»

Nansen hatte recht: Sie hätte mit Sverre sprechen müssen. Ihre Entscheidung betraf auch sein Leben. Sie müsste aufstehen und sich auf dem Weg zu ihm machen. Aber sie saß auf der Bank, als wäre sie festgeklebt. Sie hatte doch nur für die Ihren sorgen wollen. Und doch lastete die Schuld schwer auf ihren Schultern. Erst als die Dämmerung die Bäume und Grabstellen schwärzte, stand sie auf. Und auf einmal hatte sie es eilig. Vielleicht hatte Sverre sie nicht gleich aus seinen Gedanken verbannt. Vielleicht war noch etwas zu retten.

Plötzlich rannte sie.

Als sie an das Haus gelangt war, in dem Sverre ein Zimmer gemietet hatte, sagte ihr die Hauswirtin, dass er in der Universitätsbibliothek wäre. Und schon machte Liv auf dem Absatz kehrt und eilte zurück. Schwer atmend, öffnete sie die große Tür und betrat die Bibliothek. Sie ließ ihren Blick über alle Tische schweifen, an denen Studenten und Mitarbeiter unter dem Licht einer grünen Lampe ihre Studien betrieben. Aber wo war Sverre? War er schon gegangen? Aber da hätte er ihr doch begegnen müssen. Oder war er mit Freunden noch auf ein Bier ausgegangen? Wo sollte sie ihn da suchen? Es gab viele Studentenkneipen rund um die Universität. Fast wären ihr wieder die Tränen gekommen, als er plötzlich den Lesesaal betrat. Sverre!

«Liv? Was machst du denn hier?»

Sie fuhr herum, blickte in seine blauen Augen und wäre am liebsten darin versunken. «Ich suche dich.»

«Warum?»

«Weil wir reden müssen.»

«Ich dachte, du hättest schon alles gesagt.»

Sie griff nach seiner Hand. «Komm mit raus», sagte sie und zog ihn hinter sich her.

Draußen setzte sie sich auf die Stufen, die zum Eingang führten. «Ich habe falsch gehandelt. Ich hätte mit dir sprechen müssen. Wir hätten gemeinsam eine Entscheidung treffen müssen», sagte sie. «Das tut mir sehr, sehr leid.»

«Aha», gab Sverre zur Antwort. Nicht mehr. Nur dieses eine Wort, das eigentlich gar kein richtiges Wort war.

«Ich hätte mit dir sprechen müssen», wiederholte sie. «Wir gehören zusammen und müssen Entscheidungen zusammen fällen.»

Sverre nickte, blieb aber weiterhin stumm.

«Ich habe Angst, dass es jetzt vielleicht zu spät ist. Aber wenn nicht, dann möchte ich gern mit dir reden.» Sie hatte, während sie sprach, auf den Boden vor sich geblickt und ihre Hände knüllten ein Taschentuch.

«Sieh mich bitte an», bat Sverre nach endlosen Minuten, aber Liv schüttelte den Kopf. Ihr Gesicht brannte vor Scham.

«Sieh mich an, Liv!»

Endlich hob sie den Kopf, begegnete seinem Blick, der warm war und freundlich. Er legte seine Hände um ihr Gesicht. «Versprich mir, dass wir in Zukunft alles miteinander teilen. Tust du das?»

«Dann gibst du uns noch eine Chance?», fragte sie mit kleiner Stimme.

«Versprich es mir.»

«Ich verspreche es dir. In Zukunft werde ich alles mit dir teilen.»

Sverres Gesicht erstrahlte. Er küsste Liv sanft auf die Lippen und betrachtete hernach wieder ihr Gesicht.

«Was hast du?», fragte Liv. «Willst du mir noch eine Predigt halten? Das brauchst du nicht, das hat Professor Nansen schon getan.»

«Nein, ich denke nicht daran. Ich denke an etwas ganz anderes. Etwas viel, viel Schöneres», erklärte er, und das Strahlen ließ seine Augen funkeln.

«Was ist es? Verrätst du es mir?»

«Das muss ich wohl, denn es betrifft dich ebenso wie mich.»

«Nun sag schon!»

«Ich werde mit euch gehen.»

«Was? Aber nein, das kannst du nicht. Dort gibt es keine richtige Arbeit für dich und ...»

«Pscht!», machte Sverre und legte einen Finger auf seine Lippen. «Lass mich bitte ausreden.»

«Ich komme mit euch auf die Insel, weil ich dich liebe und mit dir zusammen sein will. In guten wie in schlechten Tagen. Ich will dich heiraten, Liv, ich will für dich da sein.»

«Du ... du ...», stammelte sie, und ihre Augen füllten sich mit Tränen, aber dieses Mal waren es Tränen der Freude.

«Pscht!», machte Sverre noch einmal. «Ich bin noch nicht fertig. Ich gehe mit euch nach Smøla und möchte dich dort noch vor dem Herbst heiraten.»

«Und deine Arbeit?»

«Ich habe nachgedacht. Und dann bin ich zu dem Verlag gegangen, der mich als Lektor einstellen wollte. Ich habe dem Verlagsleiter angeboten, ein Buch über nordische Mythen und Sagen zu schreiben.» Sverre machte eine Pause.

«Und? Was hat er gesagt?»

«Er ist einverstanden. Ich habe heute Nachmittag den Vertrag unterschrieben. Ich bekomme einen Vorschuss von fünfhundert Gulden. Was sagst du nun?»

Liv starrte ihn an, fand keine Worte. Sie öffnete den Mund, um etwas zu sagen, doch sie blieb stumm. Das, was Sverre ihr da vorgeschlagen hatte, war so riesig, dass es ihr den Atem verschlug. Und sie begriff, dass sie nicht länger allein auf der Welt war, dass es einen Menschen gab, mit dem sie durch dick und dünn gehen konnte.